Blutbank

TANYA HUFF

Autor | **Tanya Huff**
Deutsch von | **Dorothee Danzmann**

Lektorat | **Oliver Hoffmann**
Korrektorat | **Lars Schiele**

Art Director, Satz und Gestaltung | **Oliver Graute**
Umschlagillustration | **Oliver Graute**

1. Auflage 2008
ISBN 978-3-86762-041-3
Originaltitel: Blood Bank
Gedruckt in Deutschland: C.H.Beck, Nördlingen

www.feder-und-schwert.com

zu klein für uns beide

„Au! Paß doch auf, Vicky!"

„Tut mir leid! Ich vergesse manchmal einfach, wie scharf sie sind."

„Na toll." Er vergrub die Finger in ihrem Haar und zog – nicht allzu stark, aber doch kräftig genug, um seinem Protest Nachdruck zu verleihen. „Laß das, ja?"

„Was denn?" Sie hob grinsend den Kopf. Auf dem Bett lag silbernes Mondlicht, das ihre Zähne blitzen ließ, als wären sie aus Elfenbein. „Vergessen, wie scharf sie sind, oder ..."

Das schrille Klingeln, mit dem das Telefon um Aufmerksamkeit heischte, ließ den letzten Teil ihrer Frage ungehört verhallen.

Detective Sergeant Michael Celluci seufzte. „Merk dir, was du gerade sagen wolltest", sagte er, ehe er sich auf die Seite rollte und nach dem Hörer griff. „Celluci!"

„Gerade hat das 52. angerufen. Man hat unten im Richmond Park eine Leiche gefunden, und Peter meinte, die würden wir uns bestimmt gern mal ansehen wollen."

„Dave, es ist ..." Celluci kniff die Augen zusammen und warf einen kritischen Blick auf seinen Nachttischwecker. „Es ist zwanzig nach eins, mitten in der Nacht also, und ich bin nicht im Dienst!"

Sein Partner am anderen Ende der Leitung war ebenfalls nicht im Dienst, weswegen er sich weigerte, auf Cellucis Einwände einzugehen. „Frag doch erst mal, wer die Leiche ist."

Celluci stieß einen weiteren tiefen Seufzer aus. „Wer ist denn die Leiche, Dave?"

„Mac Eisler."

„Scheiße."

„Genau das war auch meine Reaktion. Ist das nicht witzig?" Wobei Dave allerdings ganz und gar nicht klang, als fände er irgend etwas witzig. „Ich bin in zehn Minuten da."

„Sagen wir fünfzehn."

„Bist du beschäftigt?"

Celluci sah, wie Vicky sich aufsetzte und ihn anfunkelte. „Ich war beschäftigt."

„Willkommen in der wunderbaren Welt der Polizeiarbeit."

Vickys Hand schoß vor und hatte Cellucis Handgelenk gepackt, ehe der das Telefon einmal quer durchs Zimmer schleudern konnte. „Wer ist Mac Eisler?" erkundigte sie sich interessiert, während der Detective mit leisem Knurren den Hörer ordnungsgemäß auf der Gabel ablegte, sich aufrichtete und die Beine aus dem Bett schwang.

„Heißt das, du hast alles mitgehört?"

„Ich höre dein Herz schlagen. Ich höre, wie das Blut durch deine Adern schießt, das Lied deines Lebens." Vicki kratzte sich mit den nackten Zehen an der Wade. „Da werde ich wohl auch noch ein lausiges Telefonat mithören können."

„Eisler ist ein Zuhälter." Celluci streckte die Hand nach dem Lichtschalter aus, überlegte es sich anders und begann, sich anzuziehen. Dank des Vollmonds, der direkt vor dem Fenster hing, war es nicht völlig finster, und Vicki war lichtempfindlich – von ihrem aufbrausenden Temperament ganz zu schweigen. Besser, er gab sich mit dem vorhandenen Licht zufrieden. „Wir sind ziemlich sicher, daß er vor ein paar Wochen eins der Mädchen umgelegt hat, die für ihn arbeiten."

Vicky angelte sich ihr Hemd vom Boden. „Irene MacDonald?"

„Was? Hast du das auch mit angehört?"

„Ich komme halt rum. Wie sicher ist ziemlich sicher?"

„Was mich betrifft: einhundert Prozent. Aber wir hatten keine handfesten Beweise, konnten ihn also nicht festnageln."

„Jetzt ist er tot." Mit ein paar Verrenkungen schaffte sie es, die engen Jeans über die Hüften hochzuziehen, baute sich vor Celluci auf und verzog das Gesicht zur spöttischen Denkerpose, die Brauen tief gesenkt. „Mein Gott, kann es sein, daß da ein Zusammenhang besteht?"

„Laß Gott aus dem Spiel", zischte Celluci. „Ich nehme dich nicht mit."

„Habe ich dich darum gebeten?"

„Ich höre es dir an! Ich kenne dich, Vicki, und nicht erst seit gestern. Ich kannte dich als Polizistin, ich kannte dich als Privatdetektivin, und egal, wie sehr du dich körperlich verändert haben magst, ich durchschaue dich auch jetzt noch, als ... als ..."

„Vampirin." Vickis blasse Augen wirkten im Mondlicht eher silbrig als grau. „Komm schon, Mike, du kannst es ruhig aussprechen, meine Gefühle verletzt du damit nicht. Vampirin. Blutsaugerin. Nachtwandlerin. Wesen der Dunkelheit."

„Nervensäge." Celluci vermied es sorgsam, ihrem Blick zu begegnen, während er sein Schulterhalfter umschnallte und sein Jackett überzog. „Das hier ist Sache der Polizei. Halt dich da raus. Bitte." Ohne ihre Antwort abzuwarten, ging er durch die Schatten, die sein Schlafzimmer bevölkerten, bis zur Tür, wo er, einen Fuß bereits auf der Schwelle, stehenblieb. „Warte nicht auf mich, ich glaube nicht, daß ich bis Sonnenaufgang zurück bin."

Vicki Nelson, ehemals Beamtin der Polizei von Toronto, dann Privatdetektivin und seit kurzem Vampirin, entschied sich, ihn gehen zu lassen. Wenn er über sie Witze reißen konnte, hieß das, er akzeptierte sie, und außerdem machte es immer viel mehr Spaß, ihn für seine Klugscheißersprüche zahlen zu lassen, wenn er am wenigsten damit rechnete.

In Dunkelheit gehüllt sah sie zu, wie Mike zu Dave Graham ins Auto stieg. Sobald dessen Rücklichter in der Ferne verschwunden waren, angelte sie sich Cellucis Ersatzautoschlüssel aus der Schublade der Flurkommode und machte sich daran, von Downsview bis zum Herzen Torontos die Straßenverkehrsordnung derart zu malträtieren, daß hinterher kaum mehr davon übrig war als ein Haufen verschlungener Eingeweide.

☥ ☥ ☥

Um den Tatort zu finden, brauchte man keine übersinnlichen Fähigkeiten. Die Polizei, die Medien, die unvermeidliche Ansammlung der von morbider Neugier Geplagten: In der Gegend wimmelte es nur so von Menschen. Vicki glitt an dem Wachtmeister vorbei, den man am hinteren Ende der Gasse postiert hatte, und folgte einem Pfad aus Schatten, bis sie am Rande eines Kreises aus Polizeibeamten stand, der sich um die Leiche gebildet hatte.

Mac Eisler war ein attraktiver, nicht besonders großer, männlicher, weißer Einwohner Torontos europäischer Herkunft gewesen. Anders als viele andere Mitglieder seines Berufsstandes, deren traditionell doch eher etwas übertrieben schrillen Stil er abgelehnt zu haben schien, trug er Designerjeans und ein Jackett aus olivgrüner Rohseide. Trotzdem bot er an diesem Abend einen nicht gerade erbaulichen Anblick, denn man hatte ihm zwei rostige Nägel durch die perfekt manikürten Hände getrieben und seine Leiche an die Hintertür eines gerade ungeheuer angesagten Restaurants genagelt, und zwar so, daß sich die Spitzen seiner dezent gemusterten ledernen Cowboystiefel in das Holz drückten – wobei man ihm allerdings den Kopf einmal um einhundertachtzig Grad herumgedreht hatte, bis seine toten Augen mit einem Ausdruck höchsten Erstaunens hinaus in die dunkle Seitengasse starrten.

Der Geruch des Todes rang mit dem Gestank nach Urin und Abfall. Vicki runzelte die Stirn. Für sie deutlich wahrnehmbar hing noch ein Aroma in der Luft, ein durchdringender Raubtiergeruch, bei dem sich ihr die Nackenhaare aufstellten und sich die Lippen ganz ohne ihr Zutun mit unhörbarem Zischen von den Zähnen zurückzogen. Von der Heftigkeit ihrer Reaktion überrascht, trat sie leise in einen der dunkleren Flecken der Nacht, um sich nicht zu verraten.

„Warum zum Teufel sollte ich einen Kommentar abgeben wollen?"

Der unerklärliche, rasende Zorn, der in ihr wütete, ließ sie Mikes Ankunft erst mitbekommen, als sie hörte, wie der Freund die Presseleute begrüßte. Leise schob sie sich ein wenig weiter in die Schatten und sah zu, wie Mike und sein Partner von der Straße kommend in die Gasse traten und einen ersten Blick auf die Leiche warfen.

„Himmelherrgott!"

„Sakrament!" ergänzte der jüngere der beiden Kriminalpolizisten, die sich bereits am Tatort befunden hatten.

„Wer hat ihn gefunden?"

„Der Tellerwäscher, als er den Müll rausbrachte. Es liegt auf der Hand, daß die Leiche gefunden werden sollte – sie haben den Schweinehund direkt auf die Tür genagelt."

„Wobei die Küche gleich hinter dieser Tür liegt und niemand das Hämmern gehört hat?"

„Das kann ich erklären – halten Sie sich fest: Da hat keiner gehämmert. Sehen Sie sich nur den Rost auf den Nagelköpfen an."

„Was soll das heißen? Daß jemand einfach mal so zwei Nägel durch Eislers Hände und in festes Holz hineingedrückt hat?"

„Sieht ganz so aus."

Mike schnaubte. „Wollen Sie damit andeuten, daß Superman jetzt bei den bösen Buben mitspielt?"

Vicki nutzte das folgende Gelächter, um sich zu bücken und ein Stück Holz aufzuheben. Im oberen, ungesplitterten Teil befanden sich vier Löcher, zwei leer, zwei mit jeweils einem rostigen siebeneinhalb Zentimeter langen Nagel darin. Sie zog einen der Nägel aus dem Holz und drückte ihn in die Wand des Hauses, das neben ihr aufragte, woraufhin ein Rostfleck ihre Daumenkuppe zierte, der Nagel jedoch nicht anders aussah als zuvor.

Dann erkannte sie den Geruch.

Vampir.

☥ ☥ ☥

„... kann gerade nicht ans Telefon kommen. Hinterlassen Sie eine Nachricht nach dem Pfeifton."

„Henry? Vicki hier. Geh dran, wenn du da bist." Sie starrte blicklos in die finstere Küche, spielte nervös mit dem Telefonkabel. „Komm schon! Mir ist egal, was du gerade machst, geh ans Telefon!" Warum war er nicht daheim und schrieb? Oder knabberte an Tony? Oder sonstwas? „Hör zu, Henry, ich brauche ein paar Informationen. Hier ist noch einer von uns. Er jagt in meinem Revier, und ich weiß nicht, was ich tun soll. Ich weiß, was ich gern tun *würde* ..." Beim bloßen Gedanken an den anderen stieg unverminderte Wut in ihr hoch. „... aber ich bin noch ziemlich neu, was diese ganze untote Blutsaugerkiste betrifft, und womöglich reagiere ich ja total übertrieben. Ruf mich also an. Ich bin bei Mike."

Seufzend legte sie auf. Vampire teilten sich kein Revier, das war nun mal so. Weswegen Henry auch in Vancouver geblieben und sie nach Toronto zurückgekehrt war.

Nun gut, das war nicht der einzige Grund. Sie warf Mikes Ersatzschlüssel zurück in die Schublade und überlegte kurz, ob sie ihm einen Zettel hinlegen sollte, die mysteriöse Leere in seinem Benzintank betreffend. „Nein. Er ist Detective, soll er es doch selbst rausfinden!"

Um zwölf nach fünf würde die Sonne aufgehen. Bis dahin war nicht mehr viel Zeit, das wußte Vicki auch ohne Uhr. Sie spürte, wie die Sonne am Rand ihres Bewußtseins herumstrich.

☥ ☥ ☥

„Stell dir vor, gleich versetzt dir jemand von hinten einen Schlag auf den Kopf – dieser letzte Augenblick, wo du irgendwie schon weißt, daß es passieren wird, aber du kannst verdammt noch mal nichts dagegen machen." Sie verschränkte die Arme auf Cellucis Brust und legte den Kopf darauf. „Nur, daß es länger dauert."

„Das passiert jeden Morgen?"

„Kurz vor Sonnenaufgang."

„Du wirst ewig leben?"

„Das haben sie mir wenigstens gesagt."

Mike schnaubte. „Na danke, darauf kann ich verzichten."

Celluci hatte angeboten, eins seiner unbenutzten Schlafzimmer lichtdicht zu isolieren, aber Vicki war bei dem Gedanken nicht ganz wohl gewesen. Henry, der viereinhalb Jahrhunderte auf dem Buckel hatte, konnte es sich vielleicht erlauben, die Unsterblichkeit auf die leichte Schulter zu nehmen, aber noch ging es Vicki da anders. Sie fand die ganze Sache ziemlich furchterregend und hatte nicht im geringsten Lust darauf, sich einer Situation auszusetzen, in der sie zugleich völlig hilflos und exponiert war. Schließlich kann so gut wie jeder in ein Schlafzimmer eindringen.

Anders lagen die Dinge bei einer verschlossenen Sperrholzkiste, die, mit einem schwarzen Vorhang abgedeckt, ganz hinten in einem fünf Meter langen Kriechgang im Keller stand – aber um ganz sicher zu gehen, hatte Vicki den Eingang zu dem Gang mit zwei dicken, in Eisenhalter eingelassenen Vierkanthölzern gesichert. Sie mußte fast auf allen vieren kriechen, als sie eilig ihrer Zuflucht zustrebte, wobei sie die Sonne immer dichter im Nacken spürte. Irgendwie schaffte sie es auch diesmal, dem Drang, sich umzudrehen, zu widerstehen.

„Nichts und niemand ist hinter mir her!" murmelte sie vor sich hin wie ein Mantra, während sie ein wenig unbeholfen die Kleider abstreifte und mit wild pochendem Herzen unter dem Vorhang hindurchkroch, der vor dem Eingang zu ihrer Kiste hing. Sie verriegelte den Zugang hinter sich, kroch in ihren Schlafsack, wozu einige Verrenkungen notwendig waren, und streckte sich aus, bereit für den Sonnenaufgang.

„Heilige Scheiße!“ hatte Celluci gesagt, am hinteren Ende der Kiste kauernd, als er mit ansah, wie sie die Doppelbettmatratze hineinzwängte. „Ein Sarg würde wenigstens so etwas wie geschichtsträchtige Würde ausstrahlen.“

„Sagst du mir, wo ich einen herkriege?“

„Ich stelle mir doch keinen Sarg in den Keller!“

„Dann halt gefälligst das Maul.“

☥ ☥ ☥

Während sie so dalag und auf das vollkommene Vergessen wartete, das ihr der Sonnenaufgang bescherte, fragte sie sich, wo der *Andere* sein mochte. Ob ihn wohl dasselbe schleichende Panikgefühl quälte? Litt auch er in diesen letzten Sekunden fast unerträglich unter dem sicheren Wissen, daß er über die Stunden von Sonnenaufgang bis Sonnenuntergang keine Kontrolle hatte? Oder hatte er es wie Henry geschafft, den täglichen Tod hinzunehmen, der über jeden Untod herrscht? Eigentlich, sinnierte Vicki, könnte zwischen ihr und dem Fremden auch ein Gefühl der Verbundenheit, der Verwandtschaft bestehen – aber alles, was sie in diesem Zusammenhang empfand, war eine unbändige Wut. Besitzergreifende Wut: Niemand durfte in ihrem Revier jagen.

„Angenehme Träume“, flüsterte sie, an den Fremden gerichtet, als die Sonne zitternd am Horizont aufging. „Wenn ich dich finde, bist du Toast.“

Als die Dunkelheit zurückkehrte, hatte Mike sich bereits wieder auf den Weg gemacht. Er war aber wohl zwischendurch in der Wohnung gewesen: Der Zettel, den er Vicki bezüglich seines Wagens hinterlassen hatte, strotzte vor Unflätigkeiten und redete gar nicht erst um den heißen Brei herum. Vicki ergänzte ihn um ein paar Schimpfworte, die der Freund bestimmt nur aus Versehen ausgelassen hatte, und klemmte ihn unter den Magneten am Kühlschrank, für den Fall, daß Mike eher zurück war als sie.

Sie hatte sich vorgenommen, nach dem Geruch zu suchen, der ihr in der vergangenen Nacht in die Nase gedrungen war. Sie würde ihn aufspüren und ihm nachgehen, aus dem Jäger würde ein Gejagter werden, und am Ende der Nacht, da war sie wild entschlossen, sollten die Straßen der Stadt wieder ihr allein gehören. Noch spannte sich über den Zugang zur Hintergasse das gelbe Plastikband, mit dem die Polizei Tatorte sichert. Vicki ignorierte es. Sie schlang sich die Dunkelheit um den Leib wie einen langen Umhang, trat neben die Restauranttür und sog schnuppernd die Luft ein.

Offenbar war ein gekreuzigter Zuhälter am Notausgang kein ausreichender Grund gewesen, ein angesagtes Restaurant zu schließen, noch nicht einmal vorübergehend. In der Gasse roch es nach mexikanischem Essen, ein schwerer Duft, der den Geruch des kaum vierundzwanzig Stunden zurückliegenden gewaltsamen Todes fast vollständig überlagerte. Statt Raubtiergestank bekam Vicki lediglich den Duft von Fajitas in die Nase.

„Mist!“ Gereizt trat sie noch näher an die Tür heran, um direkt am Holz zu schnüffeln. „Wie zum Teufel soll ich es so ...“

Sie spürte sein Leben den Bruchteil einer Sekunde, bevor sie seine Stimme hörte.

„Was tust du da?“

Vicki seufzte und drehte sich um. „Ich schnüffle am Türrahmen. Wonach sieht es denn aus?“

„Dann muß ich mich wohl genauer ausdrücken!“ zischte Celluci. „Was tust du *hier?*“

„Ich suche nach der Person, die Mac Eisler umgelegt hat“, begann Vicki. Sie war nicht sicher, wie weit sie den Freund einweihen sollte.

„Nein, tust du nicht. Du bist nicht mehr bei der Polizei. Du bist noch nicht mal mehr Privatdetektivin, und was soll ich sagen, wenn Dave dich sieht? Wie zum Teufel soll ich dein Hiersein erklären?“

Vickis Augen wurden gefährlich eng. „Du brauchst mein Hiersein nicht zu erklären, Mike!“

„Ach ja? Er denkt, du wärst in Vancouver.“

„Sag ihm, ich bin zurück.“

„Soll ich ihm auch sagen, daß du deine Tage in einer Kiste in meinem Keller zubringst und daß du bei Sonnenlicht in Flammen aufgehst – und was, bitte schön, soll ich zu deinen Augen sagen?“

Automatisch ging Vickis Hand hoch, um das Brillengestell auf ihrer Nase zurechtzurücken. Ihre Finger griffen ins Leere. Die Retinitis Pigmentosa, die sie gezwungen hatte, den Polizeidienst zu quittieren, ihr Nachtblindheit beschert und so die Nacht verwehrt hatte, war verschwunden, hatte sich in ihr Gegenteil verkehrt, als Henry sie zu dem gemacht hatte, was sie jetzt war. Die Dunkelheit barg für sie keine Geheimnisse mehr. „Sag ihm, sie sind besser geworden."

„RP wird nicht besser."

„Meine schon."

„Vicki, ich weiß genau, was bei dir abgeht!" Erregt fuhr sich Celluci mit beiden Händen durchs Haar. „Du machst das nicht zum ersten Mal! Du mußtest aus dem Polizeidienst ausscheiden, weil du halb blind warst – und wie bist du damit umgegangen? Das mit deinen Augen hatte dein Leben von Grund auf verändert, aber du warst wild entschlossen, allen zu beweisen, daß du immer noch ‚Victory Nelson' bist, und dafür hat es dir nicht gereicht, als Privatdetektivin zu arbeiten, oh nein! Du mußtest dich in einer Tour in alle möglichen total verrückten, total gefährlichen Situationen begeben, nur damit auch ganz klar war, daß du immer noch sein kannst, wer immer du sein willst, und jetzt, wo sich dein Leben noch mal von Grund auf verändert hat, spielst du das gleiche Spiel."

Sie hörte sein Herz schlagen, sah im weißen V seines offenen Hemdkragens eine Ader pulsieren, spürte das Blut darin rauschen, ganz nah, so nah, daß sie mühelos die Zähne hätte hineinversenken können. Vikkis Hunger regte sich. Nur indem sie sämtliche Kontrollmechanismen aufrief, die Henry sie gelehrt hatte, gelang es ihr, ihn wieder in die Knie zu zwingen. Darum ging es jetzt wirklich nicht.

Seit ihrer Rückkehr nach Toronto existierte Vicki mehr oder weniger vor sich hin. Sie trank, ging jagen, lernte die Nacht neu kennen, lernte ihre Beziehung zu Mike neu definieren. Der Anruf am frühen Morgen hatte eine Unzufriedenheit geweckt, die wohl unbemerkt schon länger in ihr geschlummert hatte. Celluci hatte es schon richtig erkannt: Eigentlich gab es nur eine Sache, die seine Freundin richtig gut beherrschte.

Mikes wütender Ausfall eben beruhte, das wußte Vicki genau, zum Teil auf Besorgnis. Sie kannte ihren Freund, sie hatten schließlich lange genug Lover und Gendarm gespielt. Sie wußte, wie er dachte: Wenn schon so etwas Grundlegendes, Simples wie das Sonnenlicht sie umbringen konnte, was lauerte denn dann noch alles darauf, sie niederzumachen? Mike konnte gar nicht anders, als sich um die Leute zu sorgen, die er liebte. Es war für ihn nur natürlich, die Leute beschützen zu wollen, die er liebte – sie beschützen zu wollen.

Aber der Ausfall beruhte eben nur *zum Teil* auf dieser Besorgnis.

„Du wirst doch nicht ernsthaft behaupten wollen, es mache dich glücklich, mich faul in deinem Haus rumhängen zu haben. Ich kann nicht kochen, und Fensterputzen war auch noch nie mein Ding." Vorsichtig trat sie einen Schritt auf ihn zu. „Eigentlich müßtest du begeistert darüber sein, daß ich langsam wieder auf die Beine komme."

„Vicki!"

„Ich frage mich", fuhr sie zögernd fort, denn es fiel ihr immer schwerer, den Hunger im Zaum zu halten, „wie du reagieren würdest, wäre das hier nicht *dein* Fall. Für die Jagd in der Nacht bin ich nämlich besser gerüstet als ... sagen wir mal: Detective Sergeants."

„Vicki ..." Der Name klang mittlerweile mehr nach unartikuliertem Knurren.

Sie beugte sich vor, bis ihre Lippen sein Ohr streiften. „Ich wette, ich löse euch den Fall!" Dann war sie verschwunden, hatte sich in die Schatten verdrückt, schneller, als ein menschliches Auge zu folgen vermochte.

„Mit wem hast du denn da gerade geredet?" Suchend sah sich Dave in der leeren Gasse um. „Ich dachte, ich hätte ..." Ein Blick ins Gesicht seines Partners brachte ihn zum Schweigen. „Ach, egal!"

Vicki konnte sich nicht mehr erinnern, wann sie sich zum letzten Mal so lebendig gefühlt hatte. Was man, da ich jetzt eingetragenes Mitglied der blutsaugenden Untoten bin, nur als höchst interessantes Gefühl bezeichnen kann. Fast trunken von all den Leben um sich herum spazierte sie die Queen Street West hinunter, wobei sie durchaus mitbekam, wie die Menge sich teilte, um ihr Platz zu machen. Auch die bewundernden Blicke entgingen ihr nicht. Zwischen ihrem alten Leben und ihrem neuen hatte sich eine Verbindung aufgetan.

„Du mußt den Tag aufgeben", hatte Henry ihr erklärt, „aber sonst nichts. Alles andere brauchst du nicht aufzugeben."

„Willst du damit behaupten, wir seien ganz normale Leute? Außer, daß wir Blut trinken?" hatte sie gezischt.

Henry hatte gelächelt. „Wie viele ganz normale Leute kennst du denn?"

Sie haßte es, wenn er eine Frage mit einer Gegenfrage beantwortete! Aber sie hatte ihn verstanden, und irgendwie mußte sie ihm sogar recht geben. Die Ehrlichkeit zwang sie, sich einzugestehen, daß auch Celluci irgendwie recht hatte: Sie wollte sich wirklich etwas beweisen. Sie wollte zeigen, daß sie nach wie vor sie selbst war. Das war schon immer so gewesen. Je mehr sich die Dinge änderten, desto mehr blieben bestimmte Sachen eben auch gleich.

„Das hätten wir dann also geklärt, und jetzt ..." Sie sah sich um, auf der Suche nach einem Ort, an dem sie sich hinsetzen und nachdenken konnte. In ihrem alten Leben wären das ein Café oder der Fensterplatz in einem billigen Restaurant gewesen, und unzählige Tassen Kaffee hätten auch dazugehört. In diesem neuen Leben war es den grauen Zellen nicht zuträglich, in geschlossenen Räumen zu hocken, umgeben von menschlichem Leben. Das förderte nicht den Denkprozeß, und von Kaffee, ohne den es früher nicht gegangen war, wurde Vicki inzwischen furchtbar übel, eine Sache, die ihr zutiefst gegen den Strich ging.

Vor Jahren hatte ein lokaler Fernsehsender mit Namen CITY TV an der Ecke Queen und John Street ein Jugendstilhaus renoviert. Das hatte er gut gemacht, weswegen das sechsstöckige, weiße Gebäude mit den kunstvoll verzierten, modernen Fenstern rasch zu einem Mittelpunkt des Stadtteils geworden war. Vicki glitt in den engen Durchgang, der das Haus von seinen wesentlich heruntergekommeneren Nachbarn trennte, und kletterte eine Leiter hoch – wie es sich herausstellte, für jemanden wie sie als Treppe wie geschaffen.

Als sie einige Sekunden später das Dach erreichte, hockte sie sich auf eine der mit einem zinnenartigen Ornament geschmückten Ecken. Ihr zu Füßen lag der Kern der Innenstadt von Toronto. Das da unten waren ihre Straßen, nicht die Cellucis – und irgendeinem gottverdammten Blutsauger von außerhalb gehörten sie schon gar nicht. Es wurde Zeit, diese Straßen zurückzuerobern. Vicki mußte grinsen: Es fiel ihr richtig schwer, bei diesem Gedanken keine entsprechende dramatische Pose einzunehmen.

Zog man alle Umstände in Betracht, so lag der Schluß nahe, daß die Polizeiverwaltung von Toronto in Gestalt Detective Sergeant Mike Cellucis wohl kaum zu einem Informationsaustausch bereit sein würde. Einen Moment lang bedauerte Vicki, Mike diese Herausforderung – daß sie den Mörder schneller finden würde als er – vor die Füße geworfen zu haben. Sie streifte das Gefühl aber schnell wieder ab. Henry hatte schon recht: Bedauern kam nicht in Frage, dazu war die Nacht einfach zu lang.

Sie saß da und sah den Menschenmengen zu, die sich tief unter ihr auf den Trottoirs drängten. Immer da, wo bunte Pulks unterwegs waren, durfte man davon ausgehen, daß sich Touristen unter die Dauergäste der Queen Street gemischt hatten. Die Gegend war an einem Freitagabend die angesagteste überhaupt in der Stadt. Hier stieß die ernsthaft kulturschaffende Gemeinde Torontos auf jede Menge Möchtegernkünstler und andere Gestalten, aus denen nie etwas werden würde.

Nachdenklich runzelte Vicki die Stirn. Mac Eisler war an einem Donnerstag abend vor Mitternacht in einer Gegend gestorben, die nie wirklich zur Ruhe kam. Es ging nicht an, daß niemand etwas mitbekommen, niemand irgend etwas gehört hatte! Irgend jemand lief da draußen herum und versuchte, das, was er wahrgenommen hatte, nach Kräften zu verdrängen. Weil Mord nämlich eine Sache war – die Begegnung mit einem Wesen der Nacht jedoch eine komplett andere.

„Dann wollen wir mal scharf nachdenken“, flüsterte sie in ihrem Ansitz. „Wo mag sich so ein Mensch – und wenn man bedenkt, zu welch später Stunde der Mord geschah, gehen wir hier nicht von einem Touristen aus –, wo mag sich so ein Mensch wohl heute abend aufhalten?“

☥ ☥ ☥

Sie fand ihn in der dritten Bar, die sie überprüfte, in der hintersten Ecke, wo er verzweifelt, aber vergeblich versuchte, sich zu betrinken. Dabei schoß sein Blick unentwegt hektisch hierhin und dorthin, während er mit beiden Händen das Bierglas umklammert hielt und seine Körpersprache – nicht zu überhören – immer wieder schrie, man solle ihn bloß in Ruhe lassen, er schlage sich mit echt miesem Zeugs rum.

Vicki setzte sich neben ihn, wobei sie einen Moment lang den Jäger aufblitzen ließ. Heftiger oder eindeutiger hätte die Reaktion nicht ausfallen können.

Der Mann erstarrte zur Salzsäule. Seine Lippen zuckten, bewegten sich, ohne daß ein Ton aus seinem Mund gekommen wäre.

„Atmen!“ empfahl sie ihm trocken.

Er holte laut keuchend Luft, was ihn nicht zu beruhigen schien, ihn aber zumindest aus seiner Erstarrung riß. Er schob seinen Stuhl zurück und machte Anstalten aufzustehen.

Vicki schloß die Finger um sein Handgelenk. „Hiergeblieben."

Er schluckte und setzte sich wieder.

Seine Haut war so heiß, daß sie fast brannte, und sie spürte seinen rasenden Puls darunter wie ein kleines wildes Tier in der Falle, das um seine Freiheit kämpft. Der Hunger regte sich, und sie mußte feststellen, daß auch ihr eigener Atem leicht stoßweise ging. „Wie heißt du?" wollte sie wissen.

„Ph... Phil."

Sie fing seinen Blick auf, um ihn nicht mehr freizugeben. „Du hast gestern nacht etwas gesehen?"

„Ja." Er war zum Zerreißen angespannt und begann zu zittern.

„Wohnst du hier in der Gegend?"

„Ja."

Vicki stand auf und zog ihn hoch. „Bring mich in deine Wohnung", sagte sie, ihr Ton halb Befehl, halb Liebkosung. „Wir müssen reden."

Phil starrte sie an. „Reden?"

Sein Blut rief so laut nach ihr, daß sie die Frage kaum hörte. „Na ja, erst mal reden wir."

☥ ☥ ☥

„Eine Frau ganz in Schwarz, das Haar wie tausend Strähnen aus Schatten, die Haut wie Schnee, die Augen schwarzes Eis. Sie kicherte, als sie mich sah, und ihr Lachen kam ganz tief unten aus ihrer Kehle. Dann leckte sie sich die Lippen, die so rot waren, daß einem beim bloßen Anblick die Augen weh taten, und plötzlich war sie weg, so schnell, daß sie im Dunkel der Nacht ein Bild hinterlassen hat."

„Hast du gesehen, was sie tat?"

„Nein. Aber sie brauchte gar nichts weiter zu tun, um einem Angst und Schrecken einzujagen, ihr Anblick reichte völlig. Die letzten vierundzwanzig Stunden war mir zumute, als sei ich meinem eigenen Tod begegnet."

Phil hatte sich beim näheren Kennenlernen als Mann mit einem Hang zum Poetischen entpuppt – und als durchaus sportlich. Unter dem Strich war die Begegnung ganz und gar nicht als Zeitverschwendung abzuhaken, fand Vicki. Nachdem er eingeschlafen war, sorgte sie dafür, daß er sich nicht mehr an sie erinnern würde, und dämpfte seine Gefühle in bezug auf die Begegnung in der Seitengasse. Sie ging dabei sehr sorgfältig vor – das mindeste, was sie für ihn tun konnte.

Die Beschreibung hörte sich an wie aus einem Hammer-Film: Draculas Braut killt einen Luden.

Sie hatte den Schlüssel bereits ins Schloß gesteckt, als sie noch einmal innehielt und mit schräggelegtem Kopf auf Geräusche aus der Wohnung lauschte. Celluci war daheim. Sie spürte sein Leben hinter der Tür, und wenn sie genau hinhörte, vernahm sie auch den gleichmäßigen Atem, der ihr sagte, daß der Freund schlief. Im Grunde kein Wunder, wenn man bedachte, daß bis zum Sonnenaufgang nur noch drei Stunden fehlten.

Eigentlich brauchte sie ihn nicht zu wecken. Sie hatte wirklich nicht vor, ihm zu erzählen, was sie gerade herausgefunden hatte, und trinken mußte sie in dieser Nacht auch nicht mehr, aber nach einer langen, heißen Dusche stand sie dann doch an der Tür zu seinem Zimmer und kurz danach neben seinem Bett.

Celluci war siebenunddreißig Jahre alt. Er hatte graue Strähnen im Haar und tiefe Falten um die Augen, die auch im Schlaf bestehen blieben, wenn sich die feineren Fältchen in seinem Gesicht geglättet hatten. Mike würde älter werden. Irgendwann einmal würde er sterben, und was dann?

Sie hob die Bettdecke, schlüpfte darunter und kuschelte sich dicht an ihn. Mit einem Seufzer zog er sie noch näher zu sich heran, ohne dabei ganz wach zu werden.

„Dein Haar ist naß“, flüsterte er.

Vicki drehte sich in seiner Umarmung, streckte die Hand aus und strich ihm die lange Locke aus der Stirn. „Ich habe geduscht.“

„Wo hast du dein Handtuch gelassen?“

„Das habe ich naß, wie es war, zusammengeknüllt auf den Boden geworfen.“

Celluci grunzte Unverständliches. Er schlief bereits wieder.

Lächelnd küßte ihn Vicki auf die Augenlider. „Ich liebe dich auch!“

Sie blieb bei ihm, bis das Sonnenlicht sie vertrieb.

☥ ☥ ☥

„Irene MacDonald."

Vicki lag in der Finsternis und starrte auf das Sperrholz über sich, ohne eigentlich etwas zu sehen. Die Sonne war untergegangen, es stand ihr frei, die Zuflucht zu verlassen, aber sie wollte noch einen Moment liegenbleiben und im Geiste den Namen hin- und herwenden, der ihr beim Aufwachen auf der Zunge gelegen hatte. Sie erinnerte sich daran, spaßeshalber überlegt zu haben, ob es wohl einen Zusammenhang zwischen dem Tod Irene MacDonalds und dem ihres Zuhälters geben mochte.

Man hatte Irene in ihrer Wohnung auf dem Badezimmerboden gefunden, halb zu Tode geprügelt. Zwei Stunden später war sie im Krankenhaus ihren Verletzungen erlegen.

Celluci hatte gesagt, er persönlich sei sicher, daß Mac Eisler für diese Sache verantwortlich war. Für Vicki reichte das aus.

Vielleicht hatte Eisler das Pech gehabt, einem Vampir über den Weg zu laufen, der sich nicht nur von Blut, sondern auch von Terror nährte. In ihrem ersten Jahr, als ihr Hunger noch manchmal aus dem Ruder lief, hatte Vicki ein paarmal Terror zu schmecken bekommen und wußte, wie schnell man danach süchtig werden konnte. Vielleicht hatte man ihn aber auch umgebracht, um Irenes Tod zu rächen.

Vicki wußte jedenfalls, wie sie das sicher herausfinden konnte.

☥ ☥ ☥

„Brandon? Hier spricht Vicki."

„Victoria?" Vor lauter Überraschung verflüchtigte sich der Oxford-Akzent fast völlig aus Dr. Brandon Sighs Stimme. „Ich dachte, du wärst jetzt in British Columbia."

„War ich auch, aber jetzt bin ich wieder hier."

„Aha! Damit wäre dann wohl auch die deutliche Besserung in der Befindlichkeit eines gewissen Detectives geklärt, den wir beide persönlich kennen."

Vicki konnte der Versuchung nicht widerstehen. „Hat er sich mies aufgeführt, als ich weg war?"

Brandon lachte. „Der Mann war unerträglich – und das sage ich, wo du doch weißt, daß ich allerhand ertragen kann. Was ist mit dir? Immer noch in derselben Branche tätig?"

„Ja, kann man so sagen." Das konnte man wirklich – und wie gut es sich anfühlte, das tun zu können! „Wie sieht es bei dir aus? Immer noch stellvertretender Leiter der Gerichtsmedizin?"

„Jawohl! Vicki – da ich mit einiger Sicherheit davon ausgehen kann, daß du mich nicht so lange nach Dienstschluß zu Hause anrufst, um mir mitzuteilen, daß du wieder in der Stadt bist und hier auch wieder deiner Arbeit nachgehst – was willst du von mir?"

Vicki stöhnte leise. „Ich wüßte gern, ob du zufällig einen Blick auf Mac Eisler hast werfen können."

„Ja, Victory, ich habe einen Blick auf Mac Eisler geworfen, und jetzt frage ich mich, warum du mich das nicht während der normalen Bürozeiten fragen kannst. Du weißt doch sicher, wie gern ich meine Autopsien erörtere, wenn meine Kinder im selben Raum sind und lange Ohren machen."

„Oh Gott, das tut mir leid, Brandon! Es ist aber wichtig."

„Ja, ja, das ist es immer." Sein Ton war so trocken, daß er förmlich bröckelte.

„Aber wo es nun einmal passiert ist und du meinen Feierabend ohnehin schon gestört hast, versuch wenigstens, deine Fragen so zu stellen, daß sie sich mit einem einfachen Ja oder Nein beantworten lassen."

„Hast du geprüft, wieviel Blut Eisler im Körper hatte?"

„Ja."

„Fehlte welches?"

„Nein. Trotz der schweren Verletzungen am Halse waren die Blutbahnen an sich glücklicherweise noch intakt."

Soviel zu Ja oder Nein – sie hatte genau gewußt, daß der gute Brandon sich nicht würde zurückhalten können. „Du warst mir eine große Hilfe. Danke!"

„Ich würde ja ‚gern geschehen' und ‚jederzeit wieder' sagen – aber ich weiß, du nagelst mich glatt darauf fest." Womit er abrupt auflegte.

Nachdenklich legte Vicki den Hörer auf die Gabel. Sie – die *andere* – hatte nicht getrunken. Eins zu null für die These, daß Eisler gestorben war, weil er Irene ermordet hatte.

„Na, wenn das mal nicht Andrew P. ist." Vicki lehnte sich gegen den schwarzen Trans Am und rückte die Kaufhausbrille zurecht, die sie sich gleich nach Sonnenuntergang zugelegt hatte. Mit den nach hinten gebürsteten Haaren und den Brillengläsern aus Fensterglas vor den Augen sah sie nicht viel anders aus als noch vor einem Jahr. Solange sie nicht lächelte ...

Der Zuhälter erstarrte und wurde kreidebleich. All sein Schwung, all sein Pep waren dahin, noch ehe er das erste Schimpfwort über die Lippen gebracht hatte. Er schluckte hörbar. „Nelson. Ich hatte gehört, du wärst weg."

Vicki, die sein Herz rasen hörte, grinste noch breiter. „Jetzt bin ich wieder da, und ich brauche Informationen. Ich brauche die Namen von Eislers Mädchen."

„Ich weiß nichts." Der Mann zitterte, unfähig, den Blick von ihrem Gesicht zu lösen. „Ich hatte gar nichts mit ihm zu tun! Ich kenne keine Namen."

Vicki richtete sich auf und ging langsam einen Schritt auf ihn zu. „Streng dich doch ein klein bißchen an, Andrew."

Plötzlich lag der Geruch von Urin in der Luft, und vorn auf der baumwollenen Trainingshose des Luden zeichnete sich ein verdächtiger dunkler Fleck ab. „Da war ... D... D... Debbie Ho. Weiter weiß ich nichts, kann mich an nichts mehr erinnern."

„Wo arbeitet sie?"

„Mitten im Rotlichtbezirk." Jetzt hatte er es so eilig, daß seine Zunge förmlich über die Wörter stolperte. „Jarvis, Ecke Carlton."

„Danke!" Mit einer Handbewegung gab Vicki ihm den Weg zu seinem Wagen frei und trat feinfühlig ein Stück beiseite.

Wie von Furien gehetzt schoß er an ihr vorbei und war mit einem Satz auf dem Fahrersitz, wo er mit zitternden Fingern den Schlüssel in das Zündschloß bugsierte. Die mächtige Maschine des Trans Am erwachte röhrend zum Leben. Noch ein letzter, panischer Blick in die Schatten, und schon rauschte der Mann mit quietschenden Reifen aus der Ausfahrt, quälte das laut kreischende Getriebe vom ersten in den zweiten, in den dritten Gang und war schon auf Tempo achtzig, noch ehe er an der nächsten Straßenecke angekommen war.

Die beiden Polizisten, die an derselben Ecke auf dem Parkplatz einer Bäckerei friedlich in ihrem Streifenwagen gesessen hatten, ließen ihre Sirene aufheulen und setzten ihm nach.

Grinsend ließ Vicki ihre Brille in der Innentasche des Tweedjacketts verschwinden, das sie sich aus Cellucis Schrank geborgt hatte. „Um eine gewisse pubertierende Amphibie zu zitieren, die sich der Verbrechensbekämpfung verschrieben hat: Es ist so cool, ein Vampir zu sein!"

☥ ☥ ☥

„Ich muß mit dir reden, Debbie."

Die junge Frau zuckte erschrocken zusammen, fuhr herum und funkelte Vicki wütend an. „Sind Sie Bulle?"

Vicki seufzte. „Nicht mehr." Offenbar ließ sich die Vampirin einfacher tarnen als die Ermittlerin. „Jetzt nicht mehr, jetzt bin ich Privatdetektivin. Ich möchte dir ein paar Fragen über Irene MacDonald stellen."

„Falls Sie den Scheißer suchen, der sie umgelegt hat, kommen Sie zu spät. Den hat schon wer gefunden."

„Genau den suche ich jetzt, der den Scheißer gefunden hat, wie Sie so schön sagen."

„Warum?" Debbie verlagerte das Gewicht auf die rechte Hüfte.

„Wer weiß – vielleicht will ich ihm einen Orden verleihen?"

Das Lachen der Nutte barg nicht allzuviel Humor. „Das sehen Sie richtig! Mac hat nur gekriegt, was er verdiente."

„Ist Irene auch mit Frauen mitgegangen?"

Debbie schnaubte. „Jedenfalls nicht umsonst", meinte sie spitz.

Woraufhin Vicki ihr einen Zwanziger überreichte.

„Ja, manchmal schon. Rein vom gesundheitlichen Standpunkt aus ist es ja sicherer."

Vicki wiederholte Phils Beschreibung der Frau in der Seitengasse, wobei sie allerdings einige seiner allzu blumigen Ausschmückungen tunlichst strich.

Debbie schnaubte erneut. „Wer zum Teufel sieht sich schon die Gesichter an?"

„An diese Frau würdest du dich erinnern, wenn du sie schon mal gesehen hättest. Sie hat ..." Vicki dachte nach, wobei sie einige mögliche Formulierungen verwarf. „Sie hat Macht."

„Macht ..." Debbie zögerte. Sie runzelte nachdenklich die Stirn, um dann hektisch fortzufahren: „Es gab da eine Person, mit der hat sich Irene ziemlich oft getroffen, aber berechnet hat sie ihr nichts. Das war einer der Gründe dafür, daß Mac so sauer wurde – nicht, daß der Scheißer in der Richtung groß Gründe gebraucht hätte, um sauer zu werden. Wir wußten alle, was passieren würde. Womit ich sagen will, daß wir alle Macs üble Laune zu spüren bekamen, aber Irene wollte einfach nicht aufhören. Sie sagte, nur mit dieser Person zusammenzusein mache sie absolut high, besser als jede Droge. Ich nehme mal an, es könnte eine Frau gewesen sein, und da sie irgendwie der Grund dafür ist, daß Irene sterben mußte: Okay, ich weiß, daß sie sich immer in dieser einen Bar in der Queen West getroffen haben. Warum zischen Sie?"

„Zischen?" Vicki zog rasch eine Maske der Gelassenheit über ihre Wut. Die andere war also nicht einfach nur in ihr Revier vorgedrungen, um Eisler umzulegen, die andere jagte hier! „Ich zische nicht, ich habe nur Probleme mit meiner verstopften Nase."

„Da kann ich ein Lied von singen!" Debbies Hand mit den sechs Zentimeter langen scharlachroten Nägeln deutete auf die Automassen auf der Jarvis. „Versuchen Sie mal, die ganze Nacht hier mitten im Verkehr zu stehen und Kohlenmonoxid zu schlucken."

Wäre Vicki in besserer Stimmung gewesen, dann hätte es sie bestimmt gereizt, dem Wort Verkehr ein anderes Verb zuzuordnen, aber für solche Gedankenspielchen war sie noch viel zu sauer. „Weißt du, in welcher Bar?"

„Sonst noch was? Habe ich ihren Terminkalender geführt? Nein, ich weiß nicht, in welcher Bar!" Anscheinend war es das gewesen. Weitere Informationen waren für zwanzig Dollar nicht zu haben. Die Prostituierte wandte ihre Aufmerksamkeit einem potentiellen Kunden in einem grauen Kleinwagen zu, womit die Unterhaltung eindeutig als beendet gelten konnte.

Vicki sog feuchte, schwüle Luft durch die fest zusammengepreßten Zähne. Allzu viele Bars gab es in der Queen West nicht. In einer davon hatte sie letzte Nacht Phil getroffen. Wer wußte schon, was diese Nacht bringen mochte.

☥ ☥ ☥

Nun, da Vicki genügend Informationen hatte, um direkt Ausschau zu halten, schienen überall kleine, feine Hinweise auf das andere Raubtier in der Luft zu hängen – allerdings immer wieder mit Spuren von Beute vermischt und kaum festzumachen. Zu viele Leben überlagerten die Fährte der anderen, es war unmöglich, sie so aufzuspüren. Als Vicki verärgert zischte, beschlossen ein paar Teenager mit heftig gepiercten Nasen, kahlgeschorenen Schädeln und fest geschnürten Doc Martens, die ihnen fast bis zu den Knien reichten, sie doch nicht auf ein paar Groschen Kleingeld anzuhauen, sondern statt dessen weise auf die gegenüberliegende Straßenseite zu wechseln.

Es war Samstag nacht, nur noch wenige Minuten vom Sonntag entfernt. Nicht mehr lange, und die Bars schlossen. Wenn die andere auf der Jagd sein sollte, dann hatte sie sich ihre Beute bereits ausgesucht.

Ich wünschte wirklich, Henry hätte angerufen! Ist doch möglich, daß sie – daß wir! – im Laufe der Jahrhunderte Mittel und Wege entwickelt haben, mit so etwas umzugehen. Vielleicht ist es Sitte, sich erst mal mit ihr zu unterhalten. Vielleicht gilt es als schlechtes Benehmen, wenn ich ihr die Augen ausreiße und ihr das Maul damit stopfe, falls sie sich weigert, zu gehen.

Sie stand im Schatten einer zurückgebauten Ladenfront, dicht am Rande der künstlichen Sicherheit, die das Licht der Straßenlaternen den Kindern der Sonne bietet, dehnte all ihre Sinne aus, so, wie man es ihr beigebracht hatte, und berührte den Tod inmitten dieses Mahlstroms an Leben.

Es dauerte nicht lange, da hatte sie Phil auch schon gefunden. Er lag in einer der Seitengassen, über die die Geschäfte am Tag Ware erhielten, während sie gleichzeitig einen sicheren Hafen für die weit dunkleren Geschäfte der Nacht boten. Seine Leiche war noch warm, aber sein Herz hatte aufgehört zu schlagen, und sein Blut sang nicht mehr. Sanft berührte Vicki die winzige, fast schon geschlossene Wunde, die sie in der vergangenen Nacht an seinem Handgelenk hinterlassen hatte, gleich darauf die frische Verletzung in der Ellbogenbeuge. Sie wußte nicht, wie der Junge ums Leben gekommen war, aber sie wußte, wer es getan hatte. Er stank nach der anderen.

Von diesem Moment an war es Vicki egal, was die „Tradition" für solche Zwischenfälle vorsah. Reden kam nicht mehr in Frage, und sie würde auch nicht verhandeln. Dazu war die Sache ein Leben zu weit gegangen.

„Na bitte, läuft ja wie geschmiert! Ich brauche ihn nur zu töten, und schon kommst du angelaufen, womit ich mir die Mühe spare, dich aufzustöbern. Platzt hier einfach rein – ohne ein Mindestmaß an Sicherheitsvorkehrungen!" Die Stimme klang leise und noch nicht einmal allzu bedrohlich – was daran liegen mochte, daß sie Drohung an sich war. „Du jagst in meinem Revier, Kind."

Vicki, die immer noch neben Phil kniete, hob den Kopf. Etwa drei Meter von ihr entfernt stand die andere Vampirin, nur Hände und Gesicht waren deutlich sichtbar. Ohne nachzudenken – sie war ja gar nicht mehr in der Lage, nachzudenken, war nur noch reine, knallrote Rage, die sich endlich austoben wollte –, stürzte sich Vicki mit gebleckten Zähnen, die Finger zu Krallen gekrümmt, auf den schneeweißen, säulengleichen Hals der anderen.

Ein Jahr lang hatte Henry ihr beigebracht, das Tier in sich unter Verschluß zu halten. Jetzt war es frei. Vicki fühlte, wie sie sich immer mehr an seine rohe Kraft verlor, ein Zustand, den sie ungemein genoß.

Bis zur letzten Sekunde verharrte die andere reglos, um sich dann leichtfüßig aus der Angriffslinie zu drehen und ihre Gegnerin mit einer einzigen schwungvollen Bewegung beiseite zu schleudern.

Erst der Schmerz brachte Vicki wieder zur Besinnung. Sie fand sich auf dem stinkenden, feuchten Pflaster zu Füßen eines Müllcontainers wieder, laut keuchend, das eine Auge zugeschwollen, auf der Stirn eine tiefe Wunde, aus der Blut tropfte. Ihr rechter Arm war gebrochen.

„Stark bist du", sagte die andere, und ein verächtliches Grinsen nagelte sie am Boden fest. „In hundert Jahren hättest du vielleicht eine Chance gegen mich. Aber noch bist du ein Kind – was sage ich: ein Säugling. Dir fehlt einfach die Erfahrung. Du hast dich nicht im Griff. Heute nacht war eine Warnung, weitere kriegst du nicht. Verzieh dich. Sollten wir uns noch mal begegnen, dann vernichte ich dich."

☥ ☥ ☥

Vicki zog die Tür hinter sich ins Schloß, lehnte sich dagegen und sackte in sich zusammen. Vorsichtig versuchte sie, den Arm zu heben. In den zwei Stunden, die sie für den Rückweg zu Cellucis Haus gebraucht hatte, war der Knochen wieder ein Stück weit zusammengewachsen, weswegen sie eigentlich davon ausgehen durfte, daß der Arm am nächsten Abend wieder einsatzfähig sein würde. Vorausgesetzt, sie nutzte die Stunden, die ihr noch bis zum Morgengrauen verblieben, um sich zu nähren.

„Vicki?“

Vicki zuckte zusammen. Sie hatte gewußt, daß Mike daheim war, hatte aber angenommen – ohne dies allerdings an der Tür zu überprüfen –, er würde um diese Uhrzeit schlafen. Sie kniff die Augen zusammen, als die Treppenbeleuchtung anging, und als sie kurz danach nackte Füße die Treppe heruntertappen hörte, fragte sie sich resigniert, ob sie es wohl bis zum Badezimmer im Keller schaffen würde, ehe er sie sah.

Er kam in die Küche, knipste die Deckenbeleuchtung an und zog den Bademantelgürtel fest. „Wir müssen reden“, meinte er finster, während die Schatten verschwanden, in denen Vicki sich hatte verstecken wollen. „Grundgütiger! Was zum Teufel ist denn mit dir passiert?“

„Alles harmlos.“ Die Augen so fest zusammengekniffen, daß sie fast schon als geschlossen gelten konnten, betastete Vicki die Beule an ihrer Stirn. „Da solltest du mal die andere sehen.“

Celluci streckte wortlos die Hand aus und drückte auf die Sprechtaste des Anrufbeantworters.

„Vicki? Henry hier. Hör gut zu: Wenn wirklich jemand in deinem Revier jagt, dann fordere ihn nicht heraus. Hast du verstanden? Du darfst ihn auf keinen Fall herausfordern. Du kannst nicht gewinnen. Wer immer es sein mag, er ist auf jeden Fall älter als du, er kann die Wut zähmen, die ihn instinktiv überkommt, und wird dafür sorgen, daß er immer, zu jeder Zeit, im Vollbesitz all seiner Kräfte ist. Du kannst das Revier natürlich aufgeben ...“ An dieser Stelle gab das Band einen Seufzer wieder, der deutlich ausdrückte, für wie wahrscheinlich Henry eine solche Entscheidung hielt. „... aber wenn du das nicht willst, mußt du verhandeln. Eigentlich spricht nichts dagegen, daß ihr euch die Stadt teilt, vorausgesetzt, es gelingt euch, euch auf klare Grenzen zu einigen.“ Dann hatte seine Stimme plötzlich wieder etwas von der des Liebsten, den sie durch die Wandlung verloren hatte. „Ruf mich an, ehe du irgend etwas unternimmst!"

Die Nachricht war die einzige auf dem Band.

„Warum nur ... ", fragte Celluci, während er das Band zurückspulte und die Freundin mit einem Blick musterte, der keine Kratzwunde, keinen blauen Fleck, keinen stinkenden Schmutzfleck an ihrem Körper übersah, „... warum nur will mir der Gedanke nicht aus dem Kopf, daß die Person, die du heute nacht angeblich fertiggemacht hast, genau die Person ist, von der Fitzroy hier redet?"

Vicki versuchte, die Achseln zu zucken. Ihre Schultern verweigerten ihr die Zusammenarbeit. „Das hier ist meine Stadt. Es war immer schon meine Stadt. Ich werde sie mir zurückholen."

Er musterte sie lange und nachdenklich, ehe er den Kopf schüttelte. „Du hast gehört, was Henry gesagt hat. Du kannst eine solche Auseinandersetzung nicht gewinnen. Du bist noch nicht lange genug ... was du jetzt bist. Es sind gerade mal vierzehn Monate."

„Das weiß ich." Der satte Duft seines Lebens reizte den Hunger. Vicki trat einen Schritt zurück, um ein wenig Abstand zwischen Mike und sich zu schaffen.

Den er gleich darauf wieder verringerte, indem er auf sie zutrat, ihr die Hand auf den Rücken legte und sie zur Treppe hinübersteuerte. „Komm." Laß gut sein, schwang da mit, wir streiten uns später weiter. „Du mußt jetzt erst mal duschen."

„Ich muß ..."

„Ich weiß. Aber erst gehst du duschen. Ich habe gerade die Bettwäsche gewechselt."

☥ ☥ ☥

Die Dunkelheit weckt uns alle auf verschiedene Weise, hatte Henry erklärt. Wir waren ja alle einst Menschen, und unsere Unterschiede bleiben uns auch nach dem Wandel erhalten.

Für Vicki war das Aufwachen, als würde ein Schalter umgelegt: gerade noch bewußtlos, im nächsten Moment voll da. Als sie an diesem Abend aus dem kleinen Tod des Tages zurückkehrte, kehrte zusammen mit ihr eine Idee zurück.

Henry, als Vampir vierhundertfünfzig Jahre und ein paar Zerquetschte alt, war bei seiner Wandlung gerade einmal siebzehn gewesen. Gut möglich, daß die andere ebenso lange durch die Nacht wandelte – ihr Blick jedenfalls schien das Gewicht mehrerer Lebensalter zu beinhalten –, aber ihr körperliches Erscheinungsbild ließ darauf schließen, daß ihr Leben als Sterbliche noch kürzer gewesen war als das von Henry. Vielleicht hatte bei ihr irgendeine Katastrophe die Wandlung heraufbeschworen, aber im allgemeinen war Leidenschaft die Ursache für den Schritt in die Nacht.

Niemand empfand das „Sterben? Ich doch nicht!" so leidenschaftlich wie ein Teenager.

Sowohl für Henry als auch für die andere war es bestimmt nicht einfach, sich eine Reaktion auszumalen, die auf menschlicher, nicht vampirischer Erfahrung beruhte. Beide verfügten über Jahrhunderte an Erfahrung als Vampire, aber was sie im Leben als Sterbliche gelernt hatten, reichte einfach nicht, um wirklich zu zählen.

Vicki war zwar erst seit vierzehn Monaten Vampir, aber sie war bereits zweiunddreißig Jahre lang Mensch gewesen, als Henry sie rettete, indem er sie zu seinem Blut zog. Von diesen zweiunddreißig Jahren hatte sie neun als Polizistin verbracht – zwei vorzeitige Beförderungen, drei Belobigungen, und in der gesamten Polizeitruppe hatte niemand so viele Verhaftungen vorweisen können wie sie.

Für Verhandlungen war kein Raum.

Kämpfte sie, so bestand keine Hoffnung auf Sieg.

Abhauen kam nicht in Frage – eher würde sie verdammt sein!

„Außerdem ..." Obwohl Vicki durchaus richtig lag, was die Einschätzung der eigenen Stärken betraf, hatte ihr Ausdruck in diesem Moment so gar nichts Menschliches. „... außerdem schuldet sie mir was, wegen Phil."

☥ ☥ ☥

Am Kühlschrank hing ein Zettel von Celluci.

Hat das alles etwas mit Mac Eisler zu tun?

Vicki betrachtete die Frage eine Weile nachdenklich, ehe sie ihre Antwort darunterkritzelte.

Nicht mehr.

Es dauerte drei Wochen, bis sie herausgefunden hatte, wo die andere ihre Tage verbrachte. Wo es ging, bediente sie sich ihrer alten Kontakte, um die Suche voranzutreiben, und wenn sie das nicht mehr weiterbrachte, knüpfte sie neue. Nicht anders, als jeder moderne Van Helsing es ebenfalls getan hätte.

Für die nächsten drei weitere Wochen stellte Vicki jemanden ein, der das Kommen und Gehen der anderen beobachtete, und gab ihm strikte Anweisung, bei dieser Überwachung im Wagen sitzen zu bleiben, und zwar bei geschlossenen Fenstern und laufender Klimaanlage. Leben kommt in einer unzähligen Vielfalt an Variationen daher, aber Maschinen rochen im wesentlichen immer gleich. Es irritierte sie sehr, die Überwachung nicht selbst durchführen zu können, aber um an die Informationen zu kommen, die sie brauchte, hätte sie bis nach Sonnenaufgang unterwegs sein müssen.

☥ ☥ ☥

„Wo zum Teufel hast du dir die Hand verbrannt?"

Vicki verrieb die Salbe sorgsam auf der häßlichen Brandwunde, die anders als die Verletzungen, die sie sich in der Seitengasse zugezogen hatte, langsam heilen und lange schmerzen würde. „Unfall auf der Sonnenbank."

„Ich finde das nicht witzig!"

Sie nahm den Verbandsmull von der Arbeitsplatte. „Du verlierst deinen Sinn für Humor, Mike."

Celluci schnaubte und gab ihr die Schere. „Ich hatte nie welchen."

☥ ☥ ☥

„Mike, ich wollte dich vorwarnen: Ich bin bei Sonnenaufgang nicht zurück."

Mike drehte sich langsam um, die Alufolie mit dem Fertiggericht, das er gerade aus der Mikrowelle genommen hatte, fest in beiden Händen. „Was willst du damit sagen?"

Sie hörte die Angst in seiner Stimme und hob schnell die eine Ecke der Aluschale an, damit keine Soße überlaufen und seine Schuhe verunzieren konnte. „Daß ich den Tag woanders verbringe."

„Wo?"

„Das kann ich dir nicht sagen."

„Warum nicht? Schon gut!" Als er sah, wie sich ihre Augen verengten, hob er beschwichtigend die Hand. „Sag es mir nicht, ich will es gar nicht wissen. Du willst dir die andere Vampirin vorknöpfen, hab ich recht? Die, von der du laut Henry die Finger lassen sollst."

„Ich dachte, du willst es nicht wissen."

„Ich weiß es längst", grunzte er. „Ich lese in dir wie in einem Buch. Großdruck, mit Bildern."

Vicki nahm ihm die Aluschale aus der Hand und stellte sie auf dem Tisch ab. „Sie hat zwei Menschen umgebracht. Eisler mag ein Arschloch gewesen sein, der nichts anderes verdient hatte, aber der andere ..."

„Der andere?" Jetzt hatte Celluci genug, er explodierte. „Herrgott noch mal, Vicki, Mord ist gesetzeswidrig, falls du das vergessen haben solltest! Wer zum Teufel hat dir ein riesiges V auf die lange Unterhose gemalt und dich zur Vampir-Bürgerwehr ernannt?"

„Erinnerst du dich etwa nicht mehr?" fauchte Vicki. „Du warst doch dabei! Ich habe die Entscheidung nicht getroffen, Henry und du, ihr habt das für mich entschieden. Lern gefälligst, damit zu leben." Sie holte tief Luft, wollte versuchen, ein klein bißchen Ruhe zu wahren. „Schau, du kannst sie nicht aufhalten, ich schon. Ich weiß, das nervt, aber so ist es nun mal."

Erbost funkelten die beiden einander an. Sie standen einander inzwischen so dicht gegenüber, daß ihre Zehenspitzen sich berührten. Celluci blickte als erster zur Seite.

„Ich kann dich nicht aufhalten, stimmt's?" sagte er leise, verbittert. „Ich bin schließlich nur ein Mensch."

„Stell bloß nicht dein Licht unter den Scheffel!" fuhr Vicki ihn an. „Du bist durch und durch Mensch, Mike, und wenn du mich aufhalten willst, dann brauchst du mir nur in die Augen zu sehen, und dann bittest du mich, hierzubleiben. Woran du dich aber gefälligst auch jedes Mal erinnerst, wenn du dich in irgendeine gottverdammte Lage bringst, wo sie dir ein Loch in den Arsch ballern könnten!"

Es verging eine Weile, bis er schluckte, den Kopf hob und ihr in die Augen sah. „Bitte stirb nicht", sagte er. „Ich habe schon einmal gedacht, ich hätte dich verloren. Noch mal stehe ich das nicht durch, dazu bin ich nicht stark genug."

„Heißt das, du bittest mich zu bleiben?"

Er schnaubte. „Ich bitte dich, vorsichtig zu sein. Nicht, daß du je auf mich hören würdest."

Sie schlang die Arme um ihn, legte ihm den Kopf auf die Schulter und hüllte sich in seinen Herzschlag. „Diesmal schon. Diesmal höre ich auf dich."

☥ ☥ ☥

Die Studios in dem umgebauten Lagerhaus an der King Street waren nicht als Wohnraum gedacht und durften so auch nicht genutzt werden, was aber gut 75 Prozent der Mieter ignorierten. Das Studio, für das Vicki sich interessierte, lag nach hinten hinaus im zweiten Stock. Die schwere Stahltür am Eingang – eine Wohnwertverbesserung, die eindeutig die Bewohnerin und nicht der Vermieter veranlaßt hatte –, war durch das stabilste Schloß gesichert, das in der Stadt für Geld zu haben war.

Neu erworbene Sinne im Zusammenspiel mit alten Fertigkeiten knackten das Prachtstück in Rekordzeit.

Vicki schob die Tür mit dem Fuß auf und machte sich daran, Kartons in die Wohnung zu schleppen. Sie hatte viel zu tun, ehe die Sonne aufging.

„Sie geht jede Nacht zwischen zweiundzwanzig und dreiundzwanzig Uhr weg und kommt jeden Morgen zwischen vier und fünf wieder. Man kann die Uhr danach stellen."

Vicki gab ihm einen Umschlag.

Er warf einen Blick hinein und zählte das Geld durch, wobei er Vicki von unten her freundlich angrinste. „War mir ein Vergnügen. Wenn Sie mich wieder einmal brauchen sollten – Sie wissen ja, wo Sie mich finden."

„Vergiß es", sagte sie.

Was er prompt tat.

☥ ☥ ☥

Weil sie die andere erwartete, bekam Vicki es sofort mit, als sie das Haus betrat. Das Tier in ihr regte sich, sie packte es fester. Jetzt die Kontrolle zu verlieren, wäre das komplette Desaster.

Sie hörte den Fahrstuhl, dann die Schritte im Flur.

Du weißt, daß ich hier bin, sagte sie unhörbar, und du weißt, du kannst es mit mir aufnehmen. Komm schon, komm einfach so rein, verlaß dich ganz auf deine Stärke, halt mich für blöd, sei überheblich!

„Ich hätte dich für klüger gehalten." Die andere betrat die Wohnung, zog die Tür hinter sich zu und drehte wie beiläufig den Schlüssel im Schloß. „Ich habe dir doch gesagt, ich bringe dich um, wenn wir einander noch einmal über den Weg laufen."

Vicki zuckte die Achseln – zum Teil, um die Bewegung als Tarnung zu nutzen, damit die *andere* nicht mitbekam, wie sehr es sie anstrengte, ruhig zu bleiben. „Willst du denn noch nicht einmal wissen, warum ich hier bin?" erkundigte sie sich.

„Ich nehme an, du bist gekommen, um zu verhandeln." Sie hob elfenbeinweiße Hände und löste die Spange aus dem dicken schwarzen Haar. „In der Richtung läuft allerdings nichts mehr, den Punkt haben wir überschritten, als du mich angegriffen hast." Mit langen Schritten durchquerte sie das Zimmer, um sich selbstverliebt vor dem großen, reichverzierten Spiegel aufzubauen, der die eine Wand des Studios beherrschte.

„Ich habe dich angegriffen, weil du Phil ermordet hast", erklärte Vicki.

„Ach, so hieß der?" Die andere lachte, ein Lachen mit rasiermesserscharfen Kanten. „Ich hatte mir nicht die Mühe gemacht, ihn zu fragen."

„Ehe du ihn ermordet hast."

„Ermordet? Du bist wirklich noch ein Kind. Wir sind Raubtiere, sie sind die Beute – ihr Leben gehört uns, wenn uns danach verlangt. Das hättest du mit der Zeit noch gelernt." Als sie sich umdrehte, war jede Spur von Zivilisation aus ihrem Gesicht getilgt. „Zu schade, daß dir keine Zeit mehr bleibt."

Vicki fauchte, und es kostete sie alles, was sie an Selbstbeherrschung aufbringen konnte, sich zusammenzureißen und nicht anzugreifen. Jahrelanges Training flüsterte: noch nicht. Es war notwendig, daß sie genau da blieb, wo sie war.

„Ach ja!" fuhr die andere fort, Silben, die wie eine Drohung zwischen den beiden in der Luft schwebten. „Fast hätte ich es vergessen – du wolltest, daß ich dich frage, warum du hier bist. Warum bist du hier?"

Hätte man Celluci Adresse und Grund genannt, dann hätte er tagsüber ins Studio kommen und der anderen einen Pfahl durch das Herz jagen können. Der stärkste Vorteil, den die Geschöpfe der Nacht für sich verbuchen konnten, was ihre Sicherheit in der normalen Welt betraf, zog bei dem Detective nicht: Celluci glaubte an Vampire.

„Ich bin hier", teilte Vicki der anderen mit, „weil man manche Dinge einfach selbst erledigen muß."

Das Kabel verlief die Wand hoch, durch die Elektroleitung getarnt, die die auf Sparsamkeit bedachten Renovierer des Lagerhauses auf Putz verlegt hatten, und verschwand in den Schatten, die unter der fünf Meter hohen Decke des Studios hingen. Der Schalter war direkt neben Vickis Fuß auf den Boden getackert, und die geringste Bewegung – zu winzig, um einen Angriff zu provozieren – würde ihn umlegen.

Vicki hatte von Anfang an gewußt, daß ihr Plan eine Reihe von Problemen beinhaltete. Da war erst einmal die Frage der Plazierung: In jeder Wohnung gab es unweigerlich einen Bereich, an dem der Bewohner sich besonders wohl und sicher fühlt, einen Lieblingsstuhl, ein Fenster – einen Spiegel. Den galt es zu finden. Das zweite Problem lag darin, ihre Veränderungen an der Wohnung so zu tarnen, daß die andere sie nicht bemerkte, die zwar die einzelnen Teile der Ausrüstung und Verkabelung nicht roch oder spürte, wohl aber Vickis Geruch auf eben dieser Verkabelung und Ausrüstung. Dieses Problem ließ sich nur lösen, wenn Vicki in der Wohnung blieb und der Geruch ihrer Person die Spuren ihres Wirkens überlagerte.

Das dritte Problem hing unmittelbar mit dem zweiten zusammen. Wenn klar war, daß Vicki bleiben mußte – wie wollte sie es dann schaffen zu überleben?

An der Decke hingen, durch schiere Kraft dort angebracht und so ausgerichtet, daß sie genau auf den Bereich vor dem Spiegel zeigten, zwei Reihen Strahler, die Vicki aus einem Sonnenbett gerupft hatte. Die Sonne stellte für einen Vampir doppelte Bedrohung dar: Ihre Rückkehr an den Himmel brachte vollständige Verletzlichkeit, und ihre Strahlen brannten.

Henry hatte auf dem rechten Handrücken eine runde Narbe, die Erinnerung an eine allzunahe, unfreiwillige Begegnung mit der Sonne. War ihre Brandwunde erst einmal verheilt, so würde Vicki eine ähnliche Narbe vorweisen können, wobei die ihre von einer freiwilligen, bewußt herbeigeführten Begegnung mit einer Sonnenimitation herrührte.

Die andere schrie, als die Lichter angingen – Raserei pur, ein so unmenschlicher Schrei, daß alle, die ihn hörten, dies sofort verdrängen mußten, um nicht dem Wahnsinn anheimzufallen.

Mit einem riesigen Satz tauchte Vicki ab, riß den schweren Brokat von der Rückenlehne der Couch und vergrub sich in dessen Falten. Obwohl ihre Haut das Licht wirklich nur kurz gesehen hatte, schien sie in hellen Flammen zu stehen. Einen Moment lang kam es Vicki vor, als gäbe es außer Schmerz gar nichts mehr für sie. Als die Qualen nach einer Weile zwar nicht nachließen, aber auch nicht schlimmer wurden, schaffte sie es irgendwie, die Augen aufzuschlagen.

Hier, unter dem Brokat und der Couch, kam das Licht nicht an sie heran – aber genausowenig kam Vicki an den Schalter heran, mit dem es sich löschen ließ. Dabei sah sie ihn deutlich vor sich, etwa einen Meter entfernt, genau am Rande des Schattens, den die Couch warf. Vicki verlagerte das Gewicht, woraufhin sich an ihrem linken Bein sofort ein Streifen Brandblasen bildete. Als ihr auf diese drastische Art bewußt wurde, daß ihre Zuflucht nicht hundert Prozent sicher war, gelang es ihr nur mit Mühe, einen Schrei zu unterdrücken. Sie rollte sich ganz eng zusammen, bis sie dalag wie ein Embryo im Mutterleib.

Okay, du Genie, und was jetzt?

Unendlich langsam und vorsichtig schob sie die Hand vor und packte das schmale Vierkantholz, das die hintere untere Verstrebung des Sofas darstellte. Die Leiste stand unter Spannung, weswegen Vicki davon ausgehen konnte, daß die Couch zumindest in Teilen auseinanderbrechen würde, wenn sie sie zerbrach.

Wenn es sich verabschiedet, ist es gut möglich, daß ich mit über den Jordan gehe.

Dann hörte sie etwas über den Boden schleifen.

Oh Scheiße! Sie ist nicht tot.

Das Holz brach, die Couch schickte sich an, in sich zusammenzusakken und Vicki, der inzwischen klar war, daß Glück eine entscheidende Rolle spielen würde, sollte sie am Leben bleiben, schlug nach dem

Schalter und rollte sich aus der Gefahrenzone, alles in einer einzigen Bewegung.

Das Zimmer versank in Finsternis.

Vicki erstarrte vor Entsetzen, als sich ihre Augen langsam wieder an die Nacht gewöhnten. Erst jetzt wurde sie sich des Geruchs bewußt, der im Zimmer hing. Er war die ganze Zeit dagewesen, nur hatten sich ihre Sinne geweigert, ihn wahrzunehmen, bis es nicht mehr anders ging und sie sich ihm stellen mußte.

Sonnenlicht verbrennt uns.

Vicki würgte.

Das Schlurfen ging weiter.

Zur Hölle mit diesem Scheiß! Vicki hatte keine Zeit, sie konnte nicht abwarten, bis ihre Augen den Schaden repariert hatten, der ihnen offensichtlich zugefügt worden war. Sie mußte sich *jetzt* zurechtfinden. Glücklicherweise – auch wenn ihr das damals, ehrlich gesagt nicht wie ein Glücksfall vorgekommen war – hatte sie gelernt, dies gleichermaßen ohne scharfe Augen zu tun.

Sie schoß quer durch den Raum.

Der Lichtschalter befand sich genau dort, wo Lichtschalter immer sind: rechts neben der Tür.

Das Ding auf dem Boden versuchte, sich mit Händen, an denen keine Finger mehr zu erkennen waren, hochzustemmen, wobei es Vicki aus der verkohlten Ruine eines Gesichtes böse anstarrte. Es strahlte in fast greifbaren Wellen Haß aus, während es Anstalten machte, sich noch ein Stück in Vickis Richtung zu schleppen.

Vicki trat ihm entgegen.

Während sich der Teil ihrer selbst, der sich daran erinnerte, wie es war, Mensch zu sein, vor Ekel wand, schlang sie die Hände um den Schädel der anderen und versetzte ihm eine volle Drehung. Das Genick brach. Noch eine Drehung, und Vicki hielt die Überreste des Kopfes in den Händen.

Sie war zweiunddreißig Jahre lang Mensch gewesen, aber immerhin auch vierzehn Monate lang Vampirin.

„Niemand jagt in meinem Revier", zischte sie, während die andere zu Asche wurde.

Sie humpelte zur Wand hinüber und zog den Stecker, der den Sonnenstrahlern Strom lieferte. Später würde sie die Lampen ganz entfernen – beim bloßen Gedanken an eine Sonnenbank in der Wohnung lief es ihr eiskalt den Rücken hinunter.

Als sie sich umdrehte, stand sie dem Spiegel direkt gegenüber.

Aus dem sie eine Frau mit blutunterlaufenen Augen anstarrte, deren sonst so blasse Haut rot und voller Blasen war. Die Frau war Jägerin – war eigentlich immer schon eine gewesen. Die Frage war nur: Wen gedachte sie in Zukunft zu jagen?

Vicki lächelte. Ehe die Sonne sie zwang, ihr frisch geerbtes Refugium aufzusuchen, galt es, rasch ein paar Anrufe zu tätigen. Zuerst war Celluci an der Reihe, sie war es ihm schuldig, ihn wissen zu lassen, daß sie noch existierte. Der zweite ging an Henry, aus ähnlichen Gründen.

Der dritte Anruf ging an eine Null-Achthunderter-Nummer, die für die Kleinanzeigen in Torontos größter alternativer Zeitung zuständig war. Diesmal würde die Anzeige anders aussehen als die, die sie geschaltet hatte, nachdem sie aus dem Polizeidienst ausgestiegen war. Damals hatte die Vorstellung sie zutiefst deprimiert, den geliebten Beruf aufgeben zu müssen, um ein Leben zu führen, das ihr allerhöchstens am Rande sinnvoll und nützlich erschien. Diesmal bereute sie nichts.

Victory Nelson, Privatermittlungen. Spezialität: anderweltliche Verbrechen.

Was für ein Mann

Kurz nach drei Uhr morgens stand Henry vom Kartentisch auf, klopfte ein wenig Asche vom Ärmel seines ausgezeichnet geschnittenen Jacketts und verabschiedete sich elegant von den wenigen noch am Tisch verbliebenen Gefährten. „Wenn Sie mich entschuldigen wollen, meine Herren – ich glaube, ich werde jetzt nach Hause gehen."

„Ich entschuldige Sie auf keinen Fall!" Sir William Wyndhams von schweren Lidern beschattete Augen funkelten Henry von unten her finster an. „Sie haben mir heute nacht elfhundert Pfund abgenommen. Ich will verdammt noch mal Revanche, um die zurückzugewinnen."

Henry schüttelte den Kopf, wobei sein Blick den Bestand an ausgetrunkenen Flaschen streifte, der sich in der Nähe von Wyndhams Ellbogen angesammelt hatte. „Nein, heute nacht lieber nicht mehr, Sir William."

„Ach, heute nacht lieber nicht mehr?" äffte Wyndham ihn nach, indem er sich halb aus dem Stuhl wuchtete, die dunklen Brauen über der aristokratischen Nase zu einem bedrohlichen V zusammengezogen. Im Aufstehen stieß er mit dem Ellbogen gegen eine der leeren Flaschen, die daraufhin bedenklich wackelte.

Die Geschwindigkeit, mit der Henry herbeisprang und die Flasche auffing, ehe sie am Boden zerschellen konnte, zeugte von der Tatsache, daß *er* sich im Verlauf des abendlichen Kartenspiels keinen einzigen Tropfen gegönnt hatte. „Brandy ist keine Entschuldigung für schlechte Manieren", tadelte er sanft, indem er das Gefäß wieder zurück auf den Tisch stellte.

Wyndham starrte ihn an, wobei die Wut in seinen Augen großer Verwirrung wich. Irgendein Instinkt warnte ihn vor einer Gefahr, die sein Verstand nicht zu sehen vermochte. „Verzeihung", sagte er schließlich. „Vielleicht ein andermal." Er sah zu, wie Henry sich noch einmal verneigte und ging, ehe er flüsternd hinzufügte: „Unverschämter junger Hund!"

„Wen meinen Sie?“ erkundigte sich einer der anderen Spieler mit schwerer Zunge, dem es nur mit Mühe gelang, den Blick vom Brandyglas zu lösen.

„Fitzroy.“ Wyndham hob sein Glas an die Lippen – mit erstaunlich ruhiger Hand, wenn man bedachte, welche Mengen er bereits intus hatte – und goß sich den Inhalt mit Schwung hinter die Binde. „Wenn er es noch einmal wagt, so mit mir zu reden, kann er mir seine Sekundanten nennen.“

„Ich für mein Teil würde es mit dem Mann nicht aufnehmen wollen.“

„Es hat Sie ja auch niemand darum gebeten.“

„Ich finde, er sieht mir nach einem von diesen ruhigen Typen aus, die zu Teufeln werden können, wenn man sie zu sehr bedrängt. Er hat manchmal so einen Ausdruck in den Augen – der reine Satan, wenn man zu weit geht, glauben Sie mir.“

„Ach, halten Sie das Maul.“ Mürrisch öffnete Wyndham ein neues Paket Spielkarten, verbannte Fitzroy energisch aus seinen Gedanken und machte sich daran, die Verluste der Nacht wieder wettzumachen.

☥ ☥ ☥

Henry, auf dem Kopf in modisch verwegenem Winkel einen Zylinder mit breiter, geschwungener Krempe, stand oben auf der Treppe seines Clubs und sah hinab auf London. Die Stadt war groß geworden, seit er sie zuletzt als Hauptquartier genutzt hatte. Anmutige, von eleganten Stadthäusern gesäumte Plätze ersetzten die Felder, an die er sich erinnerte, aber im großen und ganzen war London sich treu geblieben. Die Stadt hatte nach wie vor ein gewisses Etwas, ein bestimmtes Flair, eine Atmosphäre, die keine andere Metropole der Welt ihr eigen nennen konnte.

Eine im Goldton einer Guinee schimmernde Braue hob sich, als er das Gewölk, das über den Gebäuden hing, mit einem ironischen Blick bedachte; der Rauch aus gut tausend Schloten lag in der Luft, eine Nebelwand, gegen die sich nur die allerhellsten Sterne durchzusetzen vermochten. Vielleicht war Atmosphäre doch nicht ganz das geeignete Wort, wenn man beschreiben wollte, was London von anderen Städten unterschied.

„Soll ich Ihnen eine Droschke oder Sänfte kommen lassen, Mr. Fitzroy?"

„Danke, nein." Henry schenkte dem Portier ein freundliches Lächeln, bewußt so berechnet, daß es seinen Zauber nicht verfehlte. Sofort hörte er das Herz des älteren Mannes ein wenig schneller schlagen, und ebenso prompt meldete sich auch der Hunger, den Henry allerdings umgehend entschlossen unterdrückte. Das wäre ja nun wirklich schlechter Ton, so nah am eigenen Heim zu trinken. Es wäre auch gefährlich gewesen, aber im England des Prinzregenten kam Sicherheit erst nach gesellschaftlicher Anerkennung, zählte der gute Ton mehr als alles andere. „Ich werde zu Fuß gehen."

„Wie Sie meinen, Sir. Ich möchte Sie allerdings warnen: Nach Einbruch der Dämmerung sind oft üble Gestalten unterwegs."

„Das kann ich mir vorstellen." Henrys Lächeln wurde breiter. „Ich glaube aber nicht, daß sie mich groß belästigen."

☥ ☥ ☥

Der Portier sah dem jungen Mann nach, der die Treppe hinunterstieg und auf die St. James Street trat. Im Laufe der langen Jahre, die er nun schon in den Londoner Clubs arbeitete – zuerst bei Boodle's, dann bei Brook's und jetzt im White's –, hatte er eine Menge Herren zu Gesicht bekommen. Henry Fitzroy trug ein unübersehbares Qualitätssiegel, irgend etwas an ihm zeugte von Macht, obwohl er immer überaus höflich war und nie die Stimme erhob. Wer vorhatte, Fitzroy in Gefahr zu bringen, beschloß der Portier, mußte schon sehr verzweifelt oder sehr dumm sein. Natürlich gab es von beidem mehr als genug in der Stadt.

„Passen Sie gut auf sich auf, Sir!" murmelte der Türsteher, während er sich umdrehte, um ins Haus zurückzugehen.

☥ ☥ ☥

Henry, der den letzten Satz gehört hatte, mußte sich zusammenreißen, um nicht dankend die Hand zu heben. Was natürlich nicht ging – immerhin befand er sich inzwischen außerhalb der Reichweite des menschlichen Hörvermögens. Die Nachtluft verströmte eine deutliche Kälte. Henry schob beide Hände tief in die Taschen seines dicken, aus verschiedenen Lagen bestehenden Mantels, obwohl es noch lange nicht so kalt war, daß es ihn persönlich gestört hätte. Nur wenn man auch den kleinsten Details Beachtung schenkte, konnte die Maskerade Bestand haben.

Leise vor sich hin summend schlenderte er die Brook Street hinunter bis zum Grosvenor Square, wobei er wieder einmal erfreut ein Wunder der modernen Technologie bestaunte, das gerade in diesem Stadtteil Einzug gehalten hatte: das Gaslicht. Zwar schufen die langen Reihen kleiner, heller Punkte fast ebenso viele Schatten, wie sie verschluckten, aber sie waren trotzdem ein enormer Fortschritt gegenüber einem Diener, der mit einer Laterne an einem Stock neben einem herging. Daß er selbst auch gut ohne irgendwelche Beleuchtung ausgekommen wäre, betrachtete Henry als nebensächlich, angesichts des Fortschritts und der Errungenschaft, die die Gaslaternen darstellten.

Er wollte sich gerade in Richtung seines Quartiers in der Albany Street wenden, als er vor sich die unmißverständlichen Geräusche eines Kampfes vernahm. Mit schräg geneigtem Kopf blieb er stehen, um sich klarzuwerden, wie viele Leben an der Auseinandersetzung beteiligt waren. Es handelte sich um drei Männer, die einen vierten zusammenschlugen.

„Das ist ja nun wirklich nicht die feine Art!“ murmelte er, worauf er sich so schnell in Richtung Kampfgetümmel stürzte, daß es einem zufälligen Beobachter so vorkommen mußte, als sei er einfach verschwunden.

☥ ☥ ☥

„Sorgt dafür, daß er wirklich tot ist.“ Der das sagte, hielt ein dünnes Rapier in der einen, den Stockdegen, aus dem er die Klinge gezogen hatte, in der anderen Hand. Neben ihm auf dem Boden lag ein Verwundeter, der anfing, leise zu stöhnen. Sofort richtete sich die stählerne Schwertspitze auf ihn. „Schon gut“, meinte der Mann mit dem Schwert. „Ich werde mich selbst darum kümmern.“

Da trat Henry aus dem Schatten, das Gesicht zu einem Ausdruck tiefster Mißbilligung verzogen. Er packte den Schwertträger am Mantel und schleuderte ihn in hohem Bogen in eine schmale Seitengasse. Als dessen Kumpane sich wutentbrannt auf ihn stürzen wollten, bleckte er die Zähne und befahl höflich, aber von einer unmißverständlichen Drohung begleitet: „Haut ab."

Die Beute roch das Raubtier. Die beiden Schurken machten, daß sie wegkamen.

Rasch kniete sich Henry neben den Verwundeten, dessen Herz er unruhig flattern hörte und der sich beim näheren Hinsehen als Bekannter entpuppte. Vor ihm lag Hauptmann Charles Evans von den Horse Guards, ein Neffe des derzeitigen Earl of Whitby. Evans gehörte zwar nicht zu Henrys wenigen Freunden – nachdem der Vampir nun schon einige Jahrhunderte erfolgreich existierte, wußte er seine Vertrauten sehr sorgfältig zu wählen –, aber dennoch konnte man ihn schlecht wie einen herrenlosen Hund in einer Hintergasse verrecken lassen.

Ein plötzliches Geräusch in einiger Entfernung erinnerte Henry wieder an den Mann mit dem Stockdegen. Der hatte sich so weit aufgerappelt, daß er auf den Knien lag, immer noch leicht schwankend und ohne etwas sehen zu können. Er tastete wie wild um sich, wahrscheinlich auf der Suche nach seinem Schwert. Ein einziges Zischen von Henry genügte, den Mann zur Salzsäule erstarren zu lassen. Leise wimmernd, das Gesicht angstverzerrt, stand er unbeholfen auf, um sich stolpernd seinen flüchtenden Kumpanen anzuschließen.

Das Schwert hatte ein Loch in die linke Schulter des Hauptmanns gebohrt, ziemlich hoch oben. Eine Wunde, die nicht zum Tode führte, aber es stand zu befürchten, daß der Mann verblutete, wenn nicht bald etwas geschah.

„Fitz...roy?"

„Sie sind wach?" Henry nahm das Kinn des Verwundeten sanft in die rechte Hand, drehte dessen Kopf so, daß er ihm in die schmerzumflorten Augen sehen konnte, und sagte leise: „Ich glaube, es wäre jetzt das beste, wenn Sie mir vertrauten und einfach einschliefen."

Die langen Wimpern des Hauptmanns flatterten noch einmal kurz, ehe sie sich fransigen Schatten gleich auf den Wangen zur Ruhe betteten.

Nachdem Henry sich überzeugt hatte, daß sie unbeobachtet waren, schob er das blutgetränkte Jackett beiseite – wie die meisten der militärisch engagierten Gentlemen schien auch Hauptmann Evans ein Fan des Bekleidungshauses Scott zu sein – und neigte den Kopf über die Wunde.

☥ ☥ ☥

„Das war extrem knapp! Gleich geht die Sonne auf.“

Henry drückte sich an der kleinen, zornigen Gestalt vorbei, die ihn auf der Türschwelle empfing: sein Diener Varney. „Regen Sie sich nicht auf, mein Lieber, ich habe noch viel Zeit.“

„Ach ja? Das nennen Sie viel Zeit?“ Nachdem er eilig die Tür zugezogen und den Riegel vorgeschoben hatte, hastete der kleine Mann in Henrys Kielwasser den Flur entlang. „Fast krank war ich vor Sorge, fast krank, und alles, was Ihnen dazu einfällt ist: Reg dich nicht auf!“

Seufzend warf Henry den Mantel ab – den ein immer noch unwillig grummelnder Varney auffing, ehe er auf dem Boden landen konnte – und trat in sein Wohnzimmer. Ein Feuer prasselte im offenen Kamin, das Fenster, das auf den winzigen Balkon hinausging, war mit schweren Gardinen verhängt, und eine dicke Eichenholzplatte die Schiebetür ersetzte, durch die man normalerweise ins Schlafzimmer gelangte. Die Einrichtung war dunkel und schwer, Henry hatte versucht, Möbel zu bekommen, die an die seiner Jugend erinnerten. Er hatte sie sich in einem Anfall von Nostalgie angeschafft, schenkte ihnen jetzt allerdings in der Regel so gut wie keine Beachtung mehr.

„Sie haben Blut an der Krawatte.“

„Regen Sie sich nicht auf, meines ist es nicht.“

Varney schnaubte. „Das hatte ich auch nicht angenommen, aber normalerweise kleckern Sie nicht beim Essen. Wahrscheinlich kriege ich das jetzt nicht mehr raus. Blutflecken – wissen Sie, wie schwer die rausgehen?“

„Ja.“

„Wenn ich sie schnell einweiche, vielleicht ...“ Der kleine Mann zitterte förmlich, so sehr plagte ihn die Ungeduld.

Lachend band sich Henry das strittige Kleidungsstück ab und ließ es in die Hand fallen, die sein Diener ihm hingestreckt hatte. Varney stand jetzt seit mehr als dreißig Jahren in den recht außergewöhnlichen Diensten seines Herrn, da ließ es sich nicht vermeiden, daß er sich gewisse Freiheiten herausnahm. „Ich habe heute abend Lord Wyndham elfhundert Pfund abgenommen“, verkündete Henry stolz.

„Da haben Sie ihn ja ordentlich geschröpft – und nicht nur Sie. Der gute Lord steckt ziemlich in der Klemme, hat kaum noch einen Penny, soweit ich das verstanden habe. Den Gerüchten zufolge steht ihm das Wasser bis zum Hals, und er ist am Verzweifeln."

„Dann gelang es mir noch, einen schwer verwundeten Charlie Evans wieder in den Schoß seiner Familie zu verfrachten."

„Hübscher Schoß, habe ich läuten hören."

„Nun werden Sie bloß nicht vulgär, Varney." Henry setzte sich und hob erst den einen, dann den anderen Fuß, um sich die eng sitzenden Reitstiefel abstreifen zu lassen. „Immerhin habe ich, nehme ich an, verhindern können, daß man ihn umbringt."

„Ein Raubüberfall?"

„Das kann ich nicht sagen."

„Wie viele haben Sie umgenietet?"

„Nicht einen einzigen. Ich habe sie lediglich erschreckt, woraufhin sie davongelaufen sind."

Varney stellte die glänzenden Stiefel sorgfältig zur Seite, ehe er seinen Herrn mißbilligend musterte. „Sie haben sie nur angestarrt, bis sie davongelaufen sind?"

„Ich hatte vor, ihnen die Kehlen aufzureißen, aber das war eigentlich gar nicht nötig und wäre somit ..." Henry legte eine Kunstpause ein, ehe er grinsend fortfuhr: „... nicht gerade höflich gewesen."

„Höflich?" regte Varney sich auf. „Sie riskieren, entdeckt zu werden, weil das höflicher ist als die Alternative?"

Das Lächeln wurde breiter. „Da kann ich nichts machen – ich bin nun einmal ein Geschöpf meiner Zeit."

„Sie sind ein Geschöpf der Nacht! Wissen Sie, was bei solchem Benehmen rauskommt? Fragen kommen dabei raus, und wir können keine Fragen gebrauchen."

„Varney, ich habe vollstes Vertrauen in Ihre Fähigkeiten, mit allem fertigzuwerden, was an uns herangetragen wird."

Der Ton war unmißverständlich und nahm dem kleinen, streitbaren Diener den Wind aus den Segeln. „Jawohl, und das können Sie auch", murmelte er abschließend finster, „und jetzt wollen wir Sie erst mal aus der Jacke hier schälen, ehe ich Sie wieder ins Bett schleppen muß wie einen nassen Mehlsack."

„Sie wissen, daß ich das eigentlich ganz gut selbst kann", sagte Henry, der aufgestanden war und sich umdrehte, damit ihm Varney das Jackett von den Schultern pellen konnte.

„Ach ja, und dann lassen Sie das gute Stück auf dem Boden liegen." Varney hatte sich die Jacke sorgsam gefaltet über den mageren Arm gelegt. „Danach ist sie dann so zerknittert, daß ich das nie wieder rauskriege. Wenn ich nicht wäre, würden Sie rumlaufen wie frisch vom Lumpensammler. Haben Sie getrunken?" In seinen Augen lag mit einem Mal ein hoffnungsvolles Leuchten.

Henry blieb stehen, eine Hand an der Schlafzimmertür. „Ja", sagte er leise.

Die schmalen Schultern sackten wieder in sich zusammen. „Was stehen Sie denn dann noch so da rum?"

Wenige Augenblicke später war die Tür verriegelt, der schwere Fensterladen vor dem schmalen Schlafzimmerfenster gesichert, und Henry Fitzroy, Vampir, unehelicher Sohn Heinrichs VIII., einst Herzog von Richmond und Somerset, Graf von Nottingham und Lord-Präsident des Council of the North, glitt hinüber in das Vergessen, das der Tag ihm bot.

„Ich bitte tausendmal um Verzeihung, Mrs. Evans, aber es war mir unmöglich, früher zu kommen. Ich war nicht im Haus, als die Nachricht Ihres Mannes eintraf." Henry legte Hut und Handschuhe auf den kleinen Tisch in der Eingangshalle und gestattete dem wartenden Diener, ihm den Mantel abzunehmen. „Ich hoffe doch, Ihrem Mann geht es besser als bei unserer jüngsten Begegnung?"

„Oh ja, viel besser, herzlichen Dank." Leonore Evans' Lächeln ließ ihr Gesicht aufleuchten, das ansonsten gerade einen recht erschöpften Eindruck machte, mit lila Rändern unter den Augen, die Wangen womöglich noch blasser, als die Mode ohnehin vorschrieb. „Der Arzt meint, er hat viel Blut verloren, wird aber wieder ganz gesund werden. Wenn Sie nicht gewesen wären ..."

An dieser Stelle versagte ihr die Stimme. Henry verbeugte sich. „Ich bin sehr froh, daß ich helfen konnte." Vielleicht war er ja wirklich ein Risiko eingegangen. Vielleicht wäre es besser gewesen, jegliche

Erinnerung an ihre Begegnung aus dem Gedächtnis des Hauptmanns zu löschen, ihn wie einen überdimensionalen Säugling kommentarlos auf der Schwelle seines Hauses abzuliefern und selbst gar nicht erst in Erscheinung zu treten. Wie die Dinge lagen, hatte er die Nachricht schlecht ignorieren können, die ihm ein offenbar verärgerter Varney bei Sonnenuntergang überreicht hatte. Wobei er es sich nicht hatte verkneifen können, bissig zu bemerken, er hätte es ja gleich gesagt.

Allem Anschein nach sollte Varney recht behalten. Henry richtete sich darauf ein, mit Fragen bombardiert zu werden.

Resigniert folgte er Mrs. Evans die Treppe hinauf in ein behaglich eingerichtetes Schlafzimmer, wo sie ihn mit dem Mann alleinließ, der dort im Bett lag.

Charles Evans saß aufrecht gegen eine Menge Kissen gelehnt und wirkte frisch rasiert, insgesamt aber matt und müde. Er nickte Henry zur Begrüßung zu. „Ich bin froh, daß Sie kommen konnten, Fitzroy."

Henry erwiderte den Gruß mit einem Nicken. Beim Betreten des Zimmers hatte er erleichtert feststellen können, daß der Blutgeruch, den er erwartet und gegen den er sich seelisch gewappnet hatte, von einem ganz und gar unappetitlichen Geruch nach Basilikumpuder überlagert wurde. „Wenn man die Umstände in Betracht zieht, sehen Sie erstaunlich gut aus", lobte er den Kranken.

„Wofür ich Ihnen zu danken habe."

„Na ja, allzu viel habe ich nicht geleistet."

„Stimmt – Sie haben mir nur das Leben gerettet." Das jungenhafte Grinsen des Hauptmanns war so ansteckend, daß Henry es erwiderte, obwohl er sich fest vorgenommen hatte, Abstand zu wahren. „Dr. Harris sagt, so eine saubere Wunde habe er noch nie gesehen", fuhr Evans fort, während seine Hand unter der Bettdecke nach den Verbänden tastete. „Er sagt, sie heilt schneller als alles, was er bislang je behandelt hat."

Dazu sagte Henry wohlweislich nichts, war es doch seinem Speichel zu verdanken, daß die Heilung so schnell vonstatten ging. Irgendwie war es ihm albern vorgekommen, der Versuchung zu widerstehen, wo doch ohnehin schon so viel Blut verschwendet worden war.

„Wie dem auch sei ..." Das Grinsen verschwand, und das ausdrucksvolle Gesicht in den Kissen wurde ganz ernst. „Ich weiß, daß ich Ihnen mein Leben verdanke und bin auch wirklich sehr froh, daß Sie letzte

Nacht rechtzeitig vorbeigekommen sind, um mir beizustehen, aber nicht deswegen habe ich Sie um einen Besuch gebeten. Sehen Sie – ich kann momentan nicht aus diesem verdammten Bett raus, und ich brauche dringend jemanden, dem ich vertrauen kann." Der Blick aus den Augen mit den tiefen Schatten darunter heftete sich erwartungsvoll auf Henrys Gesicht. „Irgend etwas sagt mir, Ihnen kann ich vertrauen."

„Sie kennen mich doch kaum", murmelte Henry, der innerlich seine Wortwahl der vergangenen Nacht verfluchte. Er hatte Evans befohlen, ihm zu vertrauen – nun schien es, als sei er auserkoren, hier für ewig und alle Zeiten die Rolle des Vertrauten zu spielen. Natürlich konnte er das Vertauen ebenso einfach wieder entfernen, wie er es eingepflanzt hatte, aber irgend etwas im Gesicht des Hauptmanns ließ ihn zögern. Was immer den Mann bekümmerte, eine Bagatelle war es nicht. Hier ging es um Leben und Tod – den Tod hatte Henry zu oft gesehen, um sich zu irren. „Versprechen kann ich nichts", seufzte er. „Aber ich werde mir anhören, was Sie zu sagen haben."

„Bitte setzen Sie sich." Der Hauptmann deutete auf einen Stuhl, wartete, bis sein Gast Platz genommen hatte, und zögerte auch danach noch ein wenig, offenbar auf der Suche nach dem richtigen Anfang für seine Geschichte. Endlich hob er den Kopf. „Wissen Sie, daß ich für das Innenministerium arbeite?"

„Ich hörte davon, ja." Klatsch und Tratsch hatte sich in den letzten paar Jahren zum Lieblingszeitvertreib aller Klassen entwickelt, ein Volkssport sozusagen, an dem sich auch Varney mit Begeisterung beteiligte.

„Im Ministerium sind in letzter Zeit Dinge verschwunden. Genauer gesagt, seit die Saison begonnen hat."

„Dinge?"

„Papiere. Unwichtige, bis jetzt jedenfalls." Evans verzog den Mund zu einem freudlosen Lächeln. „Ich darf Ihnen nicht sagen, was in dem Dokument steht, das als letztes verschwand, denn wir würden es trotz allem immer noch begrüßen, wenn nicht jedermann mit dem Inhalt vertraut wäre. Eines kann ich Ihnen jedoch versichern: Fällt es in die falschen Hände, in französische Hände genauer gesagt, dann kostet das einer Menge britischer Soldaten das Leben."

„Haben Sie letzte Nacht den Dieb verfolgt?"

„Nein. Den Herrn, den wir für seinen Kontaktmann halten. Einen französischen Spion namens Yves Bouchard."

Henry schüttelte den Kopf. Die Sache begann, ihn zu interessieren, obwohl er sich doch eigentlich hatte heraushalten wollen. „Der Mann, der letzte Nacht auf Sie einstach, war kein Franzose. Ich habe ihn sprechen hören – er ist Engländer wie Sie und ich. Engländer und – auch wenn ich in diesem Zusammenhang zögere, den Begriff zu verwenden: ein Ehrenmann."

„Das ist Bouchard! Er ist der einzige Sohn einer Einwandererfamilie, die Frankreich während der Revolution verlassen hat. Yves war damals kaum mehr als ein Säugling. Jetzt träumt er davon, sich unter Napoleon das Familienvermögen wiederzubeschaffen."

„Man sollte meinen, dann müßte er an einer Niederlage Napoleons interessiert sein – und daran, daß es gelingt, dem rechtmäßigen König wieder zu seinem Thron zu verhelfen."

Leise stöhnend zuckte Evans die Achseln. „Anscheinend nicht. Wie dem auch sei – Bouchard ist zu schlau, um sich noch weiter hier in der Gegend rumzutreiben. Ich habe verhindern können, daß er das Dokument in die Hand bekommt – jetzt müssen wir dafür sorgen, daß es England nicht auf anderem Wege verläßt."

„Wir?" fragte Henry, so überrascht, daß er es sich anmerken ließ, was nun so gar nicht gutem Benehmen entsprach. „Meinen Sie: Sie und ich?"

„Ich dachte eigentlich nur an Sie. Das Problem ist allerdings, daß wir nicht wissen, wer eigentlich das Dokument gestohlen hat. Wir konnten den Kreis der Verdächtigen auf drei einengen, die alle Kontakt zu Bouchard hatten, was wir genau wissen, und Zugang zu den Büros der Horse Guards haben."

„Einen Augenblick bitte." Henry hob die perfekt manikürte Rechte. „Sie wollen, daß ich für Sie den Spion ausfindig mache?"

„Ja."

„Warum?"

„Weil ich mir in meinem Büro bei niemandem mehr ganz sicher sein kann und weil ich Ihnen vertraue."

Henry wurde immer klarer, daß er sich die Schuld für die ganze Entwicklung letztlich selbst zuzuschreiben hatte. Er seufzte. „Lassen

Sie mich raten: Es widerstrebt Ihnen, die drei einfach zum Verhör vorzuladen, weil ja zwei von ihnen unschuldig sind?"

Evans' schmerzerfüllte Miene hatte mit seiner Wunde nichts zu tun. „Bedenken Sie doch den Skandal!" stöhnte er. „Ich werde eine solche Vorladung veranlassen, wenn es gar nicht anders geht, aber heute ist Mittwoch, und die Informationen müssen spätestens Freitag in Frankreich sein, wenn sie Napoleon noch rechtzeitig genug erreichen sollen, um irgendwelchen Schaden anzurichten. Innerhalb der nächsten beiden Tage wird sich einer der drei sicher verraten."

„Zusammengefaßt heißt das also, das Dokument soll wiederbeschafft werden, ohne daß es zu einem öffentlichen Aufschrei kommt?"

„Genau."

„Ich hätte gedacht, die Bow Street Runner ..."

„Nein. Die Runner mögen gut sein, wenn es darum geht, Wegelagerer und Mörder aufzuspüren. Aber meine Verdächtigen bewegen sich in den ersten Kreisen. Nur ein Mann aus ihrer eigenen Klasse kommt an sie heran, ohne Mißtrauen zu erregen." Er nahm ein Blatt Papier vom Nachttisch und gab es Henry, der es lange anstarrte.

Lord Ruthven, Mr. Maxwell Aubrey und Sir William Wyndham. Stirnrunzelnd sah Henry auf. „Sie sind sich ganz sicher?"

Evans nickte. „Ja. Geben Sie mir Bescheid, sobald *Sie* ganz sicher sind. Den Rest erledige ich."

Die Stimme des Hauptmanns hatte matt geklungen, was Henry daran erinnerte, wie schwer verletzt sein Gastgeber war. Er legte die Liste auf den Tisch zurück und stand auf. „Das ist ganz sicher nicht das, was ich erwartete, als ich herkam."

„Aber Sie werden es tun?"

Natürlich konnte er sich weigern, konnte dafür sorgen, daß Evans vergaß, daß diese Unterhaltung je stattgefunden hatte. Aber Henry war einst ein Prinz von England gewesen, und was auch seitdem aus ihm geworden sein mochte, er konnte nicht tatenlos zusehen, wie jemand sein Land verriet. Was wohl Varney dazu sagen würde? Beim Gedanken an den Diener stahl sich ein feines Lächeln auf Henrys Lippen, das er nur mühsam unterdrücken konnte. „Ja, ich werde es tun", versprach er.

Henry war die Treppe erst zur Hälfte hinuntergestiegen, als er in der Eingangshalle Frauenstimmen hörte. Abwartend blieb er auf dem Treppenabsatz stehen.

„... unendlich leid, so spät noch hier hereinzuplatzen, aber wir sind gerade auf dem Weg zum Essen und kamen hier vorbei, danach wollen wir zu Almack's, wissen Sie, und mein Onkel bestand darauf, daß wir uns nach dem Befinden des Hauptmanns erkundigen."

Carmilla Amworth. Der leichte ländliche Akzent, den auch noch so viele Übungsstunden in Redekunst nicht hatten ausradieren können, war unverkennbar. Carmilla verfügte über ein Vermögen, das ausreichte, sie als Erbin gelten zu lassen, und war noch dazu von einer dunkelhaarigen, blassen, ein wenig einem verlassenen Waisenkind ähnelnden Schönheit. Beides sorgte dafür, daß sie sich über einen Mangel an Verehrern nicht beklagen konnte. Leider jedoch neigte sie zum albernen Kichern, sobald sie sich irgendwie überfordert fühlte.

„Es fällt meinem Onkel nicht leicht, aus der Kutsche zu steigen", fuhr sie fort. „So hat er mich an seiner Stelle geschickt."

„Sagen Sie Ihrem Onkel, ich habe dafür vollstes Verständnis." In Mrs. Evans' Antwort klang ein leises Lachen mit, was auf einverständliches Amüsement schließen ließ. „Sagen Sie ihm, der Hauptmann erholt sich gut und dankt ihm für die liebenswürdige Anteilnahme."

Einen kurzen Austausch an höflichen Allgemeinplätzen später kehrte Carmilla zur Kutsche ihres Onkels zurück, und Henry stieg den Rest der Treppe hinab.

Offenbar hatte ihn Leonore nicht gehört: Als sie sich umdrehte, erschreckte sein Anblick sie so sehr, daß sie die Hand aufs Herz legte und ihn offenen Mundes anstarrte. Sie wäre sicher gestürzt, hätte Henry sie nicht aufgefangen und dafür gesorgt, daß sie auf den Beinen blieb.

Ihre Haut war heiß, eine dünne Hülle, unter der er den rasenden Puls spürte. Der Hunger hob zaghaft sein Haupt, woraufhin Henry die Frau losließ. Zügellosigkeit war nicht nur vulgär, sondern führte noch dazu geradewegs zu einem Pfahl.

„Grundgütiger, haben Sie mich erschreckt!" Mit hochrotem Kopf sorgte Leonore dafür, daß der Abstand zwischen ihr und Henry noch größer wurde. „Ich hatte Sie gar nicht die Treppe herunterkommen hören."

„Verzeihung. Ich hörte Miss Amworths Stimme und wollte nicht in eine private Unterredung platzen."

„Ihr Onkel arbeitet mit Charles zusammen und wollte sich nach dem Befinden meines Mannes erkundigen. Ihr Onkel ist aber außerdem auch ein guter Freund seiner Königlichen Hoheit, und es fällt ihm doch ein wenig schwer, Kutschen zu besteigen und zu verlassen. Vielleicht sollte ich lieber sagen, es ist ihm so gut wie unmöglich. Ist Charles ...?"

„Als ich ging, schlief er."

„Gut." Als Leonore klar wurde, daß sie unbewußt mit der Rechten die Stelle umklammert hielt, an der Henry sie berührt hatte, schluckte sie, besann sich dann aber doch auf ihre Pflichten als Gastgeberin. „Darf ich Ihnen ein Glas Wein bringen lassen?"

„Danke, nein. Ich muß weg."

„Gut. Das heißt, ich meine ..." Ihre Wangen röteten sich noch mehr. „Sie müssen mich für eine komplette Idiotin halten. Es ist doch nur ... Charles ist verwundet und ..."

„Ich verstehe voll und ganz." Henry lächelte, wobei er sehr darauf achtete, bloß keine Zähne zu zeigen.

☥ ☥ ☥

Nachdem Leonore Evans die Tür hinter dem Gast ihres Mannes geschlossen hatte, versuchte sie erst einmal, ihr rasendes Herz zu beruhigen. Dieser Henry Fitzroy hatte etwas an sich, das sie berührte – in einer Art und Weise, die sie bislang nur bei Charles für möglich gehalten hatte und die diesem ganz allein gehörte. Vielleicht ließ sich ihre Reaktion auch mit Dankbarkeit erklären, denn immerhin hatte Fitzroy Charles das Leben gerettet, aber irgendwie mochte Leonore das nicht glauben. Fitzroy war ein gutaussehender junger Mann, dessen weich geschwungene Lippen, wie sie fand, einen faszinierenden Kontrast zu der sanften Stärke bildeten, mit der seine Hände sie festgehalten hatten, als sie zu stürzen drohte.

Leonore schüttelte den Kopf, schalt sich im Geist eine Närrin, raffte mit feuchten Händen ihre Röcke und stieg entschiedenen Schrittes die Treppe hinauf. „Manchmal glaube ich, Tante Georgette hat doch recht", seufzte sie. „Romane sind nichts für junge Frauen – sie üben einen schlechten Einfluß aus."

Ein paar traute Stunden allein mit ihrem Mann wären jetzt das richtige gewesen, das ging aber auf Grund seiner Verletzungen nicht. Also blieb ihr wohl nichts anderes übrig, als sich eine Predigtsammlung vorzunehmen und sich mit frommer Lektüre abzulenken.

☥ ☥ ☥

Die Ballsäle bei Almack's waren so etwas wie das exklusive Heiligtum der guten Gesellschaft, und die Karten zum jeweils am Mittwoch stattfindenden Ball gehörten in der Stadt zu den begehrtesten Objekten überhaupt. Es schien niemanden zu kümmern, daß die Räume, in denen diese Bälle stattfanden, mehr als schlicht waren, der Tanzboden deutlich unter dem allgemeinen Durchschnitt, die Vorzimmer ohne Schmuck und Behaglichkeit, die Erfrischungen im Grunde ungenießbar – hier im Almack's fühlte sich die modische Welt wie im siebten Himmel, und ein Ausschluß aus dem Club kam einem Ausschluß aus den gehobenen Schichten der Gesellschaft gleich.

Henry hatte begriffen, daß ein junger Mann in diesen modischen Kreisen keine Probleme zu erwarten hatte, wenn man ihn nur vom Dunkelwerden bis zur Morgendämmerung zu Gesicht bekam. So hatte er schnell bis zur Spitze der guten Gesellschaft aufsteigen können, wo man ihn kannte und schätzte.

Nach seiner Ankunft bei Almack's vergewisserte sich Henry zuerst beim Portier, ob sich auch alle drei von Evans genannten Personen in den Räumen des Clubs befanden. Er ließ Hut, Mantel und Handschuhe an der Garderobe zurück und stieg die Stufen zum Ballsaal hinauf, wobei er den neugierigen Blicken der Prinzessin Esterhazy geflissentlich auswich, da er das Benehmen dieser Dame als unhöflich und aufdringlich empfand. Viel lieber hielt er sich da an eine weitere Stütze der eleganten Gesellschaft, Gräfin Lieven, die an diesem Abend ebenfalls anwesend war. Nachdem er sie entdeckt hatte, ging er zu ihr hinüber, um sich zu verbeugen.

„Sie waren letzte Nacht recht beschäftigt, hab ich mir sagen lassen", begrüßte ihn die Dame.

Nicht zum ersten Mal staunte Henry über das Tempo, in dem Neuigkeiten in dieser Stadt die Runde machten und selbst illustre Ohren wie die der Gräfin erreichten. Bescheiden wehrte er ab: Er habe schließlich nur getan, was jeder andere Mann an seiner Stelle auch getan hätte.

„Jeder andere *Mann,* Sie sagen es! Nun, ich hatte gar nicht erwartet, daß Sie viel Aufhebens um die Sache machen. Wäre das der Fall gewesen, wären Sie in meiner Achtung gesunken." Sie betrachtete ihn mit stetem, aufmerksamem Blick, wobei sie sich gedankenverloren mit dem geschlossenen Fächer auf die rechte Hand klopfte. „Ich glaube schon eine ganze Weile, daß an Ihnen mehr dran ist, als Sie der Welt zu zeigen belieben."

Henry, der sich vollkommen darüber im klaren war, daß sein Gegenüber zu Recht als klügste Frau Londons galt, ließ ein wenig die Maske verrutschen.

Die Gräfin lächelte. Im Moment reichte es ihr zu wissen, daß sie recht gehabt hatte, es interessierte sie gar nicht so sehr herauszufinden, womit genau. „Der äußere Anschein, mein lieber Mr. Fitzroy, ist alles. Ich glaube, das klingt nach einem Ländler. Erlauben Sie mir, Sie einer jungen Dame vorzustellen, die einen Tanzpartner braucht."

Henry verbeugte sich gehorsam, fiel ihm doch so schnell kein Grund ein, warum man ihn keiner jungen Dame hätte vorstellen sollen. Wenig später bewegte er sich anmutig durch die Schrittfolgen des Tanzes, während er sich gleichzeitig amüsiert fragte, wie es wohl wäre, wenn er der Gräfin einmal einen nächtlichen Besuch abstattete. Ehe er in dieser Frage zu einer endgültigen Einschätzung kommen konnte, endete der Tanz, und Henry durfte die junge Dame in seiner Obhut zu ihrer wartenden Mama zurückgeleiten. Die Sache mit der Gräfin, beschied er, hatte Zeit. Er durfte sie getrost auf die lange Bank schieben.

Er wußte genau, daß er gut aussah, so gut, wie man eben mit Anfang zwanzig aussieht, ein Alter, das für viele Menschen einen Höhepunkt darstellt. Zum Glück umgab ihn der Ruf, bei der Finanzierung der feinen Lebensart auf das Glück am Spieltisch angewiesen zu sein und somit dem Heiratsmarkt nicht zur Verfügung zu stehen. Keine Mama auf der Pirsch nach einem Mann für die Tochter würde es ihrem Kind erlauben, sich an einen Mann mit so begrenzten finanziellen Aussichten zu ketten, eine Tatsache, die Henry mit tiefer Dankbarkeit erfüllte. Er hatte gar kein Interesse an kichernden jungen Damen, die gerade das

Schulzimmer verlassen hatten. Die älteren Frauen, mit denen er seine Zeit verbrachte, waren da sehr viel ... anregender.

☥ ☥ ☥

In diesem Moment beugte sich eine der jungen Damen, die Henry so kategorisch als albern und langweilig abgestempelt hatte, zu ihrer Freundin hinüber. „Ich frage mich, weswegen Mr. Fitzroy lächelt."

Gehorsam warf die Freundin einen Blick auf den betreffenden Gentleman, errötete und senkte hastig den Kopf. „Er wirkt irgendwie *hungrig.*"

Die erste Dame, etwas weltgewandter als die zweite und wohl auch schon ein wenig älter, beschloß seufzend, das Thema nicht weiter zu verfolgen. Sie wäre jede Wette eingegangen, daß der belustigte Zug um Mr. Fitzroys fein geschwungene, volle Lippen nichts mit Brot und Butter zu tun hatte.

☥ ☥ ☥

Vom Klang einer bekannten Stimme aus seinen Grübeleien über die Damenwelt geweckt, ließ Henry seine Blicke schweifen, bis er mitten unter den munter tanzenden Paaren Sir William Wyndham und Carmilla Amworth entdeckte. Sir William bemühte sich also um die Erbin – kein Wunder. Varney schien ziemlich sicher gewesen zu sein, daß der Mann in letzter Zeit viel Geld am Spieltisch verloren hatte. Henry glaubte nicht eine Sekunde daran, daß die zerbrechliche junge Frau, die auf dem Lande aufgewachsen war und immer noch ein wenig so sprach, wirklich Sir Williams Geschmack entsprach. Es war ein offenes Geheimnis, daß der Mann vor Dover eine Yacht liegen hatte, und zwar aus einem einzigen Grund. Er empfing dort Damen, die eher nach seinem Gusto waren als kichernde Erbinnen, Damen mit einer ebenso lockeren Auffassung von Anstand und Moral wie er. Miss Amworths Vermögen war allerdings beachtlich – wahrscheinlich beachtlich genug, um Sir William eine Verbindung mit ihr attraktiv erscheinen zu lassen. Unter dem Strich jedenfalls ließ sich ein verspieltes Vermögen auf diese Weise viel einfacher und gefahrloser zurückgewinnen als durch den Verkauf von Staatsgeheimnissen nach Frankreich.

Gut – einer von Hauptmann Evans' Verdächtigen war gefunden. Auf der Suche nach den beiden anderen schlenderte Henry ruhig und unauffällig von Zimmer zu Zimmer, wobei er hier und da stehenblieb, um sich zu unterhalten. Bei Almack's ging es ums Tanzen, an den Spieltischen waren hohe Einsätze nicht erlaubt, weshalb man in den Spielzimmern nur Witwen und ein paar ältere Herren antraf, die nichts dagegen hatten, auch dann Whist zu spielen, wenn es nur um Pennies ging. Die beiden Männer, die Henry suchte, fand er auf seinem Rundgang nicht, dafür jedoch Carmillas Onkel. Lord Beasley, ein enger Freund des Prinzregenten, war mittleren Alters, von stattlicher Leibesfülle und eingeschränkten geistigen Fähigkeiten, roch stark nach irgendeinem durchdringenden Duftwässerchen und ließ, sobald er sich bewegte, ein alarmierendes Knarren ertönen. Mit Schaudern dachte Henry an das Korsett, das den Mann einschnürte und das bestimmt mehr an eine Ritterrüstung erinnerte als an ein Kleidungsstück. Kein Wunder, daß der Lord nicht imstande gewesen war, seine Kutsche zu verlassen, um sich nach Hauptmann Evans' Befinden zu erkundigen.

„... geschröpft, und umgehend ging es mir besser!" verkündete er gerade gewichtig, als Henry das Zimmer betrat, in dem er Hof hielt. „Seine Königliche Hoheit schwört auf das Schröpfen, müssen Sie wissen, und hat im Laufe der Jahre wohl schon einige Liter Blut abgegeben."

Henry zuckte zusammen, sah sich flüchtig um und verschwand wieder. So sehr ihm auch die Verschwendung zuwider war, die mit diesem dauernden Schröpfen einherging – er persönlich hatte kein Verlangen danach, sich am Blut des Prinzregenten zu bedienen, hegte er doch den starken Verdacht, daß es sich dabei zu neunzig Prozent um reinen Madeira handelte.

Er hatte seine Runde beendet und kehrte in den Ballsaal zurück, wo er Aubrey auf der Tanzfläche vorfand, während sich Lord Ruthven in eine Ecke verzogen hatte, um dort finster vor sich hin zu brüten. Sir William ließ sich diesmal nicht ausmachen, aber Henry, der sich inzwischen fragte, wie um alles in der Welt er es schaffen sollte, drei Männer gleichzeitig zu überwachen, fand den Tausch zwei gegen einen gar nicht schlecht. Offenbar durfte er, wollte er seine Aufgabe erfolgreich erledigen, nicht länger nur passiver Beobachter sein. Es bot sich an, sich zunächst Lord Ruthven vorzuknöpfen.

Der Adlige war wie immer in Schwarz, als käme er gerade von einer Beerdigung, und die düsteren Blicke, die er durch den Raum schweifen ließ, paßten zu seinem Aufzug. Sollte er bemerkt haben, daß Henry sich ihm näherte, so ließ er es sich nicht anmerken – er erwiderte den Gruß des anderen erst, als der direkt vor ihm stand.

„Welche Überraschung, Sie hier anzutreffen." Henry fing den Blick des Lords auf und ließ seine Macht soweit durchblicken, daß Ruthven um eine Antwort nicht herumkam. „Es ist doch bekannt, daß Sie nie tanzen."

„Ich bin hier, um jemanden zu treffen."

„Wen denn, wenn ich so frei sein darf, zu fragen? Ich komme gerade von einer Runde durch die Spielzimmer, vielleicht habe ich den Betreffenden ja gesehen."

In Ruthvens bleicher Wange zuckte ein Muskel. Mit einem tiefen Seufzer wich er zu Henrys Überraschung dessen Blick aus und sagte: „Wo Sie herkommen, ist nicht von Belang, denn er ist noch nicht hier."

Beeindruckt von der Willenskraft des Mannes – wenn auch nicht von dessen melancholischem Hang zur Theatralik – verneigte er sich und ging. Ruthvens mürrisches Wesen und die kalten, grauen Augen, die unwillkürlich an eine Leiche erinnerten, isolierten ihn von der guten Gesellschaft, zu der ihm Wohlstand und Titel doch eigentlich Zutritt gewährten. Konnte es sein, daß er Staatsgeheimnisse an die Franzosen verkaufte, um sich an denen zu rächen, die ihn so sorgsam mieden? Möglich – aber hier war weder der rechte Ort, noch die rechte Zeit, um eine Antwort auf diese Frage zu erzwingen.

Indem er vorsichtig einer Gruppe Matronen in Turbanen auswich – die in der Masse gefährlicher sein konnten als eine Horde mit Fackeln und Mistgabeln bewaffneter Bauern –, bahnte sich Henry einen Weg zu einem jungen Mann hinüber, den er von White's her kannte, und bat darum, Maxwell Aubrey vorgestellt zu werden.

„Grundgütiger, Henry, was willst du denn von dem?" Henry lächelte entwaffnend. „Ich höre, er ist ein verdammt schlechter Kartenspieler."

„Stimmt. Aber wenn du vorhast, ihn auszunehmen, dann muß ich dir sagen: Du kommst entweder ein Jahr zu spät oder zwei Jahre zu früh.! Er kann erst mit fünfundzwanzig frei über sein Vermögen verfügen, und seit der Sache mit dem Huhn halten ihn seine Treuhandverwalter streng an der Kandare."

„Die Sache mit dem Huhn?"

„Ach – damals warst du noch gar nicht in London. Es ging damit los, daß sich Aubrey mit diesem Burschen namens Bouchard einließ."

„Yves Bouchard?"

„Genau. Bouchard konnte Aubrey jedenfalls um den kleinen Finger wickeln. Hat gesagt, er wettet, Aubrey traut sich nicht, mitten auf der Tanzfläche zu gackern wie ein Huhn. Natürlich hat Aubrey prompt gegackert. Ich dachte, Mrs. Drummel-Burell kriegt einen Schreikrampf. In *der* Saison haben sowohl Aubrey als auch Bouchard keine einzige Eintrittskarte mehr bekommen."

„Wie steht's mit dieser Saison?"

Der junge Mann wies mit dem Kinn auf Aubrey, der gerade seine Partnerin von der Tanzfläche führte. „In dieser Saison ist alles vergeben und vergessen."

„Gilt das auch für Bouchard?" fragte Henry.

„Ja. Der allerdings scheint heute abend nicht hier zu sein."

Bouchard war in der Lage, den jungen Aubrey um den kleinen Finger zu wickeln. Interessant – ob das wohl auch bedeutete, daß er ihn zur Spionage für die Franzosen hatte überreden können?

Inzwischen war auch Sir William wieder im Ballsaal aufgetaucht, denn Henry konnte seine Stimme hören. Als er sich umsah, mußte er erkennen, daß der Lebemann immer noch dabei war, Carmilla den Hof zu machen. Die kicherte und blickte mehrmals betreten zur Seite, was Sir William allerdings nur anzuspornen schien. Henry trat so nahe heran, daß er auch Carmilla verstehen konnte, die so klang, als schmeichelten ihr Sir Williams Avancen, während sie ihr gleichzeitig auch Angst machten.

Eine Mischung, der man unmöglich widerstehen kann, dachte Henry resigniert, während er beobachtete, wie Wyndham auf Carmillas Verhalten reagierte, um sich dann mit der geschmeidigen Anmut eines Raubtiers zwischen die beiden zu schieben. „Ich glaube, dieser Tanz gehört mir", murmelte er beflissen, und als Carmilla kicherte, ohne Einwände zu erheben, blieb Wyndham nichts anderes übrig, als still und leise vor sich hin zu kochen.

Auf der Tanzfläche angekommen, lächelte Henry hinunter in klare, kornblumenblaue Augen. „Ich hoffe, Sie vergeben mir die Einmischung, Miss Amworth, aber ich hatte das Gefühl, Sir William würde Ihnen mit seiner Aufmerksamkeit langsam lästig."

Carmilla senkte den Kopf, bis ihr Blick sich auf der Höhe von Henrys Weste befand. „Lästig nicht, aber ein bißchen überwältigend finde ich ihn schon. Ich freue mich über die Gelegenheit, mich zu sammeln."

„Ich muß Sie warnen, Miss Amworth. Sir William genießt einen traurigen Ruf."

„Er flirtet wirklich sehr raffiniert."

„Er ist ein Weiberheld, Miss Amworth."

„Soll das heißen, er flirtet nicht nur?" In ihrer Stimme schwang deutlich ein Anflug von Hoffnung mit.

Um Frauen verstehen zu lernen, reicht selbst die Unsterblichkeit nicht, sinnierte Henry. Gut, Sir William wirkte auf eine dunkle, verwegen-geheimnisvolle Art und Weise attraktiv und war mit einer athletischen Figur gesegnet, aber er war doch auch – mal ganz abgesehen davon, daß er vielleicht ja für den Erzfeind spionierte – ein arroganter, überheblicher Lebemann, dem es eigentlich stets nur um das eigene Wohlbefinden ging. Manche Frauen fanden das offenbar interessant, erlebten bei Sir William einen Nervenkitzel, den sie anziehend fanden, aber Henry hätte nie gedacht, daß Carmilla zu dieser Art Frauen gehörte. Sein Blick glitt hinunter auf die elfenbeinfarbene Schläfe und die pochende Ader daran, und er fragte sich, wieviel Risiko sie wohl auszuleben bereit war.

Seiner Tanzpartnerin war anscheinend inzwischen klar, daß sie zumindest den Versuch machen sollte, sich mit ihm zu unterhalten. Carmilla holte tief Luft. „Ich hörte, Sie haben letzte Nacht Hauptmann Evans das Leben gerettet."

Hatten denn alle davon gehört? Das fand Varney bestimmt nicht witzig. „Das war nichts weiter."

„Meine Zofe sagt, er wurde von Räubern überfallen, Sie kamen dazu und retteten ihn", fuhr Miss Amworth fort.

„Dienstbotentratsch."

Unversehens tauchte neben dem erstaunlich sinnlichen Mund mit den vollen Lippen ein Grübchen auf. „In der Regel wissen Dienstboten ziemlich gut Bescheid."

Dagegen konnte Henry schlecht etwas einwenden – schon gar nicht, wenn er an seinen eigenen Diener dachte.

„Gab es denn Räuber?" drängte seine Tanzpartnerin.

„Ich wußte gar nicht, daß Sie so blutrünstig sind, Miss Amworth." Diese Bemerkung schien sie so zu verunsichern, daß sie nur verlegen kichernd den Kopf schütteln konnte, woraufhin sich Henry hastig entschuldigte. „Ich weiß nicht, was sie waren. Als ich näherkam, sind sie weggelaufen."

„Hauptmann Evans wußte es doch sicher."

„Wenn, dann hat er es mir nicht gesagt."

„Das muß so aufregend gewesen sein!" Miss Amworths Stimme wurde kräftiger. Die junge Frau hob das Kinn, wodurch sie die weiche Haut an ihrem Hals offenbarte. „Manchmal möchte ich diese ganze sogenannte gute Gesellschaft einfach abschütteln!"

Ich hätte trinken sollen, ehe ich herkam! Nach einem kurzen Ringen mit seiner Reaktion auf Carmillas weißen Hals schaffte es Henry, die Unterhaltung wieder in sichere Gewässer zu steuern. Das war nicht weiter schwer, denn offenbar war Carmilla von ihrem kurzen Ausbruch so erschüttert, daß sie den Rest des Tanzes über nur noch ja oder nein von sich zu geben vermochte.

Als er sie von der Tanzfläche führte, kam auch schon Wyndham besitzergreifend auf die beiden zu. Henry hatte sich noch nicht entschieden, wie weit er seinen Beschützerinstinkten nachgeben sollte, als er Ruthven und Aubrey zusammen den Saal verlassen sah. Aubrey schien den Namen „Bouchard" zu erwähnen, aber der Rest der Unterhaltung der beiden ging im allgemeinen Lärm unter.

Grundgütiger Himmel – und wenn sie beide am Komplott beteiligt sind?

„Ich glaube, dieser Tanz gehört mir." Sir William warf Henry einen warnenden Blick zu, ehe er Carmillas Hand ergriff und sich anschickte, die junge Frau fortzuführen. Miss Amworth wirkte fasziniert, der Lebemann fest entschlossen, sie zu erobern.

Henry, dem durchaus bewußt war, daß er die törichte junge Erbin nur würde retten können, wenn er selbst Anspruch auf sie erhob, eilte widerstrebend hinter Aubrey und Ruthven her.

☥ ☥ ☥

Als er die King Street erreichte, waren die beiden nur noch als entfernte Schatten zu erkennen, von der Nacht fast vollkommen verschluckt. Tief ein- und ausatmend – in den Ballsälen war es heiß und stickig gewesen und hatte nach Fleisch geduftet – folgte Henry ihnen mit einer Geschwindigkeit, die so berechnet war, daß sich der Abstand zwischen ihnen und ihm ständig verringerte, ohne daß die beiden etwas von einer Verfolgung mitbekamen. Als erfahrener Jäger wußte er, daß es nicht gut war, die Beute zu verschrecken.

Er hörte Aubrey munter über das letzte Pferderennen plaudern, ebenso Ruthvens einsilbige Antworten, aber nichts in der Unterhaltung der beiden Männer ließ einen Zusammenhang mit dem fehlenden Dokument oder Yves Bouchard ahnen. Das war wenig überraschend. Nur Narren hätten öffentlich erörtert, wie sie ihr Land zu verraten gedachten.

Als die beiden Männer in der Nähe des Portman Square in Aubreys Wohnung verschwanden, hüllte sich Henry in Dunkelheit und kletterte auf den kleinen Balkon, der vom Wohnzimmer abging, auch wenn es ihm beileibe nicht angenehm war, dort vor dem Fenster herumzulungern wie ein gewöhnlicher Einbrecher. Hauptmann Evans' Wunsch, einen Skandal auf jeden Fall zu vermeiden, mochte ja im Grunde ehrbar und auch bewunderungswürdig sein, entwickelte sich für Henry jedoch zunehmend zu einem Ärgernis.

„Hier ist es."

„Sind Sie sicher?" Ruthvens Herz klopfte, als sei der Mann gerade eine längere Strecke gerannt. Es übertönte fast das Papierrascheln, das ebenfalls noch zu hören war.

„Warum sollte Bouchard mich anlügen?"

Gute Frage. Im Haus ging eine Tür auf und wieder zu. Als Ruthven auf die Straße trat, stand Henry bereits dort, um ihn zu erwarten. Er wollte gerade vortreten, um den Lord zu stellen, als eine lautstark vorbeiratternde Kutsche ihn daran erinnerte, daß die Straßen trotz der fortgeschrittenen Stunde mitnichten als menschenleer gelten konnten.

Ohne Ruthven eine Sekunde aus den Augen zu lassen – welches Ziel der sauertöpfische Adlige auch ansteuern mochte, sein Heim war es auf jeden Fall nicht –, wartete Henry ab, bis der Mann den Eingang zu einer dunklen, verlassenen Hintergasse erreicht hatte, ehe er zuschlug.

Mit einer Hand packte er Ruthven bei der Kehle, mit der anderen drückte er ihn gegen eine Hausmauer. Die Zähne gebleckt, erwartete er, seine Beute in Angst und Panik erstarren zu sehen.

Zu seinem Erstaunen deklamierte Ruthven nur mit schwermütigem Pathos: „Komm nur, Tod, schlag endlich zu! Laß mich nicht länger warten!"

Henry, dessen Gesicht Ruthven in der Finsternis nicht erkennen konnte, öffnete stirnrunzelnd den Mund, um die Luft besser schmekken zu können. Ein tiefer Atemzug trug ihm einen beißenden, wohlvertrauten Geruch in die Nase. „Sie sind betrunken!" Er gab sein Opfer frei, und trat einen Schritt zurück.

„Auch wenn Sie das eigentlich nichts angeht ... " Auf der Suche nach dem Angreifer huschten Ruthvens Augen hektisch hin und her, die Miene des Gentleman war so grimmig wie eh und je. „... ich bin immer betrunken."

Das erklärte vieles. Möglicherweise war ja der Alkohol die Ursache für die fast schon legendäre Melancholie des Mannes – und auch noch für anderes. „Spionieren Sie deswegen für Frankreich?"

„Es gibt nur eine Sache, die ich für Frankreich tue: Ich trinke seinen Alkohol." Der Adlige richtete sich zu seiner vollen Größe auf. „Tod oder nicht, mir mißfällt, was Sie da andeuten."

Der Protest klang echt. „Was wollten sie denn von Yves Bouchard?"

„Er versprach, mir etwas zu besorgen. Eine ..." Ruthven klappte den Mund zu und starrte verzweifelt in die Finsternis. „Das geht Sie genausowenig etwas an."

Henry, der mittlerweile anfing, ärgerlich zu werden, knurrte.

Ruthven drückte sich an die Wand. „Ich habe eine Kiste Brandy bei ihm bestellt. Fragen Sie mich nicht, wie er die durch die Blockade bringt. Wir wollten uns heute abend bei Almack's treffen, aber er ist nicht gekommen."

„Was hat Maxwell Aubrey Ihnen gegeben?"

„Bouchards Adresse." Als der Wein seine Furcht wieder überwand, straffte sich Ruthven – eigentlich keine richtige Willenskraft, wie Henry längst bemerkt hatte, sondern lediglich eine traurige Imitation –, und seine Miene wurde womöglich noch finsterer. „Ich glaube nicht, daß Sie der Tod sind." knurrte er tapfer. „Sie sind nur ein gewöhnlicher

Taschendieb.“ Mittlerweile triefte seine Stimme vor Verachtung. „Ich werde die Wache rufen!“

„Nur zu.“ Henrys Hand schoß vor, tätschelte Ruthvens Weste, und als er sie zurückzog, hielt er Bouchards Adresse darin. Er ließ das Papier in der eigenen Westentasche verschwinden, trat zurück und wurde eins mit der Finsternis.

Wahrscheinlich hätte Varney verlangt, daß Ruthven starb. Was unweigerlich zu einer Auseinandersetzung über dieses Thema führen mußte, denn Henry war ziemlich sicher, daß niemand Ruthven auch nur ein Wort glauben würde, sollte der Mann anfangen wollen, die Geschichte dieser Nacht zu verbreiten – und außerdem: Wenn er allen erzählte, er sei in einer dunklen Londoner Seitengasse dem Tod begegnet, dann lag er damit ja nicht einmal allzu sehr daneben.

Bouchard befand sich, wie erwartet, nicht in seinen Räumen.

Das gleiche galt, wie Henry feststellen mußte, als er an den Portman Square zurückkehrte, auch für Aubrey. Leise knurrend lauschte Henry einem Nachtwächter, der irgendwo in weiter Ferne verkündete, es sei eine schöne, klare Nacht. Die Uhr hatte gerade zwei geschlagen, noch so früh also, daß man Aubrey in einem seiner Clubs vermuten konnte, einer Spielhölle oder einem Bordell. So genau kannte Henry den jungen Mann nicht, eigentlich wußte er von ihm nur, daß er leicht zu beeinflussen war. Er runzelte unzufrieden die Stirn und hatte schon halb beschlossen, wieder in die St. James Street zurückzukehren, als vom Park in der Mitte des Platzes her das Geräusch knackender Zweige zu vernehmen war.

Neugierig trat Henry an den Eisenzaun und spähte hinauf in die Blätter einer riesigen alten Eiche. Bislang hatte er gemeint, mit allen Aspekten nächtlichen Lebens vertraut zu sein, aber der Anblick des jungen Aubrey, der gefährlich schwankend auf einem Ast balancierte, während er beide Arme fest um einen anderen geschlungen hatte und sein Gesicht in der Düsternis fast weißer leuchtete als seine Krawatte, verblüffte ihn dann doch.

„Was treiben Sie da oben?“ Langsam beschlich Henry das ungute Gefühl, daß ihn Hauptmann Evans mit dieser Mission in den April geschickt hatte. Die Nacht entwickelte sich mehr und mehr zur Farce.

Aubrey, der nicht genau mitbekommen hatte, aus welcher Richtung die Frage gekommen war, starrte mit weit aufgerissenen Augen in die

Finsternis, das Gesicht zu einem nervösen Lächeln verzogen. „Seeber sagte, er wettet, daß ich es nicht schaffe, eine Nacht in den Bäumen zu verbringen", erklärte er unschuldig. „Das konnte ich nicht auf mir sitzen lassen. Sie sind doch nicht die Wache, oder?"

„Nein."

„Gut. Wahrscheinlich würde es mir schwerfallen, das alles der Wache zu erklären, wenn Sie verstehen, was ich meine."

„Das verstehe ich durchaus", meinte Henry trocken.

„So einfach, wie es aussieht, ist es hier oben nämlich nicht." Der junge Mann hatte vor, sein Gewicht ein wenig zu verlagern und eine andere Position zu finden, mußte den Versuch aber erschrocken einstellen, als der Ast, auf dem er saß, gefährlich auf und ab zu wippen begann.

Aubrey war ein Idiot, ganz offensichtlich gar nicht in der Lage, für Frankreich zu spionieren, und wenn Bouchard einem solch unzuverlässigen Werkzeug traute, dann war er ein noch größerer Trottel.

„Sie wären wohl nicht bereit, mir hier runterzuhelfen?"

Darüber brauchte Henry nicht lange nachzudenken. „Nein", meinte er höflich, ehe er seiner Wege ging.

☥ ☥ ☥

Sir William, den letzten und nach reinem Ausschlußverfahren nun auch einzigen auf seiner Liste und somit den Verräter, fand er bei White's, in eine Runde Deep Basset vertieft. Henry, der sehr darauf achtete, seine Gesichtszüge unter Kontrolle zu halten, seit ihm im schlecht beleuchteten Flur der Viscount Hanely über den Weg gelaufen und bei seinem Anblick entsetzt zurückgefahren war, lehnte alle Angebote, sich am Spiel zu beteiligen, ab. Ähnlich wie ein Katze vor einem Mauseloch wollte er nur noch abwarten, bis Sir William bereit war, zu gehen.

Leider hatte seine Beute eine Glückssträhne.

Um fünf Uhr verließ Henry mit halb gebleckten Zähnen den Club. Er spürte die nahende Morgendämmerung deutlich und mußte trinken, ehe der Tag Besitz von ihm ergriff. Eigentlich hatte er sich mit Sir Williams Blut stärken und den Verräter geschwächt in irgendeiner Gasse zurücklassen wollen, eine leichte Arbeit für die Männer des Hauptmanns. Aber Sir William hatte offensichtlich keinerlei Absicht, den Spieltisch zu räumen, solange ihm das Glück hold war.

Der Portier, der Fitzroy Hut und Mantel reichte, schaffte dies nur mit abgewandtem Blick und verbrachte anschließend eine geschlagene Stunde damit, sich einzureden, er hätte gar nicht gesehen, was er doch deutlich gesehen hatte.

Henry hastete durch die Ausläufer der Nacht zurück nach Albany, wo er allerdings nicht die eigenen Räume aufsuchte, sondern weitereilte, bis er an die Stelle gelangte, von wo aus er sich Zutritt zu einer Wohnung im ersten Stock verschaffen konnte. Nachdem er die betreffende Wohnung lautlos durch eins ihrer großen Fenster betreten hatte, trat er an das Bett im Schlafzimmer, um nachdenklich den Schläfer darin zu betrachten.

George Gordon, der sechste Lord Byron, gefeierter Autor des Buches „Childe Harolds Pilgerfahrt“, war aber auch wirklich ein wunderschöner junger Mann, was Henry jederzeit gerne zugab, auch wenn er persönlich die von Caroline Lamb geschilderte überirdische, pikante Schönheit nie hatte entdecken können. Was allerdings auch daran liegen mochte, daß Lamb den Poeten wohl nie zu Gesicht bekommen hatte, wenn dessen Haar auf papierne Lockenwickler gedreht war.

Henry, dessen schlechte Laune immer mehr dem aufsteigenden Hunger wich, setzte sich auf die Bettkante und rief leise Byrons Namen. Der setzte sich ein wenig auf, ohne allerdings ganz wach zu sein.

Der breite Mund, zu einem erwartungsvollen Lächeln verzogen, murmelte schlaftrunken: „Inkubus!“

„Ich mag es nicht, wenn Sie den Dichter da oben besuchen!“ Varney hatte sich der eleganten Schnallenschuhe bemächtigt, um sie ordentlich beiseite zu stellen. „Das bringt Sie noch mal höllisch in die Bredouille, darauf können Sie Gift nehmen!“

„Er denkt, ich wäre ein Traum.“ Henry fuhr sich mit den Händen durchs Haar. Er mußte grinsen, wenn er an die Lockenwickler dachte. Soviel zu Byrons Behauptung, seine kastanienbraunen Locken seien echt. „Was kann mir da schon zustoßen?“

„Sie könnten in einer seiner Geschichten auftauchen“, Varney, des Lesens nicht mächtig, betrachtete Bücher mit abergläubischem Mißtrauen, das fast schon an panische Furcht grenzte. „Dann wäre es vorbei mit Ihrem kleinen Geheimnis, und eines schönen Tages wartet der Pfahl auf Sie, so wahr ich hier stehe." Der kleine Mann richtete sich zu seiner vollen Größe auf, um Henry mit einem empörten Funkeln zu fixieren. „Ich habe es Ihnen schon mal gesagt, und ich sage es gerne wieder: Wenn Sie so weitermachen, dann geraten Sie so tief in diese ganzen Gesellschaftsgeschichten, daß Sie irgendwann einmal nicht mehr wissen, wer Sie sind. Sie müssen einfach aufhören, so viele Risiken einzugehen." In den Augen des kleinen Dienstboten glitzerte es verdächtig. „Versuchen Sie doch daran zu denken, daß die meisten Menschen für blutsaugende Untote keine besonders freundschaftlichen Gefühle hegen!"

„Ich werde versuchen, daran zu denken." Henry hatte die Fingerspitzen aneinandergelegt, das Kinn darauf gestützt und betrachtete Varney wohlwollend. „Ich habe Arbeit für Sie. Sie müssen heute tagsüber Sir William Wyndham überwachen. Wenn er Besuch von einem Mann namens Yves Bouchard bekommt, gehen Sie sofort zu Hauptmann Evans. Er wird wissen, was zu tun ist. Wenn er versucht, London zu verlassen, halten Sie ihn auf."

Varney zog die Brauen hoch – in seinem Fall eine einzige, buschige, über der Nase zusammengewachsene Angelegenheit. „Wie aufhalten?"

„Einfach aufhalten. Alle weiteren Vorkommnisse wünsche ich bei Sonnenuntergang zu erfahren."

„Was hat dieser Bursche getan, daß er aufgehalten werden muß?" Ehe Henry etwas sagen konnte, hob Varney die Hand. „Nicht, daß ich ihn nicht aufhalten werde, so meine ich das nicht. Egal, was ich davon halte, daß Sie jetzt plötzlich irgendwelchen Spitzbuben nachspionieren. Ist Ihre Sache. Sie kennen mich – wenn ich einen Befehl erhalte, führe ich ihn auch aus."

„Weswegen ich Sie auch halbtot aus einem Moor bei Plassey gefischt habe, während sich der Rest Ihres Regiments in Plassey befand?"

„Das ist ja nun wirklich nicht dasselbe!" erklärte der ehemalige Soldat, der ganz offensichtlich weiterhin an der Beantwortung seiner Frage interessiert war, denn er machte keinerlei Anstalten, sich zu entfernen.

„Er hat Wellingtons Armee an die Franzosen verkauft."

„Dann ist aufhalten viel zu gut für ihn!" knurrte der Diener.

„Heute nachmittag hat Sir William eine Nachricht bekommen. Ich weiß nicht, was drinstand, aber ich weiß, daß er heute nacht eine Reise an die Küste unternehmen wird."

„Der Teufel soll ihn holen!" Eilig zog sich Henry das Oberhemd über den Kopf. „Er will Napoleon die Informationen selbst überbringen."

Achselzuckend wischte Varney einen Brösel, den nur er zu sehen vermochte, von der grüngestreiften Weste, die er seinem Herrn hinhielt. „Dazu kann ich nichts sagen, aber wenn man seinem Kutscher glauben darf, ist der Mann unterwegs zur Küste, sobald der Mond aufgegangen und die Straße beleuchtet ist."

☥ ☥ ☥

Erst als er auf den Stufen von Sir Williams Stadthaus stand, kam Henry dazu, sich Gedanken über sein Vorgehen zu machen. Lange brauchte er allerdings nicht nachzudenken, denn eigentlich war klar, daß der aufgehende Mond für irgendwelche Finessen keinen Spielraum mehr ließ.

Der Diener, der den eindringlichen Klängen des blankpolierten Türklopfers aus Messing gefolgt war, hatte schon den Mund aufgetan, um dem ungebetenen, späten Gast den Zutritt zum Haus zu verwehren, als ihm ein Blick auf Henrys Gesicht die Sprache verschlug.

„Bringen Sie mich zu Sir William!"

Gute Ausbildung und jahrelange Übung halfen, die Fassung zu wahren, aber auch nur gerade so eben. „Wie Sie wünschen. Bitte hier entlang." Die Hand des Dieners mochte zittern, aber die Stimme mit den melodischen Vokalen ließ nicht im geringsten ahnen, daß dem Mann gerade sehr plastisch die eigene Sterblichkeit vorgeführt worden war. „Sir William befindet sich in der Bibliothek. Das ist diese Tür. Soll ich Sie ankündigen?"

Eine Hand auf dem Griff der Tür, die der Dienstbote ihm gezeigt hatte, schüttelte Henry den Kopf. „Das wird nicht nötig sein. Was Sie betrifft: Sie sollten vergessen, daß ich je hier war."

Der Diener, der sich unversehens in den überraschend dunklen Tiefen der doch eigentlich recht blassen Augen des Besuchers wiederfand, wo er sich ganz und gar verloren fühlte, zitterte inzwischen am ganzen Leib. „Vielen Dank. Das werde ich tun."

In der Bibliothek brannten drei mehrarmige Kerzenleuchter, für Henrys Verhältnisse mehr als genug. Der Raum enthielt außerdem zwei große Ledersessel, eine ganze Menge Jagdtrophäen und erstaunlich wenige Bücher.

Sir William lehnte am Kamin, bereits in den Bundhosen und hohen Stiefeln, in denen der Mann von Welt auf Reisen ging. Er hielt ein Blatt Papier in der Hand, das er genau zu studieren schien. Als er die Tür hörte, wandte er sich fragend um. „Fitzroy!" brummte er ärgerlich, als er sah, wer gekommen war. „Was zum Henker treibt Sie hierher? Ich habe Babcock doch ausdrücklich gesagt, daß ich ..."

Seine Stimme wurde leiser. Sir William kam nicht mehr dazu, den Satz zu beenden, denn nun hatte er einen genaueren Blick auf Henrys Gesicht werfen dürfen. Es gab eine ganze Reihe Männer in London, die er für gefährlich hielt; Henry Fitzroy hatte er bislang nicht dazu gezählt. Er mußte sich zwingen weiterzureden, hatte er doch vor lauter Panik einen Kloß im Hals, an dem seine Stimme nicht recht vorbei wollte. „Wwwwaaas ..."

„Sie erdreisten sich noch zu fragen? Wo Sie das da in der Hand halten!" Eine blasse Hand schoß vor, um sich anklagend auf das Papier in Wyndhams Hand zu richten.

„Das?" Einen Augenblick lang war die Verwirrung größer als die Angst. „Was hat das denn mit Ihnen zu tun?"

Henry stürmte durchs Zimmer, packte zwei Handvoll Tuch und schmetterte ihn gegen die Wand. „Es hat alles mit mir zu tun!"

„Das wußte ich nicht! Ich schwöre bei Gott, ich wußte es nicht!" Sir William, mit dem Rücken zur Wand schlaff in Henrys Fäusten hängend, machte gar nicht den Versuch, zu entkommen. Zwar schrie jede einzelne Faser seines Seins, er möge um sein Leben rennen, aber ein letzter Rest Vernunft wußte genau, daß er nicht weit kommen würde. „Hätte ich gewußt, daß Sie auch an ihr interessiert sind ..."

„An wem?"

„Carmilla!"

Sir William sackte in die Knie, als Henry ihn losließ, um einen Schritt zurückzutreten. „Ah – das sollte also Ihre Tarnung sein!" fauchte er. „Eine Verführung auf Ihrer berühmten Yacht, und irgendwo sollte dann ein französisches Boot zu Ihnen stoßen, habe ich recht?"

„Ein französisches Boot?"

„Oder hatten Sie vor, bei Napoleon Unterschlupf zu suchen? Was sollte aus Miss Amworth werden? Nachdem Sie sie durch ihre Schamlosigkeit und Ihren Verrat kompromittiert hatten?"

„Verrat?"

„Natürlich! Sie zwingen Miss Amworth, Sie zu heiraten, wodurch Sie sich Zugang zu ihrem Vermögen verschaffen, und dann entledigen Sie sich der einzigen Zeugin ihres schändlichen Tuns, indem Sie sie über Bord werfen!" Henrys Lippen hatten die Zähne freigegeben. Seine Hand schoß vor, packte Sir William am Schopf, zwang seinen Kopf in den Nacken. Schlips und Kragen landete im hohen Bogen auf dem Boden. Vor Henry lag eine muskulöse Säule von Hals. „Ich weiß nicht, wie Sie die Dame überreden konnten, Sie zu begleiten, aber das spielt jetzt eigentlich auch keine Rolle mehr."

Mit letzter Kraft gelang es Wyndham, Henry das zerknüllte Blatt Papier ins Gesicht zu drücken, in dem er bei der Ankunft des ungebetenen Gastes gelesen hatte. Dem Vampir drang der schwache Duft eines Parfüms in die Nase, das er kannte – und Sir Williams Leben war gerettet.

Nur weil er im Morgengrauen getrunken hatte, brachte es Henry fertig, den Kopf abzuwenden. In der Linken das Papier, in der Rechten immer noch Sir Williams Haare, schüttelte er die Nachricht glatt, bis er sie entziffern konnte.

„... schaffe ich es nicht länger, Sie abzuweisen. Aber es muß heute nacht sein, aus Gründen, die ich im Augenblick nicht offenlegen kann." Gezeichnet war die Botschaft mit C. Amworth.

Stirnrunzelnd musterte er Sir Williams Gesicht. Wenn Carmilla darauf bestanden hatte, noch in dieser Nacht mit der Yacht in See zu stechen, dann konnte es dafür nur einen Grund geben. „Hat Yves Bouchard vorgeschlagen, daß Sie Miss Amworth verführen?"

„Ich verführe keine jungen Damen auf Anraten von Bekannten, Sir!" erwiderte Sir William so hochnäsig und indigniert, wie es ihm unter den gegebenen Umständen möglich war. „Allerdings ..." fügte er hastig hinzu, als die haselnußbraunen Augen, von denen er aus irgendwelchen unerfindlichen Gründen den Blick nicht lösen konnte, immer dunkler wurden, „... mag Bouchard am Rande erwähnt haben, daß die betreffende Dame nicht nur reich ist, sondern praktisch nur darauf wartet, gepflückt zu werden."

Das war die Verbindung zu Bouchard: Carmilla stand zwischen zwei Männern, die sie beide für selbstsüchtige Zwecke benutzten. Bouchard bekam durch sie Zugang zu Wyndhams Yacht und dadurch zu Frankreich, Wyndham Zugang zu ihrem Vermögen, und das – eine junge Dame zu verführen, um an ihr Geld zu kommen – schien auch schon das einzige Vergehen zu sein, dessen Sir William sich schuldig gemacht hatte. Immer noch stirnrunzelnd gab Henry den Mann frei und trat zurück. „Aber wenn Sie das Dokument nicht gestohlen haben", stöhnte er, „wer denn dann?"

„Ich." Verblüfft drehte Henry sich um und sah sich mit Carmilla konfrontiert, die mit einer kleinen, aber überaus funktionalen Pistole auf ihn zielte. „Ich warte schon seit einer ganzen Weile in Sir Williams Kutsche, und da niemand aus dem Haus kam, habe ich mich selbst eingelassen. Bleiben Sie lieber, wo Sie sind, Fitzroy!" Miss Amworth hatte so gar nichts mehr von einem fragilen, halb verhungerten Waisenkind an sich. „Ich gelte als vorzügliche Schützin." Mit ruhigem Blick musterte sie die beiden Männer und schätzte die Situation ein, in der sie die zwei angetroffen hatte. Ein Lächeln stahl sich auf ihre Lippen, heitere Grübchen bildeten sich in beiden Wangen. „Haben Sie etwa meiner Ehre wegen gerauft?"

Henry bejahte die Frage mit einem Nicken, die Lippen zu einem schmalen Strich zusammengezogen. „Bis ich feststellen mußte, daß Sie gar keine besitzen."

Das Lächeln verschwand so plötzlich, wie es gekommen war. „Ich bin als Republikanerin erzogen worden, Fitzroy. Als solche finde ich die Vorstellung, dieser fette Narr könnte auf den Thron von Frankreich zurückkehren, einfach geschmacklos, und wenn die Zeit gekommen ist ..." Ihre Augen blitzten. „... helfe ich England dabei, sich seines eigenen fetten Narren zu entledigen."

„Dann meinen Sie allen Ernstes, die Engländer könnten sich erheben und die königliche Familie absetzen?" fragte Henry neugierig.

„Ich weiß es!"

„Wenn sie sich nicht erhoben haben, als m..." Mein Vater hatte er sagen wollen, schaffte es aber gerade noch, sich zu verbessern: „... als

König Heinrich ohne große Unterschiede Katholiken und Protestanten gleichermaßen auf den Straßen verbrennen ließ, warum sollten sie sich dann jetzt erheben wollen?"

Carmilla reckte das schöne Kinn. „Die alte Ordnung ist am Ende. Es ist mehr als an der Zeit, einige Dinge grundlegend zu ändern."

„Glaubt Ihr Onkel dasselbe?"

„Mein Onkel weiß von nichts. Ich bin doch nur seine kleine Nichte, die ihn von Zeit zu Zeit im Büro besuchen kommt und dann immer ein paar Fetzen Papier mitgehen läßt." Carmilla lachte, ein wütendes Lachen, das mit dem verlegenen Kichern früherer Tage etwa so viel Ähnlichkeit hatte wie die Nacht mit dem Tage. „Ich würde wirklich gern weiter hier herumstehen und politische Wortgefechte mit Ihnen führen, aber leider fehlt mir dazu die Zeit." Der lavendelfarbene Handschuh aus feinstem Ziegenleder schloß sich noch ein wenig fester um den Knauf eines der edelsten Produkte aus der Pistolenmanufaktur Manton. „Morgen in aller Frühe wird ein französisches Schiff mit Sir Williams Yacht zusammentreffen. Ich habe Informationen zu übergeben, die rechtzeitig ankommen müssen."

„Sie haben mich benutzt!" Sir William war bestürzt. „Das schätze ich nicht, junge Dame!" Ganz langsam stand er auf und machte Anstalten, vorzutreten, wurde aber von Henry gestoppt.

„Vergessen Sie die Pistole nicht!"

„Die Pistole?" schnaubte Sir William. „Keine Frau besitzt den Mumm, einen Mann kaltblütig zu erschießen!"

Henry, der sich noch gut erinnerte, wie seine beiden Halbschwestern sich auf dem Thron gehalten hatten, schüttelte den Kopf. „Da wäre ich nicht so sicher." Er fixierte Carmilla fragend. „Wie dem auch sein mag – da Sie ja schlecht uns beide gleichzeitig erschießen können, scheinen wir uns in einer Pattsituation zu befinden."

„Stimmt. Aber ich bin sicher, daß einer von Ihnen als *Ehrenmann ...*", aus ihrem Mund klang das Wort alles andere als schmeichelhaft, „... so galant sein wird, mit mir zusammenzuarbeiten, damit ich den anderen nicht erschieße."

„Sie irren. Sie werden keinen von uns beiden erschießen." Henry, der plötzlich hinter ihr stand, schlang eine Hand um Carmillas Handgelenk, die andere um den Lauf der Pistole. Er hatte sich schneller bewegt als ein Wimpernschlag, unmöglich zu sehen, unmöglich aufzuhalten.

„Was sind Sie?“ Carmilla riß die Augen auf. Aus ihrem Antlitz war alle Farbe gewichen.

Henrys Lächeln zeigte Zähne. „Ein Vaterlandsfreund.“ Er war kurz davor gewesen, Sir William die Kehle aufzureißen und mit seinem Leben ein Festmahl zu feiern. Miss Amworth hatte seinem Zorn einen kräftigen Tritt in den Hintern versetzt – wahrscheinlich sollte er der Dame dankbar sein, denn so hatte sie verhindert, daß er einen unverzeihlichen Fauxpas beging. „Sir William, würden Sie bitte einen Diener zum Haus von Hauptmann Charles Evans in der Charges Street schicken?“ bat Henry. „Ich glaube, er freut sich, wenn er erfährt, daß wir seinen Verräter gefunden haben.“

„... dann wurde die Dame also abgeführt. Jetzt haben Sie mir aber immer noch nicht erklärt, wo Sie den Rest der Zeit gesteckt haben. Immerhin fast bis zum Sonnenaufgang!“

„Bei Sir William. Wir hatten noch zu tun.“

Varney schnaubte, seine Abneigung war nicht zu überhören. „Ach ja?“

Henry mußte daran denken, wie sich Sir Williams Haar in seiner Hand angefühlt hatte, an die Hitze, die von dem Knienden aufgestiegen war. Die Erinnerung zauberte ein Lächeln auf seine Lippen.

Varney wußte genau, was dieses Lächeln zu bedeuten hatte. Er schnaubte erneut. „Hat Sir William nicht auch gefragt, was Sie sind?“

„So unhöflich wäre Sir William nie. Er glaubt, wir hätten um Carmilla gerauft, herausgefunden, daß sie eine Verräterin ist, uns daraufhin so betrunken, daß wir kaum noch wußten, wie wir heißen, und seien als allerbeste Freunde auseinandergegangen.“ Henry spürte, wie die Sonne am Horizont lauerte, betrat sein Schlafzimmer und drehte sich um, um die Tür für die Dauer des Tages zu schließen. An der Schwelle drehte er sich noch einmal um. „Außerdem *will* Sir William gar nicht wissen, was ich bin.“

„Ich habe Neuigkeiten für Sie.“ Varney bearbeitete die Rasierseife heftig mit dem Pinsel, um genug Schaum zu erzeugen. „Es ist etwas passiert.“

Henry, in seinem Morgenmantel aus Brokat prächtig anzusehen, lehnte sich im Stuhl zurück und griff nach dem Rasierer. „Ich ging eigentlich davon aus, daß jeden Tag etwas passiert.“

„Na, *heute* jedenfalls hat es diese Carmilla Amworth geschafft, ihre Ketten abzustreifen und die Biege zu machen.“

„Sie ist aus der Haft geflohen?“

„Sagte ich doch. Offenbar hatte man sie unterschätzt, wo sie doch eine Dame ist und so. Dennoch hat sie ihr Schiff verpaßt, also kommt sie zu spät, selbst wenn sie es bis nach Frankreich schafft. Meinen Sie, sie will dorthin?“

„Da bin ich überfragt.“ Stirnrunzelnd wischte sich Henry die Reste des Rasierschaums aus dem Gesicht. „Spricht denn alle Welt davon?“

„Daß sie eine französische Spionin war? Wohl kaum, die haben zuviel über andere Sachen zu tratschen. Wie sie es geschafft hat, sich von Lady Glebes Party fort- und in Sir Williams Kutsche zu schleichen ist das große Thema!“ Varney schnalzte mißbilligend mit der Zunge. „Ich muß sagen, in den höheren Schichten herrscht wirklich eine ziemlich schmutzige Phantasie.“

„Schließen Sie mich in diese Analyse mit ein?“

Varney schnaubte. „Fragen Sie Ihren Poeten! Ich hab Ihnen nur eines zu sagen: Sie müssen anfangen, vorsichtiger zu sein! Sie haben Wellingtons Armee gerettet, das ist schön.“ Er streckte Henry ein paar biskuitfarbene Pantoffel hin. „Aber was nun? Meinen Sie, Sie bringen es fertig, sich ein wenig mehr Ihrem Zustand gemäß zu verhalten?“

„Ich kann mich nicht daran erinnern, mich *unpassend* verhalten zu haben.“

„Jawohl, wenn das für Sie passendes Benehmen ist, sich fein rausputzen und tanzen gehen und ins Theater und rumsitzen und Karten spielen, in den Herrenclubs.“

„Wäre es Ihnen lieber, ich trüge ein Leichenhemd und wir lebten in einem Mausoleum?“

„Nein ...“

„In einem zugigen Schloß irgendwo in den Bergen Osteuropas?“

Varney stammelte inkohärent.

Seufzend, aber geschickt band sich Henry die Krawatte. „Dann will ich nichts mehr davon hören, daß ich vergesse, wer und was ich bin. Wenn du lieber jemanden gehabt hättest, der mehr Wert auf düstere Tragik legt, dann tut es mir sehr leid. Eine ewig grübelnde, mythische Person, die überhaupt nur auftaucht, um an den weißen Hälsen hilfloser Jungfrauen ihren Durst zu stillen ..."

„Jetzt reicht es aber! Davon will ich nichts hören."

„Ich fürchte jedoch, Sie werden mit mir vorlieb nehmen müssen!" Henry streckte die Arme aus und ließ sich von Varney in die Jacke helfen. „Ich bin fast schon zu spät für meine Verabredung bei White's. Ich versprach Sir William eine Gelegenheit, seine elfhundert Pfund zurückzugewinnen."

Varney, dessen Gefühle offensichtlich so schwer verletzt worden waren, daß ihm die Worte fehlten, knirschte mit den Zähnen.

„Was ist denn nun schon wieder?"

Der kleine Mann schüttelte hilflos den Kopf. „Es ist einfach nicht recht! Daß Sie sich bei allem, was Sie sein könnten, darum sorgen, bloß nicht zu spät zu einem Kartenspiel zu kommen."

Henry packte seinen Dienstboten fest am Kinn, um ihn mit einem strengen Blick zu fixieren. „Ich glaube, Sie vergessen, wer ich bin." Seine Fingerspitzen drückten Grübchen in unrasierte Wangen. „Ich bin ein Fürst der Finsternis, Geschöpf der Nacht, ein untoter Unhold mit widernatürlichen Gelüsten, ich bin Vampir! Aber all das ...", er senkte die Stimme, woraufhin Varney anfing zu zittern, „... ist noch lange keine Entschuldigung für schlechte Manieren."

Anmerkung der Autorin

Der echte Henry Fitzroy, Herzog von Richmond, unehelicher Sohn Heinrichs VIII., starb am 22. 7. 1536 im Alter von 17 Jahren an einer Krankheit, bei der es sich den Erkenntnissen der modernen Medizin zufolge wahrscheinlich um Tuberkulose handelte. Die moderne Medizin hat allerdings keine Erklärung dafür, daß der Herzog von Norfolk Befehl erhielt, die Leiche aus dem St. James-Palast zu schmuggeln und heimlich zu beerdigen.

Wer kann denn schon mit aller Sicherheit behaupten, daß Fitzroy auch beerdigt blieb?

Was sonst noch in den Karten stand

Vicki saß nervös auf ihrem Lieblingsausguck hoch oben auf dem Dach des fünfstöckigen CITY-TV-Gebäudes und sah den Kulturbeflissenen zu, die sich gerade durch die Türen der angesagten Restaurants ihres Viertels hinaus auf die Straßen ergossen, um sich auf den Weg ins Theater zu machen. Normalerweise machte es ihr nichts aus, stundenlang reglos auf einem Fleck zu verharren, geduldig wie ein Raubtier, das auf Beute wartet. Heute war das anders, und sie mußte sich fragen, warum.

Acht Jahre Polizeiarbeit in Toronto und zwei Jahre Einzelkampf als Privatermittlerin hatten ihre Instinkte geschärft. War sie nervös, so hieß das, etwas stimmte nicht. Etwas, das sie gehört oder gesehen hatte, war nicht so, wie es sein sollte, und das nagte an ihrem Unterbewußtsein, verlangte nach Analyse und Aktion.

Einfach die Gegend zu observieren brachte sie offenbar nicht weiter. Vicki beschloß, an den Geschehnissen der Nacht teilzuhaben.

Sie wechselte zur Rückseite des Gebäudes, wo es ihr ein leichtes war, sich an den Jugendstilornamenten entlang nach unten zu hangeln, bis sie sich aus drei Metern Höhe auf den Boden fallen lassen konnte. Die Seitengasse roch nach altem Urin, ein Geruch, der Vicki inzwischen so vertraut war, daß sie ihm weiter keine Beachtung schenkte, während sie ihre Kleidung zurechtzog. Als sie auf die John Street trat, richtete sich ein junger Mann, der lässig an einer der Seitenmauern des Fernsehgebäudes gelehnt hatte, auf und drehte sich zu ihr um.

Stricher, schoß es Vicki durch den Kopf, eine Meinung, die sie beim Näherkommen allerdings wieder revidierte, als sich im Gesicht des Mannes kein Gedanke an Sex oder Geschäfte erkennen ließ.

„Meine Großmutter will Sie sehen“, sagte er beiläufig, als sie auf seiner Höhe angekommen war.

Sie blieb stehen und starrte ihn an. „Mich?“

„Ja. Sie.“ Er strich mit dem Nagel des kleinen Fingers der rechten Hand über die ersten, weichen Ansätze eines Schnurrbarts, wich Vickis Blick geflissentlich aus und spulte leicht gelangweilt folgende Aufzählung ab: „Groß, blond, gekleidet wie ein Mann ...“

Was? Mit hochgezogenen Brauen sah Vicki an sich herunter: schwarze Cordjacke, ausgeblichene Jeans, Turnschuhe – wieso Mann?

„... taucht aus der Gasse hinter dem weißen Sendergebäude auf." Der Junge beendete seine Litanei mit einem Achselzucken. „Hört sich an wie Sie, oder? Ist auch genau der Ort, den Großmutter mir beschrieb. Kommen Sie mit oder nicht?" Ihm schien es egal zu sein, das drückte zumindest seine Haltung aus. „Sie sagt, wenn Sie nicht mit mir kommen, soll ich sagen: Nacht Wandler."

Nicht Nacht Wandler, so wie er es aussprach: ein Wort, Nachtwandler. Vampir.

„Hast du ein Auto?" wollte Vicki wissen.

Statt einer Antwort wies er mit dem Kinn auf den alten Camaro, der nicht weit entfernt direkt unter einem Parkverbotsschild stand. Dabei vermied er weiterhin geschickt und dauerhaft jeden Blickkontakt – offensichtlich hatte ihn jemand gewarnt.

Schweigend fuhren sie die Bathurst Street hinunter bis zur Bloor Street. Vicki wollte abwarten, bis sie ihre Fragen an jemanden richten konnte, der in der Lage war, sie zu beantworten, und der junge Mann auf dem Fahrersitz neben ihr schien nichts weiter zu sagen zu haben.

Unmittelbar hinter der Ecke Bloor/Euclid Street wurde er langsamer und hielt an, ohne auf das ohrenbetäubende, wütende Hupkonzert in seinem Rücken zu achten. Er wies mit dem Kinn auf die linke Straßenseite. „Da drüben."

Am anderen Ende der Geste entdeckte Vicki eine schmale Ladenfront, auf deren Schaufensterscheibe das Konterfei eines klassischen, von Pferden gezogenen Zigeunerwagens prangte, darüber in grellgelber Schrift die Worte: „Madame Luminitsa, Wahrsagerin – Karten, Teeblätter, Hand – entdecken Sie Ihre Zukunft." Ein scharlachroter Vorhang hinter der Scheibe sollte etwaige Interessierte davon abhalten, einen kostenlosen Blick in die Zukunft zu werfen.

Auch die Tür war mit einem Vorhang verhängt, und ein Schild verriet die Geschäftszeiten sowie die Tatsache, daß Madame Luminitsa nur noch gegen Bargeld arbeite, da sie zu viele faule Kreditkarten gesehen habe. Als Vicki sie öffnete und ein kleines Wartezimmer betrat, ertönte weiter drinnen im Haus ein Summer.

Das Wartezimmer hatte Ähnlichkeit mit den überladenen Warteräumen mancher Ärzte, mit einem entscheidenden Unterschied, wie Vicki nach einem kurzen Blick auf die gläserne Couchtischplatte feststellen konnte: In diesem Haus lagen aktuelle Zeitschriften aus. Das Zimmer war leer. Nicht nur fehlten wartende Kunden, sondern auch die Person, die wohl für gewöhnlich hinter dem recht geschäftsmäßig wirkenden Schreibtisch in der linken Zimmerecke saß. Zwei Türen führten ins Innere des Hauses, eine hinter dem Tisch, eine weitere in der Mitte der rückwärtigen Wand. Räucherstäbchen sowie leise Hintergrundmusik mit osteuropäischem Touch sorgten für eine geheimnisvolle Atmosphäre, die bestimmt nicht von ungefähr kam, sondern einen wohl durchdachten Eindruck erzeugen sollte.

Der Duft der Räucherstäbchen ließ Vicki niesen. Aufmerksam lauschte sie auf Herztöne in der Nähe.

Im hinteren Teil des Hauses schien gleich eine ganze Gruppe von Herzen zu schlagen, vermochten Vickis Aufmerksamkeit aber nicht lange zu fesseln, als sie zweier Leben direkt hinter der rückwärtigen Zimmerwand gewahr wurde. Das eine der beiden Herzen schlug langsam und gleichmäßig, das andere, im Bann starker Gefühle gefangen, raste erst, beruhigte sich aber im Laufe der Minuten, die Vicki ihm zuhörte.

Das klang ja fast nach gelungenem Beischlaf.

„Da hat wohl einer gute Nachrichten erfahren", murmelte sie und schlenderte neugierig zum Schreibtisch hinüber.

Der war leer bis auf ein Telefon und einen halb verbrauchten gelben Notizblock. Vicki wollte sich gerade an eine Durchsuchung der Schubladen machen, als sie hörte, wie die zweite Zimmertür langsam aufging.

Ein schlanker Mann mit beginnender Glatze und leicht vorstehenden Augen trat als erster ein, in der Hand ein zerknülltes gelbes Blatt Papier, das er innig umklammert hielt. „Sie ahnen ja nicht, wieviel mir das bedeutet!" flüsterte er heiser.

„Ich kann es mir gut vorstellen." Die Frau von etwa vierzig Jahren, die hinter ihm stand, lächelte so strahlend, daß die Goldkrone auf ihrem hinteren Backenzahn sichtbar wurde. „Es freut mich, daß ich helfen konnte."

„Helfen?" wiederholte er. „Sie haben mir mehr als geholfen, Sie haben mir die Augen geöffnet! Ich muß ganz schnell nach Hause und sofort anfangen."

So eilig hatte er es davonzukommen, daß er Vicki gar nicht sah, als er an ihr vorbeistürzte. Sie wartete ab, bis sich die Tür hinter ihm geschlossen hatte, ehe sie vortrat. „Madame Luminitsa?"

Geschäftig und hocherhobenen Hauptes schritt die Frau zu ihrem Schreibtisch hinüber, der lange geblümte Rock tanzte bei jedem Schritt um ihre Waden. „Haben Sie einen Termin?"

Vicki schüttelte den Kopf. Unter anderen Umständen hätte sie die Szene lustig gefunden, dieses geschäftsmäßige, offizielle Ambiente, das doch nur dazu diente, die grenzenlose Bereitschaft der Menschheit, sich ausbeuten zu lassen, möglichst effektiv zu nutzen. „Irgend jemandes Großmutter wünscht mich zu sehen."

„Ah. Sie sind das also." Sie zeigte nicht mehr Interesse als der junge Mann, der Vicki hergebracht hatte. „Warten Sie."

Gehorsam ließ sich Vicki auf der Schreibtischkante nieder, während Madame Luminitsa in den hinteren Räumen des Hauses verschwand. Offenbar gab es keine andere Möglichkeit herauszufinden, was hier gespielt wurde. Natürlich mutete die ganze Sache höchst merkwürdig an, aber Vicki spürte keine unmittelbare Bedrohung, und sie hatte gelernt, ihren Instinkten zu trauen.

Man durfte gewiß davon ausgehen, daß die Roma als kulturelle Gruppe durchaus nichts dagegen hatten, die Gier und/oder Dummheit der *Gadje*, der Nicht-Roma, auszubeuten. Andererseits waren sie, ebenfalls als Gruppe, so sozialisiert, daß sie wenn irgend möglich auf Gewaltanwendung verzichteten. In den acht Jahren, die Vicki im Polizeidienst verbracht hatte, war ihr nie ein Fall zu Ohren gekommen, bei dem jemand aus einer der zahlreichen Roma-Gemeinschaften Torontos eine gewaltsame Auseinandersetzung angezettelt hätte. Beendet ja, aber nie angefangen.

Trotzdem hatte jemand in diesem Haus sie Nachtwandler genannt.

Die Frau, die nun eintrat, sah Madame Luminitsa sehr ähnlich. Geringfügige Unterschiede in Bezug auf Größe, Gewicht und Farbgebung – die zweite Dame wirkte ein wenig kleiner, ein wenig runder und ein wenig grauhaariger als die erste – fielen so wenig auf, daß ein zufälliger Beobachter Schwierigkeiten gehabt hätte, die beiden auseinanderzuhalten. Vicki war keine zufällige Beobachterin. Sie richtete sich langsam auf, als ein dunkler Blick über sie hinwegglitt und ihr Hunger sich regte, weil er sich durch eine andere Macht herausgefordert fühlte.

„Jetzt wissen wir beide, woran wir sind, und können zur Sache kommen." Die Stimme der Frau verriet einen kaum merklichen osteuropäischen Akzent. „Vielleicht kommen Sie lieber herein." Sie trat beiseite und gab Vicki den Weg ins Sprechzimmer frei.

Vicki zögerte, denn ihre Instinkte schienen sie warnen zu wollen, aber dann siegte die Neugier. Sie rückte die Maske der Zivilisation zurecht und tat, wie ihr geheißen.

Das hintere Zimmer mochte vielleicht ein Viertel der Größe des Wartezimmers haben. Hier hatte man die Decke dunkelblau gestrichen und überall Sterne verteilt, die im Dunkeln leuchteten. Bunte Vorhänge, aus deren Faltenwurf pro Wand eine eiserne Vorrichtung mit einer runden Lampe darauf ragte, verbargen die Wände. In der Mitte des Raumes, wo er einen Großteil des verfügbaren Platzes einnahm, stand ein runder Tisch, darauf lag eine lange, schwere rote Decke. Rechts und links vom Tisch standen zwei buntbemalte Stühle. In jeder Ecke des Zimmers, in jeder Stoffalte, tanzten die Schatten.

„Ich bin beeindruckt.“ lobte Vicki. „Sie verstehen es, für die richtige Stimmung zu sorgen. Aber ich bin nicht hier, um mir die Zukunft vorhersagen zu lassen.“

„Wir werden sehen.“ Die Frau wies auf einen der bunten Stühle, während sie auf dem anderen Platz nahm.

Vicki setzte sich ebenfalls. „Ihr Enkel hat vergessen, mir zu sagen, wie Sie heißen.“

„Sagen Sie Madame Luminitsa zu mir.“

„Dann gibt es zwei?“

Die Wahrsagerin zuckte die Achseln. „Wenn die Geschäfte gut laufen, sind wir alle Madame Luminitsa. Meine Schwester, unsere Töchter, deren Töchter ...“

„Sie?“

„Normalerweise nicht.“

„Warum nicht?“ fragte Vicki trocken. „Treffen Ihre Vorhersagen nicht ein?“

„Im Gegenteil.“ Als die Frau die Hände faltete, funkelten die bunten Steine in den Ringen, die sie an sechs von acht Fingern trug. „Manche Leute trauen sich noch nicht einmal mehr auf die Toilette, ohne vorher um Rat zu fragen – denen verschafft Madame Luminitsa genau den Blick in die Zukunft, den sie brauchen. Ich erzähle von der Zukunft, die sie erleben werden.“

Vicki verschränkte die Arme vor der Brust. „Wollen Sie mir weismachen, Sie könnten wirklich in die Zukunft sehen?“ schnaubte sie.

„Ich habe Sie gesehen, Nachtwandlerin. Ich habe gesehen, wo Sie heute abend sein werden. Ich habe nach Ihnen geschickt, und Sie sind gekommen.“

Was stimmte – peinlich, aber wahr. „Wenn ich mir das alles so anschaue, dann wundert es mich, wie kalt es Sie läßt – das, was ich bin.“

„Ich bin gewohnt zu sehen, was andere nicht sehen.“ Madame Luminitsas Augen wurden einen Moment lang ganz dunkel, als hätte sie eine Szene vor Augen, an die sie lieber nicht erinnert werden wollte. Verlegen schüttelte sie den Kopf und warf Vicki ein schiefes Grinsen zu. „Wenn Sie sich ein bißchen in der eigenen Geschichte auskennen, Nachtwandlerin, dann wissen Sie auch, daß Ihre und meine Leute in der Vergangenheit bisweilen zusammengearbeitet haben.“

Vicki hatte eine plötzliche Vision von Zigeunern, die Holzkisten mit Erde füllten, um ihrem Herrn eine sichere Überfahrt nach England zu ermöglichen. Das Ganze trug eindeutig den Stempel eines alten Hammer-Films. Sie erwiderte das Grinsen, ein Zeichen dafür, daß das Vertrauen zwischen den beiden Frauen ein Stück gewachsen war. „Der, der mich gewandelt hat, hielt Bram Stoker für einen Sensationsschreiber.“

„Einiges hat er korrekt wiedergegeben. In jenem Teil der Welt hielt man die Roma lange, lange Zeit wie Sklaven. Wir hatten Herren, gegen die wirkt Bram Stokers Graf wie ein netter Bursche.“ Ihrer Stimme nach zu urteilen, empfand Luminitsa beim Gedanken an diese historischen Tatsachen keine Bitterkeit. Das war Geschichte, war vergangen. Die Roma waren weitergezogen und würden keine Energie darauf verschwenden, irgendwelchen Groll zu hegen und zu pflegen. „Ich habe gesehen, daß Sie für mich keine Gefahr darstellen, Nachtwandlerin“, fuhr die Wahrsagerin fort. „Was die anderen in meinem Haus betrifft ...“ Sie schob eine Pause ein, die eine deutliche Warnung beinhaltete. „... so wissen sie von nichts.“

„Gut.“ Vicki nahm das zur Kenntnis, ohne es in der einen oder anderen Richtung zu werten. „Warum haben Sie nach mir geschickt?“

„Ich habe etwas gesehen.“

„In meiner Zukunft?“

„Ja.“

Vicki schnaubte, mußte sich allerdings zusammenreißen, um die Härchen nicht zu beachten, die ihr im Nacken zu Berge standen. „Einen großen, dunklen Fremden?“

„Ja.“

Ein guter Bulle ist einer, der gelernt hat einzuschätzen, ob jemand lügt. Als Vampirin braucht man diese Fähigkeit nicht, denn niemand lügt einen an – Vicki wußte, daß sie bis jetzt in diesem Zimmer nur die Wahrheit zu hören bekommen hatte, oder doch zumindest die Wahrheit, wie Madame Luminitsa sie sah. Leider schien in diesem Gespräch zwischen Roma und *Gadje* der Begriff Wahrheit nicht mehr eindeutig definiert, sondern eher leicht schwammig.

Die andere Frau seufzte. „Würden Sie sich besser fühlen, wenn ich behauptete, ich hätte einen kleinen blonden Fremden gesehen?"

„War er denn klein und blond?"

„Nein. Der Fremde, den ich sah, war groß und dunkel, und er ist gefährlich. Für Sie und für meine Familie."

Allmählich bekam das ganze Treffen einen Sinn. Der Familienzusammenhalt der Roma war sprichwörtlich, sie waren ihrem Clan treu ergeben. Einer *Gadje* wegen hätte Madame Luminitsa nie und nimmer irgendwelche Mühen auf sich genommen, schon gar nicht, wenn es sich bei dieser Gadje um eine blutsaugende Untote handelte. Es ging also um handfeste Eigeninteressen – damit konnte Vicki etwas anfangen. „Ich höre", sagte sie.

„Immer zu sehen, was sein wird, ist nicht leicht, das werden Sie verstehen. Ich schaue nur noch in die Karten, um sicherzugehen, daß meiner Familie keine Gefahr droht. Heute nachmittag legte ich die Karten, und ich sah Sie und Gefahr, die sich uns in Gestalt eines großen, dunklen Mannes näherte. Was, das gebe ich gern zu, ein Klischee sein mag, aber in diesem Fall nichts als die Wahrheit. Wenn Sie diesem Mann zum Opfer fallen, dann wird er so mächtig, daß er seinen Haß auch gegen andere richtet. Dann wird man ihn nicht mehr bezwingen können."

„Worin besteht die Gefahr für Sie und Ihre Familie?"

„Er haßt Sie, weil Sie anders sind. Sie haben ihm nichts getan, Sie haben auch niemandem etwas getan, der ihm nahesteht. Sie sind einfach nicht wie er." Luminitsa schwieg. Gedankenverloren sah sie sich um. „Wir sind ebenfalls anders, und wir wollen, daß das so bleibt. Dafür tun wir viel. Früher hätten wir in so einer Situation die Straße gewählt. Inzwischen sind wir, ähnlich wie Sie, zu unbeweglichen Zielen geworden."

„Sind Sie sicher, daß es nur ein Mann ist?" fragte Vicki und zupfte an einem Stück Tischdecke herum. Sie hatte bereits eine Begegnung mit

Dämonen hinter sich und wenig Lust, diese Erfahrung noch einmal zu durchleben.

„*Nur* ein Mann? Menschen tun freiwillig, was Dämonen tun, weil ihre Natur es ihnen befiehlt."

Dagegen ließ sich nichts einwenden – Vicki hatte genug Zeit in der Abteilung für Gewaltverbrechen verbracht, um Madame Luminitsa recht geben zu müssen. „Groß, dunkel, Mann – das ist nicht viel. Sie müssen mir schon noch weitere Details nennen."

Als Antwort zog die Wahrsagerin einen Stapel Tarotkarten hervor – ob aus einer Rocktasche oder einem Regal unter dem Tisch, hätte Vicki nicht sagen können. „Aber gerne doch."

„Ach, kommen Sie schon ..."

Die ältere Frau schenkte Vickis Einwänden keine Beachtung, sondern mischte unbeirrt die Karten, wobei sie eine Geschicklichkeit an den Tag legte, die von langjähriger Übung zeugte. Als sie fertig war, legte sie den Stapel in die Mitte des Tisches. „Teilen Sie ihn mit der Linken in drei Teile und legen Sie sie links auf dem Tisch ab."

Vicki starrte auf die Karten, dann ins Gesicht ihres Gegenübers. „Ich glaube nicht, daß ich das tun werde."

„Wenn Sie am Leben bleiben wollen, dann teilen Sie den Stapel jetzt in drei Teile."

Wie soll man ablehnen, wenn etwas so formuliert wird?

Vickis Studienjahre an der Universität waren in die Zeit gefallen, als Tarotkarten einen kurzen, heftigen Auftritt in der Populärkultur erlebt hatten. Eine ganze Reihe Mädchen, die sie damals gekannt hatte, waren zu jeder passenden und unpassenden Gelegenheit mit ihren Karten aufgetaucht. An Vicki selbst war diese Mode vorbeigerauscht, die Beibehaltung ihres Notendurchschnitts war ihr wichtiger gewesen als das Erlernen seltsamer Symbolik, und außerdem waren ihr all diese in bunte Kopftücher gehüllten, Sandalen und Röcke tragenden Amateurwahrsagerinnen wie die letzten Nieten vorgekommen, die von nichts eine Ahnung hatten. Als Geschichtsstudentin wußte sie, welcher Verfolgung die Roma jahrhundertelang ausgesetzt gewesen waren und daß sich ihre Lage seit dem Fall des eisernen Vorhangs wieder verschlechtert hatte. Warum jemand ein Leben im Zigeunerwagen romantisch finden sollte, war ihr immer schon schleierhaft gewesen.

Aber immerhin kannte sie das Muster, das Luminitsa auf dem Tisch auslegte. „Sollten Sie nicht erst eine Karte ziehen, die für mich steht?"

„Sage ich Ihnen, wie Sie Ihre Arbeit zu tun haben?"

„Nein ..."

„Dann halten Sie es umgekehrt genauso." Sie legte die zehnte und letzte Karte hin, legte den unbenutzten Kartenstapel sorgfältig ab und lehnte sich zurück, den Blick fest auf die buntbemalten Rechtecke geheftet, die sie vor sich ausgebreitet hatte. „Die Drei der Schwerter steht für einen Verlust, das ist die Atmosphäre, in der wir uns bewegen. Darüber der Herrscher, umgekehrt – ein schwacher Mann, der aber handeln wird. Irgendwann einmal hat sich der Stern umgekehrt, das bedeutet körperliche oder psychische Krankheit."

„Moment – ich dachte, hier geht es um mich!"

„Wir schauen in die Karten, um Ihnen zu helfen, den Fremden zu finden, ehe er zuschlägt."

„Ah." Vicki zog ein Notizbüchlein und einen Stift aus der Innentasche ihrer Jacke. Die riesige Umhängetasche, die früher ihr Markenzeichen gewesen war, trug sie immer seltener, es kam ihr irgendwie nicht vampirgemäß vor, eine Handtasche zu tragen, selbst wenn die es an Ausmaßen durchaus mit einem kleinen Koffer aufnehmen konnte. „Vielleicht sollte ich mir Notizen machen."

Luminitsa wartete, bis Vicki sich die ersten drei Karten notiert hatte, ehe sie fortfuhr. „Sein materielles Leben hat er gerade ad acta gelegt."

„Heißt das, er ist seinen Job los?"

„Ich weiß nicht. Aber er tut jetzt etwas anderes als früher, widmet sich eher spirituellen Dingen."

„Was ist spirituell daran, mich vernichten zu wollen?"

„Er glaubt, daß er damit die Welt vom Bösen befreit."

„Was redet er sich ein, wenn er dann auf Ihre Leute losgeht?"

„Für manche Leute ist anders sein bereits gleichbedeutend mit böse. Er steht kurz vor einer Entscheidung. Sie haben nicht mehr viel Zeit."

„Aber auch nicht besonders viele Infos!"

„Sie sind hier, in seiner jüngsten Vergangenheit. Ich nehme an, Sie haben sein Blut getrunken, und seine Geisteskrankheit hat verhindert, daß die Schatten, über die Sie befehlen, seine Erinnerung tilgen. Der Schwertbube – hier – bedeutet, daß er Sie beobachtet. Er spioniert Sie aus, um Ihre Gewohnheiten kennenzulernen, ehe er zuschlägt."

Sie erinnerte sich an das Gefühl, daß etwas nicht stimmte, nicht so war, wie es sein sollte. „Toll. Als hätte ich nur ein einziges Mal bei einem großen, dunklen, emotional instabilen Arbeitslosen getrunken."

„Nur einer davon beobachtet Sie."

„Jetzt fühle ich mich gleich viel besser."

„As der Stäbe, umgekehrt. Wahrscheinlich kommt es zu einem erfolglosen Versuch, ehe Sie ernsthaft in Gefahr geraten. Er hat Angst vorm Alleinsein. Er sieht in Ihnen das Böse, weil er das braucht. Es gibt seinem Leben einen Sinn, füllt die Leere, unter der er leidet. Er hat keine Familie. Keine Freunde. Aber, hier, sehen Sie ..."

Gehorsam beugte Vicki sich vor.

„... Neun der Stäbe. Er hat sich vorbereitet. Wenn es hart auf hart kommt, ist er für Vernunft nicht zugänglich. Versuchen Sie nicht, ihn zu überzeugen, diskutieren Sie nicht, halten Sie ihn auf."

„Ich soll ihn töten?"

Luminitsa fegte die Karten zusammen und schob sie zurück in den Stapel. „Das bleibt Ihnen überlassen, Nachtwandlerin."

Nachdenklich trommelte Vicki mit der Bleistiftspitze auf dem Notizbüchlein herum, während sie die Liste noch einmal durchging. „Fassen wir zusammen: Ich suche nach einem großen, dunklen, psychisch labilen, einsamen Arbeitslosen. Er hat vom Pfählespitzen Sägespäne an den Manschetten, erinnert sich daran, daß ich von ihm getrunken habe, und spioniert mir seitdem hinterher. Er wird einen erfolglosen Versuch unternehmen, mich zu vernichten. Wenn es hart auf hart kommt, nützt mir Reden gar nichts, denn er ist entschlossen, mich zu liquidieren, und wenn ich das verhindern will, dann kann es sein, daß ich ihn töten muß." Als sie aufsah, hatte sich ein leichter Silberschimmer in ihre Augen geschlichen. „Woher weiß ich, daß Sie mich nicht benutzen, um einen Ihrer Feinde zu vernichten?"

„Das können Sie nicht wissen."

„Woher weiß ich, daß Sie mich nicht absichtlich in die Irre geführt haben, damit Sie mich vernichten können?"

„Das können Sie auch nicht wissen."

„Im Grunde wollen Sie also folgendes sagen: Ich muß einfach glauben, daß Sie und diese ganze Wahrsagenummer das sind, was Sie vorgeben zu sein."

Die Augen der Roma reflektierten Silberflecken, die körperliche Manifestation von Vickis Macht, die an der Oberfläche von Luminitsas Bewußtsein abgefangen wurde. „Ja."

☥ ☥ ☥

„Vicki, mach mal halblang! Das sind Zigeuner, die leben für ausgeklügelte Betrügereien."

„Diesmal nicht, Mike." Sie drehte ihren Schreibtischstuhl Richtung Zimmer, kippte ihn nach hinten und sah ihren Freund von unten her mit gerunzelter Stirn an. „Selbst wenn deine Klischees der Wahrheit entsprächen: Das war keine Betrügerei. Madame Luminitsa braucht mich, um ihre Familie zu schützen. Nur deswegen gibt sie sich mit mir ab. Wäre die Gefahr, die mir droht, nicht auch eine für sie und die Ihren, dann wäre ich auf mich allein gestellt."

„Sie will also etwas von dir."

Vicki, die sich allmählich wünschte, sie hätte Mike nie erzählt, wie und wo sie den Abend verbrachte hatte, schloß die Augen und zählte langsam bis zehn. „Ja. Da geht es ihr nicht anders als meinen anderen Kunden, die auch etwas von mir wollen. Nur daß Madame Luminitsa im voraus und bar bezahlt hat, indem sie mich vor der Gefahr warnte, in der ich mich befinde."

„Soll ich dir sagen, in welcher Gefahr du dich befindest?" Detective Sergeant Michael Celluci, der bislang aufgebracht im Zimmer auf und ab getigert war, blieb stehen, um die Frau im Schreibtischsessel anzufunkeln. Er hatte diese Frau geliebt, als sie gemeinsam bei der Polizei dienten, er hatte sie geliebt, als eine fortschreitende Augenerkrankung sie zwang, den Beruf, den sie so ausgezeichnet beherrschte, an den Nagel zu hängen und als Privatdetektivin noch einmal ganz von vorne anzufangen, und er hatte selbst dann nicht aufgehört, sie zu lieben, als sie eine untote, blutsaugende Kreatur der Nacht geworden war. Aber es gab Zeiten – und dieser Moment gehörte deutlich dazu –, da hätte er ihr mit Wonne den Hals umgedreht. „Diese Wahrsagerin weiß, was du bist, und was eine Zigeunerin weiß, das wissen alle Zigeuner."

„Roma."

„Was?"

„Den meisten ist es lieber, wenn man sie Roma nennt, nicht Zigeuner."

Er warf die Hände hoch. „Wo liegt denn da der Unterschied?"

„Na ja …" Vickis Stimme troff vor Sarkasmus. „Wie findest du es, wenn man dich einen tumben, bigotten Spaghettifresser nennt?"

Mike kniff die Augen zusammen. Außer dem wütenden Schlagen seines Herzens konnte Vicki noch hören, wie er langsam und schwer durch die Nase Luft holte. „Schön, dann eben Roma. Trotzdem wissen sie, was du bist, und von daher wissen sie, daß du tagsüber komplett hilflos bist. Ich will, daß du wieder zu mir ziehst."

„Damit du mich beschützen kannst?"

„Ja!" Ohne Rücksicht auf Verluste spie er das Wort aus, wohl wissend, welche Reaktion unweigerlich erfolgen würde.

Als die Explosion ausblieb, wunderte er sich sehr.

Vicki seufzte nur ungeduldig. Mikes Besorgnis rührte sie ebenso sehr, wie sie sich darüber ärgerte. „Glaubst du wirklich, eine Sperrholzkiste in deinem Keller sei sicherer als die Wohnung hier?" Ihre Zuflucht in einem umgebauten Lagerhaus konnte sich eines vergitterten Fensters und einer Stahltür rühmen, besaß Türschlösser, die auch in der Industrie verwendet wurden, und eine völlig abgeschlossene Schlafempore mit einem so komplizierten Zugang, daß selbst Mike sich dort nicht allein hineinwagte. Für diese Sicherheitsvorkehrungen war eine erfahrene Vampirin verantwortlich, die um einiges älter gewesen war als Vicki, bei ihrem Einzug in die Stadt allerdings einen fatalen Fehler begangen hatte: Sie hatte nicht akzeptiert, daß das Revier schon besetzt war.

Mike ließ sich langsam auf die Sofalehne sinken. „Nein, das glaube ich nicht."

„Es ist ja nun auch nicht so, als wärst du den ganzen Tag zu Hause."

„Ich weiß. Es ist bloß …"

Vicki rollte ihren Bürostuhl so weit vor, daß ihre und Mikes Knie sich berührten, streckte die Hand aus und strich dem Freund die überlange Locke aus der Stirn. „Ich sage ja gar nicht, daß ich nie wieder zu dir zurückziehen werde. Nur jetzt nicht. Nicht ausgerechnet deswegen, weil ein psychisch labiler, arbeitsloser Blutspender meint, er wäre der moderne Van Helsing."

Er streichelte ihre Hand, die sich kühl und trocken an seine Handfläche schmiegte. „Was ist mit den Zige… Roma?"

„Bei denen ist Madame Luminitsa aufgrund ihrer besonderen Fähigkeiten sowieso eine Außenseiterin, und sie wird nicht riskieren wollen, daß man sie zur *Marhime* macht – sie in eine Art soziokulturelles Exil verbannt", fügte sie hinzu, als Mikes Brauen hochschossen. „Was passieren könnte, wenn sie ihrer Familie erzählt, daß sie sich mit einer Vampirin abgibt."

„Na schön." Er ließ ihre Hand los und schob den Schreibtischstuhl so weit zurück, daß er Platz zum Aufstehen hatte. „Wie halten wir deinen Van Helsing auf?"

„Ich hab es sooo gern, wenn du mir den Macho machst!" gurrte Vicki, indem sie ihm mit dem Fuß an der Innenseite des Beins hochfuhr. Ehe er reagieren konnte, schoß sie mit dem Bürostuhl so schnell hinter den Schreibtisch zurück, daß sich die Räder heftig über die Geschwindigkeit beschwerten. „Die Karten sagen, er hat sich vorbereitet. Du könntest dich beim Einbruchdezernat erkundigen, ob jemand den Diebstahl von Weihwasser gemeldet hat."

„Weihwasser?"

„Madame Luminitsa sagte, er halte mich für das Böse. Weihwasser zählt traditionell zu den Methoden, die einen Vampir schmelzen lassen. Was allerdings ein Gerücht ist."

„Wie zum Teufel klaut man Weihwasser?"

„Gehst du denn nie ins Kino?" Vicki tat, als wolle sie eine Wasserpistole füllen. „Frag auch gleich nach Hostien."

„Hostien?" Er seufzte und warf einen Blick auf die Uhr. „Egal. Wie du willst. Patterson hat Spätschicht. Er schuldet mir einen Gefallen. Es ist erst Viertel nach elf, wenn ich demnächst mal aufbreche, erwische ich ihn noch, ehe er geht."

„Prima – dann fasse ich mich kurz. Die Karten sagen außerdem, der Mann sei seit kurzem arbeitslos. Wenn ich bei der Mordkommission wäre und aus dem vergangenen Monat einen ungeklärten Fall hätte, bei dem es um den Mord an zwei Beratern einer kanadischen Arbeitsagentur geht, dann hätte ich doch Grund genug, eine Liste aller Personen zu verlangen, die in letzter Zeit Arbeitslosengeld beantragt haben, oder?"

„Der Typ, der geschossen hat, könnte ebenso gut schon ewig arbeitslos sein."

„Das weißt du doch nicht."

„Nehmen wir mal an, ich lasse mir eine halbwegs glaubhafte Geschichte einfallen und wir kriegen die Liste – würdest du denn den Namen eines ...“ Hier wußte er nicht mehr weiter. Über diesen Aspekt ihres gemeinsamen Lebens redeten die beiden nie miteinander. Rein intellektuell begriff Mike, daß er allein nicht Vickis sämtliche Bedürfnisse befriedigen konnte, aber was das konkret bedeutete, darüber dachte er lieber erst gar nicht nach. „Würdet du den Namen eines Mannes wiedererkennen, mit dem du mal essen warst?“

„Das weiß ich nicht. Erinnerst du dich denn an jede einzelne Mahlzeit des vergangenen Monats?“

Mikes Lippen verzogen sich zu einem halben Lächeln. „Schön zu hören, daß sie nicht mehr für dich sind. Nur in diesem Fall ist es verdammt lästig. Wenn du meinst, du erkennst den Namen sowieso nicht wieder, wozu brauchen wir denn dann diese Liste?“

„Weil ich den Namen vielleicht doch wiedererkenne“, erklärte Vicki. „Aber im wesentlichen für einen Abgleich mit ...“ Sie besann sich eines Besseren und ließ den Satz unvollendet. Höchstwahrscheinlich war Detective Sergeant Michael Celluci glücklicher, wenn er nicht wußte, womit sie seine Liste abgleichen wollte.

☥ ☥ ☥

Anders als das Arbeitsamt war der sozialpsychiatrische Dienst in der Queen Street rund um die Uhr geöffnet – wobei man nach den jüngsten Einsparungsmaßnahmen im Haushalt der Stadt allerdings den Begriff „geöffnet“ neu definieren mußte.

Vicki kauerte im Schatten und sah einer alten Frau mit einem Plastikarmband am rechten Handgelenk zu, das sie als Krankenhauspatientin auswies. Zielstrebig schlurfte die Alte in den Lichtkreis der gläsernen Doppeltür, zuckte kurz zusammen, als hinter ihr die Straßenbahn vorbeifuhr, und stützte sich mit der schmutzigen Hand auf dem Klingelknopf ab. Es war recht leicht gewesen, sie zu finden – dieser Stadtteil war beschämend reich an verlorenen Seelen –, doch dafür hatte es sich als um so schwieriger erwiesen, sich die Kontrolle über sie zu verschaffen. In ihrem Kopf lagen sämtliche Teile des Gehirns verschüttet, die für gewöhnlich auf die Gefahr und die verbotene Sinnlichkeit reagierten, für die ein Vampir steht. Sie waren so schwer zugänglich geworden, daß sie ebensogut gar nicht hätten zu existieren brauchen. Zum Schluß hatte ihr Vicki zehn Dollar in die Hand gedrückt und ihr in klaren, unmißverständlichen Worten von nicht mehr als einer Silbe Länge erklärt, was sie tun sollte.

Manchmal funktionierten die alten Methoden eben besser als die neuen.

Im sozialpsychiatrischen Dienst sah man endlich einen Pfleger zur Tür eilen, kopfschüttelnd, als könnte er damit das ununterbrochene Summen der Klingel abstellen. Stirnrunzelnd sah er durch das dicke, drahtverstärkte Glas der Doppeltür, und als er erkannte, wer dort gegen den Klingelknopf lehnte, verzog sich sein Gesicht zu einer ärgerlichen Grimasse. „Verdammt noch mal, Helen!" murrte er, indem er die Tür aufriß. „Laß doch die gottverdammte Klingel los!"

Während der Pfleger noch mit der alten Frau befaßt war, gelang es Vicki, unbemerkt ins Haus zu schlüpfen.

Wo sie dem Mann gegenüberstand, als der sich umdrehte: mit silberglänzenden Augen, einem unheimlich weißen Lächeln und stetig steigendem Hunger.

„Ich möchte, daß du mir einen Gefallen tust!" flüsterte Vicki.

Der Pfleger schluckte krampfhaft, als sie ihm mit dem Daumen sanft an den Halsmuskeln entlangstrich.

Manchmal funktionierten die neuen Methoden besser als die alten.

☥ ☥ ☥

Als die Morgendämmerung sie nach Hause trieb, nannte Vicki eine Liste mit allen Personen ihr eigen, die in der letzten Zeit aus dem Zentrum in der Queen Street entlassen worden waren, dazu eine ähnliche Liste aus dem Clark Institute. Jetzt brauchte sie nur noch die Daten aus dem Arbeitsamt, dann konnte sie den Abgleich vornehmen. Wenn sie Glück hatte, fand sie Namen, die auf mehr als einer Liste auftauchten, mit den entsprechenden Adressen dazu. Damit bewaffnet konnte sie gezielt nach der ganz eigenen Signatur des Lebens suchen, an dem sie sich einmal genährt hatte.

Allerdings waren die Namenslisten, die sie sich hatte besorgen können, beängstigend lang, und Ähnliches stand auch von der dritten Liste zu befürchten. Das wirtschaftliche Klima in Mike Harris' Ontario stimmte in dieser Frage nicht gerade optimistisch. Vicki rechnete damit, eine Nacht mit dem Abgleich der Daten zuzubringen, und dann noch einmal zwei oder drei mit der Überprüfung der Personen, deren Name auf mehr als einer Liste aufgetaucht war.

Nachdenklich schloß sie die Wohnung auf. Hoffentlich blieb ihnen genügend Zeit. Madame Luminitsa schien ziemlich überzeugt davon, daß der Durchgeknallte aus ihren Karten schon sehr bald zuschlagen würde.

In der Wohnung herrschte Dunkelheit, aber keine beängstigende. Nur wohlvertraute Schatten lauerten in den Ecken, dazu noch ein paar Staubmäuse, die aber nicht groß genug waren, um jemandem gefährlich werden zu können.

Nachdem sie die Tür verriegelt und mit einem passend zur Wand lackierten Vierkantbalken gesichert hatte – die einfachsten Sicherheitsvorkehrungen waren oft auch die effektivsten –, eilte Vicki Richtung Loft. Dabei mußte sie sich zwingen, aufrecht und hocherhobenen Hauptes zu bleiben und nicht verängstigt die Schultern hochzuziehen. Der heraufziehende Tag saß ihr im Nacken, schlich sich von hinten an, ein durch und durch unangenehmes Gefühl. Trotzdem konnte sie nicht widerstehen, als sie – die Zuflucht war fast schon erreicht – das Lämpchen auf ihrem Anrufbeantworter blinken sah.

„Oh, verdammt." Sie konnte es nicht ignorieren, sondern schwang sich seufzend wieder hinunter.

„Vicki, Mike hier. St. Pauls, die anglikanische Kirche in der Bloor Street, hat letzten Donnerstag nachmittag einen Einbruch gemeldet. Anscheinend wurde außer einer Schachtel Hostien nichts gestohlen. Wenn dein Typ denen auch das Weihwasserbecken geleert hat, dann haben sie das nicht angezeigt. Dem Anschein nach hattest du recht." Sein Seufzer schien gut zehn Sekunden Bandlaufzeit in Anspruch zu nehmen. „Es hat keinen Zweck, wenn ich dich bitte, vorsichtig zu sein. Aber könntest du bitte ..."

Unmöglich, das Ende der Ansage abzuwarten! Die Sonne lauerte schon viel zu nah. Vicki schwang sich in ihre Schlafkammer, verrammelte auch deren Tür noch gewissenhaft und fiel ins Bett.

Die Sekunden, die doch eben noch unglaublich schnell zu verstreichen schienen, wurden immer langsamer.

Überall hörte sie Geräusche, von denen sie keins zu kennen schien. Da! Draußen, in der Gasse hinter ihrem Haus – kletterte da jemand die Fassade empor?

Nein – das waren nur Tauben.

Ein Vibrieren in der Wand – ein Bohrer?

Nein – nur ein Wecker, der irgendwo in einer der anderen Wohnungen im Haus einen Nachbarn aus dem Schlaf reißen sollte.

Bei allem Wissen um ihre Verletzlichkeit war Vicki noch nie mit der Morgendämmerung konfrontiert gewesen und hatte sich dabei fragen müssen, ob sie den Abend erleben würde – bisher. Das Gefühl behagte ihr gar nicht.

„Vielleicht sollte ich ja doch wieder bei Mike in den Kelle..."

☥ ☥ ☥

Vicki fand es ekelhaft, aufzuwachen und festzustellen, daß sie den Tag in ihren Klamotten verbracht hatte. Mit einer langen, heißen Dusche versuchte sie, die dadurch entstandenen Falten an Körper und Geist zu glätten, während sie sich eine weitere Nachricht Cellucis anhörte. Er schlug vor, sie solle sich schon einmal ohne ihn in der Kirche umsehen, da er wohl bis nach Mitternacht beschäftigt sein werde. „... ums Essen brauchst du dich nicht zu kümmern, du kannst dir einen Happen schnappen, wenn ich da bin."

„Als wäre das eine große Zeitersparnis", murmelte Vicki, während sie in ihre Jacke schlüpfte. Sie spulte das Band zurück. „Du bist für mich nicht gerade das, was ich als Fertiggericht bezeichnen würde."

Eigentlich genau das Gegenteil.

Vicki entfernte den Vierkantbalken. Sie würde sich lieber auf der Straße eine Kleinigkeit zu essen besorgen, denn sonst kam sie nie dazu, sich die Listen anzusehen. Sie trat in den Flur, den Schlüsselbund schon in der Hand, als etwas sie stutzig werden ließ. Das untere Türschloß roch nach Latex. Wie ein Handschuh, den man sich überstreift, wenn man Fingerabdrücke vermeiden will.

Als auf der gegenüberliegenden Flurseite die Tür aufging, zuckte sie zusammen.

„Hi, Süße. Hat er das Schloß zerkratzt?"

„Hat wer das Schloß zerkratzt?"

„Als ich heute am Spätnachmittag nach Hause kam, sah ich einen Typen, der vor deiner Tür auf den Knien lag und an deinem Schloß herumfummelte. Ich habe geschrien, woraufhin er abgehauen ist." Von einem zarten, blauen Seidenkimono umhüllte, ebenholzschwarze Arme waren irgendwie vorwurfsvoll vor einer breiten, muskulösen Brust verschränkt. „Ich habe geklopft, aber du bist nicht aufgewacht."

„Ich arbeite nachts, Lloyd. Tagsüber schlafe ich tief. Das habe ich dir doch schon mal erklärt." Anscheinend galt es, diese Botschaft in nächster Zeit noch einmal zu vertiefen. „Kannst du mir sagen, wie der Typ aussah?"

Lloyd zuckte die Achseln. „Weißer Mann. Groß, dunkel, ganz in Schwarz, aber nicht modisch, verstehst du? Auf sein Gesicht konnte ich nur einen flüchtigen Blick werfen, aber ich kann dir sagen, daß ich den Mann noch nie zuvor gesehen hatte." Lloyd grinste. „Ein großer, dunkler Fremder! Ist doch komisch, was?"

„Eigentlich nicht."

☥ ☥ ☥

„Wahrscheinlich kommt es zu einem erfolglosen Versuch, ehe Sie ernsthaft in Gefahr geraten."

Dieser Versuch hatte also bereits stattgefunden.

„Der Schwertbube – hier – bedeutet, daß er Sie beobachtet."

Er wußte, was sie war und wo sie lebte.

„Das stinkt mir!" Vicki stand oben auf der Vordertreppe ihres umgebauten Lagerhauses und suchte die Straße ab.

Etwas war nicht, wie es sein sollte. Irgend etwas nagte an ihrem Unterbewußtsein, verlangte nach Analyse und Aktion.

Irgendwann in einer der vergangenen Nächte hatte sie ihn gesehen oder unbewußt mitbekommen, daß er sie beobachtete. Es mußte doch möglich sein, ihn zu finden! Fast schon verzweifelt suchte Vicki nach Kontakt zu einem Leben, das sie einmal, wenn auch nur für sehr kurze Zeit, geführt hatte. Gegen die Stadt aber war nicht anzukommen, dafür gab es hier zu viele Leben. Eine so zarte Übereinstimmung wie die, nach der Vicki suchte, mußte im allgemeinen Getöse untergehen.

In einer anderen Nacht wäre sie zu Fuß nach St. Pauls gegangen. Heute rief sie ein Taxi. Hoffentlich zwang das den großen dunklen Fremden, der hinter ihr herspionierte, jetzt wenigstens dazu, zu rennen als wäre der Teufel hinter *ihm* her.

☥ ☥ ☥

Die Kirchen der Stadt wagten es schon seit Jahren nicht mehr, ihre Türen auch nach Dunkelwerden geöffnet zu lassen. Reuigen Seelen auf der Suche nach Gott blieben nur die rund um die Uhr geöffneten Schnellcafés. Vicki ließ die große Doppeltür, die auf die Bloor Street mit ihren hellen Lichtern hinausführte, links liegen und glitt um die Kirche herum zur Rückseite, wo sich einer der weniger gut beleuchteten Eingänge befand. Verwundert stellte sie fest, daß die Tür unverschlossen war.

Sie brauchte die schwere Holztür jedoch nur aufzudrücken, um zu verstehen, warum: Hier fand eine Chorprobe statt. Sorgsam in die Schatten gedrückt eilte Vicki in den rückwärtigen Teil des Kirchenschiffs. Die Kirchenbänke waren nicht leer, der Chor hatte Zuhörer, wahrscheinlich Freunde oder Familienangehörige der Sänger, und in einem Seitengang stand ein älterer Pastor – oder Priester? Vielleicht stand St. Pauls in der anglikanischen Hierarchie hoch genug, um einen Priester zu beschäftigen.

Vicki wartete, bis der Chor zu Ende gesungen hatte, ehe sie den Pastor an der Schulter berührte und ihn fragte, ob sie sich irgendwo ungestört unterhalten könnten. Sie setzte nur eben so viel Macht ein, wie nötig war, dem Mann die gewünschten Informationen zu entlocken. Als er sie daraufhin für eine Polizistin hielt, bestärkte sie ihn in der Annahme.

So erfuhr sie, daß die Hostien in einem verschlossenen Schränkchen im Kirchenbüro aufbewahrt worden waren. Leider war seit dem Diebstahl zu viel Zeit vergangen, und zu viele Menschen hatten den Raum benutzt. Jede Spur, die Vicki vielleicht hätte finden können, war längst ausradiert.

„Nein, nichts!“ erklärte der Pastor im Brustton der Überzeugung auf die Frage, ob noch etwas abhanden gekommen sei.

„Was ist mit Weihwasser?“

Er sah sie einigermaßen verblüfft an. „Komisch, daß Sie das sagen.“ Sorgsam verschloß er den Schrank, den er Vicki gerade gezeigt hatte, und ging ihr voran aus dem Büro. „Wir hatten Donnerstag abend eine Taufe“, fuhr er fort, „drei Familien, zwei Säuglinge und ein Erwachsener. Sonst wäre es mir gar nicht aufgefallen. Als ich kurz vor dem Gottesdienst die Abdeckung vom Weihwasserbecken entfernte, kam mir der Wasserstand niedriger vor, als er sein sollte. Das weiß ich genau, müssen Sie wissen, weil ich derjenige bin, der das Wasser nachfüllt, und dann fand ich einen Manschettenknopf, der sich am Beckenrand verfangen hatte.“ Er öffnete die Tür zu seinem Büro und ging zum Schreibtisch hinüber. „Die Abdeckung ist schwer, und wenn man Wasser aus dem

Becken schöpfen will, muß man sie mit einer Hand festhalten. Da kann man schon mal mit dem Hemd hängenbleiben. Ah, da ist er ja."

Der Pastor nahm einen kleinen weißen Knopf aus dem leeren Aschenbecher auf seinem Schreibtisch und ließ ihn in Vickis Hand fallen. „Das würde aber heißen, daß der Dieb einer von uns ist. Ein trauriger Gedanke."

„Wie kommen Sie darauf?"

„Bei den Katholiken findet man das Weihwasser direkt neben der Tür, wo man viel leichter drankommt. Wenn sich der Dieb all die Mühe mit unserem Taufstein und der schweren Abdeckung gemacht hat, befand er sich hier wahrscheinlich auf vertrautem Terrain. Hilft Ihnen der Knopf, ihn zu fassen?"

Vicki lächelte, wobei sie einen Moment lang vergaß, welche Wirkung dies wahrscheinlich haben würde. „Ich glaube schon."

☥ ☥ ☥

Sie ließ das Taxi vor der Tür warten, während sie rasch hinauf in ihre Wohnung rannte, um ihre Listen zu holen. Dann ließ sie sich vor Madame Luminitsas Laden absetzen.

Der geschlossen war.

Zum Glück schimmerte Licht in den Fenstern der Wohnung über dem Laden, und auch die unmißverständliche Signatur des Lebens der Wahrsagerin war nicht zu überhören. Vicki ging hinters Haus. Sie wollte an der Wohnungstür läuten, auch wenn ihr klar war, daß man sie hier nicht mit offenen Armen willkommen heißen würde. Was allerdings im Grunde egal war.

In der Seitengasse, die rein theoretisch den Lieferanten der verschiedenen Läden vorne als Zufahrt dienen sollte, standen so viele große Kraftfahrzeuge in allen nur denkbaren Stadien der Zerlegung herum, wie Vicki noch nie auf einem Haufen gesehen hatte. Sie quetschte sich zwischen einem alten blauen Lieferwagen und einem cremefarbenen Caddy hindurch, bis sie an der gesuchten Tür stand, wo sie die Ohren spitzte. Im Haus schlugen auf zwei Stockwerke verteilt acht Herzen. Drei davon gehörten Kindern, eines der Frau, mit der Vicki reden wollte. Nun gab es für Vampire eine ganze Reihe von Möglichkeiten, sich eine Audienz zu verschaffen, denn in diesem Punkt hatte Bram Stoker unrecht gehabt, und Vicki brauchte, um ein Haus betreten zu können, ebensowenig eine Einladung wie ein Staubsaugervertreter, aber sie entschloß sich weise, alle Beteiligten so wenig wie möglich zu verärgern. Was bedeutete, ganz einfach an der Tür zu klopfen.

Es öffnete ihr ein Mann von Format. Format nicht im Sinne von übergewichtig oder außergewöhnlich groß: einfach nur Würde, Substanz. Seine Oberlippe versteckte sich unter einem hängenden Schnurrbart, der fast zu schwarz wirkte, um echt zu sein, und er strich mit dem kleinen Finger der rechten Hand darüber, während er Vicki wortlos von oben bis unten musterte. Offenbar erwartete er, daß sie als erste sprach.

„Ich suche Madame Luminitsa." Vicki achtete sorgsam auf ihre Masken. „Es ist dringend."

„Luminitsa ist nicht zu sprechen. Der Laden hat zu."

Vicki spürte, wie sich ihr Hunger meldete, was sie daran erinnerte, daß sie eigentlich hatte trinken wollen, es im Eifer des Gefechts jedoch schlichtweg vergessen hatte. „Ich habe sie letzte Nacht besucht, nachdem sie nach mir geschickt hatte."

„Ach. Sie." Der Ausdruck, mit dem der Mann sie musterte, verriet Neugier. Vicki fragte sich, was Madame Luminitsa ihrer Familie nun eigentlich erzählt hatte. Ohne den Blick von der Besucherin zu wenden, rief der Mann: „He, ihr da! Hol mal einer die Großmutter."

Vicki hörte, wie ein Stuhl zurückgeschoben wurde. Gleich darauf eilten Füßchen die Treppe hinauf. „Danke", sagte sie höflich.

Der Mann zuckte die Achseln. „Vielleicht kommt sie ja gar nicht. Haben Sie ein Auto?"

„Nein."

„Ich könnte Ihnen eins verkaufen." Mit einer ausholenden Geste und einem breiten Lächeln, das er sich wohl für potentielle Kunden aufsparte, deutete er auf die Fahrzeuge, die sich in der engen Gasse drängten. „In ganz Toronto macht Ihnen keiner einen so guten Preis, und ich persönlich garantiere für die Qualität jedes einzelnen Wagens." Eine Pranke tätschelte liebevoll die Kühlerhaube des blauen Lieferwagens. „Funkelnagelneue Maschine, acht Zylinder, mehr Power als ..."

„Hören Sie, ich habe kein Interesse." Außer natürlich, dieser große dunkle Fremde gab ihr die Gelegenheit, ihn zu überfahren.

„Später vielleicht, nachdem die Karten gelegt sind."

Durch die Tür schob sich eine kleine, Vicki inzwischen schon recht vertraute ringgeschmückte Hand, um den stattlichen Mann beiseitezuschieben. Der trat nach einem kurzen Blick auf die Frau, die Vicki als Madame Luminitsa kennengelernt hatte, hastig ins Haus zurück, wobei er die Tür hinter sich zuzog.

„Sie konnten ihn nicht stoppen.“ sagte die Wahrsagerin zur Begrüßung.

„Nun machen Sie mal halblang!“ schnaubte Vicki. „Erst einmal muß ich ihn finden. Dabei können Sie mir helfen, glaube ich.“

„Die Karten ...“

„Nicht die Karten.“ Sie zog den Knopf, den der Pastor ihr gegeben hatte, aus der Jacken- und die Listen aus ihrer Umhängetasche. „Der Knopf gehört ihm. Wenn sein Name auf einer dieser Listen steht, hilft der Knopf dann nicht, ihn zu finden?“

Dunkle Brauen schossen in die Höhe. „Sie sehen viel zu viel fern, Nachtwandlerin“, protestierte die Wahrsagerin, übernahm aber trotzdem Knopf und Computerausdrucke. „Den ersten Versuch hat er unternommen?“

„Ja.“

„Dann besteht Grund zur Eile.“

„Was Sie nicht sagen, Sherlock!“ murrte Vicki, während Madame Luminitsa wieder im Haus verschwand.

Die tat so, als hätte sie nichts gehört. „Ich lasse Sie wissen, wenn ich etwas weiß“, teilte sie herrisch mit, während sie die Tür ins Schloß fallen ließ.

☥ ☥ ☥

Die Wohnungstür war unverschlossen, was Vicki aber keine Kopfschmerzen bereitete, hörte sie doch hinter der Tür deutlich Mikes Herzschlag. Wohl fand sie es merkwürdig, daß sie in der Wohnung auch noch ein zweites Leben wahrzunehmen vermochte und daß beide Herzen schnell und hart schlugen, als hätten sich die beiden gerade heftig gestritten. Das wiederum kam ja bei Celluci relativ häufig vor ...

Wahrscheinlich hatte er Pech gehabt und war zur Spätschicht eingeteilt worden. Dann hatte er sich Sorgen gemacht, weil seine Anrufe bei Vicki unbeantwortet geblieben waren, und war herangerauscht, seinen Partner für den Fall der Fälle zur Unterstützung im Schlepptau. Nicht unlogisch, fand Vicki: Kamen die beiden zu spät, um sie zu retten, dann spielten Erklärungen keine Rolle mehr. Kamen sie rechtzeitig, so konnte Vicki die Verwirrung, in die er den armen Detective Sergeant Graham gestürzt hatte, mühelos beseitigen.

Sie riß die Tür auf – und blieb mit weit aufgerissenen Augen auf der Schwelle stehen. „Das kann nicht dein Ernst sein!"

„Er hat sich auf dem Parkplatz an mich angeschlichen!" Wutentbrannt funkelte Mike den Mann an, der neben dem Stuhl stand, auf dem der Detective festgebunden war, und ihm seine eigene Pistole an die Schläfe hielt. „Hat mir einen Wattebausch mit Chloroform unter die Nase gehalten und mich mit einer Nadel gepiekst, damit ich Luft hole." Muskeln spannten sich, als er verzweifelt an seinen Fesseln zerrte. „Dann hat er mich mit meinen eigenen gottverdammten Handschellen gefesselt."

„Maul halten! Alle beide!" Der Mann wirkte wie Mitte vierzig. Sein Haar war kurz und schwarz, im Bart gab es die ersten grauen Strähnchen, und wenn man Madame Luminitsa hieß, würde man ihn wohl als groß bezeichnen. Seine braunen Augen waren weit aufgerissen. Als er mit der freien Hand auf die Tür wies, zitterten seine Finger, unleugbares Zeichen für die starken Gefühle, die in ihm tobten. „Schließen."

Ohne sich umzudrehen, zog Vicki die Tür sachte zu, ohne sie ins Schloß fallen zu lassen. Erst dann ließ sie dem Hunger freien Lauf, der sich regte. Der Mann hatte einen schweren Fehler begangen, indem er sie nicht tagsüber angegriffen hatte, als sie verletzlich war! Vickis Augen wurden hell, noch heller als die ihres Gegners. Ihre Stimme war mehr als ein Befehl, sie übte Zwang aus. „Gib ihn frei."

Mike schauderte, der Mann mit der Pistole jedoch stieß nur ein schrilles Lachen aus. „Du hast keine Macht über mich! Hattest du nie! Wirst du nie haben!" Trotzig erwiderte er Vickis Blick, und selbst durch den Hunger hindurch erkannte sie, daß er recht hatte. Es war wie bei der Frau, die sie benutzt hatte, um sich Zutritt zur Sozialstation in der Queen Street zu verschaffen. Es gab im Bewußtsein dieses Mannes keine Ebenen der Finsternis oder Begierde, die sie berühren konnte. In seinem Kopf war alles sorgfältig weggesperrt, und ihr fehlte der Schlüssel dazu. Sie konnte ihm nichts befehlen. Also zügelte sie den Hunger und ließ das Silber in ihren Augen verblassen, auch wenn Madame Luminitsa der Meinung gewesen war, verbal werde sie hier nicht weit kommen.

„Gib ihn frei", wiederholte sie. „Du hast doch mich."

„Aber ohne ihn kann ich dich nicht halten!" Die Pistolenmündung bohrte sich in Mikes Wange. „So kannst du nicht fort. Sonst blase ich ihm nämlich den verdammten Schädel weg."

Sie hatte vergessen, daß nicht nur der Tag sie verletzlich machte. „Wenn du ihn umbringst, werde ich dir bei lebendigem Leib das Herz aus der Brust reißen und es dir in den Mund stopfen, während …"

„Vicki!"

Auf Mikes Protest reagierte der Mann mit erneutem schrillen Lachen. „Ehe du bei mir bist, habe ich längst abgedrückt. Solange ich ihn habe, habe ich auch dich."

„Das nennt man dann wohl ein Patt." In Vickis Augen zeigte sich ungebeten das Silber. „Glaubst du denn, du hältst das hier länger aus als ich?"

Im Schatten des graumelierten Barts blitzten weiße Zähne. „Ich glaube es nicht – ich weiß es. Ich brauche nur bis zum Morgengrauen zu warten."

Genau das würde er auch tun, das sah Vicki ihm deutlich an. Etwas anderes konnte sie in seinen Augen nicht erkennen. Ohne es zu wollen, trat sie einen Schritt vor.

Er hob eine leuchtend grüne Wasserpistole. „Stehenbleiben, oder ich schieße."

„Ich glaube nicht." Vicki trat einen weiteren Schritt vor.

Das Weihwasser traf sie im Gesicht. Er war ein guter Schütze, das mußte sie zugeben, wobei es allerdings unter den gegebenen Umständen schwer gewesen wäre, sie nicht zu treffen. Knurrend wischte sie sich das Wasser aus den Augen. „Wenn du vorgehabt hast, mich so umzubringen, dann muß ich dir sagen, daß dein Plan Mängel aufweist."

Es entsetzte ihn, mit ansehen zu müssen, daß sein Wasser nicht die gewünschte Wirkung erzielte, aber er erholte sich erstaunlich schnell wieder. Er warf die Wasserpistole weg und hielt statt dessen einen grobgeschnitzten hölzernen Pfahl in der Hand. „Mit dem Wasser wollte ich dich behindern. Vernichten will ich dich mit dem Pfahl hier."

Der Anblick des Mordwerkzeugs brachte Mike derart aus der Fassung, daß er sich erneut laut fluchend gegen seine Fesseln aufbäumte.

Der Mann mit der Pistole beachtete ihn nicht. Statt dessen drückte er dem Polizisten unbeirrt die Pistolenmündung ins Gesicht.

Allgemein hätte Vicki nicht sagen können, welche Schäden sie in welchem Ausmaß ertragen konnte, ohne zu sterben, aber ein hölzerner Pfahl direkt im Herzen galt durchaus als tödlich. Erschwerend kam hinzu, daß ihr Gegner einer von denen zu sein schien, die einem sicherheitshalber auch noch gleich den Kopf abschlugen und eine Handvoll Knoblauch in den Mund stopften. „Was passiert, *nachdem* ich vernichtet bin?"

„Danach?“ Die Frage schien den ungebetenen Besucher zu verwirren. „Dann bist du vernichtet, und alles ist vorbei.“ Er warf einen Blick auf die Uhr. „Keine fünf Stunden mehr!“

Vicki versuchte, sich an alles zu erinnern, was sie zur Entschärfung von Situationen gelernt hatte, in denen es zu einer Geiselnahme gekommen war. Sie holte Luft, breitete die Arme aus und versuchte, so unbedrohlich wie möglich zu wirken. Das Wichtigste war, keine Zähne zu zeigen. „Dann haben wir also fünf Stunden, die wir gemeinsam verbringen werden“, sagte sie ruhig. „Warum erklärst du mir nicht, weshalb du mich vernichten willst? Ich habe dir nie etwas getan.“

„Du kannst dich nicht an mich erinnern, nicht wahr?“

„Nein.“ Sie konnte sehen, daß sie von ihm getrunken hatte und wie lange das jetzt her war, mehr aber nicht.

„Ergießt du das Böse in dir denn über so viele Menschen?“

„Welches Böse?“ Vicki bemühte sich nach wie vor um einen gemäßigten Ton, was ihr nicht leicht fiel, denn eigentlich wollte sie sich nur noch mit einem Satz auf den dunklen Fremden stürzen und ihm die Hand, die die Pistole hielt, am Handgelenk abreißen.

„Allein, daß du existierst, ist böse!“ Tränen schimmerten auf seinen Unterlidern, um dann im Bart zu verschwinden. „Indem du nicht stirbst, verspottest du ihren Tod!“

„Die drei der Schwerter steht für einen Verlust, das ist die Atmosphäre, in der wir uns bewegen.“

„Wessen Tod?“

„Den meiner Angela, meiner Sandi!“

Vicki und Mike tauschten verdutzte Blicke. „Wer immer die beiden auch sind, es tut mir leid und ich fühle mit dir. Es muß ein schmerzlicher Verlust sein. Aber ich habe Angela und Sandi nicht umgebracht.“

„Natürlich nicht!“ Er mußte Tränen und Schluchzer schlucken, ehe er weiterreden konnte, aber die Hand, die die Pistole hielt, zitterte kein einziges Mal. „Es war ein Autounfall. Sie starben und wurden begraben, und nun fressen die Würmer ihr Fleisch. Aber du!“ Seine Stimme hob sich zu einem Kreischen. „Du lebst weiter, und damit verspottest du ihren Tod bis in alle Ewigkeit! Denn du stirbst nie.“ Er holte tief und zittrig Luft, ehe er erneut einen Blick auf die Uhr warf. „Gott schickte dich zu mir und gab mir die Kraft, dir zu widerstehen, damit ich dich töten kann und alles gut wird.“

„Aber so macht Gott das nicht!" protestierte Mike.

Das Lächeln des Schwarzhaarigen ließ sich nur mit einem Wort beschreiben: glückselig. „Meiner schon."

Vicki biß sich auf die Lippen. Sie wußte nicht, wie sie weiter vorgehen sollte. Da vernahm sie zu ihrer großen Verwunderung schnelle Schritte auf dem Flur vor ihrer Wohnung. Die Tür ging einen Spalt breit auf, eben genug, um einen Atemzug einzulassen.

„Nachtwandlerin, sein Name ist James Wause."

Dann entfernten sich die Schritte wieder.

Es liegt Macht darin, einen Menschen beim Namen zu rufen. Würde sie reichen, um durch den Wahnsinn zu dringen? Vicki wußte es nicht, aber es war ihre einzige Chance. Sie ließ dem Hunger seinen Lauf, ließ ihn die Masken der Zivilisation beiseiteschieben, und als sie den Mund aufmachte, hätte man meinen können, im Zimmer tobe ein Gewitter.

„James Wause."

Er zuckte zusammen und schüttelte den Kopf. „Nein."

Sie fing seinen Blick auf, sah das Silber in den erweiterten Pupillen reflektiert, während sein Wahnsinn ihr weiter jeglichen Zugang verwehrte, sah das Silber schwinden, als sie zum zweiten Mal seinen Namen rief und ihr die Schlüssel zu den verborgenen Plätzen in seinem Inneren zufielen. Die Karten hatten gesagt, sie könne nicht mit ihm diskutieren, also versuchte sie es nicht weiter. Ein drittes und letztes Mal rief sie seinen Namen, fing ihn auf, als er vornüber zusammensackte und dann, als er das Kinn hob, senkte sie die Zähne hinunter auf seinen Hals.

„Vicki!"

Es lag Macht darin, einen Menschen beim Namen zu rufen.

Aber sein Blut pochte warm und rot unter der weißen Haut, und er schluchzte, schwankend zwischen Trauer und Ekstase, und bettelte sie an, ihn zu nehmen.

„Vicki, nein."

Was noch wichtiger war – er hatte einen der Ihren bedroht.

„Vicki! He!" Mike versetzte ihr einen Kopfstoß an den Ellbogen, der einzige Körperkontakt, den die Handschellen ihm gestatteten. „Hör sofort auf damit!"

Starrköpfig, zielstrebig weigerte sich Mike zuzulassen, daß seine Freundin die Menschlichkeit einbüßte, die sie noch besaß – auch in solch einer Weigerung lag Macht. Vicki drängte den Hunger soweit zurück, daß sie ihn sozusagen mit den Fingerspitzen kontrollieren konnte, ließ den Mann sinken, über den sie gerade hatte herfallen wollen, und wandte sich dem zu, der im Stuhl neben ihr saß. Mit jemandem wie Detective Sergeant Michael Celluci hatten die Karten nicht gerechnet.

Besagter Detective Sergeant schenkte dem Hunger keinerlei Beachtung, der Vickis Gesichtszüge immer noch deutlich beherrschte, sondern schnaubte lediglich empört. „Nett, daß du dich an mich erinnerst! Wenn du schon dabei bist – meinst du, du könntest was gegen die Neunmillimeter-Automatik unternehmen, die mir Mr. Wause in den Schoß geworfen hat? Entsichert, wenn ich das erwähnen darf."

☥ ☥ ☥

Später, als sie Celluci befreit und Wause mit einem überraschend sanften Befehl zum Einschlafen auf dem Sofa bewegt hatte, lehnte sich Vicki gegen einen der Stützpfeiler ihres Lofts und versuchte, gar nicht erst daran zu denken, wie bedrohlich nah sie dem Ende gewesen war.

Als Mike zum Hörer griff, streckte sie die Hand aus, um ihn daran zu hindern. „Was hast du vor?"

Er warf ihr einen fragenden Blick zu, um dann den Hörer seufzend zurück auf die Gabel fallen zu lassen. „Keine Polizei, sehe ich das richtig?"

„Meinst du, ein Gericht versteht besser als er, was ich bin?" Sie wies mit dem Kinn auf Wause, der im Schlaf unruhig zuckte, als wüßte er, daß von ihm die Rede war.

Mit einem Seufzer schloß Celluci sie in die Arme. „Na gut." Er legte die Wange auf ihr Haar. „Was fangen wir statt dessen mit ihm an?"

„Ich habe da so eine Idee ..."

☥ ☥ ☥

Diesmal gab es keine offene Hintertür, aber Vicki hatte das Schloß schnell geknackt, so daß sie sich Wause schon bald über die Schulter werfen konnte, um ihn in die Kirche zu tragen. Celluci hatte sie begleiten wollen, aber es war ihr lieber gewesen, daß er im Wagen wartete.

Nachdem sie Wause in der ersten Bank abgelegt hatte, schob sie ihm die unbenutzte Schachtel Oblaten unter die gefalteten Hände und trat einen Schritt zurück, um ihr Werk zu begutachten. Ein paar

Details würden fehlen, wenn er seine Beichte ablegte – diesmal hatte sie jegliche Erinnerung an ihre Person erfolgreich aus seinem Kopf tilgen können – aber sie hoffte wenigstens, ihm mit der Ablieferung hier einen guten Weg eröffnet zu haben. Wenn er Glück hatte, fand er die Hilfe ,die er brauchte, um mit seiner Trauer fertig zu werden.

„Die Vampirin als Therapeutin“, seufzte sie und nickte dem Altar zu, als sie daran vorbeikam. „Wenn es einer von deinen ist, dann kümmere dich auch drum!“

☥ ☥ ☥

Es überraschte sie nicht, draußen auf dem Kirchenparkplatz den zerbeulten alten Camaro zu sehen, als sie aus dem Gebäude trat. Sie bat Mike mit einer Handbewegung zu bleiben, wo er war, und ging hinüber zum Beifahrerfenster.

„Haben Ihnen die Karten verraten, daß ich hier sein würde?“

Statt einer Antwort wies Madame Luminitsa mit dem Kinn auf die Kirche. „Sie haben ihn Gott übergeben?“

„Scheint so.“

„Lebend.“

„Stand das nicht in den Karten?“

„Die Karten waren sich nicht sicher.“

Der Enkel auf der anderen Seite des Wagens schnaubte. Beide Frauen beachteten ihn nicht.

„Haben Ihnen die Karten gesagt, wo ich lebe?“ wollte Vicki wissen.

„Wenn schon – wollen Sie sich darüber beklagen?“

Ohne seinen Namen zu kennen, hätte sie ihn nie aufhalten können. „Nein. Nein – wohl kaum.“

„Gut. An Ihren Händen klebt weniger Blut, als ich dachte.“ Die Wahrsagerin hatte Vickis Hände ergriffen und die Handflächen nach oben gedreht. „Irgendwann einmal werde ich Ihnen aus der Hand lesen müssen.“

Vicki warf Celluci einen Blick zu, der ihr aus der Entfernung unmißverständlich klarmachte, daß er mit seiner Geduld bald am Ende war. „Ich wette, meine Lebenslinie ist ganz schön lang.“

Ebenholzschwarze Brauen hoben sich spöttisch, während auf der anderen Seite des Parkplatzes eine Autotür ging. „Um was wetten Sie?“

Der rächende Geist des Lake Nepeakea

„Zelten?"

„Warum erstaunt dich das so?" Vicki Nelson, einst ein Star unter Torontos Gesetzeshütern und zur Zeit die erfolgreichste paranormale Privatdetektivin der Stadt, schob sich rückwärts aus dem Kriechkeller im Haus ihres Freundes Mike Celluci, eine alte, türkisfarbene Kühltasche hinter sich herziehend.

„Warum mich das erstaunt? Mal sehen – vielleicht weil du noch nie in deinem Leben zelten warst? Vielleicht weil deine Vorstellung vom einfachen Leben fern der Heimat sich auf ein Hotelzimmer ohne Zimmerservice bezieht? Vielleicht ..." Er trat beiseite, damit Vicki sich an ihm vorbeizwängen konnte, und folgte ihr dann in den Hobbyraum, der sich ebenfalls im Keller seines Hauses befand. „... weil du ..."

„Weil ich was?" Vicki stellte die Kühltasche neben den beiden Schlafsäcken und den alten Schwimmflossen ab, die sie bereits zusammengetragen hatte, und sah den Freund herausfordernd an, die grauen Augen mit einem feinen Silberschein überzogen.

„Laß das!"

Grinsend widmete sie sich wieder der Kühltasche. „Außerdem ist es *dein* Urlaub, du sollst dich an der frischen Luft und der Natur erfreuen. Ich werde arbeiten."

„Vicki, wenn ich mich an frischer Luft und den Wundern der Natur erfreuen will, dann gehe ich mit den Jungs in den Skydome und schau mir ein Eishockeyspiel an!"

„Es zwingt dich ja keiner mitzukommen." Sie lüpfte den Deckel der Kühlbox und verzog bei dem Geruch, der ihr in die Nase stieg, angeekelt das Gesicht. „Wann hast du das Teil hier zuletzt benutzt?"

„1992, beim Polizeipicknick. Warum?"

Sie drehte die Kühltasche auf den Kopf, woraufhin die mumifizierte Leiche eines Mäuschens herausrutschte, die sich auf dem Boden zweimal überschlug, ehe sie, die starren Augen vorwurfsvoll auf Celluci geheftet, liegenblieb. „Ich finde, du solltest dir mal eine neue zulegen."

„Ich hingegen finde, ich könnte ruhig ein bißchen mehr von dir zu hören kriegen als ‚He, ich weiß, wie du dein langes Wochenende verbringen kannst!'" Seufzend versetzte er der winzigen Leiche einen Fußtritt, der sie bis unter das ramponierte Sofa des Hobbyraums beförderte.

☥ ☥ ☥

„Also: Stuart Gordon, so ein Baumensch aus Toronto, hat am Lake Nepeakea ein Wochenendhaus plus Grundstück gekauft, weil er dort ein rustikales Timesharing-Projekt hochziehen will. Eine Anlage, in der jüngere, gut betuchte Führungskräfte sich bei Spiel und Spaß im Walde mal so richtig entspannen können – so der Plan. Leider ist jetzt eine der Landvermesserinnen verschwunden, und die örtliche Bevölkerung scheint einhellig der Meinung, der Schutzgeist des Sees sei sauer auf ihn gewesen."

„Der was?"

Vicki scherte aus, um einen LKW zu überholen, und fädelte den Kastenwagen geschickt wieder in die eigene Fahrspur ein, ehe sie antwortete. „Der Schutzgeist. Du weißt schon, einer, der nach Bedarf aus dem See auftaucht, um das Böse zu verschlingen." Ein rascher Seitenblick auf ihren Beifahrer ließ sie besorgt die Brauen heben. „Mike? Alles in Ordnung? Laß das Armaturenbrett los, das gibt so häßliche Löcher!"

Mike schüttelte hilflos den Kopf. Der LKW – ein Riesenteil voller dicker Baumstämme, aus dem nördlichen Ontario unterwegs in die weite Welt – hatte sie nur um Millimeter verfehlt! Na ja – Zentimeter vielleicht. Allerhöchstens dreißig! Gut, vielleicht war es auch ein Meter gewesen, aber bestimmt nicht mehr! Sie hatten die Stadt nach Sonnenuntergang verlassen, da hatte es nur logisch geschienen, daß Vicki das Steuer übernahm. Sie sah im Dunkeln besser als er. Mike bereute inzwischen, dieser Logik gefolgt zu sein. Zugleich aber wußte er, daß jetzt keine Chance mehr bestand, selbst das Steuer und damit die Kontrolle über sein Leben in die Hand zu bekommen. Ihm blieb nichts anderes übrig, als die Fassung zu bewahren. „Die Sache mit der Höchstgeschwindigkeit ...", krächzte er, „... ist nicht nur rein theoretisch eine prima Sache, sie ist Gesetz, verdammt!"

Vicki grinste. Ihre Zähne schimmerten weiß in der Dunkelheit. „Früher warst du nicht so ängstlich."

„Früher hatte ich auch keinen Grund zur Angst." Da seine Finger das Armaturenbrett um keinen Preis freigeben wollten, ließ er sie, wo sie waren. „Dieser Landvermesserin, die abhanden kam, was hat sie denn getan, daß der Schutzgeist sauer auf sie war?"

„Nichts Besonderes. Sie hat einfach nur für Gordon gearbeitet."

„Für den Stuart Gordon, für den auch du arbeitest?"

„Für eben den."

Das war ja klar gewesen. Celluci starrte aus dem Fenster auf die vorbeiziehenden Bäume und versuchte nicht daran zu denken, wie rasend schnell sie vorbeizogen. Meine Damen und Herren, unsere neue Reality-Show: Vicki Nelson gegen den Schutzgeist vom Lake Nepeakea.

☥ ☥ ☥

„Hier sind wir richtig."

„Nein. Wenn wir richtig wären, dann wäre hier irgendwas. Ehe man irgendwo richtig sein kann, muß man erst mal irgendwo sein!"

„Ich gebe das nur ungern zu, aber da magst du recht haben." Vicki hing mit dem Oberkörper über dem Steuerrad und starrte angestrengt in die Nacht. Sie hatten das Dörfchen Dulvie durchquert, waren bei der eingestürzten Scheune rechts abgebogen und den verwitterten Hinweisschildern in Richtung Jagdhütte gefolgt. Genau wie in der Wegbeschreibung angegeben endete die Straße oder vielmehr die beiden kaum erkennbaren Fahrspuren, auf denen sie die letzten paar Kilometer zurückgelegt hatten, auf einem kleinen kiesbestreuten Parkplatz. Wobei es sich bei dem „Parkplatz" um ein relativ großes baumfreies Rechteck mit verhältnismäßig hartem Boden handelte, der momentan nur deswegen Parkplatz hieß, weil Vicki ihren Kastenwagen dort abgestellt hatte. „Er hat gesagt, von hier aus könne man das Haus sehen!"

Mike schnaubte. „Du vielleicht."

„Nein, ich auch nicht. Ich sehe nur Bäume." Zumindest ging Vicki davon aus, daß es Bäume waren – bei dem starken Helligkeitskontrast zwischen dem Bereich, den ihre Scheinwerfer erleuchteten, und der totalen Finsternis überall sonst ließ sich das schwer sagen. Vicki schalt sich im Geiste eine Närrin und Schlimmeres und schaltete die Scheinwerfer aus. Schon teilten sich die Schatten in ein halbes Dutzend großer Nadelbäume sowie die Silhouette eines Daches, das in einem steilen Winkel erbaut worden war, damit der Schnee besser abrutschen konnte.

Dann sah es also doch noch so aus, als seien sie angekommen. Vicki stellte den Motor aus. Einen Herzschlag lang war es absolut still, dann explodierte die Nacht in einer Kakophonie unglaublich mißtönender Geräusche. Entsetzt verkroch sich Vicki in ihrem Sitz und schlug die Hände vor die empfindlichen Ohren. „Was zum Teufel ist das?"

„Geile Frösche."

Vicki wagte es, sich wieder aufzurichten. „Woher weißt du das?" fragte sie mißtrauisch.

Mike schenkte ihr ein überhebliches Lächeln. „Öffentlich-rechtliches Fernsehen."

„Oh." Sie saßen einen Moment lang schweigend da und lauschten den Fröschen. „Die Geschöpfe der Nacht", seufzte Vicki schließlich. „Welche Musik sie uns schenken." Mit einem verächtlichen Schnauben sprang sie aus dem Kastenwagen. „Irgendwie hatte ich mir den Arsch der Welt ruhiger vorgestellt."

Ihr Auftraggeber, Stuart Gordon, hatte Vicki den Schlüssel zur Hintertür der Jagdhütte geschickt. Nachdem sie den Sicherungskasten gefunden und die Hauptsicherung eingeschaltet hatten, fanden sich Vicki und Mike in einer hochmodernen, funkelnden Profiküche aus rostfreiem Stahl wieder, die ebensogut zu einem schicken kleinen Restaurant in Toronto hätte gehören können. Einen Moment lang übertönte das laute Summen, mit dem der Kühlschrank ansprang, sogar das Liebeswerben der Frösche, was dazu führte, daß sowohl Mike als auch seine Freundin deutlich entspannter wirkten.

„Was jetzt?" fragte er.

„Jetzt packen wir dein Essen aus der Kühltasche in den Kühlschrank, suchen dir ein Zimmer und nutzen das letzte bißchen Zeit, das uns bis Sonnenaufgang noch bleibt."

„Wann taucht dein Mr. Gordon hier auf?"

„Morgen. Mach dir keine Sorgen, ich bin wach, wenn er kommt."

„Hast du auch ein paar Ideen, was ich morgen tagsüber so treiben könnte?"

„Ich lasse dir meine Unterlagen und Notizen hier. Du findest bestimmt was zu tun."

„Ach ja? Ich dachte, ich bin auf Urlaub."

„Auch gut – dann tust du eben, was du in deinem Urlaub sonst immer so machst."

„Das wäre dann wohl, mir für dich die Hacken ablaufen." Er verschränkte die Arme vor der Brust. „Bei meinem letzten Urlaub – der im übrigen auch deine Idee war – hätte ich fast eine Niere eingebüßt."

Vicki schloß sorgsam die Kühlschranktür, ehe sie blitzschnell bei ihm war. Dicht an ihn gelehnt – ihrer beider Körper von den Knöcheln bis zur Brust eine geschlossene Linie – sah sie ihm tief in die Augen und strich ihm die lange Locke aus der Stirn. „Hab keine Angst, Liebster, ich passe schon auf dich auf. Ich beschütze dich vor dem Seegeist. Ich will dich doch nicht mit irgendwelchen anderen Fabelwesen teilen."

„Fabelwesen?" Mike konnte sich ein Lächeln nicht verkneifen. „Du hast ja eine ganz schön hohe Meinung von dir."

☥ ☥ ☥

„Bist du sicher, daß der Kastenwagen für dich in Ordnung ist?"

„Hör auf, so ein Drama daraus zu machen. Du weißt doch, mir passiert nichts." Vicki schlüpfte in ihre Jeans, zog sie hoch und sah kopfschüttelnd aus dem Fenster. „Irre – da draußen ist nichts, einfach nichts, aber davon total viel." Mike sah vom Bett aus nur ein paar Sterne und die Krone eines Nadelbaumes. „Wie wahr!"

„Ich mag das nicht."

„Warum sind wir dann hier?"

„Stuart Gordon hat nicht aufgehört zu reden. Ich kann mich nicht erinnern, ja gesagt zu haben, aber plötzlich schien es abgemacht, daß ich den Job übernehme."

„Er hat *dich* unter Druck gesetzt?" So etwas hätte Celluci bislang nicht für möglich gehalten.

„Nicht unter Druck gesetzt, eher überredet. Mit erheblicher Überzeugungskraft."

„Hört sich an, als sei er ein Prinz."

„Na ja, Machiavelli war auch einer." Fertig angezogen beugte sich Vicki über das Bett, um Mike ein Küßchen auf die Wange zu drücken.

„Soll ich dir mal etwas Romantisches verraten? Wenn der Tag Besitz von mir ergreift, wird dein Leben das einzige sein, das ich in meiner Nähe spüre.“

„Romantisch?“ Mikes Atem ging schneller, als sie die winzige Wunde an seinem Handgelenk leckte. „Ich fühle mich eher wie ein ... aua! Ja, gut, es ist romantisch!“

Vicki mochte die Wildnis tatsächlich nicht, auch wenn sie Celluci gegenüber einen lockeren Tonfall angeschlagen und versucht hatte, das Ganze als Witz abzutun. Wahrscheinlich kam sie mit der Natur deswegen nicht klar, weil sie sich zu gut auf das Leben in der Wildnis aus Glas und Beton verstand und die Anonymität von drei Millionen Leben, dicht gepackt, in ihrer Nähe einfach brauchte. Als sie jetzt neben dem Kastenwagen stand und die Blicke von den ersten Spuren des Morgengrauens zu den letzten lauernden Schatten der Nacht schweifen ließ, konnte sie sich des Gefühls nicht erwehren, ausgeschlossen zu sein. Ihr war, als lauere hinter dem, was sie sehen konnte, etwas, an dem sie nicht teilhatte. Wahrscheinlich würden auch Stuart Gordons junge Führungskräfte an dieser Welt nicht teilhaben können, und sie fragte sich, wie jemand nur auf die Idee kommen konnte, hier, inmitten solcher Andersartigkeit, ein Ferienparadies erschließen zu wollen.

Die Frösche hatten ihre Versuche eingestellt, noch jemanden zum Vögeln zu finden. Die Stille schien auf etwas zu warten.

Warten ...

Vicki sah hinüber zum See. Wie ein großer, silberner Spiegel lag er da, am Fuße einer felsigen Uferböschung. Keine Welle bewegte die Oberfläche. Kaum anderthalb Kilometer weiter weg brachte eine perfekte Reflektion im Wasser das gegenüberliegende Ufer noch näher heran, als es ohnehin schon war.

Warten ...

„Chonk, chonk, chonk ...“

Der durchdringende Ruf, der plötzlich aus den Baumwipfeln tönte, ließ Vicki erschrocken zusammenfahren. Hastig kletterte sie in den Kastenwagen, verriegelte sorgsam sowohl die äußeren als auch die inneren Türen und zog sich rasch aus. Nackt – wenn man sie tagsüber entdeckte, war Nacktsein ihr geringstes Problem – schlüpfte sie zwischen die beiden hohen, gepolsterten Seitenwände des schmalen Bettes, um auf den Morgen zu warten. Irgendwie schaffte es der durchdringende Vogelruf, der sie so verschreckt hatte, mit der steten Monotonie einer chinesischen Wasserfolter selbst durch die ausgetüftelte Versiegelung der inneren Verkleidung des Kastenwagens zu dringen.

„Mann, das nervt", murmelte sie und faltete die Hände über dem Bauch. „Ob Celluci bei dem Lärm überhaupt schla..."

☥ ☥ ☥

Sobald er die Tür des Kastenwagens zuschlagen hörte, versank Celluci in einen tiefen, traumlosen Schlaf, aus dem er erst kurz nach Mittag erwachte. Einen Moment lang wußte er nicht, wo er war, als er die Augen aufschlug und über sich die Balken einer fremden Dachkonstruktion erblickte. Das roh behauene Holz sah so aus, als sei es in grauer Vorzeit mit Kreosot behandelt worden.

„Keine Isolierung. Im Winter möchte ich hier bestimmt nicht rumhängen!"

Sobald er sich wieder daran erinnerte, wo dieses *hier* war, wurde er vollends munter.

Vicki hatte ihn in eine Hütte mitten in der Wildnis irgendwo nördlich der Georgian Bay verschleppt, damit er ihr half, den regionalen Seegeist zu jagen, der offenbar einer der mordlüsternen Sorte war.

Wenig später, sein Schlafsack lag fein säuberlich am Fußende des alten Eisenbettes verstaut, hatte er in der Küche die erste Kanne Kaffee aufgesetzt. Ohne eine ordentliche Portion Koffein mochte er sich den Erkenntnissen, die ihn beim Aufwachen überfallen hatten, nicht stellen.

Vickis Unterlagen, in ihrer unverkennbaren Handschrift mit der Aufschrift *Lake Nepeakea* versehen, fand er direkt neben der Kaffeemaschine auf dem Küchentresen, genau dort, wo er sie garantiert sofort nach dem Aufstehen finden würde. Der erste Teil des Ordners bestand aus einer Hochglanzbroschüre, die Gordon wahrscheinlich zusammen mit dem Hüttenschlüssel geschickt hatte. Hier hatte ein Künstler versucht, seine Vorstellungen von einem Timesharing-Projekt in freier Natur zu Papier zu bringen: An der Stelle, an der jetzt noch das alte Haus stand, war ein L-förmiges Gebäude vorgesehen, während drei Dutzend kleiner „Häuschen", durch breite, kiesbestreute Wege miteinander verbunden, sich über das ganze Waldgrundstück verteilten. Offenbar war geplant, daß die Besucher in Carts zwischen dem Haupthaus und ihren persönlichen kleinen Chalets hin und her pendelten.

„Die Carts können sie dann auch gleich noch auf dem Golfplatz mit den neun Löchern benutzen." Kopfschüttelnd blätterte Mike weiter. Die Umsetzung von Gordons Bauvorhaben erforderte Bulldozereinsatz auf ganzer Linie, und gleich nach den Bulldozern kam dann der Cappuccino. Der Detective schüttelte sich.

Die folgenden Seiten waren zusammengeheftet und entpuppten sich als Zeitungsausschnitte, in denen das Verschwinden der Landvermesserin behandelt wurde. Die Frau und ihr Partner hatten noch am späten Nachmittag gearbeitet, weil sie ein besonders morastiges Stück Uferlinie fertig vermessen wollten, das später zu Tennisplätzen aufgeschüttet und asphaltiert werden sollte. Bei der offiziellen Untersuchung hatte ihr Partner ausgesagt, sie sei einen Schritt zurückgetreten, mit einem Fuß in den Schlamm geraten und habe gerufen, etwas bewege sich unter ihrem Fuß. Gleich darauf habe sie das Gleichgewicht verloren, sei gefallen, hätte noch einmal laut aufgeschrien und sei verschwunden. Von zahlreichen Freiwilligen unterstützt hatte die Polizei der Provinz eine umfangreiche Suchaktion eingeleitet, ohne die Frau zu finden. Da man dieses Uferstück wegen der hier auftretenden Schlundlöcher allgemein mied, lautete das Ergebnis der offiziellen Untersuchung, die Frau sei vermutlich in eins dieser Schlundlöcher gefallen und vom Schlamm verschluckt worden. Gordon schwor, von Schlundlöchern nichts gewußt zu haben. Er zeigte sich betroffen, ja untröstlich. „Wahrscheinlich, weil er seine Tennisplätze jetzt woanders bauen muß!" murmelte Celluci.

Über dem nächsten Zeitungsartikel prangte in dicken Lettern die Überschrift „BAULÖWE ERZÜRNT SEEGEIST". Darunter, etwas kleiner: „Landvermesserin bezahlt mit dem Leben". Ein Bild im Text zeigte eine ältere Frau mit langen grauen Zöpfen und einer Adlernase, die ernst und gedankenverloren auf den See hinaussah, dem ersten Eindruck nach eine alte Indianerin. Aus dem Text erfuhr Celluci jedoch, daß es sich hier um Mary Joseph aus Toronto handelte, die 1995 nach Dulvie gezogen war, wo sie sich in den Jahren seit ihrer Übersiedlung mehr und mehr zur selbsternannten Hüterin lokaler Mythen gemausert hatte. Laut Ms. Joseph war der Geist im Laufe der Jahre zwar mehrfach gesichtet worden, hätte sich aber nur bei zwei Gelegenheiten bedroht genug gesehen hatte, um zu töten. „Er beschützt den See vor denen, die seinen Frieden stören", wurde sie weiter zitiert.

„Das war vor zwei Wochen." Nachdenklich betrachtete Mike das Datum auf den Zeitungsausschnitten. „Ein tragischer Vorfall. Aber für Stuart Gordon noch lange kein Grund, Vicki zum Verlassen der Stadt zu bewegen, was immerhin einigen Aufwand bedeutet."

Der letzte Artikel rankte sich um das Foto einer Autotür, die aussah, als hätte man einen Eimer Säure dagegengeschleudert. GEIST GREIFT AUTO DES BAULÖWEN AN. In der Nacht zum 13. Mai war der Beschützer des Lake Nepeakea auf den Parkplatz des Wochenendhauses gekrochen und hatte etwas Ätzendes, Stinkendes, Schleimiges gegen Stuart Gordons brandneuen Isuzu Trooper geschleudert. Eine undurchsichtige, stinkende Angelegenheit. „Eine etwa dreißig Zentimeter breite Spur aus totem Adlerfarn, die stark nach vermodertem Fisch roch, führte zurück zum See." Mary Joseph schien überzeugt, daß hier eine Manifestation des Geistes am Werk gewesen war, die örtliche Polizei ging von Rowdytum aus und suchte nach Zeugen, und Stuart Gordon kündigte an, einen speziellen Ermittler aus Toronto hinzuziehen zu wollen, um der Sache ein für allemal ein Ende zu machen.

Möglich, daß die Landvermesserin in ein Schlundloch gefallen war. Möglich, daß sich die örtlichen Rowdys ihren Tod und die Legenden um das Seeungeheuer zunutze gemacht hatten, um dem ungeliebten Baulöwen eins auszuwischen. Möglich – nur hatte das Zusammenleben mit Vicki Mike Celluci oft genug dazu gezwungen, sich jeden Morgen schon vor dem Frühstück gut einem halben Dutzend *un*möglicher Dinge zu stellen. Also machte er sich, den Kaffeebecher in der Hand, auf, um den Tatort zu inspizieren.

Den Parkplatz sah man vom Haus aus nicht, dafür sorgte ein dichter Schirm aus Nadelbäumen – wobei die Bezeichnung Barrikade vielleicht treffender gewesen wäre. Mike besah sich das Dickicht aus Zweigen und wäre jede Wette eingegangen, daß dort noch nicht einmal Licht hindurchdrang. Einschließlich eines Ölwechsels hätte der Geist hier ungestört tun und lassen können, wonach ihm der Sinn stand.

Nachdem er sich irritiert ein oder zwei kleinere Insekten vom Ärmel gewischt hatte, entdeckte Mike den Pfad, den Vicki und er in der vergangenen Nacht gegangen waren, und folgte ihm. Als er den Kastenwagen erreichte, waren aus den ein oder zwei Insekten neunundzwanzig oder dreißig geworden, und er spürte den ersten Stich im Nacken. Blut klebte an seinen Fingern, als er zuschlug.

„Das wird Vicki aber gar nicht passen." Grinsend wischte er sich die Hand an den Hosenbeinen ab. Nach dem zweiten und dritten Stich verging ihm das Grinsen, nach dem vierten und fünften war ihm egal, was Vicki davon hielt. Als er soweit war, daß er nicht mehr mitzählen mochte, hatte er es bereits aufgegeben, langsam gehen zu wollen: Er rannte. Er hatte draußen auf dem See ein paar kleine Wellen entdeckt und hoffte, am Wasser würde eine Brise gehen, die ihm die Bastarde vom Leibe hielt.

Der abgestorbene Adlerfarn unter seinen Füßen roch leicht, aber unverkennbar nach verfaultem Fisch. Wahrscheinlich war er auf dem von der Manifestation getrampelten Pfad unterwegs: eine nur ungefähr einen halben Meter breite Angelegenheit, die in einem ungemütlichen steilen Winkel vom Parkplatz zum See führte. Was Celluci nicht ahnen konnte: Der Pfad endete ungefähr einen Meter über dem Wasser an einer steilen Granitfelskante.

Laut fluchend – wobei die meisten der sehr bildhaften Kraftausdrükke in Richtung Vicki gingen – schaffte es Celluci in letzter Sekunde, einen Sturz in die nasse Tiefe zu vermeiden, indem er abbremste und sich mit aller Kraft nach hinten warf. Selbst seinem Kaffee ersparte er so das ungewollte Bad – leider gelang es der Insektenwolke um seinen Kopf mühelos, mit seinen Bewegungen Schritt zu halten. Ein prüfender Blick durch die Wolke aus Quälgeistern zeigte, daß gleich rechts neben der steilen Felskante ein sanfterer Abstieg zum Wasser möglich war. Am Wasser befand sich ein schmaler, künstlich angelegter Streifen Strand, sowie ein schwimmender Ponton, der sich etwa fünf Meter weit in den See hinein erstreckte. Die Wassernähe schien seine Peiniger in der Tat ein wenig zu entmutigen. Wahrscheinlich wehte einem eine noch stärkere Brise ums Haupt, wenn man sich fünf Meter auf den See hinauswagte. Voller Hoffnung stürmte Celluci den Steg.

Richtig: Hier draußen war er allein mit dem Wind. Zufrieden fischte er ein paar Leichen aus seinem Kaffee und gönnte sich dankbar den einen oder anderen Schluck, ehe er den Blick wieder dem Ufer und dem alten Ferienhaus zuwandte. Der Pfad, auf dem er heruntergekommen war, sah von weitem recht abenteuerlich aus, ein Wunder eigentlich, daß er sich nicht den Knöchel gebrochen hatte. Sich da hochzuarbeiten war kein Pappenstiel. Der Polizist mußte sich eingestehen, daß er für den oder das, der oder das sich Gordons Auto vorgenommen hatte, eine gewisse Hochachtung hegte.

Eine verwitterte Treppe aus halben Baumstämmen ermöglichte einen konventionelleren Zugang zum Wasser beziehungsweise zu dem kleinen, durch eine Steinmauer abgestützten Strand.

Stuart Gordons Pläne sahen einen weit größeren Strand sowie statt des hölzernen Pontons gleich drei Anleger aus Beton vor.

„Einer für Papa Bär, einer für Mama Bär und einer für Baby Bär!“ Mike drehte sich auf dem sanft schaukelnden Ponton langsam um, bis er wieder mit dem Gesicht zum Wasser stand. Das gegenüberliegende Ufer, gar nicht mal so weit entfernt, schien eine undurchdringliche Wand aus Bäumen. Mike wußte nicht, ob es in diesem Teil der Provinz Bären gab, aber wenn ja, dann brauchte sich bestimmt keiner von ihnen über einen Mangel an sanitären Einrichtungen zu beklagen. Der Polizist ließ sich von der kühlen Brise die Haarsträhne aus dem Gesicht wehen, trank seinen rasch kälter werdenden Kaffee und lauschte der Stille.

Das plötzliche Aufheulen eines Bootsmotors war eine willkommene Erleichterung. Er sah zu, wie das kleine Boot über den See hüpfte, fragte sich, wie weit in dieser Gegend der Schall trug, und nahm sich fest vor, das Fenster zu schließen, sollte Vicki bereit sein, einen bedeutenden Teil der Nacht bei ihm zu verbringen.

Sobald er nahe genug herangekommen war, winkte ihm der Fahrer des Bootes über den Rand seiner zerkratzten Windschutzscheibe hinweg freundlich zu, ehe er in einem schwungvollen Bogen, der einiges an Wellengang verursachte und rechts und links von seinem Heck beachtliche Fontänen aufspritzen ließ, direkt auf den Punkt zuhielt, wo Celluci stand. Die Finger des Polizisten verkrampften sich um den Henkel seines Kaffeebechers, aber er wich keinen Zentimeter zurück. In der Kurve stellte der Fahrer den Motor ab und ließ sich die letzten paar Meter zum Ponton hin treiben. Die Autoreifen am hölzernen Anleger quietschten leise, als der Mann behende von Bord sprang und die Leinen festmachte, ehe er Celluci begrüßte.

„Frank Patton!“ Die Hand, die er dem Polizisten hinstreckte, war groß, rauh und voller Schwielen. „Sie müssen der Typ sein, den die Stadtmenschen angeschleppt haben, damit er ihnen den Seegeist fängt.“

„Detective Sergeant Mike Celluci.“ Patton mochte so alt sein wie Celluci selbst, vielleicht etwas jünger. Sein markiger Handschlag sollte beeindrucken und fiel deutlich zu kräftig aus. Mike erwiderte den Druck mit Gegendruck. „Ich bin hier, weil es ein langes Wochenende ist und ich mich ein wenig im Wald herumtreiben möchte.“

Patton runzelte die Stirn. „Ach ja? Ich dachte ...“

„Sie dachten, ich wäre ein schräger Eso-Heinz aus der Stadt, bei dem Sie Eindruck schinden können, wenn Sie ihm zur Begrüßung die Finger zerquetschen.“ Der Mann warf einen Blick auf ihr immer noch ineinander verschlungenes Händepaar und besaß genug Anstand zu erröten. Sofort ließ er locker, und Celluci tat es ihm nach – er hatte dies Spiel viel zu oft gespielt, er verlor keine Partie mehr. „Ich rate Ihnen dringend, sich diesen Kraftakt zu ersparen, wenn Sie irgendwann wirklich auf die Ermittlerin treffen“, meinte er freundlich. „Gut möglich, daß die Sie mit Ihren Vorurteilen füttert, bis Sie dran ersticken.“

„Das heißt ...“

„Sie schläft gerade. Wir sind spät gekommen, und sie hat wohl vor, heute Nacht aufzubleiben, um ... zu ermitteln.“

„Na ja. Gut.“ Den Blick fest auf die Kappen seiner Arbeitsschuhe gerichtet prüfte Patton verstohlen, ob alle Finger seiner rechten Hand noch so funktionierten, wie es vorgesehen war. „Es ist doch bloß, weil wir gehört hatten ...“ Als er aufsah, erhellte ein schiefes Grinsen sein Gesicht. Er holte tief Luft. „Ach Mist! Das war ja ein beschissener Einstieg. Darf ich Ihnen ein Bier anbieten, Detective?“

Celluci war die Styroporkühltasche im Boot nicht entgangen. Eine Sekunde lang war er versucht, ja zu sagen. Im Nacken rann ihm der salzige Schweiß über die Insektenstiche, was ziemlich wehtat, und er wußte einigermaßen genau, wie gut so ein kühles Bier schmecken konnte. „Nein danke.“ Angeekelt musterte er den Inhalt seines Bechers. „Ich bin noch nicht fertig mit meinem Kaffee.“

Er war verblüfft, als Patton daraufhin weise nickte und fragte, wie lange er schon trocken sei. „Mein Schwager hat denselben Blick drauf, wenn ihm ein Vollidiot an einem heißen Fastsommertag ein kühles Bier anbietet", fügte er erklärend hinzu. „Er geht zweimal die Woche zum Treffen der Anonymen Alkoholiker in Bigwood."

Mike erinnerte sich noch allzu gut an die Flaschen, in denen er sich in den langen Monaten von Vickis Abwesenheit verkrochen hatte. Er zuckte die Achseln. „Fast zwei Jahre – über den Daumen gepeilt."

„Ich habe auch Cola. Keine echte, aber immerhin."

Erleichtert kippte Celluci den Rest seines kalten, mückenverseuchten Kaffees in den See. Das Umweltministerium konnte ihn mal. „Die hätte ich zu gerne!" sagte er.

☥ ☥ ☥

„Unter dem Strich können wir schon mal festhalten, daß alle möglichen Leute Grund haben, Stuart Gordon zur Hölle zu wünschen: sämtliche Stadtbewohner, jeder, der rund um den See Land besitzt, und generell alle in einem Umkreis von hundert Kilometern."

„Unter dem Strich können wir das festhalten." Mike warf einen abgenagten Hühnerknochen beiseite und fischte sich ein weiteres Hähnchenteil aus dem Pappeimer. Er hatte mit dem Essen auf Vicki gewartet, um wenigstens die Illusion aufrechtzuerhalten, daß sie dieses Ritual noch gemeinsam zelebrierten. „Wenn man Frank Patton glauben darf, dann hat sich Gordon bei seinen neuen Nachbarn nicht gerade beliebt gemacht. Haus und Grundstück hier haben vorher einer Anne Kellough gehört, die ... was?"

Vicki hatte sich mit gerunzelter Stirn vorgebeugt. „Du bist ja von oben bis unten voller Mückenstiche!"

„Was du nicht sagst!" Kaum wurde er daran erinnert, da juckte es ihn auch schon in den Fingern, und er konnte nicht anders, als sich am Nacken zu kratzen. „Weißt du, was Nepeakea heißt? Es ist ein altes Indianerwort. ‚Ich habe die Schnauze voll von den Biestern, die einen hier bei lebendigem Leibe verspeisen, laß uns bloß abhauen' heißt es."

„Die Indianer hatten es echt drauf, viel Inhalt in wenig Wort zu packen."

Mike schnaubte. „Mehr fällt dir dazu nicht ein?"

„Du wolltest gerade von Anne Kellough berichten."

„Was – noch nicht mal ‚armer Junge'?"

Sie streckte unter dem Tisch das Bein aus und fuhr ihm mit der Fußspitze die innere Hosennaht hinauf. „Armer Junge."

„Wenn du nicht gerade Wanderstiefel anhättest, wäre die Geste klasse." Ihr Lachen gehörte zu den Dingen, die sich nicht gewandelt hatten, als Vicki sich ... verändert hatte. Ihr Lächeln war jetzt zu weiß und zu spitz, und es versprach zu viele verwirrende Dinge, aber ihr Lachen war durch und durch menschlich geblieben. Kauend und schluckend wartete er, bis sie fertig war, hochbeglückt, ihr dieses Lachen entlockt zu haben. „Anne Kellough hat in dem Haus hier eine Art Therapiezentrum geführt", erklärte er, als Vicki ihm wieder zuhören konnte. „Im letzten Sommer hat sich das Gewerbeaufsichtsamt ihre Küche vorgeknöpft, nachdem man sie dreizehn Jahre lang in Ruhe gelassen hatte. Die Renovierung wurde teurer als geplant, die Bank hat ihr den Kredit gekündigt, und ungefähr neunundzwanzig Minuten später hatte Stuart Gordon seine Unterschrift unter den Kaufvertrag gesetzt."

„Das erklärt, warum sie ihn weghaben will, aber was ist mit all den anderen?"

„Vorurteile."

„Halten sie ihn für schwul?"

„Nein. Die Leute, die hier draußen im Dorf oder um den See herum wohnen, haben zwar nichts dagegen, Touristen das letzte Hemd abzuknöpfen, die so blöd sind, sich zu ihnen zu verirren, aber sie mögen die Ruhe hier. Sie mögen die Einsamkeit, und so wahr mir Gott helfe: Sie mögen sogar den Wald. Die Jungs, die am Westufer das Camp für Jäger und Angler haben ..."

„Jungs?"

„Ich zitiere! Die Jungs ...", jetzt noch mal extra betont, „sagen, Gordon werde die Fische umbringen und das Wild verscheuchen. Einer von denen, Pete Wegler, hätte Gordon fast mal in den Arsch getreten, als die beiden sich beim Tanken trafen. Dann hat Gordon den Fehler begangen, die Tankstelle urig zu nennen, woraufhin ihn der Besitzer hochkant rausgeschmissen hat."

„Urig im Sinne von ‚und ein hübsches Starbucks wäre hier ein echter Fortschritt'?" Mike zog die Brauen hoch. Vicki zuckte die Achseln. „Ich habe mit dem Typen geredet, Mike, ich kann mir die Szene lebhaft vorstellen."

„Genau so hat es sich wohl angehört, ziemlich herablassend. Frank sagt auch, die Leute im Dorf, die Kinder haben, machen sich Sorgen über vermehrtes Verkehrsaufkommen."

„Sie haben Angst, Kinder und Haustiere könnten unter superteure Sportgeländewagenräder geraten?"

„Sie machen sich Sorgen um mögliche Steuererhöhungen, weil es teuer werden wird, die Straßen zu erhalten, wenn der Verkehr sehr zunimmt." Celluci fing an, Plastikbehälter zu verschließen, die er in den Kühlschrank zurückräumen wollte. „Anscheinend hat Gordon einer Frau im Dorf erzählt, dies sei sowieso nicht der richtige Ort, um Kinder großzuziehen. Was natürlich besonders nett und diplomatisch war."

„Wie hat die Frau reagiert?"

„Frank sagt, man konnte die beiden trennen, ehe die Sache allzuweit über verbale Angriffe hinausgegangen war."

Während sie zusah, wie Mike die letzten Reste seiner Mahlzeit wegräumte, fragte sich Vicki, wie sie in diesem Zusammenhang das Wort „allzuweit" zu verstehen hatte. Wie sah es aus, wenn man nicht allzuweit über verbale Angriffe hinausging?

„Bist du ganz sicher, daß er nicht nur die paar Leute vergrätzt hat, von denen du mir gerade erzählt hast? Selbst wenn das hier schon ein Ferienort wäre und er keine Änderung im Bebauungsplan beantragen müßte, könnte er ohne eine Baugenehmigung doch gar nichts machen, und die erteilt der Gemeinderat."

„Weswegen das Wahlvolk den Gemeinderat gern auch gleich mit an den Seegeist verfüttern würde. Gerüchteweise hat Gordon sämtliche Mitglieder gekauft."

Sie kippte ihren Stuhl nach hinten, bis er an der Wand lehnte und sie Mike von unten her spöttisch mustern konnte. „Dann kann ich also davon ausgehen, daß du nach deinem langen, arbeitsreichen Tag zu der Fraktion gehörst, die an Schlammlöcher und Rowdys glauben, nicht an einen Geist?"

„Es klingt wahrscheinlicher." Gedankenverloren kratzte Mike sich erneut am Nacken. Kaum hatte er gemerkt, wie seine Fingerspitzen dabei feucht wurden, als er Vicki scharf Luft holen hörte. Als er aufsah, kam sie auch schon auf ihn zu. Kühle Finger legten sich auf seine Wangen.

„Du bist unrasiert."

Es dauerte ein wenig, bis er seine Stimme wiedergefunden hatte. „Ich habe Urlaub."

Erst streifte ihn ihr Atem, dann ihre Zunge.

Woraufhin die Grenzen zwischen wahrscheinlich und unwahrscheinlich ziemlich schwammig wurden.

Bis das Geräusch eines näherkommenden Autos ihn aus ihrer Umarmung riß.

Vicki leckte sich die Lippen und seufzte. „Sechs Zylinder, Geländewagen, Allradantrieb, sämtliche Extras, schwarz mit goldenen Zierleisten."

Celluci steckte sich das Hemd zurück in die Hose. „Stuart Gordon hat dir erzählt, was für einen Wagen er fährt."

„Quatsch! Das höre ich am Motorengeräusch!"

Mike schnaubte. „Das nun halte ich für wenig wahrscheinlich."

☥ ☥ ☥

„Ein Detective Sergeant? Ich bin beeindruckt." Stuart Gordon hatte die blassen Hände in die Taschen seines Sportsakkos geschoben, ehe er sich mit verschwörerischer Miene zu Celluci vorbeugte und in einem zu breiten Grinsen zu viele Zähne zeigte. „Dann können Sie vielleicht ein paar Strafzettel aus der Welt schaffen?"

„Nein."

Die Antwort auf diese deutliche, unmißverständliche Silbe war ein Schmollmund, der nicht zu den dünnen Lippen passen wollte. „Womit beschäftigen Sie sich denn dann so, Detective Sergeant, wenn ich fragen darf?"

„Mit Verbrechen."

Vicki fand, das klänge allzusehr nach einer Unterstellung. Eilig mischte sie sich ein. „Detective Celluci hat sich bereiterklärt, mir am Wochenende behilflich zu sein. Zu zweit können wir den See rund um die Uhr überwachen."

„Rund um die Uhr?" Gordon runzelte ungehalten die Stirn. „Dafür bezahle ich aber nicht extra."

„Worum ich Sie auch nicht gebeten habe."

„Dann ist ja gut." Er stellte sich neben den Herd, den man ein wenig erhöht plaziert hatte, so daß er auf einer Art Galerie stand wie auf einer Tribüne, und bedachte sein kleines Publikum mit einem strahlenden Lächeln. Celluci mußte an die Typen im Fernsehen denken, die einem etwas verkaufen wollen und so tun, als befänden sie sich in einer Informationssendung. „Dann freue ich mich sehr, daß Sie auch mit an Bord sind, Mike. Ich darf Sie doch Mike nennen?" Das war eine rhetorische Frage, denn eine Antwort wartete er gar nicht erst ab. „Nennen Sie mich bitte Stuart. Zusammen werden wir das Kind schon schaukeln. Wir werden in diesem Dorf für Sicherheit sorgen, damit die erschöpften Massen unbesorgt für eine Spitzenwoche in den Wäldern Spitzenpreise hinblättern können." Einen Herzschlag lang wirkte sein Lächeln gequält. „Habt Ihr zwei gerade nichts zu tun? Gibt es denn nichts zu ermitteln?"

☥ ☥ ☥

„Nennen Sie mich Stuart?" Kopfschüttelnd folgte Celluci Vickis dunkler Silhouette vor dem dunklen Hintergrund der Bäume hinaus auf den Parkplatz. „Warum ist er hier?"

„Als Köder."

„Köder? Vicki, der Mann ist ein amtlich beglaubigtes Arschloch, da beißt die Maus keinen Faden ab! Aber wir dürfen ihn trotzdem nicht als Köder mißbrauchen, um einen aufgebrachten Seegeist zu angeln."

Vicki drehte sich um und ging rückwärts, um sein Mienenspiel beobachten zu können. Manchmal vergaß er, wie gut sie jetzt im Dunkeln sah, und dann vergaß er auch sein Pokerface. „Du willst doch nicht ernsthaft behaupten, daß du einen rachsüchtigen Geist für möglich hältst, der den Lake Nepeakea beschützt und den Nennen-Sie-mich-Stuart gegen sich aufgebracht hat?"

„Du hast das Wort Köder ins Spiel gebracht."

„Weil wir die Person oder die Personen, die sein Auto mit Säure beworfen haben, nicht erwischen werden, wenn wir sie nicht auf frischer Tat ertappen. Das weiß er."

„Oh. Klar."

Vicki blieb stehen, als sie den Kastenwagen im Rücken spürte. „Du hast meine Frage nicht beantwortet."

Seufzend verschränkte er die Arme vor der Brust, wobei er sich wünschte, er könne sie ebenso gut sehen wie sie ihn. „Vicki, ich bin in den letzten vier Jahren von Dämonen angegriffen worden, von Mumien, Zombies, Werwölfen ..."

„Das war kein Angriff, das war ein Mißverständnis."

„Er wollte mir an die Gurgel, was ich als Angriff zähle. Ich habe dem unehelichen Sohn Heinrichs VIII. mein Blut angeboten und zwei Jahre lang dabei zugesehen, wie du dich vor dem Tag versteckst. Es gibt nicht mehr viel, woran ich nicht glaube."

„Aber ..."

„Ich glaube an dich", unterbrach er, „und von da ist es kein großer Schritt mehr quasi überallhin. Wirst du heute nacht mit Mary Joseph reden?"

Sein Tonfall zeigte an, daß er die Diskussion für beendet hielt. „Nein, ich wollte mir die Namensliste ansehen, die du mir gegeben hast, und prüfen, wer der dort Verzeichneten Mittel und Gelegenheit hatte." Vicki warf einen Blick hinunter zum See, einen weiteren in Mikes Gesicht, ohne recht zu wissen, wonach sie jeweils suchte. „Kommst du hier auch allein klar?"

„Warum sollte ich nicht klarkommen?"

„Einfach so." Sie drückte ihm einen Kuß auf die Wange, kletterte in den Kastenwagen und kurbelte das Fahrerfenster herunter. „Denk dran, Sigmund, manchmal ist eine Zigarre einfach nur eine Zigarre."

☥ ☥ ☥

Celluci sah ihr nach, bis die Rücklichter des Kastenwagens verschwunden waren, ehe er seine Taschenlampe einschaltete und deren Strahl auf die Seitentüren von Stuarts Wagen gleiten ließ. Die Werkstatt hatte ganze Arbeit geleistet, das mußte er zugeben. Obwohl es ihn weitergebracht hätte, wäre der Schaden noch sichtbar gewesen. Eines mußte man Stuart zugestehen, auch wenn es schwerfiel: Ein Bauvorhaben mitten in der Wildnis war eine bessere Ausrede für die Anschaffung eines spritschluckenden Allradfahrzeugs als die meisten anderen, mit denen diese Yuppies sonst so aufwarten konnten.

Mike suchte sich einen Felsvorsprung, von dem aus er sowohl den Parkplatz als auch den See im Blick hatte, ohne selbst gesehen zu werden, setzte sich und knipste die Taschenlampe aus. Laut Frank Patton stachen die Kriebelmücken nur tagsüber, und für Stechmücken war das

Wasser noch zu kalt. Celluci traute dem Braten nicht hundertprozentig, aber bislang war er noch nicht wieder gestochen worden, also schien die Information zu stimmen. „Ich frage mich, ob Stuart ahnt, daß es in seinem kleinen Paradies von Blutsaugern nur so wimmelt." Gedankenverloren strich er sich mit dem rechten Daumen über die kleine Bißwunde am linken Handgelenk, während er den Kopf wandte, um einen Blick hinüber zum Haus zu werfen.

Der Anblick verschlug ihm die Sprache.

Das Anwesen hinter den Nadelbäumen war taghell erleuchtet. Im Haus brannten sämtliche Lampen, vorm Haus brannten sämtliche Lampen – es brannte alles an Lichtquellen, worüber Haus und Grundstück verfügten. Das harte, gelblichweiße Licht ließ sogar die Sterne am Himmel verblassen. Am Boden traten sämtliche Umrisse so scharf hervor, daß die üppige Frühlingsvegetation wie künstlich wirkte, und unter den weiter entfernt stehenden Bäumen waren die Schatten zu festen, undurchdringlichen Vorhängen aus Finsternis geworden.

„Na, da freut sich doch wenigstens das örtliche Elektrizitätswerk, daß der Typ hier ist." Mit einem ungläubigen Kopfschütteln wandte sich Celluci seinen eigentlichen Überwachungsobjekten zu.

Der See, zu weit von den Lichtern entfernt, um von ihnen behelligt zu werden, ließ schimmernde Reflektionen der Sterne aufblitzen. Sanft umspielten seine Wellen die Steine am Ufer.

☥ ☥ ☥

Erst als sie wieder Asphalt unter den Reifen spürte, hörte Vicki auf, verbissen an der Unterlippe herumzukauen. Die Straße Richtung Dorf verlief am Südufer des Sees entlang, so dicht, daß sich zwischen der Beifahrertür des Kastenwagens und dem Wasser nichts weiter als eine weißgestrichene Leitplanke sowie ein paar kleinere Felsbrocken befanden. Sah man aus dem Fenster, so fiel es nicht schwer, sich vorzustellen, man führe direkt über den See. Als sich der kleine Seitenstreifen zu einem Parkplatz mit Bootsrampe verbreiterte, fuhr Vicki rechts ran und schaltete den Motor aus.

Das Wasser bewegte sich wie flüssige Dunkelheit, undurchsichtig und geheimnisvoll. Der Teil der Nacht, der Vicki gehörte, endete hier.

„He, so war das aber nicht gedacht!" murmelte sie, während sie aus dem Kastenwagen stieg und die Bootsrampe hinunterkletterte. Aus der Nähe erkannte sie unter den zwölf, dreizehn Zentimetern Wasser hier in Ufernähe den felsigen Grund, bedeckt von zerbrochenen Muschelschalen, aber darüber hinaus war alles glatt und dunkel, und es fiel ihr schwer, nicht zu glauben, sie könnte zu Fuß bis zum anderen Seeufer hinübergehen.

Ein plötzliches Verstummen des allgegenwärtigen Frühlings-Froschorchesters lenkte Vickis Aufmerksamkeit auf eine schilfbestandene kleine Bucht rechts neben sich. Die Stille, die sie umgab, war so vollkommen, daß sie meinte, ein halbes Hundert winziger Amphibienherzen schlagen zu hören. Eins. Zwei ...

„He, Sie da!"

Sie war schon herumgefahren und hatte einen Schritt hinaus auf den See getan, ehe ihr Hirn es schaffte, wieder mit den Reflexen Schritt zu halten. Kaltes Wasser rann ihr in die Wanderstiefel und brachte sie wieder zu sich. So konnte sie die Jagdlust in ihren Augen dämmen, ehe der Mann im Kanu mitbekam, in welcher Gefahr er sich eine Sekunde lang befunden hatte.

Mit dem Paddel im Wasser hielt er das Kanu gerade, während sein Kinn auf Vickis Füße wies. „Das sollten Sie nicht tun."

„Was sollte ich nicht tun?"

„Nachts im Wasser waten. Hier muß man sehen können, wo man hintritt, der Nepeakea wird direkt am Ufer unglaublich schnell tief. Selbst die Jungs vom Ministerium konnten nicht feststellen, wie tief er in der Mitte ist." Er wies mit dem Kopf auf die silbrige Finsternis, die sich hinter ihm aufbaute. „Der Grund ist so sumpfig, daß es ihnen die Echolotmessungen immer wieder durcheinandergebracht hat."

„Was machen Sie denn dann hier?"

„Ich wate jedenfalls nicht im Wasser rum."

„Meine Frage beantwortest du aber auch nicht", murmelte Vicki erbost, indem sie wieder zurück ans Ufer trat. Nasse Füße hoben ihre Stimmung nicht gerade, und so hoffte sie halb auf eine weitere klugscheißerische Bemerkung.

„Ich paddle oft nachts mit dem Kanu hinaus. Ich mag die Stille." Er grinste und meinte wohl, sie bekäme in dieser Dunkelheit nicht mit, wie genau er sie dabei taxierte. „Sie müssen die Ermittlerin aus Toronto sein. Ich habe heute morgen, als ich oben beim Haus war, Ihren Kastenwagen gesehen."

„Sie müssen Frank Patton sein. Heute morgen fuhren Sie aber ein anderes Boot."

„In einem 50-PS-Evenrud genießt man wohl kaum die Stille, oder? Wollen Sie zu Mary Joseph?"

„Nein. Zu Anne Kellough."

„Nach dem Stopschild das zweite Haus rechts. Ein kleiner gelber Bungalow mit Carport." Er ließ sich so lautlos rückwärts gleiten, daß selbst Vicki die Bewegung nicht mitbekommen hätte, hätte sie ihn nicht genau beobachtet. Der geschulte Umgang mit dem großen Aluminiumkanu verriet langjährige Übung. „Ich würde Sie ja mitnehmen, aber Sie haben es bestimmt eilig."

Vicki lächelte. „Trotzdem danke." Ein wenig Silber stahl sich in ihren Blick. „Vielleicht ein andermal."

Immer noch lächelnd kletterte sie in den Kastenwagen zurück, während Frank Patton draußen auf dem See verzweifelt und gar nicht mehr lautlos versuchte, das Paddel aus dem Wasser zu fischen, das ihm entglitten war, als er plötzlich in den Fingern keine Kraft mehr spürte.

☥ ☥ ☥

„Ich hasse den kleinen Bastard offen gestanden wie die Pest, aber das ist ja wohl nicht verboten." Anne Kellough zog sich den Pullover fester um die Schultern und lehnte sich gegen das Verandagitter. „Sie wissen, daß er mir das Gewerbeaufsichtsamt auf den Hals gehetzt hat?"

„Nein."

„Oh ja. Etwa drei Monate, bevor die Beamten aufkreuzten, kam er auf der Suche nach Land hier hoch. Mein Grundstück gefiel ihm, er wollte es haben. Ich wollte nicht verkaufen, und so hat er einen Weg gesucht, wie er es doch kriegen kann." Beim Gedanken daran packte sie so heftige Wut, daß sie schneller atmete und ihre Nasenflügel heftig zitterten. „Er hat es hinterher so gut wie zugegeben, als alles vorbei war. Mit diesem breiten Scheißlächeln. ‚Das war wirklich Pech, liebe Ms. Kellough. Schade, daß die Banken nicht nachsichtiger sein dürfen.' Dieses arrogante Arschloch." Sie starrte Vicki an, die Augen ganz schmal vor Zorn. „Wollen Sie wissen, was mir wirklich stinkt? Ich habe das Haus immer an Leute vermietet, die etwas Stille in ihrem Leben brauchten, um vielleicht mal wieder hören zu können, was in ihrem Kopf vorgeht. Falls dieser Gordon kriegt, was er will, dann gibt es hier keine Stille mehr. Dann gibt es hier nur noch Markenklamotten und sauteure Strahlerzähne!“

„*Falls* Stuart Gordon kriegt, was er will?“ wiederholte Vicki mit hochgezogenen Brauen.

„Nun, noch baut er nicht, oder?“

„Er hat alle Anträge gestellt; was sollte ihn aufhalten?“

Die andere Frau schien ganz auf ihr Geländer konzentriert, wo an einer Stelle die Farbe abbröckelte, ein Prozeß, dem sie mit dem Fingernagel nachhalf. Vicki beschlich gerade das Gefühl, die Frage noch einmal stellen zu müssen, als Anne den Kopf hob und auf die dunklen Wasser des Sees hinaussah. „Das ist hier die Frage, nicht wahr?“ meinte sie leise, indem sie sich die Haare aus dem Gesicht strich.

Der See kam Vicki nicht anders vor als sonst auch. Sie wollte gerade etwas zu Annes Kommentar anmerken, als ihr Blick abgelenkt wurde. „Was ist denn mit Ihrer Hand passiert? Sieht aus wie eine Verätzung.“

„Ja.“ Anne drehte den Arm so, daß beide Frauen die kleine Brandwunde besser sehen konnten. „Dank diesem Scheiß-Gordon kann ich es mir nicht mehr leisten, mein Auto in die Werkstatt zu bringen, und mußte die Batterie selbst wechseln. Ich war der Meinung, ich hätte aufgepaßt ...“

☥ ☥ ☥

„Eine neue Batterie? Da kann ich Ihnen nicht weiterhelfen, Miss.“ Ken, stolzer Besitzer einer Tankstelle mit Reparaturwerkstatt, die seinen Namen trug, stützte sich mit dem Knie seitlich am Kastenwagen ab und verlagerte das Gewicht auf dieses Knie, während er den Tank füllte. „Aber ich fahre gern morgen nach Bigwood und besorge Ihnen eine, wenn Sie es nicht eilig haben.“ Ehe Vicki das Angebot kommentieren konnte, fuhr er auch schon fort: „Halt, das geht nicht! Morgen ist Sonntag, und da haben die zu. Montag auch, da ist Victoria Day.“ Lächelnd zuckte er die Achseln. „Ich habe offen, aber das beschafft Ihnen auch keine Batterie.“

„Es muß keine neue sein. Ich will nur sichergehen, daß der Wagen wieder anspringt, wenn ich den Motor auf der Fahrt nach Hause mal abstellen muß." Sie wies durch das Beifahrerfenster auf einen Werkstattbereich, wo ein paar Batterien mehr oder minder säuberlich an der Wand aufgereiht standen. „Wie wäre es denn mit einer von denen da?"

Fragend wandte Ken sich um. Er mußte die Augen zusammenkneifen, um sehen zu können, was Vicki meinte. „Da drin ist es doch stockdunkel! Sie haben verdammt gute Augen, Miss."

„Danke."

„Die Batterien bringen uns auch nicht weiter. Ich habe die Flüssigkeit abgelassen. Fand es einfach zu gefährlich, sie hier rumstehen zu lassen, wo hier auch schon mal Kinder rumtoben." Mit einem Blick auf die Zapfsäule füllte er gekonnt noch einen Tropfen auf den bereits ziemlich gefüllten Tank, um auf den runden Betrag von 32 Dollar zu kommen. „Sie sind die Ermittlerin, die oben in der Jagdhütte arbeitet, nicht wahr?" fragte er, während er sich Vickis Geldscheine in die fettverschmierte Overalltasche steckte und drei Dollar Wechselgeld abzählte. „Sie wollen versuchen, mit dem Geist fertig zu werden?"

„Ich versuche, denjenigen zu erwischen, der sich an Gordons Wagen vergriffen hat."

„Hat er den reparieren lassen?"

„Ist so gut wie neu." Vicki hatte die Fahrertür schon geöffnet, blieb aber noch einmal kurz stehen, einen Fuß auf dem Trittbrett. „Hier bei Ihnen hat er das nicht machen lassen, nehme ich an?"

„Hier?" Der besorgte Ausdruck in Kens Gesicht wich einem verächtlichen. Der Werksattbesitzer kniff die Augen zusammen. „Dem Pisser ist ja noch nicht mal mein Benzin gut genug. Er will eigene Tanks einbauen lassen, wenn er es schafft, sein verdammtes Yuppieparadies fertigzubauen."

„Wenn?"

Ähnlich wie Anne Kellough sah auch Ken hinaus auf den See. „Wenn."

Vicki wollte sich gerade endgültig auf ihren Fahrersitz schwingen, als ihr zwei Zwanzig-Liter-Glasgefäße ins Auge fielen, die neben der Bürotür standen, wo sie wohl auslüften sollten, denn man hatte ihnen die Deckel abgenommen. „So etwas habe ich ja schon seit Jahren nicht mehr gesehen!“ rief sie begeistert, indem sie auf die Gefäße zeigte. „Würden Sie mir die verkaufen?

Ken drehte sich um. Sein Blick folgte der Richtung, in die Vicki deutete. „Die kann ich nicht verkaufen, die gehören meiner Base. Ich habe sie mir nur geliehen. Eigentlich sollten ihre Kinder vorbeikommen und sie wieder abholen, aber Sie wissen ja, wie Kinder so sind.“

Laut Nennen-Sie-mich-Stuart war die Siedlung nicht der richtige Ort, um Kinder aufzuziehen.

Wenn man Säure mit Fischresten vermischen und irgendwohin transportieren wollte, waren Glasbehälter ideal.

Wo hatten sie den Fisch her? sinnierte Vicki, während sie vorsichtig von der Tankstelle fuhr. Vielleicht von einem der Jungs, die das Camp für Angler und Jäger unterhalten?

☥ ☥ ☥

Mit einem leicht zerstreuten Gesichtsausdruck lugte Pete Wegler aus der Tür seines Wohnwagens. „Kenne ich Sie?“

Vicki lächelte. „Noch nicht. Wollen Sie mich nicht hereinbitten?“

☥ ☥ ☥

Zehn vor zwölf. In der Jagdhütte brannten immer noch alle Lichter. Celluci stand auf, machte ein paar Dehnübungen und fragte sich, wie lange Vicki wohl noch unterwegs sein würde. In Dulvie schliefen sie doch jetzt alle.

Vielleicht hatte sie ja irgendwo gehalten, um einen Happen zu essen.

Der zweite Gedanke war dem ersten zu schnell gefolgt, er hatte keine Zeit gehabt, ihn zu unterdrücken. Also ignorierte er ihn. Er drehte dem Haus den Rücken zu, setzte sich wieder und sah hinaus auf den See. Das Wasser wirkte so tief in der Nacht verschwiegen, fand er, nachdem sich seine Augen wieder an die Dunkelheit gewöhnt hatten.

In seinem Beruf war verschwiegen gleichbedeutend mit schuldig.

„Was, wenn Stuart Gordon einen Schutzgeist derart gegen sich aufgebracht hat, daß er tötet?“ fragte er nach einem weiteren Blick auf die Uhr laut.

Mitternacht.

Was für die immer länger werdende Liste der Dinge und Wesen, die sich im Dunkeln herumtrieben, absolut keine Bedeutung hatte, das wußte Mike. Das Übernatürliche, so hatte die Erfahrung ihn gelehrt, griff um zwei Uhr nachmittags ebenso gern an wie um Mitternacht. Aber trotzdem war Mitternacht der Zeitpunkt, an dem man am weitesten von der trügerischen Sicherheit des Tageslichts entfernt war, und in dieser Nacht schaffte er es nicht, dies zu ignorieren.

Wo doch die Nacht selbst in ähnlichen Gedankengängen gefangen schien.

Sie wartete ...

Eine auflandige Brise ließ ihm die Haare an beiden Armen zu Berge stehen.

Alles wartete darauf, daß etwas geschah.

Etwa fünf Meter vom Ufer entfernt brach ein Fisch durch die Wasseroberfläche wie weiland Alice durch den Spiegel, nur andersherum. Er sprang hoch – und hing urplötzlich in der Öffnung einer glitzernden grauen Röhre, die ungefähr so weit war wie Cellucis Oberarm dick. Zähne, Krallen oder irgend etwas anderes gruben sich in das Fleisch des Fischs, und gemeinsam vollendeten Beute und Jäger den Sprung, zu dem ursprünglich die Beute allein angesetzt hatte. Aus dem Wasser hob sich ein Wulst in ebendem glitzernden Grau, aus dem auch die Röhre gewesen war, und glitt zurück in den See, begleitet von einem Geräusch, das sich anhörte, als betätige sich ein flacher Schwanz als Propeller.

„Jesses!“ murmelte Mike erschüttert, holte tief Luft und setzte hinzu: „Grundgütiger!“

☥ ☥ ☥

„Ich sage dir, Vicki, ich sah eine Manifestation des Seegeistes!“

„Du hast gesehen, wie etwas einen Fisch verzehrte.“ Vicki starrte auf den See, wo sie aber nach wie vor nichts weiter entdecken konnte als die Spiegelbilder Tausender Sterne. „Wahrscheinlich hast du einen größeren Fisch einen kleineren fangen sehen. Einen langen, schmalen Hecht, der sich auf einen dicken, fetten Seebarsch stürzt.“

Celluci, der schon heftig hatte abstreiten wollen, etwas in dieser Art gesehen zu haben, stutzte. „Seit wann kennst du dich mit Fischen aus?"

„Ich hatte heute eine Unterredung mit Pete Wegler. Er hat die Fische für das Säurebad zur Verfügung gestellt, mit dem der Lack an Stuarts Wagen beschädigt wurde. Die Säure selbst stammte von Ken von der Tankstelle, der sie in Glasgefäßen gesammelt hatte, die ihm seine Kusine Kathy Boomhower lieh – die Mutter, deren Zusammenstoß mit Gordon nicht allzuweit über den verbalen Austausch von Beschimpfungen hinausging. Die eigentliche Tat hat dann Anne Kellough übernommen – sie ist überzeugt davon, daß ihr Gordon das Gewerbeaufsichtsamt auf den Hals gehetzt hat, um ihr Grundstück in seine Finger zu kriegen –, nachdem Frank Pattons Kanu sie völlig geräuschlos am Tatort abgeliefert hatte." Vicki grinste. „Ich komme mir vor wie Hercule Poirot im Orientexpreß."

„Ach ja? Ich fühle mich eher wie bei Stephen King, nicht wie bei Agatha Christie."

Vicki wurde wieder ernst. Sie legte Mike die Hände auf die Arme, die der Freund wie eine Barrikade vor seiner Brust verschränkt hatte, und sah ihm prüfend ins Gesicht. „Die ganze Sache nimmt dich ziemlich mit."

„Ich weiß nicht, was ich gesehen habe, aber nicht, wie ein Fisch einen anderen fraß."

Die Muskeln unter Vickis Hand waren angespannt. Celluci wich ihrem Blick aus und starrte statt dessen an Vicki vorbei auf den See. „Was ist?"

„Ich habe es dir doch schon gesagt, Vicki: Ich weiß nicht genau, was ich gesehen habe!" Trotz allem, was er in den letzten Jahren erlebt hatte, war es ihm immer noch am liebsten, wenn sich die Welt eindeutig definieren ließ. Widerstrebend wandte er den Blick vom Wasser dem blassen Oval des Gesichtes zu, das Vicki fragend zu ihm erhoben hatte. „Was die Dinge betrifft, die du herausgefunden hast: Wieviel davon soll ich morgen Gordon erzählen? Wenn ich ihm überhaupt etwas erzählen soll!"

„Erzähl ihm nichts. Ich erstatte selbst Bericht, gleich nach Sonnenuntergang."

„Gut. Es ist spät. Ich haue mich in die Falle. Kann ich davon ausgehen, daß du den Parkplatz den Rest der Nacht im Auge behältst?“

„Wieso das? Ich garantiere dir, der rachsüchtige Geist wird nicht wieder auftauchen.“ Das klang ganz, als würde sie dem Seegeist in einer direkten Auseinandersetzung keine Chance einräumen. Celluci mußte an das Ding denken, das aus dem See aufgetaucht war, und war sich da nicht so sicher.

„Das ist egal, du hast ihm eine Bewachung rund um die Uhr zugesagt“, wandte er ein.

„Ja, aber ...“ Irgend etwas in Cellucis Gesicht verriet ihr, daß er selbst bleiben würde, wenn sie es nicht tat. „Gut, ich passe auf das Auto auf“, lenkte sie ein. „Bist du dann zufrieden?“

„Weil du tust, was du zugesagt hast? Ich bin ekstatisch.“ Celluci faltete die Arme auseinander, zog Vicki so nah zu sich heran, daß er ihr einen Kuß zwischen die besorgt zusammengezogenen Brauen drücken konnte, und enteilte Richtung Jagdhütte. Eine Unterhaltung mit Pete Wegler, daß ich nicht lache! Er wußte, daß Vicki von anderen trank, aber das hieß noch lange nicht, daß ihm das auch gefallen mußte.

☥ ☥ ☥

Ich hätte den Namen Pete Wegler nicht erwähnen dürfen. Vicki machte es sich auf dem Felsen bequem, auf dem immer noch Mikes Körperwärme zu spüren war, und versuchte wieder einmal vergeblich, durch die Dunkelheit des Sees zu dringen. Als im Unterholz neben ihr etwas raschelte, zischte sie, ohne auch nur den Kopf zu wenden. Das Rascheln entfernte sich schneller, als es gekommen war. Die Geheimnisse des Sees blieben weiterhin geheimnisvoll.

„Von wegen geheimnisvoll – total nervig!“

☥ ☥ ☥

Celluci, der im Haus herumging, um überall die Lampen auszuschalten, hörte deutlich, wie Stuart in einem der beiden Schlafzimmer im Hauptgeschoß vor sich hinschnarchte. Der Mann hatte es in den wenigen Stunden, die Celluci außer Haus verbracht hatte, geschafft, eine Abfallspur von einem Ende des Hauses zum anderen zu kreieren.

Außerdem hatte er das letzte Stück Klopapier verbraucht, ohne die Rolle zu ersetzen, die fast leere Kaffeekanne auf die eingeschaltete Heizplatte zurückgestellt, so daß sich die Kaffeereste fest ins Glas einbrennen konnten, und ein Stück von Cellucis Hähnchen gegessen. Wobei er den abgenagten Knochen wieder zurück in den Behälter geworfen hatte. Über den Verlust des Hähnchenteils wollte sich Celluci ja gar nicht beklagen, aber der Gedanke an Stuart Gordons Spucke in seinem Essen – immerhin enthielt der Container noch erhebliche Reste des Vogels – war ihm total zuwider.

Als er den Knochen in den Mülleimer entsorgte, fiel sein Blick auf ein zusammengeknülltes Stück Papier, das ihm interessant vorkam. Er fischte es heraus. Anscheinend war für Gordons Ferienparadies bereits eine Ausdehnung über die jetzigen Grenzen hinaus angedacht. Offenbar sollte es sich um den gesamten See ausweiten und auch noch das Dörfchen Dulvie verschlingen.

„Das bedeutet, in der ganzen Gegend kein Stein mehr, an dem nicht Stuart Gordons Spucke klebt.“

☥ ☥ ☥

Vicki, der es langweilig geworden war, auf den See zu starren und die örtliche Tierwelt zu verschrecken, drückte sich die Nase an der Seitenscheibe des Geländewagens platt und schnalzte beim Anblick der Fülle an elektronischen Anzeigen auf dem Armaturenbrett anerkennend mit der Zunge. Sie wäre so ziemlich jede Wette eingegangen, daß Stuart nicht einmal die Hälfte aller Finessen kannte, die ihm sein Fahrzeug bot.

„In dem Ding hier geht wahrscheinlich eine Warnleuchte an, wenn man die Lüftung ... aber hallo!“

Unter dem Beifahrersitz lugte unverkennbar die Kante eines Laptops hervor.

„Ich wette, daß das Ding hier Zeter und Mordio schreit, wenn ich das Türschloß ...“ Sie richtete sich auf und sah zum nunmehr dunkel daliegenden Haus hinüber, wobei sie auf den Schlag zweier Herzen lauschte. Auf das langsame, gleichmäßige Schlagen, das ihr verraten würde, ob beide Männer tief und fest schliefen.

☥ ☥ ☥

Stuart schlief auf dem Rücken, einen Arm über dem Kopf ausgestreckt, ein leises Lächeln auf den schmalen Lippen. Vicki sah einen Augenblick lang zu, wie der Puls in seinem Hals schlug. Man hatte ihr versichert, sie könne, sollte es notwendig sein, auch von niederen Lebensformen trinken – Tauben, Ratten, Bauunternehmern –, aber sie war doch froh, den ersten Hunger schon unten im Dorf gestillt zu haben. So schnappte sie sich lediglich seine Autoschlüssel und verschwand ebenso leise, wie sie gekommen war.

☥ ☥ ☥

Celluci erwachte beim Klang einer wohltönenden Stimme, die einen alten Beatlessong schmetterte. Als er die Treppe hinunterstieg, trat Stuart gerade aus dem Badezimmer, wobei er sich mit allen zehn Fingern das nasse Haar glattstrich. „Guten Morgen! Darf ich annehmen, daß mein Auto die letzte Nacht überlebt hat, ohne von rachsüchtigen Schutzgeistern des Lake Nepeakea demoliert zu werden?"

„Das dürfen Sie."

„Wunderbar. Ach ja ..." Sein Lächeln war so breit, damit hätte er Amerikanern schlechtes Benehmen verkaufen können, „... ich habe das ganze heiße Wasser aufgebraucht."

☥ ☥ ☥

„Dann stimmt es ja wohl, was man sich über so viele unserer Jungs in Blau erzählt."

„Was denn?" grunzte Celluci, der sich gerade mit zwei Tassen Kaffee gestärkt hatte, die trotz angebrannter Glaskanne nur leicht bitter schmeckten.

„Na, Sie wissen schon!" Der Bauunternehmer versuchte sich breit grinsend an der pantomimischen Darstellung eines Mannes, der eine Flasche ansetzt. „Wenn Sie das üble Gebräu da trinken können, haben Sie ein echtes Trinkproblem." Mit diesen Worten eilte er zur Tür, nicht ohne dabei kräftig über den eigenen Witz zu lachen.

Erst mal sind das nicht deine Jungs in Blau, und du kannst mich kreuzweise, ehrlich! Versuch doch selbst nur mal kurz, mit der Welt klarzukommen, mit der wir es ständig zu tun haben, du Arschloch. Die kaut dich durch und spuckt dich aus! Celluci schaffte es, sämtliche Obszönitäten für sich zu behalten. Wohl schloß sich seine Faust so kräftig um den Kaffeebecher, daß dieser protestierend ächzte, aber laut fragte der Detective Sergeant nur: „Wo wollen Sie hin?"

„Hatte ich Ihnen das nicht gesagt? Ich treffe mich heute mit einem Anwalt. Ich weiß, was Sie jetzt sagen wollen – ja, es ist Sonntag. Aber da ich nach diesem Wochenende erst einmal für längere Zeit nicht mehr hier herkommen werde, hat sich einer der örtlichen Rechtsverdreher bereiterklärt, mich trotzdem zu empfangen. Im Zusammenhang mit dieser schlimmen Sache mit der Landvermesserin gibt es noch ein paar Sachen zu regeln." Stuart stand da, eine Hand bereits am Türknauf, und schien mit einem Mal ein ganz anderer Mensch zu sein. Verschwunden waren Anmaßung und Überheblichkeit. „Ich hatte den Landvermessern an dem Tag gesagt, sie sollten das eine Uferstück noch fertig ausmessen und dann erst einpacken. Ich weiß, daß ich am Tod der armen Frau keine Schuld trage, aber ich fühle mich doch verantwortlich und wünschte nur, ich könnte es irgendwie wiedergutmachen. Aber man kann nichts wiedergutmachen, wenn jemand gestorben ist, oder, Mike?"

Mike murmelte Unbestimmtes in seinen Bart. Er hatte keinerlei Bedarf an der Vorstellung, Stuart Gordon könnte irgendwo doch noch eine anständige Ecke haben.

„Vielleicht bin ich erst nach Dunkelwerden wieder hier, aber dann kann man ja wohl auch am ehesten mit dem Geist rechnen. Bis dahin brauchen Sie mich eigentlich gar nicht. Stimmt doch, Mike, oder?" Kopfschüttelnd wandte er sich der Fliegentür zu, an der sich sämtliche Kriebelmücken der Gegend niedergelassen hatten, um darauf zu warten, daß ihr erstes Frühstück auftauchte: „Sobald die Sache hier geregelt ist, lasse ich als erstes in der Gegend jedes einzelne Fließgewässer trokkenlegen, in dem diese kleinen Blutsauger brüten!"

Der Wasserpegel im Sumpfgebiet war in den zwei Wochen seit dem Tod der Landvermesserin leicht gesunken. Mike, der sich von oben bis unten mit dem Mückenschutzmittel eingesprüht hatte, das ihm in der Küche unter der Spüle in die Hände gefallen war, folgte dem Pfad, den der Suchtrupp hinterlassen hatte, wobei er genau darauf achtete, wohin er trat. Der Boden mochte harmlos wirken, trotzdem setzte Celluci die Füße lieber auf möglichst hohe Grasbüschel. Bei den Überresten des gelben Bandes, mit dem die Polizei den direkten Ort des Geschehens abgesperrt hatte, hockte er sich hin und starrte aufs Wasser. Eigentlich rechnete er gar nicht damit, etwas zu entdecken, sondern hatte nach Stuarts Beichte einfach nur das Gefühl gehabt, hierherkommen zu müssen.

Das Wasser, etwa vier Zentimeter tief, war überraschend klar.

„Warum auch nicht, der Grund wird ja nicht aufgewühlt."

Irgend etwas glitzerte da unten.

Mike hielt sich an einem Grasbüschel fest, streckte die Hand aus und schaffte es, Daumen und Zeigefinger um das aus dem Schlamm ragende Fundstück zu legen.

„Ein Teil von einem Bandmaß aus rostfreiem Stahl?"

Wahrscheinlich hatte es zur Ausrüstung der Toten gehört. Ein Ende des etwa zehn Zentimeter langen Stückes wirkte glatt abgebrochen, aber das andere Ende, das im Schlamm gesteckt hatte, sah so aus, als hätte es sich teilweise aufgelöst.

Als sie Stuart Gordons Auto mit Säure übergossen, hatten Anne Kellough und Co. den Geist des Lake Nepeakea nachgeahmt.

Mike holte tief Luft – um anschließend einen Mundvoll Kriebelmükken in den Schlamm zu spucken, die unbedingt hatten Selbstmord begehen wollen. „Es wird Zeit für eine Unterhaltung mit Mary Joseph."

☥ ☥ ☥

„Spüren Sie ihn denn nicht?"

Celluci, der gerade die erste anständige Tasse Kaffee seit Tagen genoß, wanderte bis zum Verandageländer, um auf den See hinaus zu starren. Anders als die meisten anderen Häuser in Dulvie, die durch die Straße vom See getrennt waren, stand Mary Josephs Haus direkt am Ufer. „Irgend etwas spüre ich schon", mußte Mike zugeben.

„Was Sie spüren, ist der Geist des Sees, verärgert durch die Gegenwart des Mannes aus der Stadt. Nehmen Sie doch noch einen Keks."

„Nein danke." Er hatte bereits einen gegessen, und es war der fraglos schlechteste Keks seines Lebens gewesen. „Erzählen Sie mir vom Seegeist, Ms. Joseph. Haben Sie ihn schon gesehen?"

„Aber ja! Nicht den Geist, aber die Welle, die er im Vorbeigleiten hervorrief." Sie wies auf das Wasser, das in jenem Augenblick ruhig und glatt dalag. „Die meisten Gewässer haben einen Schutzgeist. Zisternen, Quellen, Seen, Flüsse – deswegen werfen wir Münzen in Brunnen. Die Geister sollen sie gegen Glück eintauschen. Meerjungfrauen, Selkies, Flußhexen, Riesenquallen, Jenny Grünzahn und Arielle – das alles sind Wassergeister."

„Hm ... und einer von denen ist da draußen?" Irgendwie vermochte Celluci sein Bild von einer Meerjungfrau nicht mit dem grauen Gebilde mit Zähnen zusammenbringen, der aus dem Wasser aufgetaucht war.

„Nein, unser Wassergeist ist ein Wassergeist der Neuen Welt. Die Cree nannten ihn einen Mantouche. Sie erkennen doch sicherlich die Ähnlichkeit dieses Wortes mit dem Wort Manitu, großer Geist? Nur die größten Gewässer, in denen es sich am besten fischen ließ, hatten solche Geister. Sie beschützten die Seen und das Land um die Seen herum, und als Gegenleistung ..."

„Verehrte man sie?"

„Nein. Als Gegenleistung hat man sie einfach strikt in Ruhe gelassen."

„Sie haben in der Zeitung erzählt, der Geist hätte sich bereits zweimal zuvor manifestiert."

„Wir wissen von zwei Manifestationen", korrigierte sie. „Die erste, über die es schriftliche Unterlagen gibt, fand 1762 statt. Einen Bericht darüber findet man in den Aufzeichnungen eines Jesuiten, der die Gegend hier erkundete und sich besonders mit der Spiritualität der Eingeborenen befaßt hat. Er hatte seine Notizen damals nach Frankreich geschickt."

Mike hatte seine Erziehung an einer katholischen Schule erhalten. Er war sich nicht sicher, ob die Beteiligung von Jesuiten der Geschichte mehr Glaubwürdigkeit verlieh. „Was ist damals geschehen?"

„Es war im Frühjahr. Zwei weiße Fallensteller hatten sich den ganzen Winter über am See aufgehalten und die Tiere abgeschlachtet, die hier lebten, die unter dem Schutz des Sees standen. Der überlebende Trapper berichtete später, sein Partner sei kurz nach Sonnenuntergang aus einem Hochwassermoor gekommen, als sein Kanu plötzlich kenterte und er verschwand. Als der überlebende Mann das Kanu bergen konnte, mußte er feststellen, daß Teile davon verbrannt waren, ohne daß es jedoch eine Flamme gegeben hatte, und daß es das Mal der Toten trug, die sie dem See gestohlen hatten."

„Das Mal der Toten?"

„Im Bericht steht, es stank. Nach Eingeweiden." Mary Joseph hatte sich gerade einen Keks nehmen wollen, hielt aber inne. „Unter Gedärmen können Sie sich etwas vorstellen, Detective?"

„Durchaus. Hatte denn der Überlebende etwas gesehen?"

„Na ja, er hat sagte, er habe etwas gesehen, das er für eine Riesenschlange hielt. Nur daß sie am Kopf zwei Flügelstummel hatte. Sie wissen sicher, was das für ein Wesen ist."

... ein glänzender, grauer Schlauch mit einem Umfang ungefähr wie sein Oberarm. „Nein."

„Ein geflügelter Drache. Einer der Drachen der Vorzeit."

„Im See lebt ein Drache."

„Nein. Der Seegeist kann viele verschiedene Gestalten annehmen, und wenn er wütend ist, sehen die, die seine Wut trifft, eine große, furchterregende Bestie. Der Trapper, der nordeuropäische Wurzeln hatte, sah einen Lindwurm. Die Eingeborenen hätten wahrscheinlich eine Riesenschlange gesehen. Um die tiefen Gewässer herum gibt es viele sogenannte Schlangenberge."

„Aber es könnte doch auch einfach eine Riesenschlange gewesen sein!"

„Wenn hier im See eine Riesenschlange lebte, Detective, meinen Sie nicht, die hätte schon mal jemand gesehen? Einfach so? Außerdem hat man nach dem zweiten schriftlich festgehaltenen Vorfall den ganzen See gründlich abgesucht, mit modernster Ausrüstung. So eine Suche fand später noch ein- oder zweimal statt, ohne daß je etwas gefunden wurde. Nein, der Seegeist hat den Trapper getötet, und das gleiche gilt auch für Thomas Stebbing."

„Thomas Stebbing?"

„Der zweite Tote, über den es Aufzeichnungen gibt, im Jahr 1937. Ich habe Zeitungsausschnitte ..."

Die Zeitungsausschnitte berichteten, daß im Frühjahr 1937 vier junge Männer, allesamt Studenten an der Universität Toronto, an den Lake

Nepeakea kamen, um Urlaub in der Wildnis zu machen. Stebbing, der zusammen mit einem Freund bei Sonnenuntergang im Kanu auf dem See unterwegs war, sah am Strand etwas, das er für einen verkohlten Baumstamm hielt. Die beiden paddelten dorthin, um es zu untersuchen. Thomas kletterte an den Strand, und sein Freund mußte hilflos mit ansehen, wie er von dem „Baumstamm" angegriffen, versengt und tot liegengelassen wurde, während sich der Stamm selbst „in Wellenbewegungen zurück in den See begab", wobei er eine Schleifspur aus toter Vegetation hinterließ.

Natürlich stellte man sofort Nachforschungen an, allerdings ohne etwas zutage zu fördern. Daß der einzige Augenzeuge ein „großes Wurmding" gesehen haben wollte, mochte niemand für wahr halten. Dem abschließenden offiziellen Bericht zufolge war das Opfer in der Tat mit einem teilweise verbrannten Baumstamm in Berührung gekommen, der über ihn hinweggerollt war und ihn mit seiner Glut erstickt hatte. Dann, so der Bericht, war der Baumstamm weiter zum See gerollt, wobei er einen Pfad ins Unterholz brannte, und später versunken. Den Gestank, den der Augenzeuge geschildert hatte, schrieb man der Tatsache zu, daß sein Freund schließlich verbrannt sei, weswegen es nach verbranntem Fleisch gerochen hätte. Obwohl der Student darauf bestand, sein Freund sei Säureverbrennungen erlegen, und obwohl er Chemie studierte und von daher wußte, wovon er sprach, wurde seine Aussage in diesem Punkt schlichtweg übergangen.

„Der Geist des *Sees* kam hoch an Land, Ms. Joseph?"

Der Widerspruch schien sie nicht anzufechten: Mary Joseph nickte. „In jenem Jahr gab es am See viele Feuer. Die Gegend hier war in der Zeit zwischen den Kriegen eine Weile lang sehr beliebt, und die einfachste Methode, das Land für den Wochenendhausbau zu roden, bestand im Anzünden der Bäume. Das konnte der Geist natürlich nicht zulassen. Von daher sein Auftritt als brennender Baumstamm."

„Was hatte Thomas Stebbing getan, um den Frieden des Sees zu stören?"

„Nichts Besonderes. Ich glaube, der arme Junge war einfach nur zur falschen Zeit am falschen Ort. Sie dürfen nicht vergessen, daß der Geist rachsüchtig ist."

Noch vor wenigen Jahren hätte Celluci die Sache rasch abgehakt, Mary Joseph als komplett durchgeknallt abgestempelt und ihren Worten keinerlei Bedeutung beigemessen. Aber das war vor seinem freiwilligen Sprung in die Finsternis gewesen, die hinter ein paar silbrig schimmernden Augen lauerte. Ächzend stand er auf. Der Nachmittag war schon fast vorbei, nicht mehr lange, bis die Sonne unterging.

„Vielen Dank für Ihre Hilfe. Ich ... was?"

Die Frau starrte ihn unverwandt an, ehe sie langsam nickte. „Sie haben ihn gesehen, nicht wahr? Dieser Ausdruck in ihren Augen ..."

„Ich habe etwas gesehen", gab er widerwillig zu. „Ich habe eine Menge ..."

Ein paar Jetskier, die mit lautem Motorengeheul um die Landzunge bogen, ließen den Rest seines Satzes untergehen. Während sie so nah am Haus vorbeischossen, daß ihr Lärm die beiden Gestalten auf der Veranda einhüllte wie eine Decke, winkte ihnen einer der jugendlichen Fahrer fröhlich zu.

Daß aber auch nie ein rachsüchtiger Geist da ist, wenn man wirklich mal einen braucht, dachte Mike.

☥ ☥ ☥

„Er wußte von den Schlundlöchern in der Marsch und hat die Landvermesser dennoch reingeschickt." Vicki warf einen Kiesel vom Ende des Pontons und sah zu, wie er in der flüssigen Finsternis versank.

„Bist du sicher?"

„Die Information war auf seinem Laptop, die Datei war vom März. Beweise, die man zufällig auf einem fremden Computer findet, sind vor Gericht nicht zugelassen, aber ich kann immer noch zur Land- und Forstwirtschaftsbehörde gehen und mich erkundigen, wann genau er die geologischen Gutachten angefordert hat."

Mike schüttelte den Kopf. „Du wirst es nicht schaffen, den Burschen vor Gericht zu schleppen. Gut, er hätte es ihnen sagen müssen, aber die Landvermesser waren Profis, sie hätten vorsichtiger sein können." Als er an die Krokodilstränen dachte, die Gordon am Morgen über den Tod der Landvermesserin vergossen hatte, ballten sich Mikes Hände spontan zu Fäusten. Ein Arschloch ohne Verantwortungsgefühl war eine Sache – ein manipulatives Arschloch ohne Verantwortungsgefühl eine ganz andere!

„Es ist ein moralisches Versagen", knurrte er, „kein rechtliches."

„Dann sollte ich mich selbst um ihn kümmern." Der zweite Kiesel traf das Wasser mit beträchtlich mehr Schwung.

„Er ist dein Kunde. Er erwartet, daß du für ihn arbeitest, nicht gegen ihn."

Sie verdrehte die Augen. „Dann warte ich, bis das Geld von seinem Scheck eingegangen ist."

„Er hat vor, auch das andere Land rings um den See aufzukaufen." Mike zog das Papier aus der Tasche, das er aus dem Müll gefischt hatte und reichte es weiter.

„Das Land rings um den See steht nicht zum Verkauf."

„Diese Jagdhütte auch nicht, bis er beschloß, sie haben zu wollen."

Vickis Augen überzogen sich mit einem Silberschimmer; sie zerknüllte das Papier in einer Hand. „Es muß doch etwas geben, was wir ... Scheiße!" Wie aus heiterem Himmel ließ sie das Papier fallen, packte Celluci am Arm und riß ihn mit sich, ein ganzes Stück zurück, während sich vor ihnen das Ende des Pontons aufbäumte. „Was zur Hölle war das denn?" fragte sie entgeistert. Die Stelle, an der Celluci und sie gerade noch gestanden hatten, schwankte heftig, das Papier, das sie hatte fallen lassen, war im Wasser gelandet und nicht mehr zu sehen.

„Die Bugwelle eines vorbeifahrenden Bootes?"

„Hier ist seit Stunden kein Boot mehr vorbeigekommen."

„Manchmal bauen sich in diesen langen, schmalen Seen stehende Wellen auf. Das nennt man eine Seiche."

„Eine Seiche?" Als er nickte, verdrehte sie die Augen. „Gut, demnächst schaue ich auch nur noch Wissenschaftssendungen. Aber bis dahin ..."

Das Geräusch eines näherkommenden Autos lenkte sie ab. Oben am Haus fuhr Stuart vor und bog langsam in die Parkbucht ein, so vorsichtig, daß sich der Kies kaum zu rühren schien.

„Sagst du ihm, wer die Sache mit seinem Auto auf dem Gewissen hat?" erkundigte sich Celluci, während Vicki und er Seite an Seite die Böschung hinaufkletterten.

„Wer genau? Höchstwahrscheinlich nicht. Ich kann es ja auch nicht beweisen. Aber ich sage ihm, daß es kein rachsüchtiger Geist war und daß es nicht wieder vorkommen wird." Jedenfalls nicht, wenn es nach Pete Wegler ging. Der Geist im See mochte hypothetisch sein, Vicki war es nicht.

☥ ☥ ☥

„Eine Gruppe Dörfler, Vicki? Sind Sie sicher?“

„Absolut.“

„Die haben wirklich gedacht, ich glaube an einen rachsüchtigen Geist, der sich auf meiner linken Autoseite manifestiert?“

„Anscheinend.“ In Wahrheit war es ihnen gleichgültig gewesen, ob er das glaubte oder nicht. Sie waren alle einfach so wütend gewesen, daß sie irgend etwas hatten unternehmen müssen, und da der Geist nun mal ohnehin im Gespräch war ... von diesen Überlegungen teilte sie Nennen-Sie-mich-Stuart allerdings wohlweislich nichts mit. „Ich will die Namen.“ Sein Ton machte aus der Aufforderung ein Ultimatum.

Mit Ultimaten hatte Vicki noch nie umgehen können. Celluci sah, wie ihr die Masken verrutschten und fragte sich, wie weit ihre Abneigung gegen den Baumenschen sie wohl gehen lassen würde. Er konnte sie mit einem einzigen Wort aufhalten, wußte allerdings nicht, ob er es aussprechen würde. Oder wann.

Als sie sich von allein wieder in den Griff bekam, war er verblüfft. „Dann schlage ich vor, Sie werfen einen Blick in die jüngsten Volkszählungsunterlagen“, sagte sie leise. „Sie haben sich bei ihren Nachbarn nicht gerade beliebt gemacht.“

Einen Augenblick lang hatte es den Anschein, als sei sich Stuart im klaren darüber, wie nah er einer Konfrontation mit der eigenen Sterblichkeit gekommen war. Dann lächelte er so arrogant wie eh und je. „Sie haben recht. Ich habe mich bei meinen Nachbarn nicht beliebt gemacht, und wissen Sie was – ich möchte versuchen, das zu ändern. Ich lade alle zu einem Picknick am See ein, zu einem Grillfest am Victoria Day. Ein Abendessen – alles nur vom Feinsten, und hinterher gibt es Feuerwerk. Eine gute Gelegenheit, sich zur Versöhnung die Hand zu reichen und das Kriegsbeil zu begraben.“

„Es ist Sonntagabend, und morgen ist der Feiertag. Wo wollen Sie Essen und Feuerwerk herkriegen?“

„Kein Problem, Mike. Ich schicke eine E-Mail an meine Caterer in Toronto, die werden es sicher schaffen, bis morgen nachmittag hierzusein. Das kostet mich ein Vermögen, aber was soll's – schließlich geht es um gute Kontakte zu den Eingeborenen. Das ist mir die Sache wert. Sie bleiben natürlich."

Vicki bleckte die Zähne, also antwortete Mike für sie beide. „Aber natürlich."

☥ ☥ ☥

„Er hat etwas vor", verkündete er wenig später. „Ich will wissen, was."

„Ich tippe darauf, daß er die Dörfler mit dem konfrontieren will, was er weiß, genau darauf achtet, wer wie reagiert, und demjenigen dann das Leben zur Hölle macht. Bestimmt setzt er mit seinen Expansionsbestrebungen erst mal bei denen an, die seiner Meinung nach an der Sache mit seinem Auto beteiligt waren."

„Da hast du wahrscheinlich recht."

„Ich habe immer recht." Vicki hatte den Kopf auf Cellucis Schulter gebettet und wühlte mit dem Finger in den Haaren auf seiner Brust. „Er ist ein gewissenloses, unmoralisches, kleines Arschloch."

„Noch dazu die komplette Nervensäge und ganz generell ungenießbar."

„Ich könnte ihn soweit bringen, daß er glaubt, er sei eine Kreuzung aus Mutter Theresa und Lady Di. Ich könnte ihm das Hirn aus dem Kopf reißen, für unnatürliche Zwecke mißbrauchen und es ihm wieder in den Schädel stopfen, ganz wie ich lustig bin. Aber ich darf ja nicht."

Wenn du dich einmal auf die dunkle Seite begibst, wird sie immer und ewig dein Schicksal bestimmen. Aber das sagte Mike nicht, weil er nicht wissen wollte, wie weit sie schon auf der dunklen Seite gewesen war. Er war froh, daß Vicki sich überhaupt irgendwelche persönlichen Grenzen setzte, daß sie sich entschieden hatte, jemand zu sein, die Terror nicht einfach nur deswegen einsetzte, weil es ihr möglich war. „Was fangen wir denn dann mit ihm an?" stöhnte er.

„Mir will einfach nichts einfallen. Was ist mit dir?"

Plötzlich grinste Mike. „Meinst du, du kriegst es hin, daß er glaubt, du bist der Seegeist, und daß er seinen Arsch lieber endgültig wieder nach Toronto schafft, weil er Schiß hat, der wird ihm sonst mit Säure weggeätzt?"

Mit einer einzigen, mühelosen Bewegung war Vicki aus dem Bett gesprungen und stand an der Tür. „Ich wußte, warum ich dich hier mit rausgeschleppt habe!“ Vergnügt drehte sie auf nackten Sohlen eine Pirouette, dann gleich noch eine – und lag wieder im Bett. „Aber ich glaube, damit warte ich bis morgen. Er hat noch nicht bezahlt.“

☥ ☥ ☥

„Morgen, Mike. Wo ist Vicki?“

„Schläft.“

„Aber Sie sind auf, da können Sie mir gleich ein bißchen helfen. Der Grill muß an den Strand. Ich bin bereit, Zugeständnisse zu machen, aber wer weiß, ob die anderen auch so denken, und da sie mir bereits das Auto demoliert haben, würde ich sie gern von allem Wertvollen fernhalten. Propangas und Flammen sind eine gefährliche Kombination.“

☥ ☥ ☥

„Ißt Vicki nicht mit, Mike?“

„Sie hat gesagt, sie hätte keinen Hunger und würde lieber ein bißchen im Wald spazierengehen.“

„So bewahrt sie sich sicher ihre Jungmädchenfigur. Das muß man Ihnen lassen, Mike – nicht viele Männer in Ihrem Alter können eine Frau wie Vicki halten. Ich meine: Die ist doch voll auf dem Unabhängigkeitstrip, habe ich recht?“ Er bedankte sich überschwenglich für das Thunfischsandwich, das Mike ihm hinstellte, verzog aber schon nach dem ersten Bissen angewidert das Gesicht. „Keine fettarme Majo?“

„Nein.“

„Halb so schlimm, Sie haben es bestimmt gut gemeint. Sagen Sie, wo wir hier gerade so gemütlich sitzen – haben Sie schon mal daran gedacht, in ein Timesharing...“

☥ ☥ ☥

Noch nie hatte sich Celluci über den Anblick von jemandem so sehr gefreut wie an diesem Nachmittag über den der Caterer, die gegen sechzehn Uhr übermüdet und mit steifen Gliedern aus ihrem Wagen klettern. Gordon war kein Mann, der ein Nein gelten ließ, das hatte Vicki schon nach ihrem ersten Telefonat mit dem Baulöwen erkannt. Vielleicht wäre Mike mit „verpiß dich und verrecke“ weitergekommen, gefolgt von einem schnellen Abgang, aber da Vicki davon ausging, daß sie heute Abend am Ufer des Lake Nepeakea erwachen würde, hütete ihr Freund seine Zunge. Schließlich konnte sie Stuart ja auch schlecht vom See vertreiben, wenn sie sich bereits auf halbem Wege nach Toronto befand.

☥ ☥ ☥

Sonnenuntergang.

Als Vicki erwachte, spürte sie gut zwei Dutzend Leben um sich herum. Einen Moment lang lag sie einfach nur da und genoß das Gefühl, denn an den vergangenen beiden Abenden hatte sie beim Aufwachen das dringende Bedürfnis unterdrücken müssen, einfach auf den Fahrersitz zu klettern und Richtung Zivilisation zu düsen.

„Schnellimbiß!“

Lachend zog sie sich an und hüpfte hinaus auf den Parkplatz.

Celluci war am Strand, wo er sich mit Frank Patton unterhielt. Vicki gesellte sich zu den beiden, wobei sich die Menge teilte, um sie durchzulassen, ohne recht zu bemerken, daß sie überhaupt da war. Die beiden Männer nickten ihr höflich zu, als sie herankam. Patton wies auf den Grill.

„Burger gefällig?“

„Nein danke, ich habe keinen Hunger.“ Vicki sah sich um. „Offenbar hat niemand seine Kinder mitgebracht.“

„Niemand möchte seine Kinder einer Begegnung mit Gordon aussetzen“, erklärte Patton.

„Haben Angst, die fangen sich was ein“, ergänzte Celluci.

„Mike hier sagt, Sie hätten Ihren Fall gelöst und warten jetzt nur noch darauf, daß Mr. Sonnenschein da drüben Sie bezahlt.“

Da Vicki nicht wußte, was Mike alles gesagt und getan hatte und was er genau plante, nickte sie erst einmal.

„Er sagte auch, Sie hätten keine Namen erwähnt. Danke.“ Patton seufzte. „Eigentlich hat auch niemand von uns damit gerechnet, daß diese Seegeistgeschichte hinhaut, aber ...“

Vicki hob abwehrend beide Hände: „He, weiß man denn, ob er die Geschichte nicht doch irgendwie geschluckt hat? Vielleicht scheint es nur so, als ließe ihn das alles kalt, weil er gut verdrängt."

„Klar doch! Das einzige, was dieser Spaßvogel verdrängt, sind die Leute um ihn herum. Wenn Sie mich jetzt entschuldigen würden? Ich muß Anne retten, ehe sie ihn mit seiner eigenen Zunge erwürgt."

„Ich muß gestehen, ich wundere mich, daß Anne überhaupt gekommen ist", meinte Vicki.

„Sie denkt, er führt irgend etwas im Schilde, und will wissen, was."

„Wollen wir das nicht alle", murmelte Celluci.

In der Luft lag der Duft gebratenen Fleisches, der sich in Vickis Nase mit dem Geruch nach frischem Blut mischte, eine Kombination, bei der ihr leicht schwindelig wurde. Sie eilte Celluci nach, der in Richtung Ponton gegangen war. „Habe ich entscheidende Dinge verpaßt?" wollte sie wissen.

„Nein, ich glaube, du kommst gerade rechtzeitig."

Gordon brach die Unterhaltung ab, die er mit Anne Kellough – oder besser gesagt gegen sie – geführt hatte, als er Patton näherkommen sah. Er ging zum Ende des Pontons, wo jemand mehrere große Feuerwerksraketen aufgebaut hatte.

„Er hat sogar eine Genehmigung für das Abfeuern der verdammten Teile!" knurrte Celluci. „Der Drecksack weiß, wie man sich in alle Richtungen absichert."

„Nein!" Vickis Finger schlossen sich um Mikes Oberarm. „Keine Bange, er kriegt schon, was er verdient."

Die erste Rakete ging hoch und zerknallte rot über dem See. Gedämpft hoben sich die Farben gegen das abendliche Grau von Himmel und Wasser ab. Gordon wandte sich dem Ufer zu und hob die Hände. „Ich würde gern etwas sagen, ehe wir weiterfeiern. Als erstes: Ich habe mich entschlossen, keine Anzeige zu erstatten, auch wenn ich durchaus weiß ..."

Der Ponton fing an zu wackeln. Hinter ihm fiel eine der Raketen ins Wasser.

„Mr. Gordon." Die Stimme gehörte Mary Joseph. „Kommen Sie zurück ans Ufer!"

Gordon schüttelte den Kopf. „Nein, alte Frau! Ich bin Stuart Gordon ..."

Hat sich wohl nichts mit Nennen-Sie-mich-Stuart heute, dachte Celluci.

„... und Sie sagen mir nicht, was ich zu tun und zu lassen habe. Ich sage ..."

Wild mit den Armen rudernd trat er zurück. Erst einen Schritt, dann zwei – dann schlug er auch auf dem See auf. Einen Moment lang sah es aus, als säße er mit weit ausgestreckten Armen und Beinen auf irgend etwas, das sich direkt unter der Oberfläche befand. „Ich habe wirklich genug von ...", keuchte er und verschwand.

Vicki erreichte das Ende des Pontons so schnell, daß sie das bleiche Oval seines Gesichts, von Wasser umschlossen, noch sehen konnte. Verwundert stellte sie fest, daß er es geschafft hatte, im Fallen sein Handy zu zücken. Wie in dem alten Film, schoß es ihr bei dem Bild durch den Kopf. Einer sagt: „Wen wollen Sie denn anrufen" – und Schnitt.

Ein Herzschlag, zwei. Sie fragte sich, ob sie ihm nachspringen, einen Rettungsversuch machen sollte. Die Fingerspitzen der Hand, die sie, ohne es zu merken, bereits ausgestreckt hatte, waren naß, als Celluci sie zurückriß. Sie wäre nicht gesprungen, aber es war schön, daß Mike es ihr zutraute.

Zwei Dutzend aufgerissene Augenpaare waren fest auf die flache, schwarze Oberfläche des Sees gerichtet: Die Menschen am Ufer vermochten kaum zu fassen, was ihrem gemeinsamen Feind vor aller Augen widerfahren war. Vicki konnte erleichtert aufatmen: Niemand hatte mitbekommen, wie schnell sie das Ende des Pontons erreicht hatte.

Mary Joseph brach als erste das Schweigen. „Der rachsüchtige Geist des Lake Nepeakea hat gehandelt", verkündete sie und fügte trocken hinzu, als ihr allenthalben zustimmendes Kopfnicken zuteil wurde: „Er kann nicht behaupten, ich hätte ihn nicht gewarnt!"

Celluci warf Vicki einen fragenden Blick zu. Die zuckte die Achseln.

„Ist für mich so in Ordnung," sagte sie.

Bettgesellen

„So schwer kann das doch nicht sein!“ schalt sich Henry, den Blick unzufrieden auf das immer noch unausgefüllte Formular auf dem Bildschirm gerichtet. Du verdienst deinen Lebensunterhalt mit Schreiben! Hundertfünfzigtausend veröffentlichte Worte jedes Jahr.

„Single, weiß, männlich, sucht ... nein ...“ Der Cursor tanzte zurück. „Single, weiß, männlich, Mitte zwanzig ...“ Das Alter stimmte zwar nicht ganz, aber irgendwie waren Kontaktanzeigen doch wie Steuererklärungen: Ein bißchen schummelte hier jeder. „... sucht ...“

Schon wieder kam er nicht weiter. Sucht was? Henry starrte auf die fünf Wörter, auf die es seine Faxvorlage bislang gebracht hatte, und entfernte eins davon. Eigentlich hatte er kein Interesse daran, seine Zeit mit jemandem zu verbringen, für den die Rassenzugehörigkeit eine Rolle spielte, wenn es um Freundschaften ging. Dafür war das Leben einfach zu kurz, selbst seins.

„Single, männlich, Mitte zwanzig, sucht ...“ Er warf einen hilflosen Blick auf die Seite mit den Kontaktanzeigen in einem Hochglanzmagazin, das aufgeschlagen neben ihm auf dem Schreibtisch lag. Vergeblich, auch hier keine Eingebung. Alles, was er dort fand, waren Wunschdenken, Machogehabe und zwischen den Zeilen eine stille, tiefe Verzweiflung, die ihm die Nackenhaare zu Berge stehen ließ.

„Was tue ich hier eigentlich?“ Henry verdrehte die Augen und schob widerwillig den Schreibtischstuhl zurück. „Ich gehe einfach raus und kann jeden haben, den ich will!“

Was stimmte.

Jedoch nicht das war, was Henry wollte.

Ich bin nicht verzweifelt, rief er sich streng ins Gedächtnis. Ungeduldig vielleicht, aber nicht verzweifelt.

„Single, männlich, Mitte zwanzig, kein Fan von Bars“ – und der dort stattfindenden Fleischbeschau, obwohl dieser Begriff auf Henrys Aktivitäten in solchen Etablissements wohl eher zutraf als bei anderen Menschen – „... sucht ...“

Was er einst hatte.

Denn Vicki lebte rund fünftausend Kilometer weit von ihm entfernt, bei einem Mann, der sie trotz aller Veränderungen liebte.

Tony hatte das Leben auf der Straße hinter sich gelassen, bei dem es nur ums nackte Überleben gegangen war. Er hatte herausfinden können, wer er war, er definierte sich jetzt selbst und war weitergezogen.

Die beiden hatten in Henrys Leben eine erhebliche Lücke hinterlassen. Erheblich und schmerzend – erheblich schmerzend. Er hatte erkennen müssen, daß er nicht bereit war, die Schließung dieser Lücke der Zeit und dem Schicksal zu überlassen.

„Single, männlich, Mitte zwanzig, kein Fan von Bars, des Alleinseins entwöhnt, sucht jemanden, der stark, intelligent und anpassungsfähig ist."

Stirnrunzelnd fügte er hinzu: „Muß über das Leben lachen können!" Dann schickte er das Fax ab, ehe er es sich anders überlegen konnte. Bei der Zeitung würden sie noch die elektronische Postfachnummer daruntersetzen, wenn sie die Anzeige am Donnerstag brachten.

☥ ☥ ☥

Spät nachts am Donnerstag – oder Freitag ganz früh, je nachdem, wie man die verbliebenen Stunden Dunkelheit in diesem Zeitabschnitt bezeichnen wollte – fischte sich Henry die entsprechende Zeitung aus einem Verkaufsautomaten an der Davie Street, um nachzuprüfen, ob und wie seine Anzeige erschienen war. Er hatte in diesem Zusammenhang wahre Horrorgeschichten gehört, von denen in seinem Fall aber keine zutraf. Die Anzeigenredakteure hatten seinen Text nicht nur vollständig korrekt wiedergegeben, sie hatten ihn auch noch ans Ende der ersten Spalte in der Rubrik „X sucht Y" gerückt, wo er erheblich mehr Aufmerksamkeit erhielt als irgendwo weiter oben in der Bleiwüste vergraben.

Ein drängender Abgabetermin sorgte dafür, daß er erst Sonntag abend sein elektronisches Postfach abhören konnte.

Dort hatten sich zweiunddreißig Nachrichten angesammelt, zweiunddreißig.

Henry fühlte sich gebauchpinselt. Bis er die Nachrichten abgehört hatte – danach war es ihm peinlich, daß er sich gebauchpinselt gefühlt hatte, auch wenn das ja außer ihm niemand ahnte.

Zwanzig ließ er gleich außer acht. Ein paar Leute hatten ihre Nachrichten eindeutig an die falsche Mailbox geschickt. Einige andere hörten sich interessant an, hatten es sich aber mittendrin wohl anders überlegt und keine konkreten Kontaktinformationen hinterlassen. Der Rest schien ihm ein wenig *zu* laut über das Leben zu lachen.

Trotzdem hatte er am Ende einer entmutigenden halben Stunde immerhin noch die Wahl zwischen einem Dutzend Nachrichten, sieben von Frauen, fünf von Männern. Zweiunddreißig waren das zwar nicht mehr, aber trotzdem noch allerhand.

Elf Anrufer hatten eine E-Mail-Adresse hinterlassen.

Eine Anruferin hatte ihre Telefonnummer genannt.

Diese eine Stimme – die einzige Anruferin unter den verbliebenen zwölf, die wohl darauf vertraute, daß er die von der Telefongesellschaft angebotenen Privilegien nicht mißbrauchen würde – hörte sich Henry noch einmal an.

„Hallo. Ich bin Lilah. Ich bin auch Mitte zwanzig – ich sage aber nicht, ob eher rechts oder links vom Mittelpunkt."

Das Lächeln in ihrer Stimme war nicht zu überhören, ein halbes, schiefes Lächeln, das mit feiner Ironie etwas anfangen konnte. Henry ertappte sich dabei, daß sich beim Zuhören auch ein Lächeln auf seine Lippen stahl.

„Ich habe eigentlich nichts gegen Bars, finde sie aber für erste Begegnungen ungeeignet. Gehen wir doch lieber einen Kaffee trinken. In dieser Woche könnte ich jeden Abend einrichten."

Dann hatte sie ihre Telefonnummer hinterlassen.

Die Henry jetzt immer noch lächelnd wählte.

☥ ☥ ☥

Hätten die amerikanischen Truppen im Krieg von 1812 bei ihrer Invasion Kanadas nur halb soviel Begeisterung aufgebracht wie Starbucks, als ihre Cafés fast zweihundert Jahre später die Grenze nach Norden überquerten, dieser Krieg hätte einen ganz anderen Verlauf genommen. Im Grunde hatte Henry gegen die Kaffeehauskette nichts einzuwenden, er fand nur deren Klientel ein wenig zu bunt gemischt. In dem Café in der Denman Street, in das er gerne ging, hielten sich nie Kinder auf. Hier gab es auch keine abgehetzten Jungmanager oder Leute in Radlerhosen. In Henrys Lieblingscafé trug fast jeder Schwarz, und es war nicht zu übersehen, daß die jüngeren Gäste, auch wenn sie sämtlich an allen möglichen und unmöglichen Stellen gepierct sein mochten und sich oft durch einen recht lockeren Umgang mit unflätiger Sprache auszeichneten, eigentlich bemüht waren, die älteren nachzuahmen.

Diese älteren Gäste waren in der Regel Künstler und Schriftsteller, und zwar solche, die sich zwar nicht gut verkauften, aber dafür um so besser wußten, wie man als Künstler oder Schriftsteller auszusehen hat: Sie gehörten zu den wenigen Einwohnern Vancouvers, die keine Sonnenbräune vorweisen konnten.

Mit dem Kondenswasser auf seiner drei Dollar teuren Wasserflasche malte Henry Ringe auf die zerkratzte Tischplatte. Dabei hielt er ein Auge auf die Tür und sorgte sich darum, ob er Lilah erkennen würde, wenn sie hereinkam. Als nächstes sorgte er sich darum, daß sie vielleicht gar nicht auftauchen könnte, und dann sorgte er sich wieder, ob er sie auch erkennen würde.

Für solchen Unsinn bist du viel zu alt, mahnte er sich streng. Sorg lieber dafür ...

Die Frau in der Tür war klein und wirkte mit dem olivfarbenen Teint und dem dicken, dunklen Haar, das ihr in ebenholzschwarzen Wellen den halben Rücken hinunterfloß, vage mediterran. Wenn sie älter als fünfundzwanzig war, dann höchstens ein oder zwei Jahre, und sie hielt eindeutig nichts von der modernen Vorstellung, eine Frau habe so dünn zu sein wie ein heranwachsender Junge mit Brüsten. Schön konnte man sie nicht nennen, aber sie hatte etwas, das gleich ins Auge fiel. Sie bemerkte Henrys Blick, lächelte, und als sich ihre Lippen über sehr weißen Zähnen teilten, war das genau der Ausdruck, den Henry sich vorgestellt hatte. Er stand auf, als sie auf seinen Tisch zukam, genoß die sinnliche Art, in der sie sich durch den Raum bewegte, und war sich der Tatsache bewußt, daß alle anderen Anwesenden das ebenso genossen.

„Henry?“ Ihre Stimme war in natura kehliger, fast ein Schnurren.

„Lilah.“ Zur Bestätigung gab er ihr ihren Namen zurück.

Sie hob den Kopf, und ein dunkler Blick bohrte sich in Henrys ebensolchen.

Sie zwinkerten im Gleichtakt.

„Vampir.“

Henry Fitzroy, unehelicher Sohn Heinrichs VIII., einst Herzog von Richmond und Somerset, ließ sich mit einem Laut, der halb Seufzer, halb Schnauben war, auf seinen Stuhl zurückfallen. „Sukkubus."

☥ ☥ ☥

„Willst du behaupten, du hättest *nicht* vorgehabt, von den Leuten zu trinken, die sich auf deine Anzeige melden?"

„Nein, ich wollte sagen, daß das nicht mein Hauptgrund war, die Anzeige zu schalten."

Lilah hatte ihre allzu offenkundige sexuelle Anziehungskraft etwas heruntergeschraubt. Sie rührte mit dem Finger in einer kleinen Café-Latte-Pfütze auf dem Tisch und verdrehte die Augen. „Dann bist du besser als ich, Gunga Din, aber ich persönlich sehe keinen Unterschied zwischen uns. Du tötest nicht mehr, ich töte nicht mehr ..."

„Ich raube beim Trinken nie meinen ..." Henry unterbrach sich, unsicher, wie er fortfahren sollte. Er runzelte die Stirn.

„Opfern? Zielen? Beutetieren? Partnern?" Der Sukkubus seufzte theatralisch. „Wir müssen uns wirklich mal einen neuen Begriff ausdenken!"

Damit hatte sie eigentlich recht, mußte Henry sich eingestehen. Aber noch gab es diesen neuen Begriff nicht, also entschied er sich für eins von vier Übeln. „Ich raube meinen Partnern beim Trinken nicht Jahre ihres Lebens."

„Ich bitte dich, mach mal halblang! Dann bleibt ihnen eben weniger Zeit, sich in irgendwelchen Pflegeheimen von Wildfremden die Windeln wechseln zu lassen, weniger Zeit, in ihren pürierten Makkaroniauflauf zu geifern. Sie würden sich bei mir bedanken, wenn sie das wüßten! Zumindest gefährde ich ihre körperliche Unversehrtheit nicht."

„Ein diskretes, kleines Loch kann man doch wohl kaum als Verletzung der körperlichen Unversehrtheit werten."

„He – Loch! Das hast du gesagt! Aber ..." Sie hob die Hand, um seinen Protest abzuwürgen. „Ich bin bereit, das auf sich beruhen zu lassen."

„Wie großzügig von dir."

„Nicht wahr?"

Henry konnte nicht anders, er grinste.

„Weißt du, Schatz“, lobte Lilah, „du bist sehr attraktiv, wenn du das machst.“

„Wenn ich was mache?“

„Wenn du aufhörst, so irritiert auszusehen, weil die Dinge nicht so laufen, wie du es erwartet hast. Blind Dates laufen nie so, wie man sich das vorgestellt hat.“ Sie senkte das Kinn und sah ihn durch einen dichten Vorhang aus Wimpern von unten her kokett an. „Das kannst du mir glauben, ich habe schon eine Million hinter mir.“

„Eine Million?“

„Mehr oder weniger.“

„Dann bist du eine Pro...“

Eine Braue hob sich spöttisch. „So was sagt ein Gentleman aber nicht!“

„Auch wieder wahr.“ Henry entschuldigte sich mit einem Nicken, wobei er die Gelegenheit ergriff, einen Blick auf die Uhr zu werfen. „Im Caprice läuft in neunzig Minuten ‚Lola rennt‘. Möchtest du dir den Film ansehen?“

Lilah wirkte verwirrt – zum ersten Mal, seit sie das Cafe betreten hatte. „Mit dir?“

Henry, selbst leicht verwirrt, zuckte die Achseln und nannte die einzige Begründung, die ihm für diese zugegebenermaßen spontane Einladung einfiel. „Ich würde es genießen, einfach mal ich selbst sein zu können, ohne all die Lügen, die sonst nötig sind.“

Dunkle Brauen zogen sich zusammen, als Lilah ihn nachdenklich musterte. „Das kann ich nachvollziehen.“

Zwischen den beiden baute sich ein fast schon ungemütliches Schweigen auf.

„Nun?“ erkundigte sich Henry nach einer ganzen Weile.

„Mein Deutsch ist bestimmt völlig eingerostet. Ich habe es hundert Jahre nicht mehr gebraucht.“

Henry stand auf und streckte ihr die Hand hin. „Es gibt Untertitel.“

„Was soll's.“ Kopfschüttelnd schob sie ihren Stuhl zurück und legte ihre Hand in seine. „Warum nicht.“

Sonnenuntergang. Eine langsame Rückkehr zum Bewußtsein. Zu den Baumwollaken auf seiner Haut, dem Puls der Stadt, draußen, vor den Wänden seiner Zuflucht. Zu der Erkenntnis, daß er lächelte.

Nach dem Kino waren sie stundenlang durch den leichten Nebel gelaufen, hatten endlos Orte aufgezählt, an denen sie gewesen waren, hatten verglichen, wann sie dort gewesen waren. Der Sukkubus gehörte zu den ursprünglichen Dämonen und trieb sich von daher schon seit Jahrtausenden herum, hatte seine Beobachtungen aber höflicherweise auf die viereinhalb Jahrhunderte beschränkt, auf die auch Henry zurückblicken konnte. Offenbar konnten ihre Nächte erstaunliche Ähnlichkeit aufweisen.

Eine Stunde vor Sonnenuntergang hatten sie sich voneinander verabschiedet. Sie waren als Freunde auseinandergegangen, auch wenn es eine sexuelle Beziehung zwischen ihnen nie geben würde; für beide hing Sex zu sehr mit Überleben zusammen.

„Die Welt ist voller warmer Leiber“, hatte Lilah erklärt. „Aber wie viele waren bei der Premiere von Macbeth im Covent Garden Theatre dabei, mit Mrs. Sidons als Lady Macbeth, und sind sich dann auch noch einig, daß die Gute in der Szene mit dem Händewaschen aber so was von übertrieben hat?“

Wirklich: wie viele! Henry warf die Laken zurück und schwang die Beine aus dem Bett. Er hatte das kleinste der drei Schlafzimmer in seiner Wohnung lichtdicht versiegelt, um sich nicht mit den Balkontüren befassen zu müssen, die das größte und eigentlich als Schlafzimmer des Hausherrn gedachte Zimmer besaß. Die Sache mit der Krypta hatte er hinter sich, es hatte ihm nicht gefallen.

Frisch geduscht schlenderte er hinüber ins Wohnzimmer, wo er nach der Fernbedienung griff. Wenn er Glück hatte, bekam er noch den Rest der Nachrichten mit. Er sah sie sich nicht oft an, aber das ... Treffen? ... der vergangenen Nacht hatte in ihm das Gefühl hinterlassen, wieder stärker mit der Welt verbunden zu sein.

„... mußten Reisende Richtung Süden an der Grenze am Peace Arch bis zu drei Stunden Wartezeit in Kauf nehmen, da die US-Zollbehörde als Vorsichtsmaßnahme gegen Terroristen die Sicherheitsmaßnahmen verschärft hatte.“

„Kanadische Terroristen?“ Kopfschüttelnd rieb sich Henry die Haare trocken. „Ach, entschuldigen Sie mich ein Momentchen! Wenn Sie nichts dagegen hätten, würde ich gern eben mal das Haus da in die Luft jagen."

„Der Stadtrat von Surrey sah sich peinlicherweise gezwungen, die Webseite der Stadt zu schließen. Ein Hacker war in das System eingedrungen und hatte die erste Seite vollständig neu gestaltet, wobei er sich einer nicht eben salonfähigen Sprache bediente. Bislang ist der Name des Hackers unbekannt, und er konnte von daher auch nicht aufgegriffen werden.

Hier noch einmal die wichtigste Nachricht des Abends: Der Polizei ist es gelungen, die Leiche zu identifizieren, die heute morgen am Wreck Beach gefunden worden war. Es handelt sich um den zweiunddreißigjährigen Taylor Johnston, wohnhaft in der Haro Street. Es fehlt allerdings nach wie vor jede Erklärung für den Zustand, in dem sich die Leiche befand, die einem Wachtmeister zufolge, der nicht namentlich genannt zu werden wünscht, aussah, als hätte jemand ihr ‚das Leben ausgesaugt'.

Sehen Sie nun Rajeet Singh mit den neuesten Nachrichten von unserem Sponsor."

Henry drückte hastig auf die Fernbedienung und unterbrach Rajeet mitten in der lebhaften Beschreibung eines batteriebetriebenen Milchaufschäumers. Plastik knackte, als er erbost die Faust ballte. Man hatte einen Mann tot aufgefunden, dem das Leben aus dem Leib gesogen worden war! Henry konnte es kaum fassen ...

☥ ☥ ☥

Da das Ermittlungsverfahren noch lief, lag die Leiche im städtischen Leichenschauhaus im Keller des Vancouver General Hospital. Bei seinem letzten Besuch hier – außerhalb der Besuchszeiten, versteht sich – hatte Henry Hinweise auf die Identität des Opfers herausfinden wollen. Diesmal ging es ihm um den Mörder.

Lautlos schritt er die Wand mit den Schubladen ab, in denen die Toten lagen, zog diejenige heraus, die laut Aufschrift Taylor Johnston beherbergte, und schlug das Laken zurück, mit dem der Tote zugedeckt war. Die LEDs an den verschiedenen Elektrogeräten im Raum sowie die Neonschilder, die die Ausgänge markierten, lieferten ihm genug Licht. Nachdenklich sah Henry hinunter auf die Sehnen und Bänder, die als scharfe Umrisse unter der ausgedörrten, pergamentfarbenen

Haut hervortraten. Hände und Füße der Leiche sahen aus wie Krallen, die Schädelmerkmale traten deutlicher hervor als die Gesichtszüge. Der Wachtmeister, der seinen Namen nicht genannt wissen wollte, war ein guter Beobachter: Die Leiche sah in der Tat so aus, als hätte ihr jemand das Leben aus dem Leibe gesogen.

Leise knurrend schloß Henry die Schublade.

„Du tötest nicht mehr, ich töte nicht mehr ..."

Er fand die persönlichen Dinge des Toten in einem großen gelben Umschlag auf einem Schreibtisch im Büro vor der Leichenschauhalle. Die Polizei hätte die Sachen achtzehn Uhr abgeholt haben sollen, so stand es wenigstens auf dem Notizzettel vermerkt, der am Umschlag klebte. Im Umschlag befanden sich eine Rolex, nachgemacht, aber nicht von der ganz billigen Sorte, ein Schlüsselbund mit acht Schlüsseln daran und ein Portemonnaie aus echtem Rindsleder. Das Portemonnaie enthielt vier Kreditkarten mit jeweils hohem Limit, siebenundachtzig Dollar Bargeld, das Porträtfoto eines Golden Retrievers und ein halbes Dutzend Quittungen, drei aus Bankautomaten, zwei aus Läden. Die sechste Quittung wies eine Kreditkartentransaktion aus.

Henry hatte seine Kontaktanzeige mitsamt den Kreditinformationen an die Zeitung gefaxt. Taylor Johnston hatte seine offenbar persönlich abgegeben.

„Blind Dates laufen nie so, wie man es sich vorgestellt hat. Das kannst du mir ruhig glauben, ich hab schon eine Million hinter mir."

☥ ☥ ☥

In einer Stadt von der Größe Vancouvers reichten eine Telefonnummer und ein Vorname nicht, um jemanden zu identifizieren. Wäre Lilah ans Telefon gegangen, als er versuchte, sie anzurufen, hätte Henry seinen Zorn gewiß soweit bändigen können, um ein weiteres Treffen zu vereinbaren – glaubte er wenigstens. Aber sie ging nicht ans Telefon, und als er sich dabei ertappte, wie er ihren Anrufbeantworter anknurrte, entschied er sich, ihr lieber keine Nachricht zu hinterlassen.

„Ich persönlich habe eigentlich nichts gegen Bars ..."

Sie hatte ihm erzählt, daß sie Jazz mochte. Das war ein Anfang.

☥ ☥ ☥

Bei O'Doul war sie nicht, aber einer der Kellner erkannte sie nach Henrys Beschreibung wieder. An der Reaktion des Mannes meinte Henry ablesen zu können, daß Lilah sich bei ihm genährt hatte – ohne zu töten. Warum hatte sie Johnston getötet und diesem Opfer nur angenehme Erinnerungen hinterlassen? Noch eine Frage, auf die Henry eine Antwort zu verlangen gedachte.

Wenig später stellte er seinen BMW in einer Parkverbotszone auf der Abbot Street ab und bog in die Water Street ein, wo sich das Purple Onion Cabaret befand. Nur wenige Menschen waren außer ihm auf dem Bürgersteig unterwegs: ein eng umschlungenes Pärchen, eine kleine Gruppe älterer Teenager und eine vertraute Gestalt, die gerade Anstalten machte, den Club zu betreten.

Henry konnte sehr schnell sein, wenn es angesagt war, und ihm war so gar nicht nach Tarnung und Finessen. Er hatte sich vor Lilah aufgebaut, ehe sie überhaupt mitbekommen konnte, daß er gerade noch hinter ihr gewesen war.

Eine ebenholzschwarze Braue zuckte hoch, ansonsten schien sie unerschütterlich. „Was führt dich denn hierher, Süßer?" wollte sie wissen. „Hast du mir nicht gestern erzählt, von Jazz kriegst du Kopfweh?"

Er knurrte leise, bedrohlich.

Die Braue senkte sich. „Jagst du *mich,* Nachtwandler? Sollte ich schreien? Vielleicht entwindet sich der nette junge Mann dahinten ja lange genug den Armen seiner Liebsten, um mich zu retten."

Henry bleckte die Zähne. „Wer aber rettet ihn, wenn du der Zahl deiner Opfer noch eins hinzufügst?"

Lilah blinzelte und gab es auf, distinguiert klingen zu wollen. „Was zum Teufel soll der Scheiß?"

Dämonen machen sich selten die Mühe zu lügen. Einfach deshalb, weil die Wahrheit in der Regel mehr Ärger und Aufregung bringt.

Lilah wußte ehrlich nicht, was Henry meinte.

☥ ☥ ☥

„Du hast den Leichnam gesehen?" Als Henry nickte, konzentrierte sich Lilah ein paar Schlucke lang auf ihren Mokka Latte, ehe sie die Tasse ordentlich auf der Untertasse absetzte und ihn dann ansah. „Was schert es dich? Nein – ich verstehe schon, warum du so wütend warst, als du dachtest, ich hätte ihn umgebracht!“ fügte sie hinzu, noch ehe Henry etwas hatte sagen können. „Du dachtest, ich hätte dich angelogen, und dir hat der Gedanke nicht behagt, an der Nase herumgeführt worden zu sein. Das verstehe ich. Aber ich war es nicht. Warum macht es dir immer noch so viel aus?“

Henry ließ seine letzte Maske fallen, die, die er selbst für den Sukkubus aufbehalten hatte. „Irgendwer jagt in meinem Revier.“

Auf der anderen Seite des Cafés glitt ein Kaffeebecher aus plötzlich ertaubten Fingern, schlug auf die italienischen Bodenfliesen und zersprang in einem bunten Sprühregen aus Porzellan in Grundfarben. Es gab ein nervöses Gelächter, spärlichen, halbherzigen Applaus, und alle Gäste waren froh, etwas anderes ansehen zu dürfen als den Mann mit dem goldenen Haar und der Nacht in der Stimme.

Lilah zuckte die Achseln. „Millionen Menschen leben im Einzugsgebiet von Vancouver, Schatz. Das reicht doch für uns alle.“

„Es geht ums Prinzip!“ Henry war ein wenig gekränkt, weil sie nicht heftiger reagierte.

„Ein anderer Vampir ist es nicht.“

Das war fast schon eine Frage, also gab er eine Antwort. „Nein. Der Zustand, in dem die Leiche sich befindet, weist eindeutig auf einen Sukkubus hin.“

„Oder Inkubus!“ korrigierte sie ihn. „Vielleicht war der Mann schwul. Du und ich, wir sind doch bestimmt nicht die einzigen, die in den Kontaktanzeigen auf Nahrungsfang gehen.“

„Ich war nicht auf Nahrungssuche!“ spuckte Henry.

„Stimmt – du warst auf der Suche nach einer Beziehung ohne Opfer und ...“ mit theatralischer Geste breitete Lilah die Arme aus, und ihre grellroten Fingernägel malten glitzernde scharlachrote Linien in die Luft, „sieh an, hier bin ich, und wenn du findest, ich sei nicht das, wonach du gesucht hast, dann warst du eben doch auf Nahrungssuche. Vielleicht nicht direkt, aber früher oder später wäre es darauf hinausgelaufen, also kannst du ruhig aufhören, dich so moralisch überlegen zu fühlen.“ Mit einer halben Drehung verwandelte sie ihre große Geste in eine Kontaktaufnahme mit dem Mann hinter dem Tresen. „Schatz, bringst du mir noch einen Mokka Latte und ein Schokocroissant? Heißen Dank!“

In diesem Café wurde eigentlich nicht am Tisch bedient. Lilahs Lächeln sorgte für eine Ausnahme.

Henrys Lächeln wiederum hetzte den jungen Mann, der ihr das Gewünschte an den Tisch trug, im Eilschritt zurück hinter den Tresen.

„Gibt es noch eine Sukkubus in der Stadt?“ fragte der Vampir.

„Woher soll ich das wissen? Ich bin nie einem begegnet, was aber unter dem Strich nur heißt, daß ich nie einem begegnet bin.“ Eine feine rosa Zungenspitze leckte genußvoll Schaum von einer Oberlippe.

Ein weiterer Becher zerschellte.

„Inkubus?“

Seufzend stellte Lilah ihre Versuche ein, Henry eine Reaktion zu entlocken. „Ich weiß nicht. Wir sind nicht so revierbezogen wie ihr, wir sind eher klassische Vielflieger, wenn du so willst, heute hier, morgen dort, immer unterwegs. Von einer Stadt zur anderen, von einer Party zur nächsten ...“ Dunkle Brauen zuckten anzüglich. „Von einem Mann zum nächsten. Wenn das hier dein Revier ist, kannst *du* denn nicht feststellen, ob hier ein Inkubus wildert?“

„Nein. Ich erkenne einen Dämon, wenn ich einen sehe, ganz egal, in welcher Gestalt er daherkommt, aber ihr habt keinen Teil an den Leben, die ich jage, oder an dem Blut, das ich trinke.“ Er zuckte die Achseln. „Wenn ein Dämon groß genug ist, verursacht er unter Umständen eine gewisse Dissonanz, aber ...“

„Aber bislang spürst du keine solche Erschütterung der Macht.“

„Was?“

„Liebling, geh öfter mal in Filme ohne Untertitel.“ Lilah schob ihren Stuhl zurück und stand auf. „Da du schon im Leichenschauhaus warst ...“, meinte sie mit bedeutungsvoll gesenkter Stimme, „... bleibt uns eigentlich nur eins zu tun.“

„Uns?“ unterbrach Henry mit einem Blick in die Runde, der garantiert jedem Lauscher gründlich den Spaß am Ohrenspitzen nehmen mußte. „Es ist doch gar nicht dein Problem.“

„Es wurde mein Problem, als du dich mir als Prinz der Dunkelheit präsentiert hast.“

Auch Henry stand auf. Irgendwie hatte Lilah ja recht: Er hatte sie in die Sache hineingezogen, da konnte er jetzt schlecht sagen, sie hätte nichts damit zu tun. „Gut, was also bleibt uns zu tun?“

Ihr Lächeln sprach von munterem Herumtollen an einem nicht vom Mondlicht beschienenen Strand – die perfekte Art, die dunkelsten Stunden der Nacht zu verbringen. „Wir müssen den Tatort aufsuchen!“

☥ ☥ ☥

Auf der Brücke herrschte reger Verkehr, so daß sie erst gegen zwei Uhr morgens am Wreck Beach anlangten. Man hatte Taylor Johnstons Leiche an der Südseite des Wellenbrechers am Point Grey gefunden, also parkte Henry auf einem der letzten verbliebenen Teilstücke des Old Marine Drive, wobei er allerdings keinen sehr glücklichen Eindruck machte.

„Campus-Sicherheitsdienst", erklärte er, als Lilah wissen wollte, was ihn so unzufrieden dreinschauen ließ. „Die ganze Gegend hier gehört der Universität British Columbia, und die Uni geht rigoros gegen jeden vor, der hier einfach am Straßenrand parkt."

„*Du* machst dir Sorgen um den Sicherheitsdienst einer Uni?" Lilah schüttelte ungläubig den Kopf. „Weißt du, Schatz, es gibt Momente, da bist du eindeutig zu menschlich für einen Vampir."

Wahrscheinlich hatte er den Spruch verdient. „Die Polizei hat die Gegend gründlich abgesucht", meinte Henry, während die beiden zum Tatort gingen. „Was können sie groß übersehen haben, das wir jetzt finden?"

„Etwas, wonach sie gar nicht gesucht haben."

„Ghule, Geister und Dinge, die des Nachts schaurig heulen?"

„Wie heißt es so schön: Wer einer ist, kann einen riechen." Mit einem eleganten Schritt trat sie über das zerrissene gelbe Absperrband hinweg. „In diesem Fall: Zwei Nasen riechen mehr als eine."

Einen Moment lang hatte Henry ein merkwürdiges Gefühl von Déjà vu. Das hätte Vicki sein können, die da vor ihm den Strand hinunterging, wieder mit ihm zusammen, wieder mit ihm unterwegs. Dann aber wandte Lilah den Kopf, befahl ihm lachend, nicht zu trödeln – und hatte so gar nichts mit der großen, blonden Frau gemeinsam, die einmal seine Liebste gewesen war.

Single, männlich, Mitte zwanzig, sucht jemanden, der die Nacht mir ihm teilt.

Spielte es wirklich eine so große Rolle, daß es ein anderer jemand war?

☥ ☥ ☥

Er wußte es, als er auf dem Punkt stand, an dem die Leiche gefunden worden war: der Gestank der Panik, die Taylor Johnston im Sterben gespürt hatte, war so durchdringend, daß dem Mann weder ein schneller noch ein schmerzloser Tod widerfahren sein konnte.

„Kein Inkubus." Lilah schüttelte Sand aus ihren teuren italienischen Pumps. „Mag sein, daß wir uns manchmal ein wenig Zeit lassen, aber bislang hat sich noch niemand über den Gesamtprozeß beschwert."

Stirnrunzelnd hielt Henry das Gesicht in die Brise, die vom Pazifik her wehte. Es schien kein Mond; bis auf ein paar helle Striche auf den Wellenkämmen weit hinten am Uferdamm waren die Wellen sehr dunkel. „Riechst du den Verwesungsgestank?"

„Schatz, da drüben liegt ein großer, toter Fisch! Ich müßte schon in derselben Verfassung sein wie Mr. Johnston, wenn ich den nicht röche."

„Den meine ich nicht." Es roch wie in der Krypta. Nach Knochen, die man in feuchter Dunkelheit zurückgelassen hatte. „Da!" Er wies auf den Uferdamm. „Da drin ist es."

Lilah warf einen Blick auf Henrys Gesicht, ehe sie zu dem massiven Gebilde aus Felsen hinübersah, das weit in die See hinausragte. „Was ist da?"

„Das weiß ich noch nicht." Er war schon ein halbes Dutzend Schritte gegangen, als er sich noch einmal umdrehte. „Kommst du?"

„Nein, ich atme nur ein wenig schneller."

„Bitte?"

Er sah so völlig verwirrt aus, daß Lilah leise lachte, während sie sich beeilte, um zu ihm aufzuschließen. „Du kommst wohl wirklich nicht viel raus, was, Schatz?"

Die Nacht stellte für keinen der beiden eine Behinderung dar, aber der Eingang lag gut versteckt. Wäre der Gestank nicht gewesen, sie hätten ihn wohl nie gefunden.

Lilah ließ sich neben Henry auf die Knie fallen und gab ihm ihr Feuerzeug. Er schob den Arm unter einen großen Felsbrocken, streckte ihn aus, so weit es ging, und sah zu, wie die winzige Flamme bis auf einen alle Schatten von der Stelle rückte.

„Nimm das Feuerzeug ruhig mit." Lilah ließ sich kopfschüttelnd auf die Hacken zurückfallen. „Ich gehe da nicht rein."

Henry verstand, warum. Einen Sukkubus zu töten war nicht viel schwieriger als der Mord an einem der Menschen, denen diese Wesen so ähnlich sahen. „Ich glaube nicht, daß es zu Hause ist“, murmelte er, indem er sich auf den Bauch fallen ließ, um sich Zentimeter für Zentimeter in den engen Spalt vorzuschieben, der nur als schwarzer Strich zu erkennen gewesen war.

Lilahs Stimme drang von oben zu ihm herunter. „Eigentlich kein Problem, aber ich würde mir so was von das Kleid ruinieren. Von meiner Maniküre ganz zu schweigen.“

„Ganz zu schweigen!“ Henry mußte lächeln, obwohl seine Lage eigentlich wenig zum Lachen war. Die Sukkubus hatte eine Ehrlichkeit an sich, die ihm gefiel. Sehr sogar.

Nachdem er durch eine mindestens zwei Zentimeter tiefe Pfütze aus Salzwasser gekrochen war und eine Strecke zurückgelegt hatte, die etwa dem Doppelten seiner Körperlänge entsprach, wurde der Durchgang breiter. Henry mußte zwar auch weiter immer erst die eine, dann die andere Schulter vorschieben, konnte sich aber wenigstens auf allen vieren fortbewegen. Der Geruch erinnerte ihn an die Krypten unter dem Markusplatz in Venedig – dieselbe Mischung aus Meerwasser, Fels und den uralten Überresten von Toten.

Drei oder vier Minuten später wurde die Decke über seinem Kopf höher, und er konnte sich aufrichten. Er zog Lilahs Feuerzeug aus der Tasche und sah sich um, wobei er mit Knochenstapeln in jeder Ecke rechnete. Statt dessen entdeckte er einen Riesenkrebs, der hastig wegtrippelte, einen Haufen dreckiger Kleidungsstücke und eine dunkle Ecke, in der das saugende Geräusch von Wasser, das sich auf engem Raum auf und ab bewegt, das allgegenwärtige Tosen des Meeres noch übertönte. Beim näheren Hinsehen entdeckte er ein fast rundes Loch, das in den Felsen hinunterführte und drei oder vier Meter tiefer in den bewegten Fluten des Pazifischen Ozeans mündete. Eine feuchte Linie zeigte an, wie hoch bei Flut das Wasser stand, und aus einer Felsspalte direkt darunter lugte ein weiterer Krebs hervor. Damit war klar, wohin die ausgelutschten Leichen verfrachtet worden waren und was anschließend mit ihnen geschehen war.

Da der Gestank nach Tod und Verwesung also anders als erwartet nicht von einem Haufen mehr oder weniger verfaulter Leichen stammte, mußte er wohl dem Wesen anhaften, das hier hauste.

Was die Auswahl erheblich einengt, dachte Henry finster, als er das fast unerträglich heiß gewordene Feuerzeug zuschnappen ließ.

Als Henry unter dem Damm hervorgekrochen kam, richteten Lilah und der junge Mann gerade ihre Kleider. Lilah wirkte fast leuchtend im Glanz der Sterne, und sie winkte, als sie Henry sah.

„Hallo Schatz, es gibt hier etwas, das sollest du dir anhören."

„Was soll ich mir anhören?" Der Geruch nach Sex und ein vertrauter, beißender Rauch überlagerten den Geruch des Todes.

Der junge Mann lächelte sanft und irgendwie – Henry fand kein anderes Wort – satt. „Ich hab den Toten gesehen, Alter, den sie heute morgen gefunden haben. Irgendwie hab ich wohl gesehen, wie es passiert ist."

Henry knurrte: „Was haben Sie gesehen?"

„He – was hast du für große Zähne, Großmutter, hm? Egal. Ich knacke hier am Strand, wenn das Wetter gut ist, und so schlafe ich also letzte Nacht, und da höre ich diesen Laut, so ein Wimmern, und ich denke, das ist ein Hund, der irgendwas hat, verstehste? Aber da ist kein Hund. Da sind so zwei Typen. Ich kann sie nicht besonders gut sehen, aber ich denke mir: ‚He, immer ran an den Speck, Jungs', aber der eine von denen scheint irgendwie sauer, denn die Flut ist ziemlich hoch, und wahrscheinlich kommt er jetzt nicht mehr zu dem netten kleinen Fleckchen in den Felsen, wo er sonst gern hingeht, und dann wirft er sich irgendwie auf den anderen Typen, und dann habe ich aufgehört hinzusehen. War privat, Alter."

„Warum haben Sie das nicht der Polizei erzählt?"

Der Mann kicherte. „Na ja, manchmal will man morgens nichts mit der Polizei zu tun haben, und ich war ja auch irgendwie, glaube ich, schon weg, als die kamen. Mann, ist das deine Alte? Denn ich habe selten so ein feines ... aua!"

Henry packte das stoppelige Kinn mit solchem Nachdruck, daß seine Finger Spuren im Fleisch hinterließen. Er ließ den Hunger aufsteigen, und als die erweiterten Pupillen endlich eine Reaktion zeigten, indem sie sich noch stärker weiteten, knurrte er: „Vergiß, daß du uns je gesehen hast."

„Alter ..."

„Es ist ein Verfluchter“, sagte Henry, als Lilah und er wieder im Auto saßen, „und wenn ich mir den Stapel Kleider da unten so ansehe, haust er hier schon eine ganze Weile. Er ernährt sich höchstwahrscheinlich in der Hauptsache von kleinen Tieren, aber hier und da verschwindet schon mal ein junger Mann wie deiner da gerade am Strand, oder Studenten verschwinden vom Campus, aber da nie eine Leiche gefunden wird, macht sich auch niemand auf die Suche nach einem Mörder.

Letzte Nacht hat er wohl ein wenig weiter von zu Hause entfernt gejagt als sonst, und als er zurückkam, war die Flut da und stand über seinem Eingang. Was die Frage beantwortet, warum er die Leiche am Strand liegen ließ. Wahrscheinlich mußte er mit dem Sonnenaufgang um die Wette laufen, um es rechtzeitig in seine Zuflucht zu schaffen.“

„Wart mal eine Minute.“ Lilah war damit beschäftigt, sich Sand aus allen möglichen Körperöffnungen zu schütteln, eine Tätigkeit, die sie kurz einstellte. „Es macht einem Verfluchten nichts aus, durch Salzwasser zu gehen. Geweihtes Salzwasser, ja, das wäre ein Problem, aber das Meer nicht.“

„Aber wenn er versucht hätte, sein Opfer mitzuschleppen, dann wäre das ertrunken.“

„Ein Verfluchter nährt sich nicht von Toten, ebensowenig wie wir andern alle.“ Lilah nickte. „Du hast recht, und damit hätten wir bis auf eins alle Teile des Puzzles beisammen: Du glaubst doch nicht ernsthaft, Schatz, daß sich so ein Verfluchter seine Opfer aus Kontaktanzeigen in den Tageszeitungen zusammensucht?“

Unreines Geschöpf der Dunkelheit sucht Lebensessenz zum Auslutschen?

„Eigentlich glaube ich noch nicht einmal, daß der Verfluchte lesen kann“, gab Henry zu. „Was bedeutet, daß die Sache mit der Kontaktanzeige reiner Zufall war.“

„Fabelhaft! Dann können wir diese Frage also auch abhaken und weiterziehen. Ich kenne einen vorzüglichen Club, der erst aufmacht, wenn alle anderen schon zu sind. Was hältst du davon?“

„Tut mir leid, aber mir rennt die Zeit davon. Bei mir zu Hause liegt ein silberner Brieföffner, den ich als Waffe benutzen könnte.“

„Als Waffe?“

Sie klang so verwundert, daß Henry sich zu ihr umwandte. „Als Waffe gegen den Verfluchten. Ich kann nicht zulassen, daß er weiter tötet.“

„Warum nicht? Was geht es dich an? Dein Wissensdrang ist befriedigt, du kannst dich wieder deinem Leben widmen."

Der Verkehr auf der Fourth Avenue zwang Henry, seine Aufmerksamkeit auf die Straße zu richten. „Bist du nur deswegen mitgekommen? Aus Wissensdrang?"

„Natürlich. Wenn irgendwo Leben ausgesogen werden und ich nicht diejenige bin, die saugt, dann will ich wissen, wer es tut. Du willst doch nicht etwa ..." Er meinte, das Gewicht des Blickes, mit dem sie ihn prüfend von der Seite her musterte, förmlich spüren zu können. „Du willst doch nicht ernsthaft ... doch, du willst, oder?"

„Ja. Er wird nachlässig."

„Gut! Irgendwann erwischt ihn der Sonnenaufgang, und das Problem ist gelöst."

„Was, wenn ein Gerichtsmediziner an den Überresten eine Autopsie vornimmt?"

„Ich bin doch keine Wahrsagerin! Ich kann höchstens vorhersagen, wen ich demnächst richtig glücklich mache."

„Die Gerichtsmedizin wird mit Sicherheit Dinge aufspüren, die es eigentlich gar nicht geben dürfte. Die meisten Leute werden deren Existenz einfach verdrängen, aber ein paar fangen immer an nachzudenken."

„Daß Akte X nicht mehr in Vancouver gedreht wird, hast du doch aber mitbekommen."

Henry hielt den Blick unverwandt auf die Rücklichter des Autos vor ihnen gerichtet. Er war überrascht, wie sehr ihre Reaktion auf die Ereignisse der Nacht ihn enttäuschte. „Niemand glaubt an uns, und deswegen sucht auch niemand nach uns. Das ist unser bester Schutz. Wenn sie anfangen zu suchen ..." Er brauchte den Satz nicht zu beenden, um bestimmte Bilder heraufzubeschwören: aufgebrachte Menschenmassen, Mistgabeln, Seziertische und Forschungslabore.

Sie fuhren schweigend weiter, bis sie die Burrard-Brücke überquert hatten, dann streckte Lilah die Hand aus, um Henry eisige Finger auf den Arm zu legen. „Was hast du doch für hübsche sachliche Begründungen parat", flüsterte sie. „Ich glaube dir kein Wort. Du wirst diesen Verfluchten vernichten, weil er in deinem Revier mordet. Aber mit dem Territorialverhalten eines Vampirs hat das nichts zu tun!" fügte sie hinzu, ehe Henry etwas entgegnen konnte. „Dein Revier. Deine Leute. Deine Verantwortung." Sie zog die Hand zurück und ließ sie in den eigenen Schoß fallen. „Laß mich da vorn an der Ecke raus. Von den Hochmoralischen versuche ich mich fernzuhalten."

Henry packte das Lenkrad fester. Er kam ihrer Bitte nach und lenkte den BMW an den Straßenrand. „Du warst zwar nicht das, wonach ich suchte, als ich die Kontaktanzeige aufgab", sagte er leise, als sie die Tür öffnete. „Aber ich dachte, wir hätten ..." Plötzlich um Worte verlegen fiel ihm nur etwas Abgedroschenes ein. „Ich dachte, wir hätten einige Gemeinsamkeiten."

Lilah beugte sich zu ihm herüber und drückte ihm einen Kuß auf die Wange. „Hatten wir auch." Sie stieg aus, drehte sich noch einmal um und warf ihm durch die offene Beifahrertür hindurch ein zärtliches Lächeln zu. „Du findest deinen Robin schon noch, Batman. Nur ich bin es nicht."

☥ ☥ ☥

Kurz bevor die Flut ihren höchsten Stand erreichte, war Henry wieder am Strand. Er war ziemlich sicher, daß der Verfluchte denselben Fehler nicht zweimal begehen würde – sonst hätte er gar nicht so lange überleben können. Er blockierte den Zugang zur Höhle mit einer Silberkette und wartete.

Der Kampf dauerte nicht lange. Fast war es Henry peinlich, daß er seinen Ärger an so einer bejammernswerten Kreatur ausließ, ein Gefühl, das er aber bereits überwunden hatte, als alles vorbei war und er den ausgedörrten Körper an die Krebse verfüttern konnte.

Die Heimfahrt wurde hektisch. Um noch vor Sonnenuntergang zu Hause zu sein, mußte er gegen eine ganze Reihe von Verkehrsregeln verstoßen, und auch so schaffte er es erst in letzter Sekunde, seine Zuflucht zu erreichen, wo er gleich hinter der Tür seines Schlafzimmers zusammenbrach. Nachdem er den Tag zusammengekrümmt auf dem Hartholzfußboden verbracht hatte, fühlte er sich am nächsten Abend beim Aufwachen steif, wund und nicht gerade gut gelaunt. Er versuchte, Lilah anzurufen, um ihr mitzuteilen, daß alles vorbei war, aber die Verbindung zwischen ihnen – wie immer sie auch geartet gewesen sein mochte – schien ein für allemal abgebrochen. Eine Ansage teilte ihm mit, Lilahs Telefonnummer sei nicht mehr vergeben.

Das Zusammensein mit ihr, so kurz, so abrupt beendet, machte das Alleinsein nur noch schwerer.

Zwei Nächte lang jagte er, trank und fragte sich dabei ständig, ob Lilah nicht recht gehabt hatte und er seine Anzeige präziser hätte formulieren müssen.

Hochmoralisches Wesen der Nacht wünscht Kumpel an seiner Seite.

Wenn er sich allerdings vorstellte, wer sich auf so eine Anzeige melden würde, dann ängstigte ihn das mehr als alles andere in den letzten vierhundertfünfzig Jahren.

Zum Schluß nahm er sich seine ursprüngliche Liste mit den E-Mail-Adressen vor und ging sie streng alphabetisch durch.

☥ ☥ ☥

Der Mann, der durch die Cafétür trat, war groß, dunkel und muskulös. Eine Goldspange hielt das schulterlange Haar zusammen, Goldringe funkelten an jedem einzelnen Finger, und weiteres Gold baumelte an den Ohren. Nachdem er Henrys Blick aufgefangen hatte, kam er lächelnd heranstolziert.

Baute sich vor Henry auf. Hörte auf zu lächeln.

„Henry?"

„Abdullah?"

Beide blinzelten im Gleichtakt.

„Vampir."

Henry ließ sich im Stuhl zurücksinken. „Dschinn."

Vielleicht sollte er seine Kontaktanzeigen doch lieber nicht unter der Rubrik „X sucht Y" aufgeben.

Noch ein feines Nest

Außer ihr befanden sich noch drei weitere Leute in dem kleinen Buchladen. Kunden mochte Vicki sie nicht ohne weiteres nennen, denn in den zehn Minuten, die sie vor dem Neuerscheinungsregal gestanden und so getan hatte, als läse sie die Buchbesprechungen der Mitarbeiter – am besten hatte ihr eine sehr kurze, knappe gefallen: „Dafür mußten Bäume sterben?“ – hatte keiner der drei erkennen lassen, daß er wirklich vorhatte, ein Buch zu kaufen. Zwei lasen, der dritte versuchte die junge Frau hinter der Kasse in eine Unterhaltung zu verwickeln, war aber bislang über einen Monolog nicht hinausgekommen.

Den Mann, der sich hier mit ihr treffen wollte, identifizierte Vicki mühelos, auch wenn sie ihn nie zuvor gesehen hatte. Weiß, einen Meter siebzig, dunkles Haar, dunkler Bart, ungefähr zwanzig Kilo mehr auf den Rippen, als der Gesundheit zuträglich war. Sie hörte sein Herz schlagen, während er angestrengt auf die Seiten des Romans starrte, den er in Händen hielt – verkehrt herum übrigens, weswegen seine wachsende Erregung wohl auch kaum etwas mit der Geschichte zu tun haben konnte, in die er vertieft schien. Ein starker Knoblauchgeruch ging von ihm aus.

Augenscheinlich wollte er abwarten, bis die anderen beiden Anwesenden gegangen waren, ehe er sich Vicki näherte. „Sie dürfen nicht herausfinden, daß ich Sie angerufen habe.“

„Wer?“

„Sie.“

Ach, zur Hölle damit. Egal, wieviel dem Mann an seiner Heimlichtuerei liegen mochte, Vicki hatte das amateurhafte Schmierentheater satt und drang so tief in den schmalen Laden vor, daß sie bald direkt hinter ihm stand. Leider mußte sie genau hier heftig niesen, was ihren Auftritt ein wenig verdarb. Aus der Nähe war der Knoblauchgestank einfach überwältigend.

Mit weit aufgerissenen Augen fuhr der Mann herum, wobei das schwere, goldene Kreuz, das er um den Hals trug, im offenen Kragen seiner Anzugjacke aufgeregt hin- und herschwang.

„Hey.“ Vicki kramte in ihrer Tasche nach einem Taschentuch. „Victoria Nelson. Sie haben einen Auftrag für mich?“

☥ ☥ ☥

Vicki saß an einem der kleinen Tische in dem Café, in das sie ihren potentiellen Kunden verschleppt hatte, trank einen Schluck aus ihrer Wasserflasche und wartete darauf, daß Duncan Travis sich endlich zusammenriß. Der hatte die immer noch zitternden Hände ehrfürchtig um die Papprundung des Bechers gelegt, der seinen dreifachen Mokka enthielt. Vicki starrte gelangweilt auf ihr Spiegelbild in der Fensterscheibe, auf den Buchladen dahinter, der jetzt auf der anderen Straßenseite lag, und wünschte von ganzem Herzen, der Mann möge zur Sache kommen.

„Ich konnte Ihr Spiegelbild im Fenster sehen!" stieß Travis hervor.

Das konnte Vicki auch, aber das Fenster und ihr Spiegelbild befanden sich in seinem Rücken ...

„Ich habe jeden überprüft, der in den Laden kam."

Oh. Ihr Spiegelbild in der Fensterscheibe des Buchladens. Das klang schon einleuchtender.

„Deswegen wußte ich nicht, daß Sie Sie waren."

„Deswegen wußten Sie nicht, daß ich ich bin?"

„Nein." Duncan löste eine Hand gerade lange genug vom Becher, um schnelle Anführungsstriche in die Luft zu malen. „Ich weiß, wissen Sie?"

„Was wissen Sie?"

„Bescheid. Über Sie. Was Sie sind."

„Davon war ich irgendwie ausgegangen, denn *Sie* haben *mich* angerufen." Daß sie die beiden Wörter betonte, schien den Mann nicht weiter zu beeindrucken.

„Das meine ich nicht. Wissen Sie, die Leute reden, und es steht auch einiges im Netz ..." Unversehens packte er sein Kreuz und streckte es ihr trotzig und mit solchem Schwung entgegen, daß sich die Kette tief in die Speckfalten seines Nackens grub.

Vicki seufzte. „Die Leute sagen, ich sei Katholikin? Religiös? Was?"

„Vampirin!" Als eine Reihe von Köpfen sich ihnen interessiert zuwandte, senkte Travis die Stimme. „Nosferatu. Eine der blutsaugenden Untoten."

„Ich weiß, was ein Vampir ist." Vicki seufzte erneut. Vielleicht wäre es eine gute Idee gewesen, sich erst mal zwei, drei Jahre etwas unauffälliger zu verhalten. „Das sollte ein Witz sein. Rieche ich richtig – Sie tragen Knoblauch in der Tasche?"

„Ich mag mit meinem Latein am Ende sein, aber ich bin nicht so verzagt, daß ich Ihnen vertraue. Immerhin könnten Sie mich aussaugen und meine Leiche einfach fortschaffen, warum auch nicht? Ich habe Vorsichtsmaßnahmen getroffen!" Duncan war fest davon überzeugt, gefährlich zu klingen, das sah man ihm an. Allerdings irrte der Mann.

„Gut." Vicki lehnte sich zurück und massierte sich den Nasenrükken. Vielleicht gelang es ihr, die Kopfschmerzen abzuwehren, die sie zu überfallen drohten. „Passen Sie gut auf, denn jetzt folgt eine kurze Lektion über die Gegensätze von realer Welt und der Welt im Fernsehen, vor dem Sie eindeutig zu viel Zeit verbringen. Erst einmal: Mit Knoblauch, Kreuz und Weihwasser halten Sie sich niemanden vom Leib. Na ja, vielleicht mit dem Knoblauch, denn ehrlich gesagt stinken Sie ziemlich. Zweitens: Ein biologischer Wandel stellt noch lange nicht die Gesetze der Physik auf den Kopf. Ich hatte ein Spiegelbild, ehe ich mich wandelte, und ich besitze immer noch eins. Drittens: Wenn das da in ihrer Tasche ein Pfahl sein sollte – und glauben Sie mir, mir wäre ein Pfahl sehr viel lieber als die Vorstellung, daß mein Anblick Ihnen solche Freude bereitet –, haben Sie sich mal ausgemalt, wie Sie den einsetzen wollen? Sie müßten nämlich versuchen, ein nicht besonders spitzes Stück Holz durch Kleidung, Haut, Muskeln und Knochen zu treiben, ehe Sie zu den Teilen kämen, wo das Ding mir wirklich gefährlich werden könnte. Ich habe nicht die blasseste Ahnung, was ich Ihrer Vorstellung nach tun werde, während Sie versuchen mich zu pfählen, aber ich kann Ihnen versichern, daß ich es um einiges schneller und brutaler tun werde, als Sie sich das ausmalen. Viertens: Wenn Sie nicht sofort den Mund aufmachen und mir sagen, warum Sie mich angerufen und behauptet haben, Sie hätten einen Auftrag für mich, für den nur ich in Frage käme – in dem Zusammenhang haben Sie mir übrigens Ihre Kreditkartennummer genannt, nicht gerade sehr klug, Duncan! – wenn Sie also nicht sofort das Maul aufmachen, lasse ich Sie vergessen, daß Sie mich je gesehen haben." Sie ließ die Hand, an deren Fingern sie die einzelnen Punkte abgezählt hatte, auf den Tisch fallen und beugte sich mit leicht silbern schillernden Augen vor. „Denn ehrlich gesagt: Die Ewigkeit ist zu kurz für diesen Scheiß! Reden Sie!"

Duncan schluckte, blinzelte und feuchtete sich die Lippen an. „Irre!"

„Danke. Der Auftrag?"

„Königszecken."

„Was?"

„Wir wissen nicht, ob es sich um außerirdische Konstrukte handelt oder ob sie einer der Höllendimensionen entstiegen sind ..."

„Oh ja, viel zuviel Buffy", stöhnte Vicki innerlich.

„... aber sie drohen, die Stadt zu überschwemmen. Es geht darum, ihr Nest zu finden und zu vernichten."

„Gut. Wer ist wir?"

„Meine Gruppe."

„D&D?"

„Vierte Edition."

„Gut. Nest?"

„Es sind Insektoide. Die, die wir gesehen haben, scheinen Arbeiter ohne Geschlecht zu sein, von daher ist anzunehmen, daß sie ihre Basis in einem Nest oder einer Art Bienenstock haben, und das bedeutet ein Nest und eine Königin."

„Sie scheinen die Situation doch ziemlich gut im Griff zu haben. Warum machen Sie die Dinger nicht selbst platt?"

Duncan schnaubte. „Im Gegensatz zu dem, was Sie denken, haben wir eigentlich eine ziemlich genaue Vorstellung von der Wirklichkeit, Ms. Nelson. Drei von uns sind Programmierer, zwei arbeiten im Einzelhandel, und einer ist Mathematiklehrer für die Oberstufe. Wir wissen, wann wir überfordert sind. Wir sind bei einer Internetrecherche auf Ihren Namen gestoßen – Sie sind hier in der Stadt ansässig, und das, was über Sie gemunkelt wird, bot Anlaß zu der Hoffnung, Sie würden uns glauben."

„Die Sache mit den Königszecken?"

„Ja."

„Dann lassen Sie uns mal tun, als wäre das so. Sagen wir mal, ich glaubte daran, daß etwas die Stadt zu überschwemmen droht. Warum ist das ein Problem? Toronto steckt doch auch so schon bis zum Hals in Küchenschaben und Konservativen, warum soll eine niedere Lebensform mehr oder weniger da groß stören?"

„Königszecken sind klüger als Küchenschaben oder Konservative, und sie sind Blutsauger." Im Vertrauen darauf, mit dieser Information Vickis Interesse geweckt zu haben, streckte Duncan das rechte Bein aus und zog die Hose ein Stück hoch.

Vicki starrte irritiert auf die schmuddelige graue Tennissocke, die er ihr damit präsentierte. Sie war stark versucht, irgend jemandes Kopf auf die Tischplatte zu schlagen, aber ob den eigenen oder seinen hatte sie noch nicht entschieden. „Versuchen Sie es mit heißem Wasser. Ein wenig Bleiche kann auch nicht schaden."

„Was?" Duncan warf einen Blick auf seinen Fuß und besaß den Anstand, rot zu werden. „Oh."

Eine hastige Umgestaltung der Präsentation, und Vicki konnte direkt unterhalb von Duncans Knöchel zwei fast schon verheilte kreisrunde kleine Wunden studieren. Beide waren leicht entzündet und lagen in einem Abstand von etwa zwei Zentimetern zueinander direkt über einer dicht unterhalb der Hautoberfläche verlaufenden Ader. „Es scheint ein großes Insekt zu sein", stellte sie fest.

„Ja. Aber dennoch unheimlich schnell und beweglich. Sie agieren in den U-Bahnstationen, zur Hauptverkehrszeit, wenn dort Menschenmassen unterwegs sind und sie nicht auffallen. Die perfekte Tarnung. Sie beißen zu, saugen, und husch sind sie weg. Wem fallen schon zwei kleine Löcher am Fuß auf, wenn man doch täglich von großen Arschlöchern umgeben ist."

„War das zynisch gemeint?" erkundigte sich Vicki in das erwartungsvolle Schweigen hinein, das Duncan seinen Ausführungen folgen ließ.

„Eigentlich ja."

„Gut." Wahrscheinlich hatte er es kaum erwarten können, den Spruch anzubringen. „Den Biß selbst haben Sie gar nicht gespürt?" fragte sie.

„Nein. Ich hätte nichts mitbekommen, wäre mein Schnürsenkel nicht offen gewesen. Ich habe mich hingekniet, um ihn neu zu binden, und ..."

Stieß einen hohen, spitzen Schrei aus?

„... sah dieses Insekt. Es hat mich angeschaut, Ms. Nelson! Ich schwöre, es hat mich angesehen."

Vicki glaubte ihm aufs Wort: Sie hörte ihm das Vorher-Nachher an der Stimme an.

„Dann war es verschwunden. Ich habe noch mitbekommen, daß es sich bewegte, aber es war zu schnell, ich konnte nicht sehen, wohin es verschwand. Danach haben wir angefangen zu suchen, und wenn man weiß, wonach man sucht ..." Er hob den Kopf, sah sie an, und auch wenn er den Blick sofort wieder senkte, rechnete ihm Vicki den Versuch hoch an. „Wenn man sich erst einmal eingestanden hat, daß man weiß, wonach man sucht, fällt es viel leichter, fündig zu werden und die Dinge als das zu erkennen, was sie sind."

He, schon gut, ja? Ich weiß, daß du weißt, wer ich bin, das habe ich schon vor zwanzig Minuten kapiert. „Erzählen Sie weiter!“ brummte Vicki.

„Ich habe der Gruppe erzählt, was mir widerfahren ist, und wir begannen, nach den Königszecken zu suchen. So nennen wir sie. Wir hatten sie schließlich als erste gesehen, also hatten wir das Recht, ihnen einen Namen zu geben. Oder?“ Als Vicki das nicht kommentierte, zuckte er die Achseln. „Zuerst haben wir sie nur am Umsteigebahnhof Bloor und Young ausgemacht“, fuhr er fort. „An der Haltestelle Bloor Street, wahrscheinlich, weil die tiefer liegt. Aber dann entdeckten wir auch auf den höheren Ebenen welche, auf den Bahnsteigen, die zur Young-Linie gehören, und gestern entdeckte ich drei in Wellsley.“

Vicki mußte sich anstrengen, sich nicht umzudrehen. Die U-Bahnstation Wellsley lag nur einen Block südlich des Cafés.

„Die Sache ist nur ...“, lachte Duncan nervös, „... daß sie mich auch gesehen haben. Sie haben mich aus den Schatten heraus beobachtet. Ich habe sie das erste Mal ruhig erlebt, nicht in Bewegung. Normalerweise bekommt man sie nur aus den Augenwinkeln mit, als blitzartige Bewegung. Aber diesmal ... es war echt unheimlich. Jedenfalls hat meine Gruppe daraufhin noch einmal alles besprochen, und wir haben beschlossen, Sie anzurufen.“

„Damit ich ...?“

„Das sagte ich doch schon: Sie sollen Nest und Königin vernichten. Das Gleissystem der U-Bahn ist auf die eine oder andere Art mit allen großen Gebäuden im unmittelbaren Innenstadtkern verbunden. So könnte die ganze Stadt für diese Dinger zu einem einzigen großen Bankettsaal werden.“

Vicki lehnte sich zurück, um ein wenig über riesige, blutsaugende Insekten im U-Bahnsystem der Stadt nachzudenken. Als Duncan erneut den Mund öffnete, würgte sie ihn mit einer wortlosen Handbewegung ab. Momentan interessierte sie nicht, was er sonst noch zu sagen hatte. Riesengroße, intelligente, blutsaugende Insekten in der U-Bahn. Die sich an Torontos Knöcheln nährten. Ein fremdes Raubtier also, oder vielmehr Raubtiere, die sich in ihrem Revier herumtrieben und auf Beutezug gingen. Aber irgendwie fiel ihr es schwer, sich über ein Wesen, das Königszecke hieß, groß aufzuregen.

Riesengroße, intelligente, blutsaugende Insekten in der U-Bahn.

Eigentlich war es Vicki schleierhaft, warum sie überhaupt erwog, den Job anzunehmen.

Der einzig mögliche Grund: Im Kino gingen solche Szenarien immer ganz übel aus. Oder?

☥ ☥ ☥

Der Bahnsteig der U-Bahnstation Wellsley war leer, mit Ausnahme einer Gruppe Teenager, die ganz am Ende aufgewühlt die schreckliche Kunde erörterten, daß N'Sync auf der DVD von Krieg der Sterne Episode II zu sehen sein würde. Vicki senkte die Stimme, so daß nur Duncan sie hören konnte, selbst wenn das Unmögliche möglich wurde und sich Stille über den Tunnel senkte, weil alle sechs laut lamentierenden Stimmen auf einen Schlag verstummten. „Hier haben Sie die Dinger gesehen?"

Duncan nickte. „Ja. Genau da. In der Ecke. In den Schatten. Drei Stück. Sie starrten mich an."

„Wenn Sie absichtlich reden wie eine Figur in einem Roman von Dashiell Hammett, dann muß ich Ihnen sagen, daß ich das äußerst irritierend finde."

„Tut mir leid."

„Es muß Ihnen nicht leid tun, lassen Sie es einfach nur sein." Vicki ging zu der grau gekachelten Ecke hinüber, auf die Duncan gezeigt hatte, und untersuchte sie auf ungewöhnliche Spinnweben oder Eierschalen oder andere außergewöhnliche Spuren in der feinen Patina aus U-Bahnhofsdreck, konnte jedoch nichts entdecken. Seufzend wandte sie sich wieder an Duncan. „Was haben Sie getan, als die Insekten – die Königszecken – Sie anstarrten?"

Er zuckte die Achseln. „Ich habe zurückgestarrt."

„Was dann?"

„Sie sind verschwunden." Er wies auf den Tunnel Richtung Bloor Street.

„Gut."

Sein gespanntes Schweigen verfolgte Vicki bis an den Rand des Bahnsteigs. Kurz bevor sie den Bahnhof betreten hatten, war ein Zug durchgefahren. Den nächsten konnte sie schon hören, er war vielleicht noch eine oder anderthalb Stationen entfernt. Genug Zeit. „Sie haben nicht zufällig eine künstlerische Wiedergabe dieser Dinger, oder?"

„Nicht bei mir. Ich könnte Sie ihnen rüberfaxen, sobald ich wieder zu Hause bin."

„Tun Sie das, und jetzt gehen Sie."

„Was haben Sie vor?"

„Das, wofür Sie mich bezahlen."

„Sie wollen in den Tunnel!"

Er hörte sich so verdutzt an, daß Vicki sich noch einmal umdrehte. „Genau da sind die Insekten. Was hatten Sie denn gedacht? Was sollte ich Ihrer Meinung nach unternehmen?"

„Ich hatte schon gedacht, daß Sie in den Tunnel gehen", gestand Duncan. „Es ist doch nur ..." Er trat von einem Bein auf das andere und warf ihr ein bewunderndes Lächeln zu. „... nun, jetzt tun Sie es wirklich, und es ist doch so gefährlich!"

„Wegen der Insekten?"

„Nein! Wegen der Züge."

„Glauben Sie mir, Züge sind kein Problem."

Duncan sackte der vom schwarzen Bart bedeckte Unterkiefer herunter. „Sie verwandeln sich in Nebel?" keuchte er.

Vicki seufzte. „Ich trete beiseite."

☥ ☥ ☥

Im U-Bahnschacht waren wirklich Insekten. Dazu Ratten, Mäuse, Einwickelpapier von Schnellimbißmahlzeiten, gebrauchte Kondome und eine Männerunterhose, Marke Liebestöter, Größe XL. Die Insekten waren weder riesig noch blutsaugerisch, und obwohl eine der Küchenschaben Vicki, ehe diese sie unter dem Schuh zerquetschte, einen Blick zuwarf, den man nur als anzüglich bezeichnen konnte, durfte man auch keines der Krabbeltiere als vernunftbegabt bezeichnen. Die Ratten und Mäuse gingen Vicki aus dem Weg, was aber mit Ausnahme von Katzen und Menschen in der Regel sowieso alle Säugetiere taten, mit denen sie es zu tun bekam. Die gebrauchten Kondome sowie das Einwickelpapier waren genau der Abfall, den man in einem U-Bahntunnel des einundzwanzigsten Jahrhunderts erwarten würde. Vicki verschwendete keine Zeit mit Spekulationen über die Unterhose, da sie ganz bestimmt nicht wissen wollte, was es damit auf sich hatte.

Am Umsteigebahnhof zwischen der Bloor- und der Young-Linie querte sie hinüber zu den tiefergelegenen Gleisen. Sich dem Blick der Überwachungskameras und Pendler zu entziehen fiel ihr nicht schwer, zumal die meisten Pendler ohnehin zu erschöpft waren, um noch groß neugierig sein zu wollen.

Gut möglich, daß hier unten weniger Ratten und Mäuse aus dem Weg huschten, als sie kam.

Gut möglich, daß sie Geräusche hörte, die nicht ganz zu dem Lärm paßten, an den sie sich von anderen Expeditionen her erinnerte.

Ein klein wenig deprimierte sie die Tatsache, daß sie sich inzwischen so oft hier unten in diesen Tunneln herumgetrieben hatte, daß sie sich an die meisten Geräusche erinnerte.

Als der letzte Zug der Nacht an ihr vorbeidonnerte, mußte sie das Bedürfnis unterdrücken, sich seitwärts an den Wänden der engen Bucht abzustützen, die man zur Sicherheit der Arbeiter in die Schachtwand eingebaut hatte. Zu gern hätte sie sich bis auf Fensterhöhe hochgestemmt und den Fahrgästen im unheimlich flackernden Licht des Tunnels gezeigt, was nachts in den geheimnisvollen unteren Regionen ihrer Stadt herumspukte. Seit ich als unsterbliches untotes Wesen herumlaufe, finde ich andere Sachen witzig als früher, sinnierte sie seufzend, indes sie brav blieb, wo sie war, sich von der Druckwelle gegen die Wand drücken ließ und den vorbeiflitzenden Rechtecken aus Licht hinterhersah.

Die Männer, die für die Instandhaltung der Gleisstrecke zuständig waren, traten paarweise auf. Es fiel Vicki aber leicht, sich aus einem Gespann den jüngeren herauszupicken und ihn von seinem Kameraden zu trennen. Ein Halbmond aus weißen Zähnen in der Dunkelheit, darüber ein silbern blitzendes Augenpaar, ein Hauch von Verbotenem in der Luft, von Versprechen. Mehr war nicht notwendig.

Als würde man Fische erschießen, die in einem Faß herumpaddeln! Vicki packte den Mann am Overall, zog ihn in eine dunkle Ecke, stemmte ihre Arme rechts und links neben seinem Kopf gegen die Wand und senkte ihren Blick in seine Augen. „Riesengroße, intelligente, blutsaugende Insekten“, knurrte sie.

Er wirkte leicht konsterniert. „Klar.“

„Hast du welche gesehen?“

„Hier?“

„Irgendwo.“

Dunkle Brauen zogen sich nachdenklich zusammen. „Irgendwie scheinen die Kakerlaken klüger zu werden."

„Das ist mir auch aufgefallen. Sonst noch was?"

Breite Schultern hoben und senkten sich. „Manchmal kommt es mir vor, als würde ich etwas hören. Aber die anderen Typen sagen, das liegt an mir."

Wenn sie wirklich intelligent sind und in den Schächten hier nisten, dann wollen sie bestimmt nicht, daß irgendwelche Bahnarbeiter sie entdecken. Die Toronto Transit Commission braucht bloß ein paar Flammenwerfer einzusetzen, und die Dinger sind Geschichte, selbst wenn sie irgendeiner Höllendimension entstammen, die es eigentlich nur im Fernsehen gibt. Nein, nein, die warten hübsch. Die verstecken sich und sind fein leise, nähren sich, wo es niemandem auffällt, bis ...

Bis was?

Bis ihre Zahl groß genug ist und sie ... und sie ...

Die Hitze unter ihrer Hand, das Lied des Blutes so dicht an ihrem Ohr – beides vereinfachte den Denkprozeß nicht gerade, und auf nüchternen Magen hatte sie sowieso noch nie gut denken können. Später, als sie den Mund von der offenen Ader in der verschwitzten Ellbogenbeuge hob, verspürte Vicki das deutliche Gefühl, von jemandem beobachtet zu werden. In einem leeren Tunnelabschnitt, ohne ein anderes Leben in der Nähe spüren zu können.

Sie fühlte sich beobachtet und gewogen.

☥ ☥ ☥

Als Vicki etwa eine Stunde vor Sonnenaufgang nach Hause kam, schlief Mike Celluci bereits. Er lag auf dem Rücken, eine Hand auf der Decke, den anderen Arm in großer Geste über die leere Betthälfte gebreitet. Vicki hatte gerade geduscht. Sie glitt neben Mike unter die Decke und kuschelte sich, noch warm und feucht vom heißen Wasser, an seine Schulter. So fühlte sie sich am ehesten an wie ein Mensch – ihre Körpertemperatur war fast normal, die Haut leicht gerötet. Sie spürte, wie Mike erwachte, wie er den Arm fester um sie schloß.

„Na, wie ist der Job gelaufen?"

„Riesengroße, intelligente, blutsaugende Insekten in der U-Bahn." Inzwischen machte es Spaß, das laut zu sagen.

„Echt?“

„Na ja ... bislang gehe ich mehr oder weniger nur von dem aus, was mein Kunde mir erzählt hat. Ich habe mir den Tunnel angesehen, wo die Biester sein sollen, konnte aber nichts finden. Er allerdings glaubt fest daran, daß da unten etwas Gräßliches lauert, und ich glaube, er könnte recht haben.“

„Da unten in den Schächten läßt sich allerhand Gräßliches finden.“

Sofort fiel ihr die Unterhose ein. Vicki ächzte. „Da sagst du mir nichts Neues.“ Nachdem sie sich eine Weile der großen, warmen Hand erwehrt hatte, die ihren Rücken streicheln wollte, murmelte sie: „Gehen irgendwelche Gerüchte um? Über merkwürdigen Scheiß in der U-Bahn?“

„Das ist mir ja feines Bettgeflüster.“

„Beantworte einfach meine Frage.“

„Bislang habe ich nichts gehört, aber ich kann mich gern umhören. Du solltest dich mit der TTC in Verbindung setzen.“

„Das tue ich morgen. Nein – rein technisch gesehen nachher.“

„Bist du ... hungrig?“

Eigentlich wollte er etwas ganz anderes wissen, aber inzwischen war Vickis Nahrungsaufnahme so eng mit anderen Dingen verflochten, daß es undenkbar war, das eine vom anderen zu trennen. Sie hatten es versucht. Es hatte nicht funktioniert.

„Eine Kleinigkeit könnte ich naschen.“

Dieser Tage trank sie nur noch einen Mundvoll bei ihm, selten mehr. Genug, um die Gefühle zu befriedigen, aber nicht so viel, daß sie sich Sorgen um eine mögliche Austrocknung hätten machen müssen. Wie in jeder Beziehung, so ging es auch in dieser um Kompromisse. Vicki sagte Mike nicht, wenn sie sich in der Stadt einen Happen zu essen besorgte, dafür blieb er am Leben.

In dieser Nacht war irgend etwas ... anders.

Vicki setzte sich auf, faltete das Bettuch auf ihrem Schoß zusammen und schmeckte dem Blut nach, das sie eben im Mund gehabt hatte.

Es hatte anders geschmeckt, salzig. Leicht bitter.

Als sei dem Blut etwas ... beigemengt worden?

„Was ist?“ Verschlafen rieb sich Mike mit den Zehen des einen Fußes den Knöchel des anderen.

„Warst du in letzter Zeit in einer U-Bahnstation?“ Vicki kroch zum Bettende vor.

„Ja."

„Bloor und Younge?"

„Ja."

Zwei halb verheilte, kleine Blessuren außen am Fuß, direkt unter dem Knöchel.

Vickis Augen leuchteten hell.

Der Job hatte gerade eine ganz persönliche Note hinzubekommen.

☥ ☥ ☥

Die Sonne sank um 18:03 Uhr.

Vicki blinzelte. Sie wachte schnell auf, war von einem Moment zum anderen wieder Teil der Welt.

Um 18:04 läutete das Telefon.

Sie riß es von der Ladestation und klappte es auf. „Was?" zischte sie ungehalten.

„Ms. Nelson, ich hab noch eine gesehen!"

„Duncan?" Der Empfang war hier, in einer von einem Verdunkelungsvorhang umhüllten Sperrholzkiste in Mikes Kriechkeller, wirklich nicht der beste.

„Diesmal hat sie mich nicht nur gemustert, Ms. Nelson. Sie kam auf mich zu! Sie wußte, wer ich bin!"

„Vielleicht erinnerte sie sich daran, wie Sie schmecken." Die Worte waren Vicki entschlüpft, ehe sie hatte bedenken können, welche Wirkung sie zwangsläufig ausüben mußten.

„OHGOTTOHGOTTOHGOTTOHGOTT ..."

„Beruhigen Sie sich! Sofort!" Das Telefon wimmerte, dann folgte keuchender Atem.

„Bahnhof St. George. University Line. Sie breiten sich aus, nicht wahr?"

„Scheint so."

„Wie soll ich mich denn jetzt verhalten? Was soll ich tun?"

„Tun?" Vicki hatte sich zusammenkrümmen müssen, um ihre Kleider aufzunehmen, die sauber zusammengefaltet zu ihren Füßen lagen. „Sich von U-Bahnstationen fernhalten." Sie angelte sich eine Socke und fing an, sie über den Fuß zu ziehen. „Was haben Sie für eine Blutgruppe?"

„Was?"

Um sich die Unterwäsche über die Hüften zu streifen, waren Schlangenbewegungen notwendig. Geduldig wiederholte Vicki die Frage.

„Null Rhesus negativ."

Sie würgte ihn ab, ehe er fragen konnte, warum sie das wissen wollte, teilte ihm mit, sie würde sich bald wieder mit ihm in Verbindung setzen, und legte auf.

Mit Blutgruppe Null war man Universalspender, denn sie enthielt in den Erythrozyten keine Antigene und war von daher mit allem anderen Plasma kompatibel. Dieses Wissen hatte Vicki sich vor dem Wandel angeeignet. Danach war Blut einfach nur Lebenssaft gewesen, heiß und süß. Die Blutgruppe hatte eigentlich keine Rolle gespielt.

Eine Menge Leute hatten Blutgruppe Null.

Mike Celluci auch.

☥ ☥ ☥

Die Zeichnung, die die Königszecke darstellen sollte, lag auf dem Küchentisch unter einem Umschlag mit alten Kontoauszügen, auf den Celluci hinten etwas gekritzelt hatte: „Wenn das Ding kein Witz ist, versuch bitte, vorsichtig zu sein. Noch besser: Fang eins ein, mach der Stadt damit klar, daß sie ein Problem hat, und überlaß den Rest den Verantwortlichen. Melde dich mal, ruf mich an."

Irgend jemand in Duncans Gruppe verfügte über ein gewisses Zeichentalent: Das Insekt auf dem Millimeterpapier wirkte fast schon dreidimensional. Sechs Beine gruppierten sich um einen geraden, spinnenartigen Körper. Es gab Fühler, die ähnlich wie bei einem Falter wie Federn aussahen, zwei Augen auf kurzen Stengeln, vier dunklere Flecken am vorderen Teil des Körpers, die durchaus auch Augen sein mochten. Irgendwie hatte das Insekt ein Gesicht, was einfach nur ekelhaft war. Eine Notiz unter der Zeichnung nannte als Farbgebung Tarnfarbe, und zwar wie bei den Uniformen für den Häuserkampf: schwarz und grau. Die Farbverteilung war bei jedem der gesichteten Insekten anders gewesen. Die Größe ...

Vicki rieb sich die Augen und sah gleich noch einmal hin.

Riesengroße intelligente, blutsaugende Insekten.

Aber daß sie *so* groß wären, damit hatte sie dann doch nicht gerechnet.

Das Tier hatte einen Durchmesser von dreißig Zentimetern, wobei auf jeder Seite noch gut zehn bis zwölf Zentimeter für die Beine dazukamen.

Vicki ließ die Skizze auf dem Tisch und hockte sich vor das Regal unter der Spüle. Sie griff sich ein Päckchen Küchenschabenfallen, entschied sich dann aber doch anders und griff statt dessen zu einer Sprühdose mit Insektenspray, dessen Aufschrift wahre Wunder verhieß. Angeblich half dieses Spray gegen Schaben, Ohrwürmer, Mücken, Tausendfüßler und alle anderen Insekten, die versuchen sollten, ins Haus einzudringen.

Alle anderen?

Wahrscheinlich nicht, aber gewappnet zu sein hatte noch nie geschadet.

☥ ☥ ☥

„Mike? Was hast du für mich?" Die Antwort hätte ihr die holde Röte ins Gesicht getrieben, wäre sie zum Erröten noch in der Lage gewesen. So grinste sie nur. „Hör auf mit diesen schlüpfrigen Sprüchen, sag mir einfach nur, was ich wissen will. Weil ich nämlich gerade in der U-Bahn sitze und bestimmte Phantasien so gar nicht gebrauchen kann."

Sie spürte einen neugierigen Blick, hob das Kinn und sah direkt in die Augen eines sehr hellblonden, jungen Mannes – die Haare waren gebleicht, so hellblond wurde man nicht von allein –, der auf der anderen Seite des Waggons direkt ihr gegenüber saß. Sie ließ den Hunger ein wenig unter seiner Maske hervorlugen, woraufhin der junge Mann erstarrte. Seine Fingernägel bohrten sich in die Polster der Sitzlehne. Sobald sie ihn freiließ, rannte er schnurstracks zum anderen Ende des Wagens.

Lauscher haßte Vicki von ganzem Herzen.

„Ja, ich höre zu!" versicherte sie Mike.

An der Haltestelle Bay Street war eine alte Frau zusammengebrochen und im Krankenhaus gestorben. Die Polizei untersuchte den Vorfall, da Zeugen gehört hatten, wie die Frau vor Schmerz aufschrie, ehe sie zusammenbrach. Laut Obduktionsbericht war sie an einem anaphylaktischen Schock gestorben.

„Eine allergische Reaktion auf etwas in ihrem Blut? Welche Blutgruppe? Ja, ich weiß – welche Reaktion hast du mir schon gesagt. Welche Blutgruppe, will ich wissen!"

Blutgruppe Null.

☥ ☥ ☥

„Aber das ist nicht die eigentliche Größe?“

„Natürlich nicht.“ Vicki lächelte dem Wachmann der TTC aufmunternd zu, klammheimlich froh darüber, daß sie strenggenommen gar nicht gelogen hatte. War es denn ihr Problem, wenn er jetzt dachte, die Königszecken seien kleiner als auf der Zeichnung dargestellt?

„Ich fürchte, ich kann Ihnen nicht helfen. Die Öffentlichkeit hat sich noch nicht beschwert, meine Leute haben nichts gemeldet.“ Grinsend gab er Vicki die Zeichnung zurück. Anscheinend fand er sich witzig und rechnete fest damit, daß es ihr auch so ging. „Sie haben solch ein Insekt *gesehen?*“

„Ich nicht. Ich arbeite an einem Fall. Mein Kunde ist der Meinung, er hätte eins gesehen.“

„Kriegen Sie Ihr Geld, ganz gleich, ob es die Dinger nun gibt oder nicht?“

„So was in der Art.“

„Kein schlechter Beruf.“

„Zum Leben reicht es. Was haben Sie denn?“

„Wie? Ach das! Irgendwie juckt mein Knöchel.“

„Lassen Sie mal sehen.“ Keine Bitte, kein Spielraum für eine Weigerung – Vicki liebte die gesellschaftlichen Abkürzungen, die die Existenz als blutsaugende Untote ihr im Umgang mit anderen bescherte.

Zwei Löcher. Direkt unterhalb des Knöchels.

„Kennen Sie Ihre Blutgruppe?“

„So genau weiß ich das nicht, A vielleicht?“

Vicki fand es immer wieder erstaunlich, daß Menschen eher ihr Sternzeichen kannten als ihre Blutgruppe – besonders nützlich, wenn man einen Unfall hat und die Sanitäter ein Horoskop erstellen wollen.

Sie baute sich so auf, daß ihr Körper jedem Schaulustigen, der einen Blick ins Büro des Wachdienstes werfen wollte, den Blick verstellte – wobei die meisten nur Interesse an den Monitoren hier hatten und daran, ob man sie darin erkannte. „Geben Sie mir ihre Hand!“ befahl sie.

Der Mann bebte, als sich kühle Finger um seine erhitzte Haut schlangen, bebte noch ein wenig mehr, als Vickis Zähne durch den dunklen Satin seiner Haut aufeinandertrafen. Ein ordentlicher Schluck zu Forschungszwecken, ein weiterer, weil es so lecker war, ein dritter einfach so. Dann einmal mit der Zunge über die Wunde gefahren und abgewartet, ob ihr Speichel auch für die nötige Blutgerinnung sorgte. Fertig.

Sie legte seine Hand sorgsam auf die Stuhllehne zurück und blickte ihm lächelnd tief in die Augen.

„Vielen Dank für Ihre Hilfe, Mr. Allen. Pißt da gerade jemand gegen die Wand der Außentreppe?"

Allen wandte seine Aufmerksamkeit umgehend wieder den Monitoren zu, was Vicki Gelegenheit gab, unbemerkt aus dem Zimmer zu schlüpfen.

Sein Blut – Blutgruppe A – enthielt nichts, was nicht darin enthalten sein sollte.

Die alte Frau mit der Blutgruppe Null war an einer allergischen Reaktion auf eine fremde Substanz in ihrem Blut gestorben.

Celluci, Blutgruppe Null, hatte eine fremde Substanz in seinem Blut gehabt.

Sollte auch Duncan Travis eine fremde Substanz in seinem Blut vorweisen können, dann durfte man mit einiger Sicherheit davon ausgehen, daß die Königszecken sich der Verarbeitung bestimmter Blutgruppen verschrieben hatten und diese kennzeichneten. Man müßte Duncan auf entsprechende Kennzeichnung hin überprüfen, Leute mit den Blutgruppen B und AB finden, die gebissen worden waren und ...

Quatsch. Herauszufinden, ob die Biester nun nur Blutgruppe Null kennzeichneten oder alle Blutgruppen außer A, brachte sie bei der Suche nach dem Nest keinen Schritt weiter. Die Tatsache, daß sie das Blut überhaupt kennzeichneten und ihr dafür keine guten Gründe, wohl aber ein halbes Dutzend schlechter einfallen wollten, reichte ihr. Vicki schloß sich dem Pendlerstrom an und ließ sich hinunter zur Haltestelle Bloor treiben.

Was tat man, wenn man auf schnellstem Wege herausfinden wollte, wo sich etwas Bestimmtes aufhielt? Man ging dorthin, wo es war. Der National Geographic hatte nicht an allen möglichen Wasserlöchern in der Wüste Kameras installiert, weil es den Reportern so gut gefiel, wie sich das Licht an der Wasseroberfläche brach.

Wenn sich die Königszecken an den Menschenmengen in der U-Bahn nährten, dann würde Vicki in überfüllten U-Bahnhöfen stehen, bis sie eine sah. Egal, wie sehr all das Menschsein um sie herum sie bedrängte. Wenigstens rochen am Ende eines langen Tages alle nur noch nach Fleisch, und ihr blieb der massive Angriff auf die Riechnerven erspart, mit dem man sich in den Zügen jeden Morgen auseinanderzusetzen hatte.

Klasse – jetzt habe ich totalen Hunger!

Alle, die sich in Reichweite von Vickis Armen befanden, rückten nervös von ihr ab.

Mist!

Hastig schob sie die Maske vor den Hunger und ging im Geiste die Liste ihrer mentalen Appetitzügler durch.

Homer Simpson, Joan Rivers, Richard Simmons, so ungefähr jeder, der schon mal in der Jerry-Springer-Show aufgetreten ist ...

Ein Zug kam kreischend in den Bahnhof gefahren und setzte einen so satten Duft nach frischem Blut frei, daß Vicki das Wasser im Mund zusammenlief. Die Menge drängte vorwärts. Resolut setzte Vicki den Hunger ein, um sich diagonal einen Weg durch die Massen zu bahnen, wobei ihre Aufmerksamkeit in diesem Fall nicht den Menschen um sie herum galt, sondern dem schwarzgrauen Schatten, den sie über die Decke huschen sah. Mögliche Zeugen brauchte sie nicht zu befürchten, denn hier auf dem Bahnsteig sahen alle nur noch die U-Bahn, nahmen zur Kenntnis, wie dicht die Wagen besetzt waren, sorgten sich um ihre Chance, überhaupt noch einen Platz zu ergattern. Niemand sah, wie sich Vicki am Ende des Bahnsteigs auf die Gleise fallen ließ und anfing zu rennen, immer knapp davor, das Insekt, das sie verfolgte, aus den Augen zu verlieren.

Duncan hatte recht. Für ein großes Insekt bewegte sich die Zecke erstaunlich schnell und geschickt.

Genauso schnell und geschickt wandte sie sich plötzlich seitwärts und war verschwunden.

Verschwunden?

Vicki hätte fast das Gleichgewicht verloren, so plötzlich mußte sie stehenbleiben. Als nächstes war sie gezwungen, dicht an die Tunnelwand gepreßt abzuwarten, bis ein weiterer Zug vorbeigefahren war, ihr einziger Trost die Tatsache, daß die Stahlräder auf den Stahlgleisen so sehr lärmten, daß sie in Ruhe ein wenig Dampf ablassen konnte. Das war längst überfällig gewesen. Acht Jahre bei der Polizei hatten sie mit einem Vokabular ausgestattet, um das sie mancher Seemann beneidet hätte. Die Hälfte davon konnte sie lautstark anbringen, bis der Zug vorbeigerauscht war.

Auf das letzte Echo eines unflätigen Fluchs folgte eine plötzliche Stille – nur unterbrochen von einem leisen, kaum wahrnehmbaren Geräusch. Sechs hastende Beine, die direkt über ihrem Kopf zum Stillstand kamen. Vicki brauchte nur nach oben zu sehen.

Anders als bei der Königszecke auf der Zeichnung hing am Leib des Tiers eine Art Hautsack, in dem sich ungefähr dreißig Milliliter Blut befanden.

Vickis Zischen kam einfach so, ohne daß sie es hätte verhindern können.

Prompt richteten sich zwei Augenstengel auf sie. Das Insekt hob ein Vorderbein und rieb an seiner Antenne.

Wieder hatte Vicki das Gefühl, abgeschätzt zu werden.

Gewogen – und als zu leicht befunden.

Die Augenstengel wandten sich von ihr ab. Das Insekt drückte sich flach an den Verputz und verschwand in einem Spalt zwischen Wand und Decke.

Im Zementverputz der Tunnelwand Halt für Hände und Füße zu finden stellte kein Problem dar. Toronto hatte Mühe genug, Geld für die Instandsetzung der Infrastrukturteile zusammenzubekommen, die ihre Kunden auch wirklich sehen konnten. Alles, was unter der Erde im Dunkeln lag, konnte man getrost vor sich hingammeln lassen. Vicki drückte sich wieder einmal eng an die Wand – denn was hülfe es, wenn du die Welt errettest und verlörst deinen Arsch an eine vorbeifahrende U-Bahn! –, drehte den Kopf zur Seite und spähte durch den Riß, in dem die Königszecke verschwunden war, in einen Tunnel, der mit dem, an dessen Wand sie sich gerade preßte, identisch zu sein schien. Im schwachen Licht der Sicherheitsleuchten schienen die Schatten im anderen Tunnel in ständiger Bewegung.

Königszecken, und zwar eine ganze Menge.

Vicki war gerade zu der Erkenntnis gekommen, daß die Insekten wohl in einem der alten Verbindungsschächte nisteten, als etwas sie in den Hinterkopf piekte.

Als sie den Kopf drehte, sah sie sich Auge in Auge mit einer Zecke, konnte aber nach erfolgreicher Unterdrückung des mädchenhaften Schreis, der ihr schon auf den Lippen gelegen hatte, feststellen, daß das Insekt über ihre Anwesenheit nicht besonders verärgert schien. Es wollte einfach nur Zugang zum Nachbartunnel. Kaum hatte sich Vicki vorsichtig etwas zur Seite geschoben, da verschwand die Zecke auch schon seitwärts durch den Spalt, wobei ihr Blutsack kurz aufblitzte. Alle Indizien sprachen dafür, daß da drin irgend etwas gefüttert wurde.

Vicki hangelte sich wieder hinunter auf den Boden des Tunnels, wo sie abwartete, bis der nächste Zug vorbei war. Anscheinend benutzten die Insekten diesen schmalen Spalt zwischen Wand und Decke als Hauptzugang zu ihrem Tunnel, was nur bedeuten konnte, daß der eigentliche Zugang versiegelt worden war. Vicki tastete die Wand ab. Zwanzig Schritt, fünfundzwanzig Schritt – und schon hatten ihre Finger einen Unterschied im Mauerwerk ertastet.

Die TTC hatte sich sogar die Mühe gemacht, die falsche Wand zu verputzen. Wahrscheinlich wollten sie so verhindern, daß Obdachlose auf der Suche nach einem Schlafplatz darauf stießen und vielleicht Interesse bekamen, sich anzusehen, was dahinter lag. Der Umriß einer Tür legte die Vermutung nahe, daß der Zugang zum Tunnel ursprünglich einmal nicht hatte versteckt werden sollen. Vicki bohrte die Finger durch die dünne Zementschicht, schob sie unter die nächste Kante, die sie ertasten konnte, und zog. Es knisterte und knackte – ein Geräusch, das vom Dröhnen eines vorbeifahrenden Zuges übertönt wurde.

Unter dem Beton Sperrholz und eine schmale Tür, die man vernagelt hatte.

Die Nägel ließen sich schneller beseitigen als der Beton und machten auch weniger Lärm.

Behutsam schob sich Vicki durch die Tür in den stillgelegten Tunnel. Ein wenig kam sie sich vor wie Sigourney Weaver – aber noch mehr wie jemand, der sich dringend mal den Kopf untersuchen lassen sollte.

Der Tunnel war nicht sehr groß, nur ein kleiner Schlenker in der Verbindung zwischen den Linien Younge und University, der ursprünglich wohl mal gen Norden zur Haltestelle Bay Street geführt hatte. Wahrscheinlich hatte man ihn geschlossen, weil er einer ganzen Reihe teurer Läden zu nahe gekommen war. Die dritte Trasse stand nicht mehr unter Strom, ansonsten schien man alles gelassen zu haben, wie es gewesen war, ehe man den Zugang verbaute. Es stank nach Blut und Schwefel.

Womit sie auf jeden Fall so riechen, als wären sie irgendeiner Dimension der Hölle entsprungen.

Vicki schloß die Tür hinter sich und watete durch eine Masse eilig umherschießender Insekten hindurch zu der Stelle hinüber, die das ruhige Zentrum dieses geschäftigen Treibens zu sein schien.

Keine der Königszecken beachtete sie.

Sie können sich nicht von mir nähren, also ignorieren sie mich. Ich habe ihnen nichts getan, also ignorieren sie mich. Ich nähre mich auch von Blut, also ... Scheiße.

Duncan und seine Gruppe waren sich sicher gewesen, daß es in dem Nest eine Königin geben würde, und sie lagen mit ihrer Einschätzung auch nur ein klein wenig daneben: Es gab drei. Nun ja, Königinnen – es gab auf jeden Fall drei große furchterregende *Dinge*, jedes einzelne in eine pulsierende, gelatineartige Masse gehüllt, und diese Gebilde wurden von den zurückkehrenden Insekten mit dem Blut gefüttert, das diese geerntet hatten.

Ihr habt aber auch kein Klischee ausgelassen, was?

Jede Wette, daß das Blut, das unzählige fleißige Helfer zwischen drei furchterregende, weit aufgerissene Kieferpaare kippten, Blutgruppe Null hatte. Wahrscheinlich war es den Arbeitern möglich, sich vom Blut verschiedener Blutgruppen zu ernähren, immerhin schienen sie ja wild um sich zu beißen. Aber um eine Königin zu erschaffen, brauchten sie den einen, bestimmten Bluttyp, den Universalspender.

Wie Arbeitsbienen, die eine Larve mit Gelee Royal füttern – und Mike hat mich immer ausgelacht, wenn ich mir ‚Sesamstraße' ansehen wollte.

Vorsichtig verlagerte sie ihr Gewicht ein Stück nach vorn, woraufhin sich sofort eine Doppelreihe Königszecken, die ein wenig größer waren als die anderen, zwischen sie und die Königinnen schob. Ein paar Meter vor den Gefütterten endete anscheinend die Toleranz der großen Insekten. Kein Problem: Vicki brauchte gar nicht näher heranzugehen. Wollte eigentlich auch nicht näher heran. Verwandte Wesen erkennen einander, und Vicki wußte genau, wann sie ein Raubtier vor sich hatte. Diese Königinnen würden nicht zart an den Knöcheln der Stadt nagen, die gingen hin und bissen gleich den ganzen Fuß ab, und wenn der dazugehörige Körper am Boden lag, dann nährten sie sich von ihm!

Plötzlich überkam Vicki das starke Verlangen, die Dose Insektenspray zu zücken und zu sehen, ob das Produkt hielt, was die Werbung auf dem Deckel versprach. Dieses Verlangen unterdrückte sie auf der Stelle. Ebenso schnell verwarf sie Cellucis Vorschlag, sich eine Zecke zu schnappen und der zuständigen Behörde zuzuführen – wo immer die auch sein mochte. Es schien nicht besonders schlau – und auch das Überleben war, wenn man es recht bedachte, eigentlich nicht garantiert –, die Zecken zu verärgern, wenn sie inmitten von Hunderten von ihnen stand. So ging sie zurück zur Tür, wobei sie versuchte, die Füße so wenig wie möglich zu heben. Als sie mitbekam, wie die drei Königinnen ihre Augenstengel auf sie richtete, ging sie ein wenig schneller.

Irgendwie machten alle drei den Eindruck, als würde ihre gelatineartige Masse sie nicht mehr lange von irgend etwas abhalten können.

Also – was tun?

Vicki zog die Tür sorgfältig hinter sich zu und wartete, die Schultern eng an das trockene Holz gepreßt, bis ein weiterer Zug vorbeigefahren war. Welche Möglichkeiten blieben ihr? Natürlich konnte sie die Sache der TTC überlassen. Natürlich konnte sie einen Verantwortlichen dazu bewegen, mit ihr in die Tiefe zu steigen und sich die Insekten im Tunnel anzusehen – das wäre auch nicht schwerer, als ihn dazu zu bewegen, ihr seine Kehle hinzuhalten. Es würde zwar nicht so viel Spaß machen wie die Sache mit der Kehle, aber ebenso einfach wäre es. Nun kannte Vicki jedoch die Mühlen der Bürokratie und wußte, wie langsam diese auch dann mahlten, wenn man ihnen einen gehörigen Schubs gegeben hat, und ihre Instinkte – die alten und die neuen – drängten sie zum Handeln. Es schien, als wäre nicht mehr viel Zeit zu vergeuden.

Trotzdem schien es ihr nur recht und billig, daß sich die TTC des Problems annahm. Immerhin nisteten die Zecken in der U-Bahn.

☥ ☥ ☥

Vicki erwischte den Zug, der zur Reinigung der Geleise eingesetzt wurde, an der Haltestelle Sherbourne. In der Fahrerkabine befand sich keine Überwachungskamera, und die, die zur Überwachung des Bahnsteigs eingerichtet waren, bekamen nicht mit, wenn jemand den Zug von den Gleisen aus bestieg. Vicki glitt geräuschlos hinter den Fahrer, klopfte ihm sacht auf die Schulter und ließ die Masken fallen.

Sie stieß einen tiefen Seufzer aus, als beißender Uringestank alles andere überlagerte.

„Ihre Hände! Ihre Hände sind voller Blut!“ stotterte der Fahrer.

„Das ist kein Blut“, beteuerte sie, während sie versuchte, sich die Hände an der Hose abzuwischen. „Das ist Rost. Jetzt konzentrier dich. Du mußt mir sagen, wie ich dieses Ding ankriege.“

„Die Gewerkschaft ...“

Vickis Oberlippe kräuselte sich.

„... hat nichts damit zu schaffen, klar. Gut: Sie drücken diesen Knopf."

„Was ist, wenn man schneller fahren will?"

„Das geht hier. Wenn man anhalten ..."

„Anhalten wird nicht nötig sein." Sie beugte sich vertraulich vor, packte den Mann am Kinn und ließ ihre Augen hell blitzen. „Geh rüber zu deinen Kollegen auf dem Bahnsteig. Wenn der Zug losfährt, bist du überrascht. Du tust nichts, um ihn aufzuhalten oder zu veranlassen, daß jemand anders ihn aufhält. Vergiß, daß du mich je gesehen hast."

„Wen gesehen?"

☥ ☥ ☥

Mike sah gerade die Abendnachrichten, als Vicki am nächsten Abend nach oben kam. „Hier ist etwas, das dich interessieren könnte", begrüßte er sie. „Es klingt, als sei einer der Züge, die die U-Bahn zur Reinigung einsetzt, in einen alten Verbindungstunnel gekracht und explodiert, was sie ja für gewöhnlich nicht tun. Man kann die Angelegenheit leider nicht untersuchen, weil es da unten zu einem ziemlich heißen Feuer kam, bei dem sämtliche Beweise verbrannten."

„Hast du gerade für gewöhnlich gesagt?"

„Möglich. Warum?"

„Nur so." Sie beugte sich über die Rücklehne seines Stuhls und küßte seinen Scheitel. „Gab es Verletzte?"

„Nein, und zum Glück wurden laut Sicherheitsprotokoll sofort Maßnahmen zur Rettung der umliegenden Liegenschaften eingeleitet."

„Welch große Worte! War das ein Zitat?"

„Ja. Hast du Hunger?"

Sie dachte noch über die Antwort nach, als ihr Telefon klingelte. Leise seufzend trat sie ein paar Schritte zurück und klappte es auf. „Guten Abend, Duncan."

„Woher wußten Sie, daß ich es bin?"

„Das stand im Display."

„Oh. Klar. Aber gestern ...?"

„Haben Sie angerufen, als ich noch nicht auf war. In einem Sarg ist es nun mal gottverdammt düster."

„Sie schlafen in einem Sarg?"

„Nein, ich nehme Sie nur wieder auf den Arm. Ich nehme an, Sie haben die Nachrichten gesehen?“

„Es wird den ganzen Tag über nichts anderes berichtet. Das waren Sie, nicht wahr? Sie haben das Nest zerstört! Haben Sie sie alle erwischt?“

„Ja.“

„Sind Sie sicher?“

„Die scheißen Schwefel, Duncan, sie sind verdammt leicht entflammbar.“

„Aber was ist, wenn ein paar gerade unterwegs waren? Auf Jagd – Sie wissen schon!“

„Sie jagen in vollgestopften U-Bahnhöfen. Am frühen Morgen sind keine Massen unterwegs.“

„Oh. Gut. Haben Sie herausfinden können, wo sie herkamen?“

„Nein. Es schien mir keine gute Idee, mich hinzusetzen und ein Kreuzverhör zu veranstalten. Es kam einem auch nur so vor, als seien sie intelligent, in Wirklichkeit folgten sie einfach einer ziemlich speziellen Programmierung. Wahrscheinlich waren sie nicht schlauer als die durchschnittliche Kakerlake.“

„Aber riesengroß und blutsaugend?“

„Auf jeden Fall.“

Es folgte eine lange Pause. Vicki hatte keine Ahnung, was ihrem Kunden in dieser Zeit durch den Kopf ging, und sie wollte es auch gar nicht wissen.

„Dann ist U-Bahn fahren also wieder sicher?“

„Für Sie und weitere drei Millionen Bürger.“

„Ihre Rechnung ...“

„Über die reden wir morgen im Café – die Gegend dürfte bis dahin wieder zugänglich sein.“ Bei diesem Satz warf sie Celluci einen fragenden Blick zu, der aufgestanden war und ihr zuhörte. Er nickte, wenn auch ungern. „Neunzehn Uhr dreißig“, sagte Vicki. „Gute Nacht, Duncan.“

Kopfschüttelnd sah Mike zu, wie sie das Telefon zuklappte und in die Tasche schob. „Du willst ihm dafür wirklich etwas berechnen?“

„Natürlich würde ich meine Rechnung lieber an die Stadtverwaltung schicken, aber ich bezweifle, daß man sie dort begleichen würde. Zumal es ja auch keine Beweise dafür gibt, daß ich euch allen den Arsch gerettet habe – mal wieder!“ Dämonen, Mumien, Königszecken – es war schon erstaunlich, wie schnell derlei den Reiz des Neuen verlor.

Sie folgte Mike in die Küche, wo sie eifersüchtig zusah, wie er sich eine Tasse Kaffee einschenkte. Kaffee fehlte ihr sehr.

„Wo wir gerade von fehlenden Beweisen reden: Wie hast du es geschafft, den Wagen in die Luft zu jagen?"

Vicki grinste: „Ein Geständnis können Sie von mir nicht erwarten, Detective Sergeant. Aber wenn ich so einen Reinigungswagen in die Luft jagen wollte, und zwar in einem ganz speziellen, von riesengroßen, blutsaugenden Insekten verseuchten Gebiet, dann würde ich wahrscheinlich mit Brandbeschleuniger und einer Zeitschaltuhr arbeiten. Natürlich müßte man vorher dafür sorgen, daß sämtliche Schienen keinen Saft mehr und sämtliche säugenden Lebensformen den Tunnel geräumt haben."

„Du hast das gesamt U-Bahnsystem lahmgelegt, Vicki."

„Riesengroße, blutsaugende Insekten!"

„Ich sage ja gar nicht, daß es nicht aus gutem Grund geschah!" Seufzend hockte sich Mike auf den Küchentresen. „Aber findest du nicht auch, daß deine Lösung ein klein wenig extrem war?"

„Eigentlich nicht."

„Was verschweigst du?"

Sie glitt in seine Arme und biß ihn sanft ins Kinn. „Ich verschweige dir, daß ich diesen Zug gesprengt habe."

„Daran tust du recht."

„Ich verschweige, was ich wirklich von Leuten halte, die sich im Fernsehen Golfturniere ansehen."

„Danke."

Sie spürte sein Lächeln auf ihrer Haut, sein Herz, das unter ihrer Wange schlug, sein Leben in ihren Händen. Sie verschwieg ihm auch, daß Menschen wie er, Menschen mit Blutgruppe Null, mit einem Marker versehen worden waren, um sie einfacher aufspüren zu können. Warum sich mit wildem Umherbeißen abmühen, wenn man direkt zu dem Blut gehen kann, mit dem sich Königinnen erschaffen lassen? Selbst wenn es sich bei den Zecken um harmlose Parasiten gehandelt hätte – schon allein deswegen hätte Vicki sie in die Luft gejagt.

Mike Celluci gehörte ihr, und sie teilte ihn mit niemandem.

„Vicki, verrätst du mir wenigstens, weswegen du gerade knurrst?"

„Nicht so wichtig."

Frevelhaft

„Kirchen sind nichts für mich. Da kriege ich Gänsehaut." Tony trat aus den Schatten, die sich dort bildeten, wo vor der Holy Rosary Cathedral keine Straßenlaternen mehr standen, und schloß sich dem eher kleinen, rotblonden Mann an, der gerade die Kirche verlassen hatte. „Wie ist das bei dir? Irgendwie raff ich es nicht ganz, du bist doch einer der blutsaugenden Untoten, Himmel noch ... aua!" Empört rieb sich der junge Mann den Hinterkopf. „Was sollte das denn?"

„Ich war gerade beichten und bin in der entsprechenden Stimmung."

„Das gibt sich aber wieder, oder?" Bis Tony es geschafft hatte, drei ältere Chinesinnen zu umschiffen, war sein Freund schon am Parkplatz angekommen, und er mußte ein paar Schritte laufen, um ihn einzuholen. „Wir sind jetzt fast zwei Jahre zusammen, und in der Zeit warst du ein einziges Mal in der Kirche, letztes Jahr, ungefähr um diese Zeit ..."

„Genau um diese Zeit."

„Gut. Ist das ein Jahrestag oder so?"

„Genau, ein Jahrestag." Henry Fitzroy, unehelicher Sohn Heinrichs VIII., einst Herzog von Richmond und Somerset, angelte sich die Schlüssel seines BMW aus der Hosentasche und schloß die Fahrertür auf.

Tony ließ Henry nicht aus den Augen, während er auf den Beifahrersitz glitt und sich anschnallte. Auch als Henry sich in den Verkehr auf der Richards Street einfädelte, ruhte der Blick seines Beifahrers nachdenklich auf seinem Gesicht. „Willst du mir erzählen, was es damit auf sich hat?" fragte Tony schließlich.

Henry antwortete erst, als sein Wagen schon in die Smithe Street eingebogen war ...

☥ ☥ ☥

Auch nach drei Wochen Folter, der Leib verstümmelt und voller Brandwunden, fand er sie noch schön. Er schnitt den Strick durch, fing sie auf, als sie fiel, ließ sich von ihrem Gewicht mitreißen, bis er auf den Knien in einer klebrigen Pfütze lag, wo er sie fest an sein Herz drückte. Er wiegte sich vor und zurück, wartete auf den Schmerz, die Trauer.

Sie war erst seit ein paar Stunden tot. Henry hatte sie gefunden, indem er einem Blutgeruch folgte, der so schwer in der Luft hing, daß selbst ein Sterblicher die Spur hätte aufnehmen können. Sie hatten ihr die Handgelenke auf dem Rücken zusammengebunden, einen groben Strick durch die Fesseln gezogen und sie daran hochgehievt, danach hatten sie ihr Eisengewichte an die von Brandwunden völlig offenen Knöchel gehängt. Die Inquisitoren hatten sie erst ausgepeitscht, um dann zu immer schmerzhafteren Methoden der „Überzeugung" zu greifen. Getötet hatte sie letztlich die Zeit – immer neue Schmerzen, die die alten überlagerten, immer stärkere Pein, bis das Leben die Flucht ergriffen hatte.

Sie hatten ein Jahr gehabt, die Frau und Henry, ein Jahr aus Nächten. Begonnen hatte es an dem Abend, als er ihr vom Markusplatz heimgefolgt war. Er hatte gewartet, bis alle Dienstboten schliefen, und war dann, ungehört und ungesehen, ins Haus ihres Vaters und in ihr Zimmer geschlüpft. Ihr Herzschlag hatte ihn an ihr Bett geleitet, wo er ihr sanft die Decken vom Körper gezogen hatte. Sie hieß Ginevra Treschi. Sie war fast dreißig Jahre alt gewesen, seit drei Jahren Witwe und nicht eigentlich schön zu nennen, aber selbst im Schlaf noch so lebendig, daß Henry sich dabei ertappt hatte, daß er einfach nur dastand und sie anstarrte. Erst nach einer ganzen Weile war ihm bewußt geworden, daß sie zurückstarrte.

„Ich möchte Sie in keiner Weise zu einer Entscheidung drängen ...", hatte Ginevra trocken gesagt, „... aber mir wird langsam kalt, und ich wüßte gern, ob ich jetzt eigentlich schreien müßte oder nicht."

Eigentlich hatte er nur trinken wollen, um die Frau hinterher wie üblich davon zu überzeugen, daß er nur ein Traum gewesen war. Er hatte feststellen müssen, daß das nicht ging. Zum ersten Mal seit hundert Jahren, zum ersten Mal, seit er aus freien Stücken die Lippen an die blutende Wunde in der Brust seiner unsterblichen Geliebten gepreßt hatte, hatte Henry jemandem gestattet, ihn als das zu sehen, was er war.

Mit allem, was dazugehörte.

Vampir. Prinz. Mann.

Zum ersten Mal ließ er zu, daß er liebte und geliebt wurde.

Henry verbrachte sein Leben damit, sich vor der Sonne zu verstecken – Ginevra Treschi hatte diese Existenz wieder mit Licht gefüllt.

Nur eines der schönen, grauen Augen hatten sie ihr gelassen. Es starrte ihn an, unter einem Lid, das sich ganz zusammengezogen hatte. Was von ihrem herrlichen, dunklen Haar geblieben war, hatten die Inquisitoren weggebrannt – die Reste der ebenholzfarbenen Lockenpracht, die bereits vorher der Schere zum Opfer gefallen war, beim Eintritt in das Kloster, das letztlich auch keinen Schutz vor den Hunden des Herrn hatte bieten können. Im Jahre des Herrn 1637 jagten die Hunde in Venedig, wie sie wollten, richteten nach Gutdünken unter den Hilflosen Verheerungen an. Zuerst hatte es die Juden getroffen, dann die Mauren. Als nächstes jeden, den man des Protestantismus verdächtigte. Schließlich begann die Inquisition – im Rücken das Gold, das aus der Neuen Welt nach Spanien strömte – ihr Netz einfach überallhin auszuwerfen, ganz wie es ihr gefiel. Ginevra war eine kluge Frau gewesen, die es gewagt hatte, eigenständig zu denken. Das allein erregte in jener Zeit schon Verdacht genug.

Ohne daß er es merkte, hatten sich Henrys Finger zusammengekrampft, darunter das leblose Fleisch. Er hatte toben, weinen, seinen Verlust laut schluchzend beklagen wollen, aber er fühlte gar nichts. Sie hatten seine Liebe getötet, Ginevras Licht gelöscht, und dort, wo es gebrannt hatte, herrschte nur noch Finsternis.

Henry war das eigene Herz so kalt wie das der Liebsten erschienen. Sanft hatte er den Leichnam auf die Stirn geküßt und ihn sacht zu Boden gleiten lassen. Als er aufstand, hatte Blut an seinen Händen geklebt.

Egal – es gab genug Blut, es wieder abzuwaschen.

☥ ☥ ☥

Er fand die beiden Priester in einem kleinen Arbeitszimmer, wo sie es sich in zwei gepolsterten Lehnstühlen bequem gemacht hatten, die rechts und links neben einem Marmorkamin standen. In der Feuerstelle prasselte ein munteres Feuer, dem die Priester ihre Füße in den weichen Pantoffeln hinstreckten. Goldringe glitzerten an blassen Fingern. Die beiden hatten gebadet und gegessen, trotzdem stanken sie noch nach Ginevras Tod.

„... gestanden, mit dem Teufel Beischlaf gepflegt zu haben. Ihr ward vergeben, und sie legte ihre Seele in Gottes Hand. Insgesamt kann man das als höchst befriedigend bezeichnen. Bleibt nur die Frage offen, ob wir den Leichnam dem Kloster oder aber ihrer Familie übergeben."

Der ältere der beiden Dominikaner am Feuer zuckte die Achseln. „Das eine dürfte ebenso gut sein wie das andere ... wer sind Sie?"

Henry bleckte die Zähnen – die Parodie eines Lächelns. „Ich bin die Rache", sagte er, indem er die schwere Tür hinter sich zuzog und verschloß. Als er sich umdrehte, war der jüngere der beiden aufgestanden. Er schien sich völlig sicher zu fühlen. Getragen von dem Wissen um die Macht, die ihm zur Verfügung stand, trat er auf Henry zu.

Als ihre Blicke sich trafen, wurde der Priester, ein Mann, der so oft so ungerührt danebengestanden hatte, während ein Ketzer den dornenreichen Weg der Buße ging, totenbleich.

Henry gab es auf, so zu tun, als lächelte er. „Ich bin der Teufel, mit dem Ginevra Treschi den Beischlaf pflegte."

Mit diesen Worten setzte er den Hunger frei, nach dem ihr Blut schon die ganze Zeit gerufen hatte.

Sie flehten um ihr Leben, als sie starben. Genau wie Ginevra.

Aber es genügte nicht.

Der Großinquisitor hatte noch fünf weitere Dominikaner zu seinem Tribunal in Venedig entsandt. Drei starben im Gebet, einer im Bett. Einer starb, während er einem Novizen einen Brief diktierte – der Novize konnte sich später nur noch an Blut und Dunkelheit erinnern.

Der Doge konnte sich nur mit der politischen und finanziellen Unterstützung Spaniens an der Macht halten, weswegen er den Inquisitoren einen Flügel seines Palastes zur Verfügung gestellt hatte. Er hatte ihnen auch die Folterkammer überlassen, einen Raum, dessen Steinwände klamm und dick waren, so daß die Schreie der Menschen, die die Hunde hierher verschleppten, seinen Schlaf nicht störten.

Auch der Doge trug Schuld an Ginevras Tod – so beträchtlich, als hätte er ihr selbst die Eisen angelegt.

Oben im reichverzierten Bett des Oberhauptes der Republik Venedig fuhr Cracia la Valla mit einem leisen Schrei auf, zog sich die Bettdecke hoch an den Hals und klammerte sich daran fest. Der Baldachin stand offen, zartes Mondlicht zeichnete überall im Zimmer Schattenmuster.

Als sie neben sich einen Laut hörte, streckte sie die Hand nach ihrem Geliebten aus, in der Annahme, sie habe ihn im Schlaf gestört. „Was für einen düsteren Traum ich hatte!“ flüsterte sie.

Dann riefen ihre Schreie die Palastwache auf den Plan.

Den Folterknecht der Inquisition tötete er schnell, wie man ein Tier tötete, denn mehr als ein Tier war dieser Mann nicht. Er ließ ihn achtlos neben dem Haufen verdreckter Lumpen liegen, die ihm als Bett dienten.

Es war immer noch nicht genug.

Eine Stunde vor Sonnenaufgang trug Henry Ginevra Treschis Leiche hinüber in die Kapelle der Benediktinerinnen, die versucht hatten, ihr Schutz zu gewähren. Vorher hatte er ihren Leib im Kanal gewaschen und in ein Laken gehüllt. So legte er sie nun vor dem Altar ab, die Hände über dem Rosenkranz gefaltet, den sie ihm in der Nacht, als sie sich trennten, zum Abschied geschenkt hatte.

Ginevras Lippen waren kalt, als er sie küßte.

Aber das waren seine auch.

Henry hatte im Blut ihrer Mörder gebadet, aber dennoch klebte das Blut der Geliebten nach wie vor an seinen Händen.

Er begegnete keiner der Schwestern, worüber er froh war – soweit er überhaupt noch etwas fühlte. Ginevras wundersame Rückkehr ins Kloster würde ihr einen Platz in geweihter Erde hier garantieren – aber sicher nur dann, wenn nicht gleichzeitig mit ihr der Tod ins Kloster zurückkehrte.

Auch in der nächsten Nacht, in der Henry in einem der Gewölbe unter San Marco erwachte, hatte er den Geruch von Ginevras Blut in der Nase. Noch mehr Blut mußte fließen, um ihn reinzuwaschen! Auch wenn sie die geballte Macht von Kirche und Staat hinter sich wußte, wählte die Inquisition ihre Opfer nicht nach dem Zufallsprinzip aus. Jemand hatte Ginevra angezeigt.

Giuseppe Lemmo.

Eine Ehe mit ihm war die Alternative zum Klosterleben gewesen.

Lemmo besaß einen großen Kopf mit einer grauen, gepuderten Perücke darauf, und es blieb ihm keine Zeit, irgend etwas abzustreiten. Nachdem Henry sich sattgetrunken hatte, glitten Kopf und Perücke sowie der mit beidem immer noch mehr oder weniger verbundene Körper lautlos in den Kanal.

Er war noch nicht ganz im fauligen Wasser versunken, als das Geräusch näherkommender Stimmen Henry in die Schatten trieb. Seine Kleidung stank nach altem und neuem Tod, aber es war höchst unwahrscheinlich, daß ein Sterblicher dies roch – zu sehr überlagerte der Gestank der Stadt hier alles.

„Nein", sprach einer der beiden Männer heftig. „Ich sage dir, die Dominikaner starben von der Hand des Teufels! Luzifer ist der Hölle entstiegen, weil er einen der Seinen schützen wollte."

Ganz leise, den Hunger kaum im Zaum, trat Henry hinter die beiden Kaufleute.

„Ich sage dir, daß die Heiligen Väter es sich selbst zu verdanken haben!" schnaubte der zweite Kaufmann. „Sie verbringen zuviel Zeit damit, sich Gedanken um den Teufel zu machen, der in anderen steckt. ‚Was ich denk und tu, das trau ich anderen zu', sage ich, und ohne Feuer gibt es keinen Rauch. Den Mönchen macht ihre Arbeit viel zuviel Spaß, wenn du mich fragst, und außerdem: Wenn du genauer hinschaust, wirst du rasch feststellen, daß jeder dieser Häretiker eine wohlgefüllte Börse sein eigen nannte, die sich Kirche und Doge nach seinem Tod redlich teilten."

„Wenn du weiterhin so redest, du Narr, dann wird es bald deine Börse sein, die man sich teilt!"

Eigentlich hatten die blasphemischen Worte des zweiten Handelsmannes gerade beiden das Leben gerettet, was sie aber nie erfahren würden.

„Ach? Wer bitte schön soll sich meine Börse teilen wollen? Hier haben die Hunde des Herrn gerade ihren gerechten Lohn erhalten." Er drehte den Kopf zur Seite und spie ins dunkle Wasser des Kanals. „Ich wünsche dem Alten da unten viel Spaß damit."

Sein Freund bekreuzigte sich hastig. „Glaubst du wirklich, das waren die einzigen Hunde im Zwinger? Die Dominikaner sind mächtig. Sie unterhalten ihre Tribunale bis hinunter nach Spanien und hoch bis in die Nordländer. Sie werden die Ereignisse hier auf keinen Fall auf sich beruhen lassen. Du wirst schon sehen, bald wimmelt es in Venedig nur so von Hunden des Herrn."

„Ach ja? Sei kein Narr! Unsere Einhundert werden vollauf mit der Wahl des neuen Dogen beschäftigt sein. Das gibt ein Hauen und Stechen – da denkt keiner mehr daran, dem Papst mitzuteilen, daß jemand ein paar seiner Hunde eingeschläfert hat."

Die kleine Gruppe war den Lichtern und Menschenmassen am Canale Grande gefährlich nahegekommen. Henry schob sich sicherheitshalber ins tiefe Dunkel zwischen zwei Gebäuden. Bis nach Spanien operierten die Tribunale der Dominikaner? Nachdenklich betrachtete er seine Hände, an denen immer noch Ginevras Blut klebte.

☥ ☥ ☥

„Auch einen Schluck, Signore?"

Ohne der Flasche, die ihm der Mann anbot, oder diesem selbst auch nur einen Blick zu gönnen, schüttelte Henry den Kopf. Unbeirrt starrte er hinaus, dorthin, wo hinter dem mondbeschienenen Meer die Lichter Siziliens leuchteten. Irgendwo dort unter den hell erleuchteten Häusern befanden sich auch die Gebäude des größten Tribunals der Inquisition außerhalb Spaniens. Wo genau, das wußte er nicht, aber er würde es herausfinden. Die Inquisitoren hatten ihr eigenes Gerichtsgebäude, ihr eigenes Gefängnis, ihre eigene Kapelle und ihre eigenen Wohnungen, in denen früher oder später die Hälfte der Besitztümer eines jeden *Häretikers* auftauchte.

Möglich, daß sie von seinem Kommen wußten. Oder doch wenigstens ahnten, daß irgend etwas zu ihnen unterwegs war. Immerhin reisten Gerüchte bei Tag und in der Nacht, während Henry selbst sich nur in der Dunkelheit fortbewegen konnte.

Eine lange Spur aus Leichen kennzeichnete den Weg, den er gekommen war. Henry hatte Dominikaner getötet, aber auch Vertreter weltlicher Behörden, die mit ihnen in den Tribunalen saßen. Er hatte Rechtsverdreher umgebracht, die in Diensten der Inquisition standen, er hatte getötet, wer seinen Nachbarn an die Inquisition verraten hatte und wer den Inquisitoren auf irgendeine Art und Weise seine Unterstützung hatte zukommen lassen, und er hatte alle ausgerottet, die versucht hatten, ihn umzubringen.

Nie zuvor hatte Henry so oft getötet, und noch nie zuvor war er so stark gewesen. Wenn er jetzt auf einer Anhöhe oberhalb eines Dorfes stand, konnte er genau sagen, wieviel Leben auf die Häuser unter ihm verteilt waren. Er konnte im Schatten eines Hauses lauern, in dem sämtliche Türen und Fenster fest verrammelt waren, und zählen, wie viele Herzen darin schlugen. Er sah in die Augen derer, die er zum Tode verdammt hatte, und wurde fast taub vom Lied des Blutes, das durch ihre Adern floß. Es fiel ihm immer schwerer zu definieren, wo er war und wo der Hunger, wo er endete und der Hunger begann.

Die ängstlichen Stimmen, die sich erhoben, wo er gewesen war, nannten ihn Dämon. Also versteckte er, wenn er sich nährte, die Wunden, die verraten hatten, was er war. Es gab zu viele, die den alten Geschichten glaubten, und er war tagsüber zu verwundbar.

„Ihr seid Euch wohl zu gut dafür, mit mir zu trinken!“ Er stank nach Fusel und hielt sich mühsam an der Reling fest, bis eine Welle ihn stolpern ließ und er mit Henry zusammenstieß. Zänkisch hob er den Krug. „Zu gut ...“

Henry fing den Blick des Mannes auf und hielt ihn fest. Hielt ihn fest, als ihm die Erkenntnis dämmerte, als der Schrecken ihn zu übermannen drohte, als das Herz zu rasen begann, als sich die Gedärme entleerten. Geschickt fing er den Krug auf, der aus kraftlosen Fingern rutschte, als er den Mann endlich freigab, und sah zu, wie der Betrunkene wimmernd davonkroch, wobei sein Gehirn fraglos schon eifrig dabei war zu leugnen, was er soeben gesehen hatte.

Ein Schiff zu finden, das bereit war, die schmale Meerenge auch bei Nacht zu queren, war nicht schwierig gewesen. Henry hatte sich einfach einer Gruppe Studenten angeschlossen, die über eine Überfahrt verhandelten. Sie hatten den Tag in den Bordellen Reggios verbracht, in den exotischen Armen von Festlandshuren, und mußten nun zurück an ihre Universität. Zwar blies der Wind aus Nordwest, der Himmel war klar und der Mond voll, aber der Kapitän hatte die von den jungen Männern zusammengetragenen Münzen so rasch akzeptiert, daß er höchstwahrscheinlich nur nach einer Ausrede gesucht hatte, um die Reise antreten zu können. Zweifellos barg sein Schiffsrumpf so einiges an Gütern aus dem stetigen Warenstrom aus Frankreich, Genua und Florenz, der sich höchst illegal die Westküste des Landes entlang bis hin zu dem von Spanien kontrollierten Königreich Neapel und weiter nach Sizilien ergoß.

Den Schmugglern ging es nicht anders als Henry: Auch sie wollten die heiteren Studenten benutzen, um von ihrer eigenen Ankunft in Messina abzulenken.

Der Ankerplatz hatte die Form einer Sichel. Sie fuhren am äußeren Arm entlang, so dicht, daß die Nacht die einzelnen Häuser nicht mehr verbarg, die am Fuße des Ätna kauerten. Henry erkannte den Turm der Kathedrale, die Abtei von Santa Maria della Valle, das Kloster von San Giorgio, aber noch verriet ihm nichts, wo genau die Dominikaner im Namen Gottes mordeten.

Bedeutungslos.

Das, wonach er suchte, dürfte nicht allzu schwer zu finden sein.

Sie konnten sich einschließen und verschanzen, so viel sie wollten, Henry würde sie finden. Mochten sie bitten, betteln und um Gnade flehen – sterben würden sie doch. Das Morden würde so lange weitergehen, bis genug Blut über Henrys Hände geflossen war, um Ginevras Blut abzuwaschen.

☥ ☥ ☥

Messina war als Hafenstadt seit den Tagen des römischen Weltreichs ununterbrochen bewohnt und bewirtschaftet. Unter den Türmen und Lagerhäusern der Stadt, unter den breiten Straßen und schmalen Gassen, unter den Zitronenbäumen und Olivenhainen lagen die Trümmer einer älteren Stadt. Das galt selbst für die Nekropole, die über römischen Katakomben lag.

Während die Studenten hinter dem Fackelträger herstolperten, den sie am Hafen angeheuert hatten und der sie zur Universität geleiten würde, folgte Henry dem Geruch des Todes, bis er am Ende der Via Annunziata auf das schwere Eisentor stieß, das die Piazza della Domenico vom Rest der Stadt trennte. Ein paar der Pfähle, die in der Mitte des Platzes aus niedrigen Steinpodesten ragten, waren in den letzten drei oder vier Tagen in Gebrauch gewesen. Hier schaffte es der Gestank nach verkohltem Fleisch beinahe, den Geruch der Angst und des Schreckens zu übertrumpfen.

Beinahe.

„He! Du! Was machst du da?“

Der Wächter hatte in den Schatten gestanden. Sein lautes Schreien sollte einschüchtern.

„Wozu ist dies Tor da?“ fragte Henry, ohne sich umzudrehen. In der Regel hatten die Hunde gern Publikum, wenn sie die Häresie ausrotteten.

„Bist du ein Fremder?“

„Ich bin die Rache“, flüsterte Henry. Er fuhr über die mächtigen Torstreben und verrieb die fettigen Rauchrückstände zwischen den Fingern. Als die Wache nach ihm griff, drehte er sich um, schloß die Rechte um das kräftige Handgelenk des Mannes und drückte, bis Knochen knackten. Mit aufgerissenen Augen ging der Mann in die Knie. „Wozu ist dies Tor da?“ wiederholte Henry seine Frage.

„Freunde! Manche der Ketzer haben Freunde. Oh Gott, bitte nicht ...“ Nicht der Schmerz ließ ihn um Gnade winseln, sondern die Dunkelheit in den Augen des Fremden.

„Gut.“ Henry hatte bereits in Reggio getrunken, also brach er dem Wachmann das Genick und ließ die Leiche achtlos in die Schatten fallen. Ohne den Mann, der es bewachte, stellte das Tor kein Hindernis dar.

☥ ☥ ☥

„Du hast gesagt, er sei bereit zu gestehen!“ Der Dominikaner hatte die Kutte gerafft, damit sie nicht mit dem Boden in Berührung kam, und starrte entrüstet auf den Körper, der vor ihm auf der Folterbank lag. „Er ist bewußtlos!“

Der dünne Mann in der Lederschürze zuckte die Achseln. „Als ich nach Euch schickte, war er noch wach.“

Der Klosterbruder trat zurück und gesellte sich zu einem zweiten Dominikaner, mit dem er gekommen war. Die Sandalen an seinen Füßen machten gedämpfte, schmatzende Geräusche, drohten sie doch immer wieder, auf dem blutgetränkten Boden festzukleben. „Hol ihn da runter und bring ihn in die Zelle zu den anderen“, befahl er dem Folterer. „Ich bin erschöpft, und sein Anwalt ist nach Hause gegangen. Wir wollen alle ein wenig ruhen und morgen früh die Arbeit Gottes mit seiner Gnade ...“

Die Eisen kamen zwar nicht direkt aus dem Feuer, erfüllten ihren Zweck aber trotzdem. Noch als der Hunger sich dem Blut entgegenhob, das die schwarzweißen Kutten der Männer in Rot tränkte, schoß Henry durch den Kopf, welche Ironie in diesem letzten Wort des Inquisitors lag. Ein Mann, der keine Gnade gekannt hatte, war mit dem Wort Gnade auf den Lippen gestorben. Der zweite Mönch schrie, aber nicht lange: Dann erstickte er an den beiden gebogenen langen Messern, die auf dem Tisch neben der Folterbank gelegen hatten und sich nun unter seine Arme bohrten, um sich an seinem Brustknochen zu treffen.

Den Gefängniswärter brachte Henry so um, wie er die Wache am Tor umgebracht hatte. Nur wer Befehle erteilte, zahlte mit Blut.

Eine große, durch eine stabile Eichentür gesicherte Zelle beherbergte ein halbes Dutzend Gefangene, zwei kleinere Zellen daneben je einen. Henry schob den Riegel zurück, der die Türen sicherte, und trat beiseite, so daß man ihn nicht sehen konnte. Bei anderer Gelegenheit hatte er die Erfahrung machen müssen, daß Gefangene lieber blieben, wo sie waren, und sich der Inquisition stellten, als an ihm vorbeizugehen. Aber er sah den Menschen immer zu, wenn sie ihren Kerker verließen – irgendwo tief in seinem Herzen glomm ein Funke Hoffnung, der ihm einflüsterte, Ginevra könne unter ihnen sein. Frei. Lebend.

Der Gefangene aus einer der Einzelzellen drängte durch die Tür, sobald sie sich geöffnet hatte. Wachsam, sprungbereit kniff er die Augen zusammen, auf der Suche nach einem Feind. Beim Anblick der Leichname verzog sich sein großer Mund mit den weichen Lippen zu einem befriedigten Lächeln. Das Haar des Fremden war rotgolden wie das Henrys, zeigte allerdings bereits die ersten grauen Strähnen. Sein Körper jedoch war schmal und gut gebaut wie der eines jungen Mannes. Seine Kleidung verriet Wohlstand und Geschmack, sein Verhalten zeugte davon, daß er offensichtlich daran gewöhnt war, anderen Befehle zu erteilen, die diese auch befolgten, und richtig: Auf ein Wort von ihm hin kamen vier Frauen und zwei Männer aus der großen Zelle geschlurft. Sie hatten die Arme erhoben, um ihre Augen gegen das Licht der Fackeln abzuschirmen; Haare und Kleidung hingen voller Stroh. Immer noch den Befehlen des Rothaarigen folgend gingen sie ihm voran aus dem Gefängnis.

Er bediente sich ihrer, um zu sehen, ob die Luft rein war. Verschlagen, dachte Henry. Auch Ginevra war intelligent gewesen.

Hinter ihm wurde geflüstert, lateinische Worte drangen an sein Ohr. Verdutzt drehte Henry sich um. Neben den beiden Dominikanern kniete ein älterer Klosterbruder, der die Kutte der Franziskaner trug und in der zweiten Einzelzelle untergebracht gewesen war. Er hatte jedem der Männer eine Hand auf die Stirn gelegt und erteilte ihnen die Sterbesakramente.

„In Nomine Patris et Filii et Spiritus Sancti, Amen." Mit schmerzverzerrtem Antlitz, eine Hand an der Folterbank, zog er sich hoch. „Du kannst dich zeigen. Ich weiß, was du bist."

„Du hast keine Ahnung."

„Ach ja?" Achselzuckend bückte sich der Alte, um die Sperrvorrichtung zu lockern, die dafür sorgte, daß der Körper auf der Bank gestreckt blieb. „Du bist der Tod, der die Inquisition verfolgt. In Venedig hast du mit deinem Werk begonnen, und jetzt endlich führte dich dein Weg bis hinunter zu uns nach Messina."

„Wenn ich der Tod bin, warum fürchtest du dich dann nicht?"

„Ich fürchte den Tod schon lange nicht mehr." Er drehte sich um und musterte die Schatten im Raum mit wäßrigen Augen. „Hast du Angst, dich mir zu stellen?"

Ohne daß er es wollte, bleckte Henry die Zähne. Er trat ins Licht.

Der Franziskaner runzelte die Stirn. „Komm näher."

Fauchend stieg Henry über eine der Leichen. Der Blutgeruch schlang sich um ihn wie eine Decke. Dieser Franziskaner würde schon noch lernen, was Furcht war, Gefangener der Inquisition oder nicht. Er fing den Blick des Mönchs auf, vermochte ihn aber zu seiner großen Verwunderung nicht zu halten. Als er wegzusehen versuchte, war auch das nicht möglich.

Es dauerte eine Weile, bis der Alte ihn seufzend freigab. „Das Böse bist du nicht, auch wenn du Böses getan hast. Kein Grimm, keine Freude am Schlachten. Ich wußte nicht, daß Wesen wie du solchen Schmerz empfinden können."

Er taumelte zurück, krallte nach seinem Hunger, der ihn verlassen wollte. „Ich fühle nichts!"

„Das redest du dir dauernd ein. Was ist in Venedig geschehen? Wen hat dir die Inquisition getötet, daß du so viel von ihrem Blut brauchst, um dich reinzuwaschen?"

Laut brauste das Blut in Henrys Kopf. Fast hätte er die eigene Stimme nicht gehört: „Ginevra Treschi."

„Du hast sie geliebt."

Es war keine Frage, aber Henry beantwortete sie trotzdem. „Ja."

„Eigentlich müßtest du mich jetzt töten, das solltest du wissen. Ich habe dich gesehen und weiß, was du bist. Ich weiß, was ein Mythos ist ...", der Mönch berührte mit zwei Fingern das hölzerne Kreuz an seinem Hals, „... und ich weiß, wie man dich vernichten kann. Ich könnte am Tage, wenn du hilflos bist, deinen Leib aus seiner Zuflucht ins Sonnenlicht zerren. Ich könnte dir einen Pfahl ins Herz hämmern. Du solltest mich wirklich töten! Zu deiner eigenen Sicherheit."

Womit er recht hatte.

Was zählte ein Tod mehr? Henrys Finger, klebrig von dem Blut, das er bereits vergossen hatte, schlangen sich um den dünnen Hals des Alten. Er würde es rasch hinter sich bringen, um wieder zu der Arbeit zurückzukehren, deretwegen er hergekommen war. Es gab immer noch viel zu viele Dominikaner in Messina.

Der Puls des Franziskaners schlug langsam und gleichmäßig.

So langsam und gleichmäßig, daß Henrys Hände den Hals des Mannes wie von allein freigaben. „Unschuldige töte ich nicht", sagte der Vampir leise.

„Du irrst, Vampir – abgesehen von der Erbsünde, über die ich mich heute nacht nicht mit dir streiten möchte. Parigi Carradori, der Mann aus der Einzelzelle neben mir, den du befreit hast, vollzieht dunkle Rituale, in denen er Kinder opfert. Er will, daß ihm der Teufel Macht verleiht."

Henry verzog den Mund. „Ich bin nicht gewillt, mir die Lügen der Inquisition anzuhören."

„Das ist keine Lüge; Carradori gibt alles aus eigenem Antrieb zu, ohne Druck. Sein Geist gehört den Dämonen, und du hast ihn befreit, hast ihn losgeschickt, damit er das Unschuldigste tötet, das diese Stadt ihr eigen nennt."

„Das geht mich nichts an."

„Wenn du das wirklich so meinst, dann solltest du mich doch töten."

„Treib es nicht zu weit, Alter!" Henry wollte den Hunger rufen, aber der reagierte zum ersten Mal seit Ginevras Tod nur sehr langsam.

„Gottes Gnade bietet dir hier Gelegenheit, dich selbst zu retten. Buße zu tun, wenn du willst. Natürlich kannst du dich ebensogut für das Dunkel entscheiden, in das du dich schon so viele Monate hüllst. Du kannst beschließen, dich ihm ganz zu ergeben, es in dein Herz aufzunehmen, bis du nur noch Dunkelheit bist. Oder du leistest Wiedergutmachung."

„Wiedergutmachung?" Henry trat langsam ein paar Schritte zurück, auf keinen Fall wollte er, daß es nach Rückzug aussah. Verächtlich spie er in die Blutlache, die die Leichen der Dominikaner umgab und bereits leicht angetrocknet schien. „Über den Tod dieser Männer und anderer ihrer Art soll ich Bedauern empfinden?“

„Nein, das erwarte ich nicht. Denn um Bedauern empfinden zu können, müßtest du erst einmal etwas fühlen. Fang an damit, daß du Carradori an seinen Taten hinderst. Wir werden sehen, was der Herr dann mit dir vorhat.“ Er verabschiedete Henry mit einer zerstreuten Geste, die wohl ein Segen sein sollte, aber eher so aussah, als tätschele er die Luft zwischen ihnen. Dann drehte er sich um und band den Mann auf der Folterbank los, ganz vorsichtig, denn die Lederfesseln hatten sich schon tief in das aufgequollene Fleisch der Arme eingegraben und waren schwer zu lösen.

Henry sah ihm noch eine Weile zu, ehe er auf dem Absatz kehrtmachte und den Raum verließ.

Er hatte nicht vor, Carradori nachzugehen. Seine Aufgabe war der Kampf gegen die Inquisition und ihre Helfershelfer, die seine Ginevra einen so qualvollen, langsamen Tod hatten sterben lassen. Was ging ihn ein Mann an, der vielleicht – vielleicht aber auch nicht – Geschäfte mit der Finsternis anstrebte?

... und du hast ihn freigelassen, hast ihn losgeschickt, damit er das Unschuldigste tötet, das diese Stadt ihr eigen nennt.

Er war nicht verantwortlich für das, was Carradori mit seiner Freiheit anfing! Henry trat auf den Platz, wo er all den Dominikanerherzen zuhören konnte, die rings um ihn schlugen. Hier war genug Blut beisammen, genug, um es endlich *genug* sein zu lassen.

... vollzieht dunkle Rituale, in denen er Kinder opfert. Er will, daß ihm der Teufel Macht verleiht.

Kinder starben. In manchen Jahren mehr, als überlebten. Henry konnte sie unmöglich alle retten, selbst wenn er bereit gewesen wäre, es zu versuchen.

Natürlich kannst du dich ebensogut ganz für das Dunkel entscheiden, in das du dich schon so viele Monate hüllst. Du kannst beschließen, dich ihm endgültig zu ergeben, es in dein Herz aufzunehmen, bis du nur noch Dunkelheit bist. Oder du leistest Wiedergutmachung.

„Halt den Mund, alter Mann!“

Mit erhobener Fackel, den Kopf leicht schräg gehalten, um besser sehen zu können, was hinter ihrem unmittelbaren Lichtkreis lag, trat ein junger Klosterbruder aus einem der an den Platz angrenzenden

Gebäude. „Wer da? Bist du das, Bruder Pe...?“ Den Schatten, der an ihm vorbeiglitt, fühlte er mehr, als daß er ihn sah. Er streckte den Arm aus, der die Fackel hielt, und richtete das Licht auf den Eingang zum Gefängnis. Dort war niemand – nur ein blutiger Händeabdruck glitzerte auf dem blassen Stein.

☥ ☥ ☥

Die Gefangenen hatten das Tor offengelassen. Die meisten von ihnen waren einfach geradeaus gewankt, auf die Via Annunziata, den Weg des geringsten Widerstandes. Nur einer hatte sich hinter dem Tor nach links gewandt, um die Straße an der Mauer entlangzugehen, die hinaus auf den Berg führte.

Carradori.

Hier draußen, wo ihn nicht mehr der Gestank des Schreckens bedrängte, der im Gefängnis alles andere überlagert hatte, roch Henry die Verunreinigung im Blut des Mannes.

Zumindest in diesem einen Punkt hatte der alte Mönch also nicht gelogen.

In diesem Moment brach hinter dem Vampir ein Gewitter aus aufgeregten Männerstimmen los: Man hatte seinen Besuch im Gefängnis entdeckt. In dieser Nacht sollte er sich wohl lieber nicht mehr mit der Inquisition befassen, das wäre zu gefährlich. Ohne nachzudenken, wandte er sich nach links.

Eigentlich hätte er Carradori innerhalb kürzester Zeit einholen müssen, aber das war nicht der Fall. Irgendwann stand Henry vor einer Reihe schäbiger Mietshäuser, die sich eng an die Außenmauern der Nekropolis drängten, und hatte keine Ahnung, wohin der Mann verschwunden sein mochte. Leise knurrend bleckte er die Zähne. Ein klapperdürrer Hund, aus dem Schlaf geschreckt, fing an zu jaulen. Wenig später protestierten Dutzende seiner Kameraden mit ihm gemeinsam gegen das Raubtier, das so unverhofft in ihrem Revier aufgetaucht war.

Im Vergleich dazu war der Lärm, den die aufgescheuchten Mönche gemacht hatten, gar nichts.

Als sich von überallher eine Flut unflätiger Schimpfworte über sein Haupt ergoß, zog sich Henry hastig in die Abgeschiedenheit der Nekropole zurück.

Die Stadt der Toten verfügte über ihre ganz eigenen Mietskasernen: Hier in diesem Erdreich wurden die Toten übereinandergeschichtet, seitdem die Griechen die Meerenge kontrolliert hatten. Vor seinem Aufenthalt in Venedig – vor Ginevra – hatte Henry nur wenig Zeit bei den Toten verbracht; sein eigenes Grab war nicht gerade das gewesen, was man als Ruhestätte hätte bezeichnen können. In den vergangenen Wochen hatte er jedoch gelernt, die Stille zu schätzen, die in den Unterkünften der Verstorbenen herrschte. Kein Herzschlag, kein Blutgesang, nichts, was den Hunger wecken und daran erinnern konnte, daß der Rachefeldzug noch nicht beendet war.

Aber in dieser Nacht fehlte die Stille.

In dieser Nacht hörte Henry zwei Herzen schlagen, spürte ein Leben, das gefährlich nah am Rande der Ewigkeit balancierte.

Allzuoft wurden die Häuser der Toten zu Tempeln der dunklen Künste.

Man hatte mit Blut außen am Mausoleum Glyphen angebracht, die Eindringlinge und Schaulustige abwehren sollten. Verächtlich lachend ging Henry an ihnen vorbei. Blut übte eine bestimmte Macht über ihn aus, ebenso umgekehrt: Auch er übte eine bestimmte Macht über das Blut aus. Die dunklen Künste hatten weder an dem einen noch an dem anderen Anteil.

Zwei schwarze Kerzen, je eine am Kopf und zu Füßen des dünnen Kindes, das auf der Grabplatte lag, verströmten so wenig Licht, daß Henry das Gemach betreten konnte, ohne fürchten zu müssen, daß man ihn gleich entdeckte. So war er erstaunt, als Carradori die weit aufgerissenen, wild blickenden Augen direkt auf ihn richtete.

„Da kommt endlich der Helfer meines dunklen Herrn, um den Platz an meiner Seite einzunehmen!“ Carradori stand mit nacktem Oberkörper da, bis zur Körpermitte entkleidet. Er hatte sich weitere Glyphen ins eigene Fleisch geschnitten, neue Wunden über alten Narben.

Henry trat vor. „Ich bin niemandes Helfer“, zischte er.

„Du hast mich freigelassen. Du hast die geschlachtet, die mich gefangen hielten.“

... natürlich kannst du dich entscheiden ...

„Das hatte nichts mit dir zu tun.“

Carradori hielt eine längliche, gerade Messerklinge über das Kind. Er lachte irre. „Warum bist du dann hier?“

... oder du entscheidest dich für Wiedergutmachung.

„Ich war neugierig.“

„Dann laß mich dich deine Neugier befriedigen.“

Er hob die Klinge und setzte zu einer Litanei in einer Sprache an, bei der es sich weder um Latein noch um Griechisch handelte – Henrys Vater hatte dafür gesorgt, daß sein Sohn beides fließend beherrschte. Die Worte schienen aus harten Konsonanten zu bestehen, die am Ohr des Zuhörers ebenso schmerzhaft kratzten wie an der Kehle des Sprechers. Der Hunger, den der Franziskaner zurückgedrängt hatte, hob sich lauernd.

Hier würde endlich genug Blut fließen.

Dann wandte das Kind, ein Mädchen, den Kopf.

An einer Kaskade ebenholzschwarzen Haars vorbei starrten graue Augen Henry an. Eine kleine, schmuddelige Hand reckte sich ihm flehend entgegen.

Aber da hatte das Messer seinen Weg nach unten schon angetreten.

Henry fing die Spitze mit der Rückseite seines Armes ab, spürte die Klinge durch ihn hindurchfahren, auf das Kind zu, während seine Faust mit aller Macht dafür sorgte, daß die Knochen in Carradoris Gesicht bis hinein in dessen Hirn getrieben wurden. Der halbnackte Mann war tot, noch ehe er auf dem Boden aufschlug.

Wohl hatte die Spitze der Waffe die Haut des Kindes gleich oberhalb des Herzens berührt, aber das einzige Blut, das über die Grabplatte rann, war das Henrys.

Er riß sich das Messer aus dem Arm, warf es beiseite, zog das kleine Mädchen in die Arme und sank in die Knie. Was bedeutete die neue Verletzung an seinem Arm gegen die alte in seinem Herzen! Denn sein Herz fühlte sich an, als sei in ihm eine Glasvitrine zerschmettert und die einzelnen, scharfen Scherben versuchten, sich einen Weg nach draußen zu bahnen. Schluchzend vergrub Henry das Antlitz in den schwarzen Locken des Kindes. Er wiegte sich vor und zurück. „Es tut mir so leid, es tut mir so leid, es tut mir so leid!“

... gestanden, mit dem Teufel Beischlaf gepflegt zu haben. Ihr ward vergeben, und sie legte ihre Seele in Gottes Hand.

„Ich bin der Teufel, mit dem Ginevra Treschi den Beischlaf pflegte.“

Daß sie ihn geliebt hatte – das hatte sie umgebracht.

☥ ☥ ☥

Als Henry am nächsten Abend erwachte, saß der alte Franziskaner neben ihm, den Rücken an die Wand der Grabstätte gelehnt. Die Lampe, die zwischen seinen Füßen stand, hatte er so gedämpft, daß sie eigentlich nicht mehr war als ein grauer Schatten in der Dunkelheit.

„Ich dachte, du bringst den Pöbel mit Fackeln und Pfählen."

„Dachtest du? Dann kann dein Versteck ja nicht besonders gut sein."

Henry richtete sich auf. Achselzuckend sah er sich in dem Alkoven um, wo er den Tag verbracht hatte, nachdem er das Mädchen bei den Mietshäusern zurückgelassen hatte, beide Hände fest im Fell des klapprigen Hundes vergraben, den Henry bei seinem nächtlichen Auftauchen geweckt und den er zu so jämmerlichem Heulen veranlaßt hatte. Die Morgendämmerung dicht auf den Fersen hatte er sich gerade noch in der obersten Lage der Katakomben verkriechen können, ehe er sich dem Tag ergeben mußte.

„Warum hast du den Pöbel nicht mitgebracht?"

„Mein ist die Rache, spricht der Herr." Leise stöhnend nahm der Klosterbruder seine Laterne und stand ganz langsam auf. „Außerdem mag ich es nicht, wenn die Möglichkeit besteht, eine Seele zurückzugewinnen, und ich lasse sie verstreichen."

„Du weißt, was ich bin. Ich habe keine Seele."

„Du hast Ginevra Treschi geliebt. Ohne Seele gibt es aber keine Liebe."

„Meine Liebe hat sie getötet."

„Möglich." Der Klosterbruder stellte seine Laterne auf einem der Grabsteine ab, ehe er Henrys Hand ergriff und sie umdrehte. Die Blessur in Henry Arm fing gerade wieder an zu bluten. Die warme Flüssigkeit rann an Henrys bleichem Unterarm hinunter und sammelte sich in der Handfläche. „Hat sie dich auch geliebt? Aus freien Stücken, weil sie dich lieben wollte?"

Henrys Stimme klang leiser als ein Flüstern. „Ja."

„Es war ihre Entscheidung, nimm ihr das nicht. Sie hat sonst alles verloren. Du hast Blut an den Händen, aber Ginevras ist es nicht."

Benommen starrte Henry auf die roten Flecken. „Nicht Ginevras."

„Nein, und du siehst selbst, wessen Blut gebraucht wird, um die letzten Flecken abzuwaschen." Sanft legte der Franziskaner Henrys Finger zusammen.

„Meines."

Der Schlag auf den Kopf traf ihn vollkommen unerwartet. Er hatte noch nicht einmal mitbekommen, daß der alte Mann sich bewegt hatte.

„Das Blut des Lammes, Vampir! Dein Tod wird meine Dominikanerbrüder nicht wieder zum Leben erwecken, aber dein Leben ist lang genug, für ihren Tod Buße zu tun."

„Du bist ein eigenartiger Klosterbruder."

„Ich war nicht immer Mönch. In meiner Jugend kannte ich einen von deiner Art, und vielleicht will ich mich selbst retten, indem ich dich rette, vielleicht ist das meine Art, den Mob und die Pfähle zu sühnen, die ich ihm brachte."

Als Henry aufsah, fand er die eigene Trauer in den Augen des Franziskaners gespiegelt. Hinter diesen Schmerz zu schauen, versuchte er gar nicht erst.

„Warum warst du Gefangener der Inquisition?"

„Ich bin Franziskaner. Den Dominikanern gefällt es nicht, daß wir moralisch besser dastehen als sie."

„Moralisch besser dastehen?"

„Christus war arm, und wir sind es auch. *Sie* nicht. Was allerdings nicht bedeutet, daß sie sterben müssen."

„Ich habe nicht ..."

„Ich weiß." Er legte eine warme Hand auf Henrys Haar. „Wie lange ist deine letzte Beichte her?"

☥ ☥ ☥

„Die Häuser des Tribunals fielen im Jahr 1783 einem Erdbeben zum Opfer. Man hat sie nie wieder aufgebaut. Als ich in den sechziger Jahren des 19. Jahrhunderts nach Messina zurückkam, erkannte ich nicht einmal den Ort wieder, an dem sie gestanden hatten."

Tony sah aus dem Autofenster ins Parkhaus. Sie waren schon vor einer halben Stunden zu Hause angekommen und saßen seitdem im Auto, während Henry erzählte. „Hast du wirklich all diese Leute umgebracht?" erkundigte sich Tony.

„Ja."

„Bestimmt waren viele schlechte Menschen darunter, die ihre Macht mißbrauchten ... aber darum geht es gar nicht, oder?"

„Nein. Sie starben, weil ich mich schuldig fühlte, weil Ginevra meinetwegen gelitten hatte. Ich habe sie nicht ermordet, weil ich dachte, die Welt wäre ohne sie besser dran, ich habe sie nicht ermordet, weil ich sie erledigen mußte, um zu überleben." Henry bleckte die Zähne. „Heute habe ich gute Gründe, wenn ich Leute umbringe."

„Da ich ja nun einmal zu den Leuten gehöre", sagte Tony leise, „kann ich nur betonen, wie gern ich das höre."

Henry sah ihn von der Seite an. „Dann hast du keine Angst?"

„Weil du vor 350 Jahren ausgeflippt bist?" Tony wandte sich um und erwiderte Henrys Blick. „Nein. Ich kenne dich jetzt." Als Henry wortlos zur Seite sah, legte ihm Tony die Hand auf den Arm. „He, ich habe auch eine Vergangenheit. Keine wie du, aber niemand lebt, ohne Dinge zu tun, die er wieder wettmachen muß. Dinge, bei denen es einem dann leid tut, sie getan zu haben."

„Reicht denn das Bedauern?"

„Ich war das letzte Mal als Kind bei einer Messe, aber heißt es nicht so? Ich meine, wenn es einem aufrichtig leid tut, reicht das. Was für eine Buße hat er dir denn auferlegt?" fragte Tony nach einer Weile, als klar war, daß Henry nicht ausführen würde, wie leid ihm die Morde an den Inquisitoren taten.

„Heute?"

„Nein, ich meine damals. Drei Ave Maria werden wohl kaum ..."

„Ich mußte ihm versprechen, daß ich mich erinnere."

„Mehr nicht?" Als klar wurde, daß Henry auch diese Frage nicht zu beantworten gedachte, schlüpfte Tony aus dem Auto. „Auf dem Sportkanal läuft heute australisches Rugby. Das siehst du doch so gerne."

„Geh schon mal vor. Ich komme in ein paar Minuten nach."

„Alles in Ordnung mit dir?"

„Ja."

„Ich könnte ..."

„Tony."

„Gut, ich könnte schon mal hochgehen." Tony richtete sich auf, schloß die Autotür und ging durch die Tiefgarage zu den Fahrstühlen hinüber. Dort drückte er auf den Rufknopf und wartete, ohne sich umzudrehen. Er mußte sich nicht umdrehen. Er wußte auch so, was er sehen würde.

Henry.

Der immer noch im Auto saß und auf seine Hände starrte.

Kritische Fragen

„Sie da! Sie sind Polizist, oder?"

Michael Celluci starrte auf die blasse Hand mit den langen Fingern auf seinem Arm und von da aus weiter in das Gesicht des großen, unrasierten, jungen Mannes, der ihn aufgehalten hatte, als er gerade die Treppe des Gebäudes der Polizeidirektion hatte heruntersteigen wollen. „Ja."

Ein panischer Blick aus rotgeränderten, blutunterlaufenen Augen bohrte sich flehend in sein Gesicht. „Ich brauche Hilfe."

„Wo brennt es denn?"

„Jemand will mich ermorden."

„Aha." Der Mann wirkte ehrlich verängstigt. Mit Verängstigung kannte Mike sich aus, das erlebte er in seinem Beruf oft genug. Was Ehrlichkeit betraf – davon bekam er nicht so viel mit, jedenfalls nicht bei der Arbeit. Er deutete mit dem Kinn auf die schweren Doppeltür, an der das Kondenswasser langen Perlenschnüren gleich herunterlief, eine glitzernde Barriere zwischen der Wärme im Haus und Downtown Toronto im Januar. „Vielleicht möchten Sie lieber drinnen weiterreden?"

☥ ☥ ☥

„Er heißt Raymond Carr, und alles hat damit angefangen, daß er per E-Mail Drohbriefe erhielt." Celluci gab Vicki einen dünnen Aktenordner, ehe er eiligen Schrittes der Kaffeemaschine zustrebte. „Die Sache ist schnell eskaliert. Bis zu dem Punkt, an dem sich jemand in sein System gehackt und Drohungen in seine Arbeit eingebaut hat."

„Was tut er denn?"

„Er schreibt. Hast du den Kaffee nach dem Aufstehen frisch aufgesetzt, oder ist das noch die Brühe von heute morgen?" Argwöhnisch musterte Mike den Kaffeebecher, den er sich gerade vollgeschenkt hatte und der sich schon auf halbem Wege zu seinem Mund befand.

„Was soll die Frage? Du trinkst das Zeug doch so oder so. Was schreibt er?"

„Alles, wofür man ihn bezahlt. Natürlich zahlen die Leute weniger, wenn ihre Werbetexte mit Morddrohungen gespickt sind."

„Hereinspaziert! Sie sparen und sparen und sparen, während wir Ihnen mit dem Baseballschläger den Schädel einhauen?"

„Nicht ganz so weitschweifig. Außerdem schreibt er gerade an einem Buch."

„Wer nicht?" Stirnrunzelnd betrachtete Vicki den obersten Computerausdruck im Ordner. „*Stirb* – Ich nehme mal an, das Wort gehört nicht an diese Stelle?" Sie blätterte weiter. „Hierher wohl auch nicht? Vergiß es, die Frage erübrigt sich, hier wird es gleich zwölfmal wiederholt. Was hat er denn verbrochen und an wem?"

„Das weiß er nicht."

„Nun, auf jeden Fall hat er einen ziemlich coolen Hacker vergrätzt", murmelte Vicki, nachdem sie rasch auch noch die letzten Seiten überflogen hatte.

Celluci holte sich einen Stuhl und setzte sich Vicki gegenüber. „Er sagt, er hat überhaupt niemanden vergrätzt."

„Dann hältst du die Sache für einen schlechten Scherz?" Vicki drückte sich mit den Fingerspitzen am Tisch ab, bis sie nur noch auf zwei Stuhlbeinen balancierte. „Irgendein gelangweilter Computerspezi, der es geil findet, Wildfremde fertigzumachen?"

„Möglich. Wie dem auch sei: Carr hat totale Angst. Wir haben seine Anzeige aufgenommen, können aber nicht viel tun. Um etwas unternehmen zu können, müßten wir schon mehr in der Hand haben als ein paar elektronische Drohungen."

„Aber ihr habt inzwischen auch Computerspezis, oder?" Vicki klopfte einen Trommelwirbel auf den Tisch. „Gar nicht mal so wenige, wenn ich mich recht entsinne. Kann denn keiner von denen diese E-Mails bis zum Absender zurückverfolgen?"

„Ohne Carrs Computer können wir anscheinend überhaupt nichts, und den gibt er uns nicht. Sagt, sein ganzes Leben stecke in der Maschine."

„Ehrlich? Dann kann man nur hoffen, daß er die Sicherheitskopien nicht vergißt." Vicki schlug den Ordner zu und ließ ihren Stuhl wieder auf alle vier Beine fallen. „Was erhofft er sich? Nicht von dir persönlich, meine ich. Was erhofft er sich von Torontos geballter Polizeikraft?"

„Er hofft, daß wir ihn beschützen.

„Aha – so langsam fange ich an zu kapieren, worauf das hinausläuft!“

Mike trank grinsend seinen Kaffee aus. „Carrs Adresse steht auf dem Ordner. Ich habe ihm gesagt, du kommst heute abend vorbei.“

„Ich bin keine Wachdienstfirma, Mike.“

„Habe ich das behauptet? Du verfügst über besondere Fähigkeiten.“

„Besondere Fähigkeiten?“ Vickis Lächeln war sowohl Drohung als auch Einladung.

Celluci räusperte sich und redete unbeirrt weiter, wobei er die Drohung ausdrücklich ignorierte und die Einladung ebenso ausdrücklich in den Wind schlug. „Außerdem magst du inzwischen ein untotes Geschöpf der Nacht sein, aber vorher warst du jahrelang eine gute Polizistin. Erinnere dich doch zur Abwechslung mal an deine Talente aus der Zeit. Finde raus, wer ihn bedroht, geh ein bißchen ermitteln, und wenn du schon mal da bist, dann sorg doch auch gleich noch dafür, daß keiner dem armen Mann einen Baseballschläger auf den Kopf haut.“

☥ ☥ ☥

Raymond Carr wohnte über dem Korona-Restaurant in der Bloor Street, in einer Mietwohnung im zweiten Obergeschoß. Als Vicki die steile, schmale Treppe zu seiner Wohnung hinaufstieg, wobei sie tunlichst jeden Kontakt mit dem dreckstarrenden Treppengeländer mied, fragte sie sich besorgt, ob sich der Mann ihre Dienste leisten konnte. Mike vergaß manchmal, daß seine ehemalige Partnerin nicht mehr auf der Gehaltsliste der Stadtverwaltung Toronto stand. Das – oder er erging sich gerade in einem passiv-aggressiven Macho-Ding nach dem Motto „Sorge dich nicht, ich sorg schon für dich“. Ganz klar war ihr das nicht.

Irgendwann in grauer Vorzeit hatte jemand die Wohnungstür dunkelblau gestrichen. Das konnte man allerdings unter der Patina schmieriger Handabdrücke kaum noch erkennen. Nach unten hin wurden die Flecken blasser und wichen schwarzen Striemen, wie sie entstehen, wenn Türen zugetreten werden.

Vicki hatte die Faust schon erhoben, um anzuklopfen, als irgend etwas sie stoppte. Die Stadt war voller Leben, Millionen Leben. Hier im Haus, ganz nah hinter den dünnen Wänden aus Brettern und uraltem

Verputz, befand sich etwa ein halbes Dutzend. Da war es schwer, genau zuzuordnen, welche Geräusche aus Carrs Wohnung drangen. Vicki konzentrierte sich. Sorgsam sortierte sie alle Geräusche im Haus, filterte alles heraus, was kein Ausdruck von Leben war, und schaffte es schließlich, Carrs Herzschlag auszusondern. Das Herz schlug langsamer, als es hätte schlagen dürfen. Sie konnte hören, daß es kämpfte, und nicht einmal die Zwiebeln, die jemand im ersten Stock hatte anbrennen lassen, vermochten den Geruch nach Blut zu überlagern.

Die Tür war mit einem Riegel und einer Kette gesichert, beides in einen Türrahmen geschraubt, der wahrscheinlich irgendwann um die vorletzte Jahrhundertwende herum das Licht der Welt erblickt hatte. Mit einem Laut, der einem trockenen Husten glich, gab das Holz nach, als Vicki dagegendrückte. Die unzähligen Schichten billigen Lacks hielten noch ein wenig länger stand, aber schon bald rannte Vicki den langen Wohnungsflur entlang, immer ihrer Nase nach, die sie in das zur Straße hin gelegene Zimmer führte.

Dessen Tür ebenfalls verschlossen war.

Die sie ebenso schnell aufbrechen konnte wie die Wohnungstür.

Auf dem Linoleumboden lag, alle viere von sich gestreckt, ein junger Mann Ende zwanzig – blondes Haar, blasse Haut, ungefähr ein Meter achtzig groß, etwa achtzig Kilo schwer. Unter seinem Kopf hatte sich eine Blutlache gebildet, die sich beharrlich ausbreitete, wobei die Tatsache eine Rolle spielte, daß der unebene Fußboden als eine Art künstliche Wasserscheide fungierte. Der Mann war allein im Zimmer.

So schnell, daß kaum zwei Herzschläge verklangen, kniete Vicki neben ihm. Sie barg seinen Kopf in der einen Hand, hielt in der anderen ein zusammengefaltetes Handtuch aus dem Badezimmer. Klar hätte sich jeder noch in der Wohnung befindliche Angreifer jetzt gefragt, wie sie es geschafft hatte, so schnell zum Bad am anderen Ende des Flures und wieder zurück zu sprinten, aber wenn sich noch ein Angreifer in der Wohnung befunden hätte, dann hätte sich Vicki ohnehin erst einmal mit ihm befassen müssen, also brauchte man sich über diese Frage nicht weiter den Kopf zu zerbrechen. Bis auf den Verletzten war der Raum, war die Wohnung leer. Niemand versteckte sich unter dem Sekretär, niemand lauerte in dem winzigen Schrank, der auch noch aus der Zeit vor der vorletzten Jahrhundertwende stammte.

Ein paarmal auf das Handtuch gespuckt – über einen Mangel an Speichel konnte sich Vicki nicht beklagen, ließ der Blutgeruch ihr doch das Wasser im Munde zusammenlaufen –, dann Handtuch samt Speichel auf die Wunde gedrückt. Während sie darauf wartete, daß die die Blutgerinnung unterstützenden Bestandteile in ihrem Speichel ihre Arbeit taten, zückte Vicki ihr Handy und tippte einhändig eine Nummer ein.

☥ ☥ ☥

„Dann haben Sie die Tür aufgebrochen?"

„Korrekt."

„Weil Sie das Blut riechen konnten?"

„Ja."

„Vom Flur aus?"

„Das sagte ich bereits."

„Mir geht es nur darum, alles genau nachvollziehen zu können, Ms. Nelson."

Vicki gelang es nur mit Mühe, nicht Zähne zu zeigen: Der ernsthafte junge Wachtmeister ging ihre Aussage nun schon zum vierten Mal durch, und sie hatte ihn gründlich satt.

„Danach brachen Sie auch die Zimmertür auf?"

„Ja."

Er warf ihr einen Blick zu, den er wahrscheinlich für über alle Maßen einschüchternd hielt. „Sie haben beide Schlösser mit roher Gewalt direkt aus dem Türholz gebrochen, und das bedeutet, daß Sie nicht nur über einen unglaublichen Geruchssinn verfügen, sondern noch dazu ungewöhnlich stark sind."

„Ich trainiere regelmäßig." Der Mann tat nur seine Arbeit, was Vicki absolut nachvollziehen konnte, aber irgendwann war es auch mal gut. Sie fing seinen Blick auf und lächelte. „Jetzt scheren Sie sich weg", zischte sie. „Hören Sie auf, mich zu nerven."

„Ich ... ich glaube, jetzt habe ich alles."

„Fabelhaft." Der Ton ein wenig normaler, das Lächeln ein wenig normaler.

Er trat zwei Schritte zurück, drehte sich um und schlurfte den Flur hinunter auf die Wohnungstür zu, wo er um ein Haar mit Celluci zusammengeprallt wäre.

„Vicki ..."

„Was denn? Ich habe kooperiert!"

„Du hast ihm eine Heidenangst eingejagt!"

„Na und? Soweit ich mich erinnere, habe ich das mit den Jungs in Uniform früher in einer Tour gemacht. Seit wann stellen die auch Kinder ein?" Seufzend schloß sie sich Celluci an, der auf dem Weg in Carrs winziges Arbeitszimmer war.

„Ungefähr seit der Zeit, als ich anfing, graue Haare zu kriegen."

Sie mußten stehenbleiben, um die Spurensicherer durchzulassen, die gerade gehen wollten. Vicki streckte die Hand aus, um die dunkle Locke zurückzustreichen, die Celluci ins Gesicht zu fallen drohte. Nachdem sie anfangs auf die grauen Strähnen in seinem Haar total wütend reagiert hatte, wurde sie in letzter Zeit oft richtig sentimental, was diese Frage betraf. Die Jahre würden ihn immer weiter von ihr entfremden. Nicht, daß sie nicht auch alterte, aber das geschah viel langsamer. Vicki war bei ihrer Wandlung vierunddreißig Jahre alt gewesen. Ehe sie vierzig wurde, würden Jahrhunderte ins Land ziehen.

Immer gesetzt den Fall, die Sonne und periodisch auftauchende Van-Helsing-Klone ließen es zu.

Als der Leiter der Spurensicherung Anstalten machte, sich mit Mike zu unterhalten, zog sie sich taktvoll noch ein paar Schritte zurück, um dann, in einer Entfernung, die einem Normalsterblichen jegliches Lauschen unmöglich gemacht hätte, dreist die Ohren zu spitzen.

Endlich waren die beiden allein in der Wohnung. „Ich fasse zusammen", sagte Vicki. „Die Tür war von innen verriegelt, die Fenster sind so mit Lackschichten zugeschmiert, daß sie nicht mehr aufgehen, und sie glauben, die Fingerabdrücke, die sie gefunden haben, stammen alle von derselben Person, aber das prüfen sie noch und setzen sich dann mit dir in Verbindung. Kenne ich so ein Szenario nicht aus einem Buch mit Miss Marple?"

„Du kennst ein Buch?"

„Sehr witzig."

Celluci schob die Hände in die Taschen seines Wintermantels und sah sich mißmutig in dem Raum um, in dem sie sich befanden. Ein ziemlich ramponierter Schreibtischstuhl, den weniger sein Polsterstoff als Unmengen Klebeband zusammenhielten, lag auf der Seite an der Außenwand. „Vielleicht ist er einfach rückwärts gekippt und hat sich den Kopf aufgeschlagen."

„Bei dem Muster an Blutspritzern und der Position des Stuhls? Hör auf, dich dümmer zu stellen, als die Polizei erlaubt, Mike. Für mich sieht es so aus: Er hat den Stuhl vom Tisch zurückgeschoben, sich einmal damit umgedreht ..." Vicki malte einen entsprechenden Bogen in die Luft, „... ist aufgesprungen und stand, als der Schlag ihn traf. Wer immer es getan hat, kam durch diese Tür ..."

„Die abgeschlossene Tür!"

„Wir wissen nicht, ob die Tür auch verschlossen war, als der Angreifer *eintraf.*" Vicki wartete, bis Mike, wenn auch nur widerstrebend, genickt hatte. Erst dann fuhr sie fort: „Also: Er kam durch diese Tür, schlich leise, bis ungefähr hierher ..." Sie deutete auf einen Punkt in der Nähe des Schreibtisches.

„Vielleicht mußte er noch nicht mal schleichen", unterbrach Mike. „Wenn Carr schrieb, achtete er vielleicht auf nichts anderes. War ganz in seiner eigenen Welt versunken."

„Da magst du recht haben. Aber angeschlichen oder nicht, der Angreifer hat sich nicht einfach hinter Carr gestellt und zugeschlagen, sonst wäre Carr vornüber zusammengesackt und mit dem Kopf auf der Tastatur gelandet. Er hat sein Opfer erst einmal auf sich aufmerksam gemacht. Es muß einen Kampf gegeben haben. Vielleicht hat einer der Nachbarn etwas gehört."

„Gott, wenn ich dich nicht hätte!" Mikes Stimme troff vor Sarkasmus. „Die Nachbarn befragen! Daran hätte ich nie gedacht. Allerdings interessiere ich mich eher dafür, wie der Kerl wieder raus ist und nicht so sehr, wie er reinkam." Ein großer Schritt, und er stand auf der anderen Seite der Lache, wo er stirnrunzelnd die verschiedenen Lackschichten am Fenster musterte, die offensichtlich in keiner Weise gestört worden waren. „Das Teil wurde zum letzten Mal geöffnet, als Trudeau Premierminister war!"

„Außer Carr war niemand in der Wohnung, als ich hier einbrach. Auf der Treppe ist mir auch niemand entgegengekommen, und solange ich das Haus hier im Auge hatte, kam niemand mit einer blutigen Waffe in der Hand durch die Haustür."

„Hättest du die Waffe überhaupt gesehen, wenn er sie unter einem Wintermantel versteckt trug?“

Sie warf ihm ein strahlendes Lächeln zu. „Wenn sie blutig war, hätte ich mitgekriegt, daß sie da ist.“

„Wenn. Vielleicht war er schon lange vor deiner Ankunft weg.“

„Das kommt nicht hin bei der Geschwindigkeit, mit der Carr Blut verlor. Der Angriff fand kurz vor meiner Ankunft statt, denn sonst läge der Mann schon längst bei den Gerichtsmedizinern unterm Messer.“

„Gut ...“ Celluci akzeptierte Vickis Erklärung mit einem resignierten Achselzucken. „Verfügen diese Wohnungen nicht alle über einen Hinterausgang zum Hof?“

„Das haben sich die Uniformierten angeschaut. Der ist verschlossen. Drei Riegel, alle vorgeschoben. Das Fenster in der Küche ist genauso mit Farbe zugekleistert wie dieses hier, nur daß noch eine ordentliche Fettschicht dazukommt. Alles unberührt.“

Celluci fuhr sich mit beiden Händen durchs Haar, womit er dafür sorgte, daß ihm die lange Locke wieder in die Stirn rutschte. „Wie mir solcher Scheiß auf den Keks geht! Man darf wohl nicht davon ausgehen, daß sich unsere Tatverdächtigen in Rauch oder Nebel aufgelöst haben? Oder daß irgendwo eine Fledermaus rumhängt, die wir übersehen haben?“

„Sei nicht albern.“

„Willst du damit sagen, daß es keine Vampire gibt?“

„Damit will ich sagen, daß in Hollywood allerhand Schwachsinn produziert wird und wir jedenfalls auf keinen Fall all das schöne Blut vergeudet hätten, das hier auf dem Boden rumschwimmt.“ Sorgfältig auf die Blutspritzer achtend, die auf dem ganzen Boden verteilt waren und in die sie auf keinen Fall treten wollte, ging Vicki zum Sekretär, um sich den Monitor darauf anzusehen. Es war ein neueres Modell, ein Flachbildschirm von einer Firma, deren Namen Vicki noch nie gehört hatte. Von weitem hatte es ausgesehen, als sei er leer. Jetzt, von nahem betrachtet, erkannte sie ein Wort, genau in der Mitte des Bildschirms.

„Mike!“

Er beugte sich vor, um einen genaueren Blick auf die Sache werfen zu können. „*Stirb*“, las er.

„Das ist keine Mail. Das muß der Täter getippt haben, als er hier war.“

„Ich sorge dafür, daß die Tastatur auf Fingerabdrücke untersucht wird, wenn sie das Gerät aufs Revier bringen. Was tust du da?"

Vicki war dabei, sich ein nahezu unsichtbares Oval aus getrocknetem Blut anzusehen, das sie am schwarzen Plastikgehäuse des Monitors entdeckt hatte. Auf den ersten Blick sah es aus wie ein Daumenabdruck, aber Vicki konnte kein Muster erkennen.

„Du entzifferst Fingerabdrücke jetzt schon mit bloßem Auge?" Mike schnaubte, als sie ihn darauf hinwies. „Gute Arbeit, Vicki, damit haben wir den Hurensohn. Den Abdruck hat unser böser Bube mit ziemlicher Wahrscheinlichkeit hinterlassen, als er das Wort eintippte. Mit der linken Hand hielt er den Bildschirm fest, mit der rechten schrieb er. Wenn du noch einen Abdruck entdeckst, verstehen wir vielleicht sogar, wie zum Henker er aus dem Zimmer gekommen ist."

„Wenn ich noch einen Abdruck entdecke?"

„Du weißt schon: Schnüffle ein bißchen."

„Schnüffeln?"

„Würdest du bitte aufhören, dauernd zu wiederholen, was ich sage?" Er funkelte sie böse an.

Vicki grinste. „Ich wiederhole nicht alles, nur den absoluten Schwachsinn. Die ganze Luft hier riecht nach Blut!" Sie hob warnend die Hand. „Ehe du weiterfragst: Nein, ich kann den bösen Buben nicht mit der Nase aufspüren, ich bin kein Bluthund."

Dunkle Brauen zuckten ironisch.

„Nicht witzig!"

„Gut, du hast ja recht. Tut mir leid." Mike bohrte die Hände noch tiefer in die Manteltaschen und sah sich erneut im Zimmer um. „Gut – was haben wir also?"

„Du hast einen Fall zu lösen: schwere Körperverletzung, und ich habe keinen Kunden mehr und kann mir einen neuen suchen."

„Der Mann ist nicht tot."

„Willst du etwa, daß ich ihn im Krankenhaus bewache?"

„Das bleibt dir überlassen."

„Ich hasse Krankenhäuser!"

☥ ☥ ☥

Vicki haßte Krankenhäuser nicht erst seit ihrer Wandlung, aber seitdem haßte sie sie erst recht. Ihre empfindlichen Augen fanden das Licht viel zu grell, und überall stank es nach Tod, was auch der großzügigste Umgang mit Desinfektionsmitteln nicht zu vertuschen vermochte, im Gegenteil: Dann stank es nach Desinfektionsmitteln *und* nach Tod, was die Sache auch nicht gerade angenehmer machte.

Raymond Carr lag ganz am hinteren Ende eines ruhigen Flurs in dem privaten Krankenzimmer, das das Krankenhaus inoffiziell für laufende Ermittlungen der Kriminalpolizei bereithielt. Manchmal lagen hier Kriminelle, manchmal deren Opfer. Nach den neuesten Kürzungen im Haushalt der Stadt hatte die Polizei keine Kapazitäten mehr frei, um einen erfolglosen Autor vor einem unbekannten Feind zu beschützen. Natürlich taten die Beamten alles, damit aus dem unbekannten ein bekannter Feind wurde, aber solange Carr im Krankenhaus sicher untergebracht schien, würde er ohne bewaffnete Aufsicht bleiben.

Vicki hatte sich in der dunkelsten Zimmerecke postiert, wo sie dem bleichen Mann im Bett beim Atmen zusah. Er atmete kurz und flach, sein Schlaf schien weder tief noch friedlich. Im Gegenteil: Die langen Finger zupften an der Bettdecke, hinter den Lidern zuckten die Augäpfel. Vicki fragte sich, wovon er wohl träumen mochte.

Carr hatte der Polizei gesagt, er wisse nicht, was passiert sei, er könne sich an nichts erinnern. Er sei dagesessen und habe geschrieben, und im nächsten Moment habe er auch schon im Krankenwagen gelegen und in die Gesichter der Rettungssanitäter gestarrt. Aber Vicki war sicher, daß die Erinnerung noch da war, daß sie irgendwo in den dunklen Tiefen seines Bewußtseins verschüttet lag.

In solchen dunklen Tiefen arbeitete Vicki besonders gut. Leider war Carr verkabelt. Undenkbar, ihn zu befragen, ohne daß alle möglichen Alarmglocken losschrillten.

„Wer ist da?“ stöhnte eine verängstigte Stimme.

Warum eigentlich nicht? Versuchen wir es einfach auf die altmodische Art. Vicki sah zu, daß ihr die Jägerin nicht anzumerken war, und trat aus den Schatten. „Ich bin Victoria Nelson. Ich wollte heute abend bei Ihnen vorbeikommen, das hatte Detective Sergeant Celluci Ihnen doch gesagt.“

„Was ist mit mir los?“

„Sie haben einen Schlag auf den Schädel bekommen.“

Carr riß die Augen auf, langsam dämmerte ihm die Erkenntnis. „Sie sind die, die Celluci vorbeischicken wollte, um mich zu beschützen!“

„Ich bin wohl ein wenig zu spät gekommen, das tut mir leid.“ Jede andere hätte geklopft und wäre gegangen. „Immerhin konnte ich verhindern, daß Sie verbluten. Das ist doch was, oder nicht?“

„Mein Rechner?“

Daß sie ihn gerettet hatte, schien Carr nicht viel wert zu sein. „Den hat die Kriminalpolizei.“

„Mein Buch! Mein Gott, sie haben mein Buch!“

Ein schneller Blick auf den Monitor zeigte einen beschleunigten Puls. „Beruhigen Sie sich. Sobald die Untersuchung beendet ist, bekommen Sie das Gerät zurück.“

„Es wird nie ein Ende geben.“

Vicki war nicht sicher, ob sich das auf die Untersuchung bezog oder auf Carrs Buch. „Sie werden doch Sicherheitskopien haben.“

„Auf Diskette.“ Carr warf den Kopf erregt hin und her, der Verband schabte leise über das Kissen. „Ich wollte sie verbrennen, aber ...“ Die heftigen Bewegungen fanden ein abruptes Ende. Carrs Pupillen waren so weit, daß man seine Iris kaum erkannte. „Was wollen Sie mit meiner Kopie?“

„Nichts. Ich will Ihre Kopie nicht, ich wollte Sie nur beruhigen ...“

„Sie versuchen, mir mein Buch zu stehlen!“

„Nein.“ Vicki ließ ein wenig Silber aufblitzen, ganz einfach, weil sie ihn zwingen wollte, sich zu beruhigen.

Genau das Gegenteil trat ein: Carr geriet in Panik und versuchte, über das Kopfteil rückwärts aus dem Bett zu kriechen. Der Monitor, der seinen Herzschlag aufzeichnete, schrie entsetzt und durchdringend.

Ehe die pflichtbewußten Schwestern auch nur ihr Zimmer verlassen hatten, stand Vicki bereits im Treppenhaus, die Tür zum Flur einen Spaltbreit geöffnet. Sie hörte, wie die Schwestern versuchten, Carr mit Beruhigungsmitteln ruhigzustellen, und wie sie ihn ans Bett fesselten. Die ganze Zeit über schrie er verzweifelt, sein Buch sei in Gefahr.

„Der hat aber eine lebhafte Phantasie“, flüsterte die eine Schwester der anderen beim Verlassen des Zimmers zu, wobei ihr anzuhören war, daß man „lebhafte Phantasie“ auch mit „totaler Paranoiker, reif für die Klapsmühle“ übersetzen konnte.

Während sich Vicki davonstahl, dachte sie krampfhaft darüber nach, was „lebhafte Phantasie“ sonst noch alles bedeuten mochte.

☥ ☥ ☥

Die Polizei war verschwunden, als Vicki in den noch ganz stillen, dunklen ersten Morgenstunden in Carrs Wohnung zurückkehrte. Nur das gelbe Absperrband erinnerte daran, daß es hier vor kurzem von Beamten nur so gewimmelt hatte. So, wie Vicki die Tür aufgebrochen hatte, war es der Polizei unmöglich gewesen, sie angemessen zu sichern. Sie hatten ein Vorhängeschloß aufgetrieben und angebracht – das war billiger, als einen Uniformierten dort zu postieren, bis der Vermieter kam und Reparaturarbeiten veranlaßte. Das Schloß war gut: Vicki brauchte geschlagene zwei Minuten, um es zu knacken.

Die Polizei hatte nicht nur den Rechner mitgenommen, sondern auch sonst alles, was sich auf Carrs Sekretär befunden hatte, sowie sämtliche Schubladen. Sie hofften wohl, in dem Sammelsurium aus Müll, das sich dort angehäuft hatte, den einen oder anderen nützlichen Hinweis zu finden. Vicki konnte die Gründlichkeit ihrer ehemaligen Kollegen nur bewundern und theoretisch auch gutheißen, ärgerte sich aber trotzdem darüber, daß sie sich eine Kopie von Carrs Buch nun irgendwie über offizielle Kanäle würde besorgen müssen. Die offiziellen Kanäle waren bekanntermaßen eng.

Nicht nur die offiziellen Kanäle waren eng: Wo sie schon mal da war, lehnte Vicki ihren Laptopkoffer an die Wand neben der Tür und trat in den schmalen Schrank, um dessen Abdeckung nach einer Verbindungstür abzusuchen, durch die man in einen versiegelten, schon vor Urzeiten vergessenen Bodenraum gelangen könnte. Nichts. Auch das billige Linoleum auf dem Schrankboden war fein säuberlich verklebt, alle vier Ecken unbeschädigt – also gab es auch keine Hoffnung auf eine Falltür, die in die darunterliegende Wohnung führte.

Als nächstes kroch sie unter den Tisch, fand aber auch am Boden keinen Hinweis auf geheime Falltüren und Durchgänge. Ein Vampir, der auf allen vieren unter einem Sekretär herumkriecht – beim Gedanken an das Bild, das sie bot, mußte Vicki kichern. „Na, wer ist hier der totale Paranoiker und reif für die Klapsmühle?“

Paranoiker ... Klapsmühle ...

Carr war sicher gewesen, daß Vicki sein Buch stehlen wollte. Seine Überzeugung und die daraus resultierende hysterische Angst hatten so festgesessen, daß Vicki nicht bis in sein Bewußtsein hatte vordringen können.

Sie mußte den Kopf verrenken, um auch die Unterseite des Sekretärs genau untersuchen zu können. Das, wonach sie Ausschau hielt, entdeckte sie letztlich unter dem Tastaturschiebefach.

Das Kreppband, mit dem das rechteckige Kuvert an der Unterseite des Schiebefachs befestigt war, hatte fast dieselbe Farbe wie der blasse Holztisch. Im Umschlag befand sich eine einzelne Diskette, darauf die schlichte Aufschrift: *Buch.*

☥ ☥ ☥

„Das Blut am Bildschirm war kein Fingerabdruck."

Vicki sah von ihrem Laptop auf, als Celluci das Wohnzimmer betrat und sich neben sie auf die Couch fallen ließ. „Das tut mir leid."

Celluci nahm die Mitleidsbekundung mit einem undefinierten Grollen zur Kenntnis. „Was liest du denn da?" wollte er wissen.

„Carrs Buch. Ich finde es erstaunlich gut, allerdings auf eine ziemlich seltsame Art. Er läßt gleich zu Anfang ein Dorf abschlachten, damit Harticalder, sein Held, losziehen und ganz viele Leute fertigmachen kann. Eigentlich besteht die Handlung im wesentlichen aus Zusammenstößen zwischen Held und Schurken, bei denen es immer blutrünstig zur Sache geht. Die einzelnen Episoden hält ein Reisebericht zusammen, der sich wenig glaubwürdig liest. Aber Carrs Personen sind faszinierend real, fast greifbar. Man nimmt ihnen die Sachen ab, die sie tun, auch wenn sie noch so bescheuert sind. Beim Lesen kommt es einem ständig so vor, als gäbe es diese Leute wirklich."

Mikes Hand schloß sich um Vickis Schulter, so warm, daß sie es selbst durch den wasserdichten Vliesstoff ihres Sweatshirts hindurch spürte. „Woher hast du das Buch?"

„Reg dich ab! Ich habe das Original gelassen, wo es war, und mir eine Kopie gezogen." Sie klappte den Laptop zu, stellte ihn weg und drehte sich so, daß sie Mike ins Gesicht sehen konnte. „Aber du hast doch noch was."

„Wie meinst du das?"

„Den Blick kenne ich doch. Das ist dein Ich-bin-zu-einem-Entschluß-gekommen-Blick."

Mike fuhr sich seufzend durchs Haar. „Das Labor sagt, eine Waffe gab es nicht. Die Kopfwunde ist durch direkten Kontakt mit dem Fußboden entstanden."

Vicki verdrehte die Augen. „Niemand schlägt sich den Kopf so hart auf dem Fußboden auf, Mike. Wir reden hier von einer ebenen Oberfläche. Na ja, im großen und ganzen eben", fügte sie ehrlicherweise hinzu, im Gedenken an die Art, in der Carrs Blut auf dem Fußboden verteilt gewesen war.

„Es gibt keine Hinweise darauf, daß sich überhaupt je einmal jemand anderes als Carr in diesem Zimmer aufgehalten hat", fuhr Celluci unbeirrt fort.

„Bis auf das Blut am Monitor!" stellte Vicki richtig, wobei sie ihn mit dem nackten Fuß am Oberschenkel anstieß.

„Ein Blutspritzer, der ganz zufällig dort hingelangt ist. Carr hat sich in seinem Stuhl verheddert, hat versucht, wieder loszukommen, und ist dabei gestürzt. Deswegen befand sich der Stuhl auch beim Fenster. Niemand hat ihn gestoßen, niemand hat seinen Kopf auf den Boden geschlagen – sein Körper wies außer der Kopfwunde keine weiteren Spuren auf."

Carrs Haut war so bleich, daß man jeden blauen Fleck eigentlich sofort hätte sehen müssen – das Blut aus gequetschten Kapillargefäßen, das sich unter der Hautoberfläche ausbreitete. „Was ist mit den Drohungen?"

„Wir haben uns ein wenig umgehört: Carr ist ein paranoider Schizophrener. Wenn er seine Medikamente nicht nimmt, kann es gut sein, daß er sich solche Drohungen selbst schickt."

„Ja und?" erkundigte sich Vicki spitz.

„Ja und was?" Cellucis Hand schloß sich um Vickis Knöchel, ehe sie ihn noch einmal anstoßen konnte. Beide wußten, daß er sie nicht festhalten konnte, wenn sie es nicht wollte, aber darum ging es hierbei gar nicht.

„Komm schon, du hattest einen ganzen Tag Zeit: Hat er seine Medikamente genommen oder nicht?"

„Anscheinend ja, aber ..." Celluci zuckte ein wenig hilflos die Achseln.

„Aber selbst Paranoiker können Feinde haben."

Da lächelte er und zog sie zu sich heran, um sie zu küssen. „Ich wußte, daß du das sagen würdest!"

„Was ist mit dem Blut am Bildschirm?" fragte sie, als sie sich voneinander gelöst hatten.

Nun war es an Mike, die Augen zu verdrehen. „Du weißt doch wohl genauso gut wie ich, daß manchmal nicht alle Teilchen zusammenpassen, und du weißt besser als ich, daß Merkwürdigkeiten kein Ding der Unmöglichkeit sind."

Dagegen ließ sich nichts sagen, weswegen sich Vicki auch gar nicht erst die Mühe machte. Später, als Mike eingeschlafen war und sie nachgesehen hatte, ob sich die Bißwunde an seinem Handgelenk auch wirklich geschlossen hatte, schlüpfte sie aus dem Bett, um das Buch zuende zu lesen – oder doch wenigstens das, was vom Buch vorhanden war.

Weiterhin fühlten sich die Kampfszenen ziemlich ausgedacht an, die Dialoge dagegen beklemmend wirklichkeitsnah. Als Vicki die letzte Datei schloß, mußte sie sich eingestehen, daß sie an den alten Harticalder und sein Volk glaubte. Unter dem haarsträubenden Handlungsstrang fast verschüttet, zeigte Carr streckenweise wirkliches Talent.

Mehr aus einer Laune heraus als irgendeiner konkreten Idee folgend ging Vicki online und startete eine Suche nach dem Hersteller des Monitors, den sie auf Carrs Sekretär gesehen hatte. Ihr eigener Laptop, mittlerweile fünf Jahre alt, stellte ein Problem für ihre lichtempfindlichen Augen dar, obwohl sie die Helligkeit am Bildschirm so weit heruntergedreht hatte, wie es ging. Es war doch immerhin möglich, ja sogar wahrscheinlich, daß neue Monitore wie die von Carr auch in dieser Hinsicht über verbesserte Funktionen verfügten.

Wollte man den offiziellen Informationen des Herstellers auf dessen Webseite glauben, so konnten seine Monitore so gut wie alles, außer vielleicht Klavierspielen.

Allem Anschein nach hatte eine Firma mit Namen Quinct bei der Herstellung von Flüssigkristallbildschirmen einen erstaunlichen Durchbruch erzielt. Quinct produzierte etwas über ein Jahr lang und nahm für sich in Anspruch, die Bildwiedergabe auf ihren Bildschirmen sei um mindestens sechzig Prozent schärfer als bei der Konkurrenz – und dann war die Firma pleite gegangen.

Es hatte einen Ausverkauf gegeben – was auch erklärte, warum sich Raymond Carr einen solchen Monitor hatte leisten können.

Eine Erklärung für den plötzlichen Absturz der Firma ließ sich auf der Webseite nicht finden. Das Beste, was Vicki anderswo im Web entdecken konnte, war eine Diskussion in einem Blog, bei der es um genau diese Monitore ging. Offenbar war ihre Wiedergabe nicht nur sechzig Prozent schärfer – die Kommentare von etwa einem halben Dutzend Menschen in diesem Faden, die einen solchen Monitor gekauft hatten, sprachen von Bildern, die so gestochen scharf waren, daß Dinge im Hintergrund erkennbar wurden, von deren Vorhandensein man vorher nichts geahnt hatte und davon, daß selbst geschriebene Worte einem seltsam real erschienen.

Real. Da war es wieder – seltsam real.

Während sie ihren Rechner herunterfuhr und ausschaltete, beschloß Vicki, Mike von all dem kein Wort zu sagen. Zwar hatte sich ihr Freund in den letzten Jahren notgedrungen aufgeschlossener geben müssen, aber sämtliche Spekulationen, die außerhalb der Grenzen sorgsamer Laborarbeit und guter, altmodischer Beinarbeit der ermittelnden Beamten angestellt wurden, irritierten und verärgerten ihn immer noch unglaublich – und mit einem verärgerten Mike Celluci zusammenzuleben war weiß Gott kein Zuckerschlecken.

Außerdem wußte niemand besser als sie, daß Realität relativ war.

Aber sicherheitshalber holte sich doch lieber die Diskette mit dem Buch aus dem Laptop.

☥ ☥ ☥

Niemand griff Carr im Krankenhaus an, und an dem Tag, an dem er entlassen wurde, gab ihm die Polizei seinen Computer zurück.

„Ein Verbrechen fand nicht statt“, erklärte Mike an diesem Abend, als Vicki sich über die rasche Rückgabe des Gerätes wunderte. „Wir haben es hier lediglich mit einem Mann zu tun, der seine Medikamente nicht ordentlich nahm und deshalb einen Unfall hatte.“

„Du sagtest aber, allem Anschein nach hätte er die Medikamente genommen.“

„Laß gut sein.“ Mike hatte die Ellbogen auf den Küchentisch gestützt und rieb sich die Schläfen. „Ich sitze an einem Fall mit zwei toten

Teenagern – ein Arschloch in einem Auto fand es witzig, auf Fremde zu schießen. Ich habe keine Zeit, Carr vor sich selbst zu schützen. Wenn du findest, es sollte jemand auf ihn aufpassen, dann mußt du das schon selbst machen."

☥ ☥ ☥

Es konnte ja wirklich nicht schaden, kurz einmal in der Wohnung vorbeizuschauen.

Diesmal war die Tür unverschlossen und der Blutgeruch um einiges stärker.

Carr hatte keine Zeit gehabt, ein neues Schloß in die Tür seines Arbeitszimmers einzubauen, und die recht rudimentären Reparaturarbeiten seines Vermieters hatten ihm keinen neuen Verriegelungsmechanismus beschert. Als Vicki mit der Hand gegen die Tür drücke, ging sie ohne weiteres auf.

Der Monitor stellte die einzige Lichtquelle im Zimmer dar, aber Licht war gar nicht nötig. Auch schon vor der Wandlung, ohne zu merken, daß sein Herzschlag und das Lied seines Blutes fehlten, hätte Vicki gewußt, daß Raymond Carr tot war. So still und reglos liegt kein Lebender da.

Der Schreibtischstuhl war zurückgekippt – zurückgeschleudert, wollte man nach der Entfernung vom Sekretär urteilen. Carr saß immer noch darauf, die Arme weit ausgestreckt, die Finger verkrampft. Seine Füße in den altertümlichen, abgestoßenen Lederhausschuhen ragten in die Luft, und sein Kopf ruhte in einer roten Pfütze, die an den Rändern bereits anfing einzutrocknen und sich schmutzigbraun zu verfärben. Ganz genau konnte Vicki es nicht feststellen, ohne die Leiche zu bewegen, aber dem ersten Anschein nach wirkte sein Hinterkopf platt, und es waren deutlich drei Stellen zu erkennen, an denen der Kopf einen Schlag erhalten hatte.

Von diesem Moment an würde die Polizei davon ausgehen, daß sie sich geirrt und es auch beim ersten Mal einen Angreifer gegeben hatte. Eine geheimnisvolle Person, der es gelungen war, eine fest verrammelte Wohnung und ein ebenso fest verrammeltes Zimmer darin unerkannt zu betreten und wieder zu verlassen. Eine geheimnisvolle Person, die – dem Geruch nach zu urteilen am späten Nachmittag – zurückgekommen war, um ihr Werk zu vollenden. Wenn die Beamten bei ihren Ermittlungen keinen Beweis dafür gefunden hatten, daß irgendwann einmal eine zweite Person im Zimmer anwesend gewesen war, dann hieß das gemäß der Polizeilogik, daß bei den Ermittlungen etwas übersehen worden war. Die Beamten würden sich die Schuld an Raymond Carrs Tod geben und wie verrückt daran arbeiten, ihren Fehler wieder gutzumachen.

Bis auf ...

Vicki zog einen Latexhandschuh aus der Tasche – selbst die blutsaugenden Untoten hinterlassen Fingerabdrücke – und ging hinüber zum Sekretär. Mitten auf dem Monitor stand ein einziges Wort.

„Tot".

Sie ließ den Cursor eine Zeile tiefer wandern und tippte: „Harticalder?"

Als daraufhin nichts geschah, kam sie sich ein wenig blöd vor.

„Gut!" Sie löschte den Namen und zog den Handschuh wieder aus, was ein leises, schmatzendes Geräusch verursachte. „Es gibt Vampire, es gibt Werwölfe, es gibt Magier – da ist es doch nur logisch, daß man handelnde Personen in einer Geschichte so real darstellen kann, daß sie aus ihren brandneuen und total verbesserten Monitoren herausklettern, um dem Schweinehund den Schädel einzuschlagen, der ihnen so viel Scheiße zumutet. Womit ich nicht gesagt haben will, daß du es nicht verdient hast!" fügte sie an Raymond Carr gerichtet hinzu. „Du hast das ganze Dorf abschlachten lassen, Mann!"

Sie zog verwundert die Brauen hoch, als Carrs Augen kurz silbern aufflammten und das Licht des Monitors widerspiegelten.

Als sie sich rasch umdrehte, stand nach wie vor nur ein Wort auf dem Bildschirm.

„Tot".

An Carrs Leichnam würde man keine Spuren entdecken, weil fiktive Personen, ganz gleich, wie real sie einem scheinen mochten, nun einmal keine Spuren hinterließen. Sie hinterließen auch keine Fingerabdrücke. Verschlossene Türen störten sie wenig. Auch kletterten sie nicht aus Monitoren, um sich an einem Schöpfer zu rächen, der ihre Frauen und Kinder ermordet hatte, um einen Spannungsbogen für seine Handlung zu haben.

Kurz entschlossen streifte sich Vicki wieder den Handschuh über und formatierte die Festplatte neu. Zog beim Rechner den Stecker, nahm einen billigen Kugelschreiber vom Tisch und bohrte in jede Ecke des Monitors ein Loch. Die Polizistin in ihr, die so lange eine hervorragende Ermittlerin gewesen war, mißbilligte diese Vernichtung von Beweismitteln zutiefst. Der Rest ihrer Persönlichkeit zog die Sicherheitsdiskette aus dem Versteck, brach sie fein säuberlich in zwei Hälften und steckte die Bruchstücke in ihre Tasche.

Einen halben Block von Carrs Wohnung entfernt, im Vorraum des Brunswick Hotels, gab es ein Münztelefon. Von dort aus ließ sie der Polizei einen anonymen Hinweis zukommen.

☥ ☥ ☥

„Augenscheinlich hatte es etwas mit dem Buch zu tun. Diesmal hatten sie die Festplatte formatiert – nicht nur gelöscht, nein, formatiert, verdammt noch mal, und die Sicherheitskopie ist verschwunden. Wahrscheinlich hat Carr an einer Sache gesessen, die irgendwem total gegen den Strich ging. Gott sei Dank hast du diese illegale Kopie gezogen – und ich betone noch einmal ausdrücklich, daß es sich um eine illegale Aktion handelte. Aber wenn es die nicht gäbe, hätten wir gar nichts mehr in der Hand."

„Das tut mir jetzt aber leid!" Vicki, die gerade eine Patience legte, bedeckte einen schwarzen König mit einer roten Königin, ehe sie vom Laptop aufsah. „Die Diskette brauchte ich für meine Aufzeichnungen in der Voodoosache. Ich habe sie gelöscht."

„Was?"

„Wie kann ich denn wissen, daß ihr sie noch mal braucht? Du hast gesagt, das Labor sei zu dem Ergebnis gekommen, Carr sei gestürzt. Es sei ein Unfall gewesen."

Sie hörte ihn mit den Zähnen knirschen. „Die Beweislage an diesem Punkt ..."

„Bis auf das nicht auffindbare Buch ...", unterbrach sie ihn.

„Der Bildschirm ist auch kaputt!" unterbrach wiederum er sie.

Woraufhin die beiden einander eine ganze Weile schweigend anstarrten.

„Von einem zerstörten Bildschirm höre ich jetzt zum ersten Mal", sagte Vicki schließlich. „Gut, also: Bis auf das fehlende Buch *und* den kaputten Bildschirm – welche Beweise habt ihr denn diesmal? Fingerabdrücke? Zeugen? Fasern? Irgend etwas?"

„Vicki, niemand schlägt bei einem Unfall dreimal mit dem Hinterkopf auf dem Boden auf, und zwar mit einer solchen Wucht, daß der Hinterkopf hinterher platt ist!"

Was er sagte und die Lautstärke, in der er es sagte, lieferten eine zufriedenstellende Antwort auf Vickis Frage: Er hatte nichts. Die Polizei hatte nichts. Vicki stellte ihren Laptop weg, stand auf und ging zu Mike hinüber, um ihm anteilnehmend die Hand auf den Arm zu legen. „Ich sage ja gar nicht, daß es ein Unfall war. Eventuell hat er sein eigenes Buch vernichtet und dann Selbstmord begangen."

Er nahm ihre Hand und zog Vicki so herum, daß sie ihn ansehen mußte. „Niemand bringt sich um, indem er den eigenen Kopf dreimal gegen den Boden donnert! Wie zum Teufel kommst du auf so eine Idee?"

„Ich weiß nicht." Carr hatte ein Dorf voller erstaunlich realer Charaktere geschaffen, die er dann fast alle abgeschlachtet hatte, um einen Aufhänger für seine Handlung zu bekommen. Harticalder war aufgebrochen, um sich an den Mördern seines Dorfes zu rächen. Vielleicht war er einfach ein wenig weiter gereist als von Carr geplant, und wenn nicht er, so hatten außer ihm noch ein weiteres halbes Dutzend handelnder Personen das Massaker überlebt und trauerten um den Verlust ihrer Lieben.

„Vicki?"

Sie zuckte die Achseln. „Ich weiß nicht. Vielleicht habe ich das aus irgendeinem Buch."

Schöne Bescherung

„Was meinst du? Den blauen oder den schwarzen?“

Vicki Nelson warf ihrem Begleiter einen sichtlich verwirrten Blick zu. „Den schwarzen oder blauen was?“

„Schal.“ Detective Sergeant Celluci hielt ihr die Kleidungsstücke hin, denen seine Frage gegolten hatte. „Als ich Angela das letzte Mal sah, machte sie gerade einen auf Gruft, da wäre schwarz natürlich passender. Aber mir gefällt der blaue besser.“

„Wer ist Angela?“

„Die älteste Tochter meiner Schwester.“ Grinsend zog Celluci einen Schal in leuchtendem Fuchsienrot aus dem Stapel in der Auslage. „Oder ich kaufe ihr den, dann kriegt sie einen Schreikrampf!“

Vicki verdrehte die Augen. Ihr war sehr danach, selbst in einen Schreikrampf zu verfallen, ein Bedürfnis, das sie nur mit Mühe zu unterdrücken vermochte. Wie hatte sie nur auf die Schnapsidee kommen können, Celluci am Heiligabend in ein Vorstadt-Einkaufszentrum zu begleiten? Das war ihr inzwischen komplett unbegreiflich, auch wenn es anfangs nach der vollkommenen Lösung ausgesehen hatte. Mike und sie sahen einander in letzter Zeit viel zu selten, was sie mit diesem Einkaufsbummel hatte wettmachen wollen. Jetzt entpuppte sich das ganze Unternehmen als alles andere als vollkommen. „Vielleicht solltest du etwas in Bezug auf die Ohrringe unternehmen, die diese Teenager gerade eingesteckt haben.“ Widerstrebend wandte sich Mike von den Schals ab und seiner Freundin zu. „Da drüben!“ fügte Vicki hinzu. „Das rotblonde Mädchen in der roten Jacke und die Dunkelhaarige in Braun.“

„Bist du sicher?“

Vickis Augen blitzten hell. „Ganz sicher.“

Während er sich aufmachte, um die beiden jungen Leute zu stellen, kämpfte sie mit dem Hunger, dem die kurze Machtdemonstration gereicht hatte, um sein Haupt zu heben. Das enge Beisammensein mit Hunderten von Menschen, die allesamt in dicken Wintermänteln vor sich hinschwitzend hektisch von einem Geschäft ins andere rannten, war eine Qual. Vicki kam sich vor wie auf Diät, aber umgeben von

Riesentellern mit Lebkuchen. Das Bedürfnis, irgendwo ein bißchen zu knabbern, war schier überwältigend.

Als sie von hinten angestoßen wurde, zog sich Vicki zischend in den Schutz der Auslage mit den Schals zurück, von wo aus sie einer völlig gestreßten jungen Frau zusah, die im Eiltempo an ihr vorbeirauschte, einen hoch mit Geschenken beladenen Kinderwagen vor sich herschiebend. Kopfschüttelnd drehte Vicki sich um. Mike stand bereits wieder neben ihr. „Nun, und?“ fragte sie neugierig.

„Die beiden finden, ich soll den schwarzen Schal kaufen.“ Achselzukkend verfrachtete er den blauen zurück in die Vitrine – offenbar hatte er beide Schals mitgenommen, als er zu den jungen Leuten hinüberging.

„Was ist mit den Ohrringen?“

„Die haben sie zurückgelegt.“

„Woraufhin du sie dem Kaufhausdetektiv übergeben hast.“

„Woraufhin ich sie scharf verwarnt und heimgeschickt habe.“

„Noch einmal – was hast du getan?“

„Mach halblang, Vicki, es ist Weihnachten!“ Die Sache mit Angelas Geschenk war geklärt – Celluci machte sich auf die Suche nach einer Kasse.

„Was zum Teufel hat Weihnachten damit zu tun?“ Vicki mußte sich beeilen, um mit ihm Schritt zu halten. „Die beiden haben doch keinen Christstollen für ihr armes altes Mütterchen mitgehen lassen! Die hätten die Ohrringe so oder so gemopst, ob an Heiligabend, Ostern oder am ersten Juli! Willst du sie entkommen lassen, weil das Jesuskind für ihre Sünden starb? Oder weil sie sich am Nationalfeiertag in die Farben Kanadas hüllen? Oder ...“

„Ich habe dich verstanden!“ Seufzend blieb Mike am Ende der langen Schlange stehen, die sich vor der Kasse gebildet hatte. „Das kann eine Weile dauern.“

„Ich könnte dafür sorgen, daß es schneller geht.“ Vickis Lächeln ließ ihre Zähne aufblitzen.

„Nein.“

„Wie du willst.“ Vicki versenkte die Hände in den Jackentaschen und heftete ihr Lächeln auf einen jungen Mann, der sich hinter ihr in die Schlange gedrängt hatte. Der wurde kreidebleich, ließ die mit Pinguinen bestickte Vliesdecke fallen, die er hatte bezahlen wollen, und ergriff panisch die Flucht. Verächtlich sah Vicki ihm nach. Obwohl – schreiend aus dem Einkaufszentrum zu rennen schien eine prima Idee.

☥ ☥ ☥

Da sie Mike gern beim Essen zusah, verlief der Abstecher in die Freßmeile nicht so schlimm, wie es hätte sein können. Kreischende, müde, völlig überdrehte Kinder, die über eine deutlich schärfere Wahrnehmung verfügten als ihre Eltern, wurden auf einen Schlag still, wenn sie in Vickis Nähe kamen, und selbst Mike hatte nicht protestiert, als sie sich zu den beiden lärmenden jungen Männern am Nebentisch hinüberbeugte und sie leise anknurrte, sie sollten gefälligst die Klappe halten.

Einer der beiden hatte daraufhin hilflos gewimmert, aber seitdem hörte man vom Nebentisch keinen Ton mehr.

„Unter dem Strich habe ich gar nichts gegen diese Jahreszeit“, sagte Vicki, während sie Mikes Zunge zusah, die Ketchup aus seinem Mundwinkel leckte. „Die Sonne geht spät auf und früh wieder unter – darüber kann ich mich wirklich nicht beschweren.“

Celluci brachte es fertig, gleichzeitig zu schlucken und zu feixen. „Da dachte ich doch glatt, du meinst Weihnachten!“

„Was – den ganzen Plunder hier?“ Vickis ausladende Geste galt den roten Samtschleifen, die man um jedes unbewegliche Objekt im Zentrum geschlungen hatte – und auch um einige, die erst unbeweglich geworden waren, nachdem man sie mit rotem Samt gefesselt hatte. „Oder meinst du mit Weihnachten die Horden beispielhafter Konsumenten, die hier panisch herumrennen, immer im Zweifel, ob sie am Ende nicht doch das falsche Markenschrotteil gekauft haben, und die, damit sie das auch bezahlen können, ihre Kreditkarten derart hoch belasten, daß zweimal die Rate nicht zahlen schon reicht, und die Bank pfändet ihnen das Haus unterm Arsch weg? Woraufhin sie mit den Kinderchen hinten in den Van ziehen können?“ Sie unterbrach ihren Wortschwall, um sich zu ducken, als ein schwer beladenes Tablett gefährlich nah an ihrem Kopf vorbeibalanciert wurde. „Als nächstes wird Papa beim Urinieren hinter einem Müllcontainer erwischt und fängt sich fünf bis zehn Jahre Bau ein, weil er den Bullen haut, der ihm dafür ein Knöllchen verpassen will, Mama kann in der Jarvis auf den Strich gehen, und die lieben Kleinen landen in der Jugendstrafanstalt. Alles wegen Weihnachten.“

Mike starrte sie fassungslos an. „Wer hat dir denn die Weihnachtsstimmung geklaut?“

„Ich bin Realistin!“ verkündete Vicki mit Verve. „Erzähl mir nicht, du hättest vergessen, wie jedes Jahr an Weihnachten die Zahl der Gewaltverbrechen zunimmt! Ein bißchen zuviel Alkohol, ein bißchen zuviel Familie ...“

„Ich habe eine außergewöhnliche Familie. Was du wüßtest, wenn du morgen mitkämst.“

„Mike.“

„Ich liebe dich, ich liebe sie. Man sollte Weihnachten mit den Leuten verbringen, die man liebt. Du kriegst einen Happen zu essen, wenn ich von der Arbeit komme, und dann gehen wir zu ihnen. Sag jetzt nicht, das kommt nicht in Frage, weil sie von dir erwarten, daß du etwas ißt! Das große Essen ist längst gelaufen, wenn wir kommen, und mit Knabberzeug kommst du klar, das weiß ich, du bist so schnell, daß keiner mitkriegt, daß du es nicht ißt – und wenn es hart auf hart kommt, kannst du immer noch so tun, als hättest du eine Lebensmittelallergie.“

„Das haut nicht hin.“

„Warum nicht?“ Er schob sich die langsam immer grauer werdende Locke aus der Stirn und funkelte sie über den Papprand seines Kaffeebechers hinweg gereizt an.

„Das bin nicht ich.“

„Weil du es nicht sein willst.“ Mike warf den leeren Becher auf das Tablett und stand auf. Vicki war vor ihm bei den Abfallbehältern. „Du gehst zu viele Risiken ein!“ fuhr er sie an, während er sich vorsichtig in der Freßmeile umsah. „Hör auf mit dem Scheiß. Wer sagt denn, daß nicht ausgerechnet heute ein Van Helsing des 21. Jahrhunderts unterwegs ist und seinem Nachwuchs den ersten Pfahlkasten für den kleinen Vampirjäger kauft?“

„Du faselst absoluten Schwachsinn.“

Das wußte Mike selbst – jedenfalls zuckte ein Muskel an seinem Kiefer. „Wenn du es hier schaffst, nicht aufzufallen, dann kriegst du das auch im Haus meiner Mutter hin.“

„Sind wir deswegen hier?“ erkundigte sie sich, während sie Seite an Seite dem Ausgang zustrebten. „Damit ich unter Beweis stelle, daß ich auch in großen Menschenmengen nicht die Kontrolle verliere?“

„Ich habe mit Fitzroy gesprochen. Er sagt, du kommst damit klar, du schaffst das.“

„Du hast mit Henry telefoniert?“ Vicki war so überrascht, daß sie abrupt stehenblieb, direkt an dem Zaun, der die Werkstatt des Weihnachtsmannes von der Freßmeile abtrennte. „Du willst mir erzählen, daß du echt und ernsthaft Henry angerufen hast?“

„Er findet, du solltest mich begleiten.“

Aus dem Befremden wurde leiser Ärger. „Was der findet, ist mir doch total egal!“

„Komm schon, Vicki, es ist Weihnachten!“

„Das ist mir bewußt.“ Nein, sie würde die Wärme in Mikes Augen nicht an sich heranlassen. „Weihnachten ist ein ...“ Ihre Worte gingen in dem Geschrei unter, mit dem sich hinter dem Zaun ein kleines Kind heftig allen Versuchen widersetzte, Santa auf den Schoß gesetzt zu werden. „Nun sieh dir das an!“ fauchte Vicki, als es wieder ein wenig ruhiger geworden war und Santa sich in seinem Thron zurücklehnte, um seinen Bart zu ordnen. „Man rennt sich Jahr für Jahr die Hacken ab, um den Kids beizubringen, wie sie auf der Straße klarkommen, und dann gehen die Eltern hin und schubsen so eine Kleine einem wildfremden, alten Mann auf den Schoß und berappen ein Schweinegeld für ein beschissenes, verschwommenes Photo, das in der Herstellung allerhöchstens acht Cent kostet.“

„Wer hat dir denn in den Weihnachtsstrumpf gekackt?“

Die Stimme erklang ungefähr auf Taillenhöhe. Vickis Blick fiel über den Zaun direkt in das Gesicht eines der Elfen, die Santa in der Werkstatt halfen – wobei dieser Elf allerdings aufgrund seiner Größe, der breiten Schultern und der perlengeschmückten Zöpfe in seinem Bart eher wie ein Zwerg aussah. Obwohl er eine grüne Strumpfhose und rote, spitze Schuhe trug.

„Machen Sie ein Photo von mir!“ fuhr der Elf sie an. „Dann haben Sie länger was von meinem Anblick.“

„Tut mir leid.“

„Wer's glaubt, wird selig.“ Er verschränkte die muskelbepackten Arme vor der Brust mit dem Umfang eines Bierfasses und stierte unter dichten, buschigen Brauen zu Vicki hoch. „Was ist Ihr Problem?“

„Womit?“

„Mit Weihnachten, Herrgott noch mal! Kommen Sie schon, ich habe nicht die ganze Nacht Zeit.“

Vicki sah sich um. Mike beobachtete gerade völlig fasziniert eine ältere Dame, die ein kleines Mädchen – ganz in Pink mit Schleifchen im Haar – in ihren Schneeanzug stopfte.

Der Elf räusperte sich drohend.

„Ich habe kein Problem mit Weihnachten! Wenn du dich verkleiden und einen auf Werkstatt des Weihnachtsmanns machen willst – bitte sehr, nichts dagegen. Wenn andere Leute sich so verschulden wollen, daß sie noch nächsten November was davon haben – bitte, das ist deren Bier. Ich will nur, daß man mich in Ruhe Weihnachten auf meine Art feiern läßt."

„Gar nicht, wette ich."

„Was gar nicht?"

„Sie feiern gar nicht Weihnachten."

„Was, wenn ich Jüdin bin? Auf die Idee bist du wohl noch nicht gekommen."

„Sind Sie das denn?"

„Nein, aber ..." Vicki war es leid, den durchdringenden Blick des Elfen auf sich gerichtet zu sehen, weswegen sie auf Mike deutete. „Er muß den ganzen Tag arbeiten."

Fehlanzeige – die dunklen Augen wichen keine Sekunde von ihrem Gesicht. „Damit die Bullen mit Familie den Tag freihaben, und ich wette, danach verbringt er den Abend mit etwa sechzig Leuten zwischen neun und neunzig, die alle mächtig froh sind, ihn zu Gesicht zu kriegen. Eine große italienisch-kanadische Familie. Jede Menge Geknutsche. Sie sollten mitgehen."

„Du wiederum solltest dich um deinen eigenen Kram kümmern."

Der Elf verdrehte die Augen. „Nur daß wir hier ja nicht von mir reden, was? Wir reden von Ihnen."

„Du weißt gar nichts von mir." Vicki ließ die Jägerin aufblitzen – nur ganz kurz, nur so, daß ihre Augen silbern schimmerten.

Es überraschte sie, daß der Elf ihrem Blick standhalten konnte. „Okay, so stahlhart sind Sie gar nicht", murmelte er nach einer ganzen Weile, „und jetzt sollten Sie zusehen, daß Sie Land gewinnen, Gnädigste. Dieses Einkaufszentrum schließt nämlich bald."

Vicki zwinkerte, um die Verwirrung abzuschütteln, die der durchdringende Blick des Kleinen bei ihr hinterlassen hatte. Als sie sich umsah, mußte sie feststellen, daß bei einer Reihe von Läden bereits die

Sicherheitsgitter heruntergelassen waren und sich die Freßmeile gerade rapide leerte. Der Nikolaus war verschwunden, seine Helfer packten die Werkstatt zusammen.

„Ich hatte vergessen, daß die Läden Heiligabend ja früher zumachen." Mike nahm Vickis Hand und zog sie mit sich zum Ausgang. „Ich hoffe, du wolltest nicht noch irgend etwas einkaufen?"

Vicki, die sich immer noch etwas aus der Bahn geworfen fühlte, ließ sich widerspruchslos mitziehen. „Ich bin wunschlos glücklich."

„Ich auch. Mit dir."

So, wie er es sagte, fühlte sich Vicki behütet, geliebt, verehrt und seiner nicht würdig, alles auf einmal. Aber beim Anblick einer Sängergruppe draußen vor der Tür hatte sie sich so weit erholt, daß ihr schon wieder nach einem bedrohlichen Knurren war. Prompt rutschte „Oh du fröhliche" eine Oktave höher und wechselte zweimal die Tonart.

Erst als sie schon im Wagen saßen, kam sie dazu, sich zu fragen, woher der Elf gewußt hatte, daß Mike Polizist war.

☥ ☥ ☥

Mike arbeitete eine Zwölfstundenschicht – sechs Uhr morgens bis sechs Uhr abends –, also weckte ihn Vicki um fünf Uhr in der Frühe mit Lippen und Zähnen und sorgte dafür, daß ihm an diesem Morgen zu nichts anderem mehr Zeit blieb, als sich ein paar Klamotten überzuwerfen und aus der Tür zu stürzen. Keine Zeit, eine Diskussion über den ersten Weihnachtstag und darüber, wie und wo man den verbringen sollte, anzuzetteln. Zeit für ein rasches: „Denk drüber nach, mehr will ich ja gar nicht", aber dann war er auch schon aus dem Haus.

Vicki hatte nachgedacht. Sie fand es nach wie vor eine schlechte Idee, sich unter Mikes Großfamilie zu mischen, als seien Mike und sie ein Paar wie alle anderen.

„Was macht deine Freundin denn so, Michael?"

„Ihre Tage verbringt sie bewußtlos in einer lichtundurchlässigen Umzugskiste in meinem Kriechkeller, Mama, und nach Sonneuntergang betätigt sie sich als Privatdetektivin."

„Klingt interessant."

„Ist es auch! Frag sie doch einmal, ob sie dir die Geschichte von der ägyptischen Mumie erzählt, die wieder zum Leben erwachte und ein

Zauberer war, der dann versuchte, die Weltherrschaft an sich zu reißen. Ach ja – hatte ich erwähnt, daß sie Vampirin ist?"

So würde das nicht laufen, aber es war trotzdem eine ganz schlechte Idee. Außerdem hatte sie, wenn alles gut ging, noch ein paar hundert Weihnachten vor sich, da war es angesagt, die Sache langsam angehen zu lassen. „Ein paar hundert Jahre Chia Pets und Photos von Hunden mit einem Geweih auf dem Kopf und ‚Last Christmas'." Vicki schüttelte sich und klappte ihren Laptop auf. „Ich kann's kaum erwarten."

Fünfzehn Minuten vor Sonnenaufgang fuhr sie den Computer herunter, nahm ihr Handy vom Aufladegerät und machte sich auf Richtung Keller, nur um feststellen zu müssen, daß Mike ihren Einstieg in die Kiste mit einem Adventskranz geschmückt hatte.

„Man sollte doch eigentlich meinen, daß ich wenigstens hier unten Ruhe vor dem Weihnachtsmist habe", seufzte sie resigniert, während sie sich auszog und auf der Matratze aus Formgedächtnis-Polymer ausstreckte. Sie zog die Bettdecke über sich und knipste die Taschenlampe aus.

Wenn sie wieder aufwachte, würde die Sonne untergegangen und Weihnachten fast schon vorbei sein.

☥ ☥ ☥

Vampire träumen nicht.

„Gut, wenn ich nicht träume, was zur Hölle geht denn dann ab?" Vicki erhob sich aus dem riesigen Ohrensessel, um das Zimmer genauer in Augenschein zu nehmen, in dem sie sich plötzlich wiederfand. Es verfügte über eine Tür, ein Fenster und einen Kamin, wirkte darüber hinaus jedoch seltsam undefiniert, als hätte man auf alles bis auf die absolut notwendigen Bestandteile verzichtet. Irgendwie waren wohl auch Wände vorhanden, denn ohne Wände konnte es ja kaum eine Tür oder ein Fenster geben, aber die Wände waren nicht eigentlich zu sehen, man ging einfach nur davon aus, daß es sie gab.

Der Sessel fühlte sich allerdings real an, auch der dicke, blaugrün karierte Bademantel, den Vicki trug. Die schweren Schritte jedoch, die, begleitet von lautem Kettenrasseln, eine Treppe hinaufzukommen schienen ...

Vicki zuckte zusammen, als eine vertraute, hier allerdings durchsichtige Gestalt mit Donnergetöse durch die Tür brach.

„Als ich noch lebte …“, heulte die Gestalt, die kettenrasselnd auf Vickis Stuhl zustrebte, „… war ich dein Informant Tony Foster.“

Vicki setzte sich wieder, denn das schien ihr unter den gegebenen Umständen die beste Reaktion. „Du bist nicht tot.“

Tony blieb stehen. Er zog ein Drehbuch aus seiner Bomberjacke, die für die Fernsehshow *Darkest Night* warb. Aufgeregt blätterte er die Seiten durch. „Das war mein Text, das weiß ich genau!“ flüsterte er. „Ich hab nie gesagt, ich will vor der Kamera stehen, das kann mir keiner unterstellen, ich wollte immer nur Regie führen, aber was habe ich davon, sie geben mir … aha! Da steht es! Als ich noch lebte, war ich dein Informant Tony Foster. Genauso steht es hier.“ Tony schob das Drehbuch wieder in die Tasche und strahlte Vicki an. „Darf ich weitermachen?“

„Warum nicht?“ Irgendwann würde es eine Pointe geben, und vielleicht verstand sie dann, was die ganze Sache sollte.

„Ich komme von jenseits des Grabes, um dich zu warnen“, verkündete Tony gewichtig.

Na bitte, das klang doch schon wesentlich konkreter. „Wovor sollst du mich warnen?“

Er hielt das eine Ende der Kette hoch, die er um den Körper geschlungen trug. An ihr hingen in jeweils fünfzehn Zentimetern Abstand eine Menge klassischer Brotdosen aus Blech. Das Licht war nicht besonders gut, und die Konturen waren nur mäßig scharf, aber Vicki erkannte ein paar der Motive auf den Dosen: „Verliebt in eine Hexe“, „Drei Mädchen und drei Jungen“, „Starsky und Hutch“, eine stattliche Anzahl Motive aus Episoden von „Krieg der Sterne“ und „Raumschiff Enterprise“ sowie ein paar vereinzelte Superhelden. „Die Kette, an der du zu tragen hast, war bereits so lang und schwer wie meine, als ich Toronto verließ, und sie ist seitdem immer länger und schwerer geworden“, fuhr Tony in düsterem Ton fort.

„Ich schleppe Butterbrotdosen mit mir herum?“

„Das sind Metaphern. Jede steht für – he!“ Tony zog das andere Ende seiner Kette näher zu sich heran, um sich eine Dose genauer anzusehen. „Cool. Die alte Batman-Serie! Weißt du, was so was einigermaßen unbeschädigt wert ist?“

„Weißt du was – das ist mir echt egal.“

„Genau, es ist dir egal, und exakt da liegt das Problem.“ Tony räusperte sich und warf sich erneut in Rednerpose. „Jede dieser Brotdosen steht für eine familiäre Verpflichtung, der du dich entzogen hast.“

„Gut!“ Mit erboster Miene verschränkte Vicki die Arme vor der Brust. „Meine Mutter starb, wurde wiedererweckt und starb erneut. Das sind so etwa die familiären Verpflichtungen, die ich in den letzten paar Jahren hatte.“

„Was ist mit Mike Celluci? Womit ich nicht sagen will, daß er bei mir die erste Wahl wäre, aber ihr beiden steht euch nahe.“

„Wie nahe Mike und ich einander stehen, geht dich nichts an.“

„Meine Freunde gehen mich durchaus etwas an.“

„Ich dachte, du wärst Regieassistent in einer bescheuerten Fernsehserie!“

Tony warf den Kopf in der Nacken und stieß ein furchtbares Geheul aus. Lichter blitzten, Donner grollte, unheilverkündende Musik erklang. „Warum glaubst du nicht an mich, Frau, hast du denn nur das Diesseits im Kopf?“

Vicki hörte nicht auf, ihn erbost anzufunkeln. Langsam wurde die Musik immer leiser, der Donner verstummte, die Lichter hörten auf zu flackern. Verlegen zuckte Tony die Achseln.

„Hör zu, Vicki ...“ Er rückte die Kette zurecht und setzte sich auf den zweiten Stuhl, der sofort da war, als er Anstalten machte, den Po zu senken. „... manchmal wird man in eine Familie hineingeboren, manchmal schafft man sich selbst eine. Verstehst du? Mit Neil Simons Worten ausgedrückt: Kein Mensch ist eine Insel.“

„Das war Paul Simon, und so hat er es nicht gesagt.“

„Egal. Was ich sagen will, ist: Selbst Dracula war nicht allein, selbst er hatte diese heißen Weiber unten im Keller. Bloß weil du jetzt zu den blutsaugenden Untoten gehörst, heißt das noch lange nicht, daß du auf jeglichen menschlichen Verkehr verzichten solltest.“ An dieser Stelle unterbrach Tony sich, um stirnrunzelnd den eigenen Worten nachzulauschen und schließlich leise zu kichern.

„Du lachst, weil du das Wort Verkehr in den Mund genommen hast, oder?“ Als Tony nickte, verdrehte sie die Augen. „Wie alt bist du eigentlich, zwölf?“

„Tut mir leid.“

„Egal, mach einfach weiter.“

„Gut.“ Tony stand auf, stellte sich aufrecht hin und hob mahnend den Zeigefinger. „Du hast eine einzige Chance, meinem Schicksal zu entgehen.“

Vicki hatte den Mund schon geöffnet, um nachzufragen, schloß ihn aber gleich wieder. Wahrscheinlich würden all ihre Fragen in Bezug auf das genannte Schicksal ohnehin unbeantwortet bleiben oder zumindest nicht zusammenhängend beantwortet werden, warum sie also erst stellen.

Tony traute dem Schweigen nicht und wartete noch einen Moment, ehe er fortfuhr: „Drei Geister werden dich aufsuchen ..."

„Das meinst du jetzt aber nicht ernst!"

Sein Achselzucken setzte ein eifriges Brotdosengeklapper in Gang. „Hat mich auch gewundert. Ich sehe dich eher als Ist-das-Leben-nicht-schön?-Typ."

„Raus."

„Erwarte den ersten, wenn die Glocke eins schlägt!"

Ehe sie fragen konnte, welche Glocke er meinte oder auch nur, was er an „Raus" nicht verstanden hatte, war ihr Besucher verschwunden.

Vicki fragte sich, wie hoch am Morgen der Alkoholpegel in Mikes Blut gewesen sein mochte und wie und vor allem wann der Freund es geschafft hatte, sich einen solchen Alkoholpegel zuzulegen, ehe sie bei ihm trank. Sie reckte sich, blinzelte – und fand sich unversehens in einer anderen Kulisse wieder. Diesmal lag sie in einem riesigen Himmelbett unter einem Baldachin aus rotem Brokat und trug, wie ihr ein rascher Blick unter die Bettdecke offenbarte, einen blauen Flanellpyjama mit tanzenden Eisbären darauf. Da sie einen solchen Pyjama keineswegs ihr eigen nannte, ja überhaupt keine Pyjamas besaß, fing sie langsam an, sich ein wenig Sorgen zu machen. Wer um alles in der Welt stellte in diesem Stück die Requisiten?

Eine Glocke – es klang nach einer recht großen – schlug eins.

Wenn man alle Umstände in Betracht zog, kam der helle Schein, der plötzlich durch den roten Brokat drang, nicht unerwartet.

„Ich fasse es nicht, daß ich bei so was mitmache!" murmelte Vicki erschüttert, während sie sich aufsetzte und den schweren Stoff beiseite zog. An der hintersten Wand des Zimmers, im Zentrum eines grellen Lichtkreises, konnte sie mit Mühe die Umrisse einer Gestalt ausmachen. „Dreh die Scheinwerfer runter!" Schützend hob sie die Hand vor die lichtempfindlichen Augen.

Prompt schien das Licht weit weniger grell. „Besser?"

„Henry?"

Die jetzt nur noch leicht glühende Gestalt entpuppte sich in der Tat als Henry, unehelicher Sohn Heinrichs VIII., einst Herzog von

Richmond und Somerset, Autor von Liebesromanen, Ex-Geliebter und Vampir. Er trat an Vickis Bett, wobei er am Leibe ...

„Was zum Teufel hast du da an?"

Mit blasierter Miene strich Henry den Samtkragen an seinem Cape glatt. „Meine Robe als Mitglied des Hosenbandordens. Ich bin wirklich beeindruckt: Sie befindet sich in einem tadellosen Zustand, obwohl ich sie jetzt vierhundertsiebzig Jahre nicht mehr getragen habe."

„Du siehst aus wie ..."

Henry verneigte sich graziös, das rechte Bein vorgestreckt, Hintern in der Luft und die hochtoupierte Mähne fast den Boden streifend. „Wie ein Prinz aus dem Hause Tudor?"

„Mir ging eigentlich was anderes durch den Kopf, aber ja, auch." Seufzend schob sich Vicki ein Kissen in den Rücken, um sich bequemer zurückzulehnen. „Also, was geht hier ab? Tony sagte, ich bekäme Besuch von drei Geistern."

„Ich bin der erste."

„Ach was."

„Ich bin der Geist der vergangenen Weihnacht."

Vicki schnaubte. „Na, den Teil mit der Vergangenheit haben sie prima hingekriegt."

„Nicht meine – deine Vergangenheit."

Sie schnaubte erneut. „Dann solltest du eine Vokuhila tragen – weißt du noch? Vorne kurz, hinten lang – das Haar, Henry! Dazu Beinlinge. So oder so – ich spiele nicht mit."

„Das ist kein Spiel, Vicki."

„Ein Traum ist es auch nicht." Sie verschränkte die Arme über tanzenden Eisbären und sah ihn griesgrämig an. „Weil unsereins nämlich nicht träumt. Worum geht es also?"

„Es steht mir nicht zu, das zu sagen. Ich bin nur dein Führer, mehr nicht."

„Was, wenn ich mich nicht führen lasse?"

Henrys Augen wurden dunkel, sein Lächeln glich dem Hieb eines Krummsäbels.

Vicki spürte, wie sich ihr Hunger regte, entrüstet, herausgefordert durch Henrys Hunger. Mit gebleckten Zähnen warf sie sich aus dem Bett, nur noch dem territorialen Imperativ folgend, der besagte, daß Vampire ausschließlich allein jagen. Wie konnte es Henry wagen, in ihrem Unterbewußtsein – oder wo zum Henker sie sonst sein mochten – aufzukreuzen und sie herauszufordern? „Ach, so siehst du das?" knurrte sie. „Dann komm her!"

Henry trat vor, als wolle er ihren Angriff parieren, und sobald sie einander berührten, verwandelte sich der Raum in einen wirbelnden Strudel und war verschwunden. Als Vicki wieder klar sah, stand sie neben Henry in einem ganz anderen, ihr wohlbekannten Zimmer, eingezwängt zwischen einem Lehnstuhl aus Vinyl und einem Plastiktannenbaum. Ein kleines Mädchen von ungefähr fünf Jahren hockte im Schneidersitz auf dem Fußboden und feuerte fröhlich zwei Plastikroboter an, die sich auf dem Couchtisch ein erbittertes Gefecht lieferten.

„Oh Gott, das bin ja ich!"

Elegant befreite Henry sein Cape aus Vickis Griff. „Ich sagte doch bereits: vergangene Weihnacht."

„Ich habe diese Roboter geliebt!" Sie schlüpfte hinter dem Lehnstuhl hervor und kniete sich ans Tischende. „Hier siehst du ein erstklassiges Beispiel für Spielzeug ohne jeglichen gesellschaftlichen Nährwert!"

„Vicki! Onkel Stan ist da."

Die kleine Vicki sprang auf, schrie „Oma!" und rannte in die Küche; der scharlachrote Roboter lag wild mit den Fäusten um sich schlagend auf der Seite, seine Plastikfüße paddelten hektisch in der Luft herum. Der blaue Roboter, nun ohne Gegner, eilte zielstrebig auf die Tischkante zu.

„Meine Großmama wohnte in der Weihnachtszeit immer bei Onkel Stan und seiner Familie", erklärte Vicki, die praktisch hören konnte, wie Henry sich fragte, wie sie vom Onkel auf die Großmutter gekommen war. „Wenn Onkel Stan hier ist, dann heißt das, Großmama ist hier." Sie streckte eine rettende Hand nach dem blauen Roboter aus, jedoch vergeblich: Er fiel durch ihre Handfläche und hüpfte unter die Couch.

„Was du hier siehst, ist die Vergangenheit", rief Henry ihr ins Gedächtnis. „Es sind Schatten der Dinge, die einst waren; du kannst nicht mit ihnen interagieren."

„Weswegen ich wohl davon ausgehen kann, daß wir hier sind, damit sie auf mich einwirken, was?" Immer noch auf den Knien hockend verdrehte sie den Kopf so, daß sie Henry in die Augen sehen konnte. „Wenn du willst, daß ich mit meinem inneren Kind in Kontakt komme, dann kannst du mich gleich wieder wegschaffen. Mein inneres Kind ist im Internat in Uruguay."

„Ah." Er nickte, er schien das nicht unlogisch zu finden. „Nun, wir können erst zurück, wenn wir alles gesehen haben. Es gibt Regeln."

„Regeln? Du hast mich mit einem Trick hierher gelockt." Vicki sprang auf und trat auf Henry zu.

Der zuckte die Achseln. „Was kann ich dafür, wenn du so schnell zu durchschauen bist? Wie du reagieren wirst, ist immer rasch vorhersehbar."

„Du bist ein ..."

Stimmengewirr unterbrach sie. Dann betrat die kleine Gruppe der Weihnachtsgäste das Wohnzimmer. Angeführt von Vickis Mutter, dicht dahinter Tante Connie, die das Baby Susi auf dem Arm trug und versuchte, den dreijährigen Steve zurückzuhalten, der sich am liebsten sofort auf den Baum gestürzt hätte. Als Vicki ihre Mutter zuletzt gesehen hatte, war sie eine langsam vor sich hinmodernde, reanimierte Leiche gewesen, Teil eines wahnsinnigen wissenschaftlichen Experiments, bei dem man sie erst ermordet und dann wiederbelebt hatte. Wie unendlich viel schöner war es, sie so jung zu erleben, mit einem herzlichen Lachen auf den Lippen – obwohl ihre Frisur durch die Strähnchen Marke Eigenbau ganz schrecklich gestreift aussah.

Die kleine Vicki kam als nächste. Sie ging rückwärts, hielt ihre Großmuter bei der Hand und zählte unerbittlich in allen Einzelheiten auf, was der Weihnachtsmann ihr gebracht hatte.

„Oh mein Gott, ich trage ein Sweatshirt mit Partridge-Family-Aufdruck!"

„Du bist putzig."

Vicki verdrehte die Augen. „Ich bin fünf. Mit fünf war selbst ich putzig."

Als letzte betraten Vickis Vater und Onkel Stan das Zimmer. Die beiden waren in ein angeregtes Streitgespräch vertieft, in dem es um Eishockey im allgemeinen und das letzte Spiel Toronto gegen Boston im besonderen ging. Vickis Dad, der zeitlebens ein Black-Hawks-Fan gewesen war, verkündete grade lautstark, der Sieg der Leafs sei reiner Zufall gewesen, woraufhin Vickis Onkel, dem die Sache im Grunde egal war, der aber seinen Bruder gern ärgerte, lebhaft widersprach und die überlegene Stärke des Teams aus Toronto rühmte, gerade was die Leistungen seiner Stürmer betraf.

„Komisch“, flüsterte Vicki, als ihr Vater ihren Vetter Steve aufhob, der Anstalten machte, den Baum zu erklimmen. „Ich hatte ihn größer in Erinnerung.“

„Du warst fünf.“

„Ich bin schon seit geraumer Zeit keine fünf mehr.“

Gnädigerweise wurden das Auspacken von noch mehr Geschenken sowie das Absingen der Weihnachtslieder – angeführt von Vickis nicht mehr modernder Mutter – im Zeitraffer gezeigt. Als die Sonne unterging, ließ sich die Familie zu einem Festmahl nieder, das aus Truthahn mit Füllung, Kartoffelbrei, tiefgefrorenen Erbsen und *Knack- und Back*-Brötchen bestand.

„Himmel hilf“, flüsterte Vicki, während am Tisch die Preiselbeersauce aus der Dose herumgereicht wurde. „Abgeschmackter ging es wohl nicht!“

„Du siehst glücklich aus.“

Die kleine Vicki fuchtelte mit einer riesigen Truthahnkeule herum, während sie ihrem noch kleineren Vetter beibrachte, wie man mit einem Damm aus Kartoffelbrei verhindert, daß die Soße mit dem Gemüse in Verbindung gerät. Die ältere Vicki mußte zugeben, daß die Kleine glücklich aussah. Andererseits brauchte man mit fünf nicht viel zum Glücklichsein. „Sind wir jetzt durch?“ fragte die nicht mehr fünfjährige Vicki.

Henry nickte. „Ja. Es wird Zeit weiterzuziehen.“ Auf sein Handzeichen hin geriet die Welt leicht ins Wanken, ehe sie sich wieder scharf stellte.

Vicki verdrehte die Augen. „Unfaßbar! Die haben echt ein Vermögen für SFX hingeblättert.“ Sie wies mit einer verächtlichen Handbewegung auf den Tisch, der vor ihnen stand. „Falls es dir entgangen sein sollte: wir sind immer noch da, wo wir eben schon waren.“

„Wir sind zwei Jahre weiter.“

„Na toll! Nur hat sich nichts verändert.“

Dann fiel ihr der leere Stuhl am Tisch auf.

„Meine Großmutter ...“

„Tot“, flüsterte Henry.

„Sie war alt. Menschen altern und sterben.“ Selbst in ihren eigenen Ohren klang sie zornig.

„Sie war bis zum letzten Atemzug von Menschen umgeben, die sie liebten. Es gibt schlimmere Arten zu sterben.“

Vicki dachte an Fleisch, das unter ihren Zähnen riß und daran, wie es sich anfühlte, wenn sich ein Blutstrom in ihren Mund ergoß. Wie sich Leben anfühlte, wenn es floh. „Du mußt es ja wissen."

Darauf antwortete Henry nicht, aber was hätte er auch sagen sollen? *Faß dich an deine eigene Nase?* Der Spruch war viel zu abgedroschen, hätte allerdings gepaßt.

Das Bild wechselte erneut. Es zeigte immer noch dasselbe Festessen, denselben Tisch, nur daß diesmal lediglich zwei Menschen daran Platz genommen hatten.

„Dein Onkel Stan fand es dieses Jahr einfach nicht richtig, hierher zu kommen", erklärte Vickis Mutter, während sie ihrer Tochter Kartoffelbrei auffüllte. „Wo doch dein Vater gerade erst ..."

Die zehnjährige Vicki murmelte etwas vor sich hin, was sich stark nach einem coolen „Klar doch" anhörte, und klatschte mit Schwung Margarine auf ihr Brötchen.

„Puh. Verliert man einen, ist man gleich alle los, was?" Vicki verschränkte die Arme vor der Brust.

„Für deine Mutter waren dein Onkel und deine Tante ihre Familie, eine andere hatte sie nicht, und sie sind an Weihnachten nie wieder zu euch gekommen, nachdem dein Vater ..."

„... uns wegen einer Hure verlassen hatte, die halb so alt war wie er. Das alles ist mir nicht neu! Erzähl mir etwas, das ich noch nicht weiß, oder hau ab. Denn wenn du hier das einzige bist, worauf ich einwirken kann, dann werde ich das demnächst mal machen!"

Henrys Augen verdüsterten sich bedrohlich, aber ehe Vicki darauf reagieren konnte, fand sie sich erneut in einer anderen Kulisse wieder.

Linda Ronstadt hatte wenig Weihnachtliches – abgesehen von der Tatsache, daß es die Weihnachtsfeier der Polizei war, bei der „Desperado" gerade in voller Lautstärke aus den Lautsprechern drang. Die berühmte Feier nach der Familienfeier – der Dienststellenleiter des 52. Reviers saß, unten herum immer noch als Weihnachtsmann verkleidet, völlig in sich zusammengesunken auf seinem Stuhl, drei Paare schlurften mehr oder weniger koordiniert über die Tanzfläche, in einer Ecke versetzten ein paar alte Hasen einen Neuling frisch von der Polizeischule mit Horrorstorys über weihnachtliche Selbstmorde in Angst und Schrecken, und alle hatten Alkohol intus. Reichlich.

Henry tippte Vicki, die heimlich nach sich selbst Ausschau gehalten hatte, auf die Schulter. „Du bist auf der Tanzfläche!“ Er mußte schreien, um die Musik zu übertönen.

„Oh Gott!“

Die Weihnachtsfeier war das!

Vicki packte Henry am Arm und beugte sich zu seinem Ohr. „Laß uns abhauen!“

„Komm schon, du siehst doch reizend aus! Ihr seht beide reizend aus.“

Vicki konnte nicht anders, sie folgte seinem Blick hinüber zu den drei tanzenden Paaren. Ihr jüngeres Ich trug einen dunkelblauen, mit weißen Schneeflocken bestickten Pullover, dazu knallenge Moonwashed-Jeans mit kleinen Reißverschlüssen an den Knöcheln und Stiefeletten in Schwarz und Silber. Celluci sah nicht ganz so schlimm aus, verfährt doch die Mode mit dem männlichen Geschlecht im allgemeinen gnädiger als mit dem weiblichen: Er trug schwarze Jeans, dazu ein schwarzes Herrenhemd und einen roten Lederschlips.

„Grundgütiger Himmel!“ stöhnte Vicki.

„Wenigstens trägst du keine Leggins“, kicherte Henry. Vicki warf ihm einen warnenden Blick zu. „Was denn? Ich erinnere mich noch gut an die Achtziger. Laß dir gesagt sein, daß die Achtziger des 18. Jahrhunderts schlimmer waren.“

Die jüngere Vicki und der jüngere Mike standen deutlich unter erheblichem Alkoholeinfluß. Er beugte sich vor, um ihr etwas ins Ohr zu flüstern, woraufhin sie ein wenig von ihm abrückte, die rechte Hand zwischen ihre beiden Körper schlüpfen ließ, grinste und mit den Lippen das Wort „Wo“ formte.

„Das kannst du gleich vergessen!“ Henry hatte dem Paar von der Tanzfläche folgen wollen, wurde aber resolut daran gehindert. „Ich weiß, wie die Sache endet“, fuhr Vicki fort, „und wir schauen nicht zu.“

Eine rotgoldene Braue zuckte spöttisch. „Warum nicht? Schämst du dich?“

„Verdammt noch mal Henry, wir haben es wild getrieben, in einer der Kabinen vom Damenklo. Stolz bin ich darauf nicht.“ Trotzdem konnte sie das Grinsen nicht verbergen, das sich beim Gedanken an diese Nacht auf ihrem Gesicht breitmachte. „Gut – schämen tue ich mich dafür auch nicht, aber wir schauen trotzdem nicht zu.“

„Wir könnten doch ..."

„Nein."

„Auch gut." Linda Ronstadt verklang und wich ABBA. „Zusammenfassend läßt sich sicherlich sagen, daß du trotz der Enttäuschungen in deiner Kindheit später wieder gelernt hast, Weihnachten zu feiern."

Vicki starrte ihn ungläubig an. „Sind wir deshalb hier?" Als Henrys Brauen erneut zuckten, mußte sie lachen. „Etwas Besseres ist dem Verantwortlichen für diese Show nicht eingefallen – wer immer das sein mag? Ich lasse mich vollaufen und dann genußvoll vögeln? Mit dem Rücken an einer Wand mit Graffiti voller Rechtschreibfehler? Das ist deren Vorstellung von fröhlichen Weihnachten?"

„Hast du dich denn nicht amüsiert?"

„Ich habe mich traumhaft amüsiert!" Jetzt lachte sie laut und aus ganzem Herzen. So hatte sie nicht mehr gelacht, seit ... Vicki konnte sich beim besten Willen nicht mehr daran erinnern, wann sie das letzte Mal so gelacht hatte. Sie trat eilig beiseite, um den wankenden Dienststellenleiter in seinem halben Weihnachtsmannkostüm durchzulassen, damit er seine Blase entleeren und nach einem kräftigen Schlag gegen die Trennwand zwischen den einzelnen Kabinen ihrer jüngeren Version zublöken konnte, sie solle gefälligst nicht so einen Lärm machen. „Mindestens zweimal habe ich mich ganz traumhaft amüsiert!" Sie war kaum fähig zu sprechen, denn inzwischen japste sie vor Lachen. „Ich amüsiere mich immer traumhaft, wenn ich es mit Mike treibe – falls du das wissen wolltest. Aber darum geht es doch wohl nicht."

Henry wirkte leicht verschnupft – auch das, fand Vicki, war ungeheuer witzig. „Worum geht es denn dann?" wollte er wissen.

„Darum, daß die ganze Nummer hier blöd ist." Vicki wischte sich mit der einen Hand die Lachtränen aus den Augen, während sie mit der anderen auf die geschmacklose Weihnachtsdekoration und die betrunkenen Polizisten deutete. „Wenn ihr nichts Besseres auf Lager habt, können wir die Sache gleich abblasen. Oh mein Gott ..." Sie hatte sich fast schon im Griff gehabt, mußte aber gleich wieder losprusten, als sie nach den ersten paar Takten erkannte, welches Stück der DJ gerade neu aufgelegt hatte. „Der spielt gleich ‚The Time Warp'!"

Mit einem verärgerten Zischen hob Henry die Hand, woraufhin die Party verblaßte und Vicki sich erneut im Schlafzimmer mit dem riesigen Himmelbett wiederfand.

Sie ließ sich erleichtert aufs Bett fallen. „Danke! Ich glaube nicht, daß ich mir das noch länger hätte mit ansehen können." Ein paar letzte Gluckser, dann war der Lachanfall überstanden; sie richtete sich auf und mußte feststellen, daß Henry sie abwartend musterte. „Du bist noch nicht durch?" seufzte sie.

„Eine Sache noch, dann bin ich fertig." Henrys Augen färbten sich dunkel. „Es fällt mir wahrlich nicht leicht, das zu sagen, aber Celluci ist das Beste, was dir je passiert ist. Er hat dich von Anfang an so akzeptiert, wie du bist – nämlich vorlaut, unerträglich ehrgeizig und emotional eigentlich immer in der Defensive –, und liebt dich trotzdem. Er hat dir einen Platz in seinem Heim und seinem Herzen gegeben, ohne dich je darum zu bitten, dein Leben bei Nacht an den Nagel zu hängen. Er bittet dich nur, Weihnachten mit ihm bei seiner Familie zu verbringen, aber davor hast du Angst: Aus dieser Angst heraus weigerst du dich, ihm diesen einen Wunsch zu erfüllen."

„Das werde ich auch weiterhin tun, aus eben dieser Angst heraus!" Vicki mußte sich mit beiden Händen an der Bettdecke festklammern, denn sonst wäre sie aufgesprungen und hätte sich der Herausforderung in Henrys Augen gestellt. „So besteht doch wenigstens nicht die Gefahr, daß ich die Lebkuchen links liegenlasse und statt dessen an Tante Luise herumknabbere."

„Das ist doch gar nicht das, wovor du Angst hast."

„Dann eben an Cousin Jeffrey."

„Ich habe vierhundertsiebzig Weihnachten erlebt, Vicki, ich kenne deine Ängste."

„Aber kennst du auch Cousin Jeffrey?"

„Vicki ..."

Sie verdrehte die Augen. „Du kennst deine Ängste. Meine kennst du nicht."

„Ich weiß ..."

„Nein, weißt du nicht."

„Unsereins ..."

„Nein, Henry!"

Er würde jeden Moment die Kontrolle verlieren, das sah sie an der Art, wie er kaum merklich das Gewicht verlagerte. Henrys Alter und seine Erfahrungen halfen ihm einerseits beim Umgang mit der Nur-ein-Vampir-pro-Revier-Nummer – und auf jeden Fall nur einer pro total durchgeknallte Phantasie! –, machten es ihm andererseits aber auch schwer, manchmal einfach darüber hinwegzusehen. „Wenn du es darauf anlegst, kannst du die nervigste Person sein, die ich je kannte!" zischte er, ehe er entschwand.

Vicki zog ihre Finger aus den Löchern, die sie in die Bettdecke und die darunterliegende Matratze gebohrt hatte und hob triumphierend die Arme über den Kopf. „Hurra! Ich habe gewonnen!"

Obwohl es leider Gottes noch nicht so aussah, als könnte sie jetzt nach Hause gehen.

Drei Geister, hatte Tony gesagt.

„Der nächste bitte!" Vicki seufzte.

Das schien das Stichwort gewesen zu sein: Unter der Tür links vom Bett sah Vicki Lichter blitzen, und Musik erklang. Pink. „Get the Party Started."

„Was geschieht, wenn ich hier einfach sitzenbleibe?" fragte Vicki in den Raum hinein, indem sie die Arme verschränkte und sich tiefer in die Kissen vergrub.

Statt einer Antwort wurde die Musik lauter, die Welt verschwamm, und als Vicki wieder klar sehen konnte, stand sie in einer offenen Tür, die in die vertraute, schäbige Werkstatt des Weihnachtsmannes führte. Dort hockte, unter leuchtend bunt verpackten Geschenken fast vergraben und in einen ebenfalls vertrauten, ebenfalls leicht schäbigen roten Samtanzug gehüllt, Detective Sergeant Mike Celluci.

Vicki seufzte. „Der Geist der Weihnachtspräsente, nehme ich mal an?"

„Der Geist der Weihnacht des Präsens." Mike zog sich den ziemlich zerkauten Bart vom Gesicht. „Im Gegensatz zu Vergangenheit und Zukunft."

„Dann solltest du deinen Sound aber ein bißchen besser abstimmen". Vicki legte eine Pause ein, um der Musik Gelegenheit zu geben, sich wieder in den Vordergrund zu spielen. „Dieser Song ist ziemlich 2001."

„Die Musik ist nicht wichtig." Mike hängte den Bart über einen Fernseher mit sechzig Zoll breitem Flachbildschirm und winkte Vicki näher. „Komm, damit du mich besser kennenlernst."

„Wenn ich dich noch besser kennen würde, würden wir damit gegen ein paar Gesetze verstoßen!" stöhnte Vicki, ging aber gehorsam zu ihm hinüber, da sie in dieser Frage ja ohnehin keine Wahl zu haben schien.

Kaum war sie weiter ins Zimmer vorgerückt, da sah sie auch schon, daß es hier nicht nur die Werkstatt des Weihnachtsmannes und die Geschenke zu sehen gab, sondern auch noch eine reich gedeckte Tafel, mit Truthahn, Torten, Kartoffelbrei und Kürbis mit einer Glasur aus Ahornsirup, und Bärentatzen und eine riesige Glaskaraffe dampfenden Kaffees und dann auch noch ihre Lieblingspralinen, gleich eine Schachtel in Partygröße. Das alles sah wunderbar aus, aber Vickis Freude war rein ästhetischer Natur – dieser Tage reagierte ihr Körper nicht mehr auf den Anblick von Speisen, die sie vierunddreißig Jahre lang heiß und innig geliebt hatte. Sie erinnerte sich zwar noch daran, wie es gewesen war, sich den Freuden einer schönen Mahlzeit hinzugeben, aber das Verlangen danach war vergangen. Mehr oder weniger, mußte sie sich mit einem letzten, wehmütigen Blick auf den Kaffee eingestehen.

„Aber was soll mich ein Tisch voller Speisen, die ich nicht essen kann, lehren?“ fragte sie.

Mike stand auf und hatte mit wenigen großen Schritten dafür gesorgt, daß zwischen ihnen kein Abstand mehr war. Sobald er so nah an sie herangekommen war, daß Vicki seine Körperwärme spürte, knöpfte er die Weihnachtsmannjacke auf, schob sie sich von den Schultern und stand in einem engen weißen Unterhemd vor ihr, nur noch unten herum als Weihnachtsmann verkleidet. Vicki hörte sein Herz schlagen, das Blut in seinen Adern rauschen. Er roch so gut, der Duft drohte, sie zu überwältigen.

Ja – jetzt spürte sie Verlangen.

„Das Essen ist für mich“, sagte er, indem er ihr seinen nackten, muskulösen Arm hinstreckte. „Ich muß doch sehen, daß ich bei Kräften bleibe.“

Fasziniert starrte Vicki auf die Innenseite seines Handgelenks, wo unter zarter, blasser Haut der Puls vibrierte. Innerhalb eines Sekundenbruchteils könnte sie die Zähne darin versenken, sein Blut warm und salzig durch ihren Hals rinnen ...

„Vicki?“

„Danke nein, ich habe keinen Hunger.“ Sie hatte die Worte kaum ausgesprochen, als sie auch schon wußte, daß es stimmte. Sie holte ganz tief Luft – nicht so sehr, weil sie ihr gefehlt hätte, sondern weil sie gefühlsmäßig dringend wieder Boden unter die Füße bekommen wollte. Erst dann hob sie den Kopf und sah Mike in die Augen.

Mike lächelte. „Du weißt, daß ich immer für dich da bin."

„Ja, das weiß ich."

Eingedenk des Grundthemas von Henrys Ansprache erwartete Vicki, daß Mike sie nun fragen würde, warum sie umgekehrt nicht auch für ihn da war, aber das tat er nicht. „Es gibt da ein paar Sachen, die du sehen solltest", sagte er statt dessen.

„Willst du mir Familien zeigen, die Weihnachten feiern?" Die letzten Worte klangen eher wie ein Keifen, denn Vicki fand sich unversehens mitten auf einem Schneehaufen wieder – im Pyjama. „Weißt du, daß die Chose mich inzwischen echt nervt? Wo sind wir hier, verdammt noch mal?"

„Erkennst du es denn nicht wieder?" Mike war wieder in die Weihnachtsmannjacke geschlüpft und knöpfte sie hastig zu.

Sie standen am Rande einer Hofanlage, gegenüber von einem roten Backsteinhaus und einer langen, niedrigen Scheune. Das alles wirkte in der Tat irgendwie vertraut, aber noch konnte Vicki das Bild nicht einordnen.

Eben in diesem Moment flog die Tür des Bauernhauses auf, und ein großer, schwarzer Hund kam herausgeschossen, dicht gefolgt von zwei schneeweißen, halb ausgewachsenen Welpen.

„Der Heerkenshof!" Grinsend sah Vicki zu, wie sich der große schwarze Hund von den beiden kleinen fangen und in den Schnee werfen ließ. „Die große Weide ist fort, aber die beiden würde ich überall wiedererkennen!" Sie wies auf die Welpen, die wie verrückt bellend um ihren großen Gefährten herumtollten.

Als sich die Haustür ein zweites Mal öffnete, geschah das nicht ganz so schwungvoll. Eine hochschwangere junge Frau mit silberblondem Haar beugte sich in die Winterkälte. „Kommt rein, ihr drei! Frühstück!" Als niemand Anstalten machte, ihrem Ruf zu folgen, schüttelte sie resigniert den Kopf. „Schatten!" knurrte sie.

Sofort stellte der große Schwarze die Ohren auf.

„Schatten?" Vicki blieb der Mund offenstehen.

„Ist ein paar Jährchen her, seit du dich das letzte Mal hier hast blikken lassen." Cellucis Erklärung klang nach sanftem Spott, aber Vicki beschloß, dies erst einmal auf sich beruhen zu lassen. Bei ihrer letzten Begegnung war Schatten ein niedlicher, erst halb ausgewachsener Welpe gewesen, nicht dieses gefährlich aussehende Tier, dessen Kopf ihr wahrscheinlich bis über die Hüften reichte.

„Wer ist die Schwangere?“ wollte sie wissen.

„Rose. Die Kleinen sind auch von ihr.“

„Völlig undenkbar!“ Als Vicki sie das letzte Mal gesehen hatte, war Rose ein Teenager gewesen, nur lose Sprüche und langes Haar, das immer wieder mit einer aufmüpfigen Kopfbewegung nach hinten geworfen werden mußte.

Nach nur zwei Schritten stand Vicki mitten in der Küche des Bauernhauses – was natürlich ein Ding der Unmöglichkeit war, denn so schnell konnte niemand eine solche Distanz zurücklegen. Das paßte zur Nacht, die sich bislang wirklich nicht durch hohen Realitätsbezug ausgezeichnet hatte. Die Küche, abgewohnt und fast schon schäbig, wirkte wohltuend vertraut. Hier standen immer noch dieselben übergroßen Möbel, in den Ecken sammelte sich Hundehaar, und überall lagen achtlos abgeworfene Kleiderbündel. Am Tisch saß ein Mann, der gerade einen riesigen Stapel Toast mit Butter bestrich – höchstwahrscheinlich Stuart Heerkens-Wells, der Onkel von Rose und alter Leitrüde. Eine neue Narbe verlief von seiner Kehle bis zur Schulter. Neu in dem Sinne, daß Vicki sie zum ersten Mal sah, ansonsten war die Narbe bestimmt schon sechs oder sieben Jahre alt.

Die Außentür flog auf und knallte mit Schwung gegen die Küchenwand. Schatten trieb die beiden jüngeren Hunde vor sich her von draußen herein, wobei er sich Stück für Stück in einen nicht sehr großen, dafür aber muskulösen jungen Mann verwandelte. Daniel. Daß er nackt vor ihr stand, verstörte Vicki lange nicht so sehr wie die Tatsache, daß er so gar nicht mehr der stets vergnügte, strahlende Zehnjährige war, den sie kennengelernt hatte. Die Welpen, die einander durch die Küche gejagt hatten und jetzt an Rosie hochsprangen, wurden sozusagen im Sprung zu sechs oder acht Jahre alten Jungen mit dem silberblonden Haar ihrer Mutter.

„He!“ Geschickt wehrte Rose die zupackende Hand ab, die sich begehrlich nach der großen Bratpfanne mit den Würstchen ausgestreckt hatte, die auf dem Herd stand. „Macht euch zur Abwechslung mal nützlich, ihr zwei, und holt euren Vater. Er ist im Wohnzimmer.“

„Dürfen wir nach dem Frühstück auf den Hügel? Mit dem Schlitten, den der Weihnachtsmann uns gebracht hat?“

„Nur wenn euer Vater mitgeht.“

„Aber Mama ...“

„Oder euer Onkel Daniel."

Lautes Freudengeheul und das aufgeregte Klappern von acht Krallensätzen, mit dem die zwei, jetzt wieder als Welpen, um Daniel herumtobten, ehe sie in Richtung Wohnzimmer aufbrachen, stellten klar, daß der Onkel Wachs in ihren Händen war. Oder zumindest eher geneigt, den Weihnachtstag im Schnee zu verbringen als ihr Vater. Vicki mußte grinsen, als die beiden an ihr vorbeitobten – genauso hatte sie jedes Mal lächeln müssen, wenn sie dem kleinen Schatten begegnet war.

Während Rose Daniel mit einem ebenso entschiedenen Klaps auf die Hand von ihren Würstchen fernhielt wie zuvor ihre Söhne, ertönte aus dem Wohnzimmer plötzlich laut eine mehrstimmige Chorversion von „Stille Nacht". Rosie stieß einen mutlosen Seufzer aus. „Wenn sie jetzt auch noch anfangen, Weihnachtslieder zu singen, kriege ich sie nie an den Frühstückstisch!"

„Ich gehe schon." Stuart schob den Teller mit dem Toaststapel zur Tischmitte und stand auf, wobei er seiner Nichte ein liebevolles Lächeln zuwarf. „Sag meinem faulen Sohn, er soll dir gefälligst mit der Pfanne helfen. Du mußt dich allmählich mit den schweren Sachen vorsehen, sonst kriegen wir noch ein Weihnachtsbaby." Er drückte ihr im Vorübergehen einen Kuß auf den Scheitel.

„Ich mach das hier nicht zum ersten Mal, mein Bester!" murrte Rose unwillig, während Daniel ihr folgsam die Pfanne aus der Hand nahm und anfing, die Würstchen auf einer Anrichteplatte zu verteilen. „Warum ..."

„Geh du lieber ans Telefon!" empfahl Daniel grinsend, als der alte schwarze Plastikapparat, der immer noch an der Wand neben der abgenutzten Couch hing, anfing zu klingeln.

Sie verdrehte die Augen, ging aber trotzdem hin, um abzunehmen. „Hallo und fröhliche Weihnachten! Peter? Wo bist du denn? Natürlich habe ich mit deinem Anruf gerechnet, aber es ist doch noch so früh." Sie lehnte sich gegen die Wand, hielt mit der rechten Hand ihren runden Bauch fest und hörte sich lächelnd an, was ihr Zwillingsbruder zu erzählen hatte.

Daniel schob einen Korb Apfelsinen beiseite, stellte die Anrichteplatte mit den Würstchen auf den Tisch und bückte sich, um eine Schüssel mit Bratkartoffeln aus dem Ofen zu holen, wo Rose sie warmgehalten hatte. Während er so vor sich hin arbeitete, übernahm er summend den Baß zu dem vielstimmigen Chor, der aus dem Wohnzimmer drang.

Vicki spürte, wie sich ihr eine Hand auf die Schulter legte.

„Sie leben getrennt von einer Gesellschaft, die Angst vor ihnen hätte und sie ausmerzen würde, wüßte sie um ihre Existenz. Ihr Leben ist voller Gewalt, und der Raum, den sie zum Leben brauchen, wird von Jahr zu Jahr enger. Trotzdem feiern sie Weihnachten."

Vicki runzelte die Stirn – im Wohnzimmer war man gerade zu einem anderen Lied übergegangen. „Sie singen ‚Don't Cry for me Argentina'!"

„Also können auch Werwölfe Fans von Andrew Lloyd Webber sein, aber darum geht es gar nicht." Mikes Finger schlossen sich fester um Vickis Arm. „Es geht darum, daß ..."

Ohne sich aus seinem Griff zu befreien, drehte sie sich um, um ihn anzusehen. „Es geht um die Frage, warum sie es schaffen, Weihnachten zu feiern, und ich nicht. Habe ich das richtig verstanden?" Als Mike nickte, schmunzelte sie. „Subtilität war noch nie deine Stärke. Wer immer all das hier arrangiert hat, hat das berücksichtigt." Sie klopfte ihm gutmütig auf den Weihnachtsmannanzug. „Laß uns gehen."

„Gehen?"

„Oder war es das jetzt?"

Kopfschüttelnd nahm er ihre Hand. „Ich hätte nicht gedacht, daß du es mit solcher Fassung trägst."

„Von wegen Fassung – ich beuge mich dem Unabwendbaren." Mikes Finger waren warm, und Vicki schloß einen Moment lang die Augen, um das Gefühl auszukosten, ehe sie ihn mit der freien Hand in die Seite knuffte. „Na?"

Die Küche, Daniel und die Würstchen verschwanden.

Um einer weiteren Küche Platz zu machen.

„So langsam vergeht mir der Spaß an Küchen!" stellte Vicki seufzend fest, nachdem sie sich umgesehen und festgestellt hatte, daß sie in der Küche von Mikes Elternhaus in Mississauga gelandet war. „Wenn ich es recht bedenke, war ich noch nie ein Küchenfan. Vielleicht hättest du mehr Erfolg, wenn du mich irgendwohin mitnehmen würdest, wo es mir wirklich gefällt."

„Zum Beispiel aufs Dach des Polizeipräsidiums?" Celluci grinste boshaft.

„Mitnehmen, habe ich gesagt! Mitnehmen, nicht nehmen. Außerdem sitzt da drüben deine Mutter."

„Sie kann uns nicht hören. Wir sind nur Schatten." Cellucis Stimme verklang, als seine Mutter aus dem Stuhl aufstand, auf dem sie bislang gesessen hatte, vom Effekt her als Übergang ein wenig dramatisch, fand Vicki, dafür aber auch wohltuend schnell. Daß ihre Existenz der Unsterblichkeit ziemlich nahe kam, hieß schließlich nicht, daß sie ewig hier rumhängen wollte.

„Er sagt, er kommt auch ohne sie, aber wenn sie ihn zwingt zu wählen ..." Ohne ihren Satz zu beenden, schüttelte Mrs. Celluci traurig den Kopf, wobei ihre Locken, ähnlich wie die ihres Sohnes, wild in alle Richtungen flogen.

Eine zweite Frau, die Mike so ähnlich sah, daß es niemand anderes sein konnte als seine Schwester, stellte ihren Kaffeebecher auf dem Küchentresen ab, um der Mutter tröstend über den Arm zu streichen. „Er liebt uns, Mama, er wird immer kommen."

„Er liebt sie auch, und wenn sie ihn bittet zu bleiben ... noch ein Weihnachten, Marie, aber dann sehen wir ihn vielleicht nie wieder."

Vicki starrte Celluci ungläubig an. „Jetzt mach aber mal halblang! Soll das heißen, du spielst auch noch den kleinen Tim?"

Mikes Wangen liefen knallrot an.

„Als sie noch beide bei der Polizei waren ...", fuhr seine Mutter fort, „... ist sie ja manchmal mit ihm hier vorbeigekommen. Ich weiß auch nicht, warum das auf einmal aufgehört hat."

Marie zuckte stoisch die Achselzucken. „Die Leute ändern sich, Mama."

Was wohl die Untertreibung des Jahres war.

„Aber einen Mann von seiner Familie zu trennen ... welch eine Veränderung bringt denn so etwas zustande?"

Mit ein wenig Glück würde sie das nie erfahren.

„Sie ist eine der Frauen, bei denen immer alles nach ihrer Nase gehen muß."

„Egoistisch!" Marie nickte weise.

„Ich bin nicht egoistisch!" fauchte Vicki. „Ihr versteht das nicht."

„Sie hören dich nicht", erinnerte Mike sie leise.

„Sie will, daß er nur mit ihr zusammen ist, eingesponnen in einen Kokon. Wie ein Käfer."

„Sie ist eine Spinne!" verkündete Mikes Schwester hitzig. „Sie wickelt ihn in ihr Netz."

Mrs. Celluci verdrehte die Augen. „Nun übertreib nicht, Marie, sie will ihn doch nicht fressen. Sie will ihn einfach nur für sich, sie mag nicht mit anderen teilen. Ich frage mich ..." Nachdenklich trank sie einen Schluck Kaffee. „Ich frage mich, wovor sie wohl Angst hat."

„Gut!" Vickis Augen glitzerten hell, als sie sich von der Unterhaltung ab- und Celluci zuwandte. „Für heute habe ich genug Küchenpsychologie. Komm zum Ende, du Weihnachtsmann!"

„Es gibt noch mehr, was du hören solltest."

„Komm sofort zum Ende!"

„Sonst?"

Ihre Antwort war ein langes, warnendes Grollen.

Mikes Blick zuckte hinüber zu den beiden Frauen, die am Küchentresen lehnten. „Wir sind Schatten, denk daran. Du kannst ihnen nichts tun."

Vicki schlang ihm beide Hände um den Hals, ließ sie auf der heißen Haut ruhen, fühlte, wie sein Leben an ihr vorbeipulsierte. „Du bist aus Fleisch und Blut."

„Ja."

Die Schwermut, mit der er diese Antwort vorbrachte, schlug den Hunger umgehend in die Flucht. Unfähig, den Blick abzuwenden, mußte Vicki mit ansehen, wie Mike in ihren Händen immer bleicher und schwächer wurde, bis sie nur noch die Erinnerung an seine Wärme zwischen den Fingern hielt. Ihr Herz schlug schneller, als es seit der einen entscheidenden Nacht je wieder geschlagen hatte: der Nacht, als Mike sie in seinen Armen wiegte, während Henry ihr sein blutendes Handgelenk an die Lippen drückte. Sie schluckte – laut und schmerzhaft. Ihr Mund war mit einem Mal staubtrocken.

Dann schüttelte sie den Kopf, als wollte sie einen bösen Traum abschütteln, machte auf dem Absatz kehrt und schnappte sich mit beiden Händen den schwarzen Stoff, in den sich eine Gestalt gehüllt hatte, die plötzlich hinter ihr aufgetaucht war. „Das hört jetzt sofort auf!" zischte sie und zerrte der Gestalt mit einem Ruck den Stoff vom Leibe. Sie war ziemlich sicher, daß darunter der Elf aus dem Shopping-Center zum Vorschein kommen würde. Statt dessen ...

Nichts.

Der Stoff, den sie so erbost beiseite geschleudert hatte, stand jetzt neben ihr. Unter seinem Faltenwurf vermochte sie die Andeutung von Gesichtszügen zu erkennen.

„Freut mich zu sehen, daß auch die Nazgul Arbeit kriegen. Als das Casting für die Dementoren lief, hast du wohl gepennt?" Sie blieb im Ton spöttisch, gelassen, aber die Macht in ihr erkannte die Macht ihres Gegenübers. Wer immer sie auf diese Wahnsinnstour durch flüchtig überarbeitete Klischees des viktorianischen Zeitalters gehetzt hatte, steckte unter diesem dunklen Stoff. Vampire träumten nicht, aber das hatte diesen Regisseur nicht aufgehalten. Das Ding in Schwarz hatte ihre Lebenserinnerungen geplündert, ihre Gefühle bloßgestellt und ...

Ihr Dinge gezeigt, die sie nicht gewußt hatte. Was – wenn es denn wirklich stimmte – bewies, daß es außerhalb ihrer Psyche operierte. Was immer das Ding unter dem Stoff sein mochte, es existierte nicht nur in ihrem Kopf. Irgend etwas hatte viel Mühe aufgewendet, um sie dazu zu bewegen, Weihnachten zu feiern.

Na und? Vicki war es zuwider, wenn man versuchte, sie zu manipulieren.

„Nun gut!" Sie bleckte die Zähne. „Dann zeig mir jetzt ruhig, daß niemand trauert, wenn ich tot bin."

Unter dem Stoff verschob sich Energie, so daß es aussah, als deute sie in den Nebel.

Nebel? „Interessantes Wetter!" kommentierte Vicki und trat einen Schritt vor, woraufhin sich der Nebel lichtete. Als ein Blitz über den Himmel zuckte, blinzelte sie verblüfft. „Das ist doch ..." Kopfschüttelnd rieb sie sich die Augen. „Da greift ein Mob mit Fackeln und Pfählen Schneewittchens Schloß an!"

Sie drehte sich um – der Stoff wirkte ungeduldig.

„Ich werde in Disney World gepfählt?"

Der Stoff hatte weder Augen, die er verdrehen noch Arme, die er verschränken konnte, und dennoch bekam Vicki das deutliche Gefühl, ihre Minuten seien gezählt.

„Gut. Schön." Irgend jemand sollte die Arme vor der Brust verschränken, also tat sie es. „Fackeln und Pfähle – das ist die historische Art, mit Vampiren umzugehen. Historisch gesehen blieben Vampire früher unter sich und sorgten dafür, daß unter der allgemeinen Bevölkerung Furcht und Mißtrauen herrschten. Wenn ich nicht aus der Geschichte lerne, bin ich dazu verdammt, sie zu wiederholen." Um das Ganze zu raffen, faßte sie die Soundeffekte zu einem kurzen Trommelwirbel zusammen.

Eine weitere subtile Umschichtung unter dem schwarzen Stoff, und die Macht deutete auf eine neue Sektion Nebel.

Unter den gegebenen Umständen waren die verschwommenen Umrisse von Grabsteinen keine große Überraschung.

„Wenn von mir genug zum Beerdigen blieb, dann kann man die Theorie wohl knicken, daß Vampire auf der Stelle zu Staub verfallen." Aufgebracht grummelnd trat Vicki näher an die Steine heran. „Ich habe keine Angst vor dem Sterben!" fügte sie laut hinzu. „Also bezweifele ich, daß wir ausgerechnet hier den großen Durchbruch erzielen."

Aber nicht ihr Name stand auf dem Grabstein. Das Grab war noch nicht zugeschüttet, der Sarg offen.

Sie starrte hinab auf Celluci. Sah schweigend zu, wie er langsam verweste, ignorierte die schmerzenden halbmondförmigen Wunden, die die Fingernägel ihr in die Handflächen bohrten. Als sich die Knochen endlich in Staub verwandelt hatten, flackerten ihre Augen hell auf, und sie stürzte sich mit blutenden Händen auf den Stoff, um ihn in unzählige kleine Stücke zu reißen, die, schwarzem Schnee gleich, in das offene Grab segelten.

Die Sonne sank.

Vicki tastete die Decken neben sich nach ihrem Handy ab, klappte es auf und starrte mit zusammengekniffenen Augen das Display an. 25. 12., 16 Uhr 48. Das schwache blaue Licht reichte aus, um die vier halbkreisförmigen, immer noch blutenden Wunden in jeder Handfläche zu zeigen.

Vampire träumten nicht.

Nichts, was Vicki unternehmen konnte, würde verhindern, daß Celluci starb. Wenn sie ihn jetzt verließ, wenn sie sich anzog und alles, was sie besaß, in ihren Van warf, wenn sie bis zum Sonnenaufgang durchfuhr und dafür sorgte, daß er sie nie wieder zu Gesicht bekam, wenn sie aufhörte, zuzusehen, wie das Alter ihn langsam einholte – sterben würde er trotzdem, und verwesen.

Menschen starben. Aber ehe sie starben, sollten sie Gelegenheit erhalten, mit den Leuten zusammenzusein, die sie lieben.

„Du hast mir nichts erzählt, was ich nicht schon wußte!" zischte sie der Finsternis zu.

Die Finsternis wirkte selbstzufrieden.

„Leck mich!"

Allem Anschein nach war es also doch nicht um Weihnachten gegangen.

☥ ☥ ☥

Als Mike von der Arbeit kam, war Vicki gerade dabei, das letzte Pfund fairgehandelten mexikanischen Biokaffees zu verpacken. Er starrte die Präsente auf dem Tisch an, dann die Keramikzuckerstangen, die an Vickis Ohren baumelten, und schüttelte den Kopf.

„Was zum Teufel ist hier los?“

„Ich kann ja wohl kaum ohne Geschenke am Weihnachtstag bei deinen Eltern aufkreuzen.“

„Du gehst zu meinen Eltern?“

„Wir gehen zu deinen Eltern.“

„Aber sonst geht's dir gut? Ich frage noch mal: Was geht hier ab?“

Ächzend klebte Vicki eine Schleife über das Durcheinander, das sie am unteren Ende des Pakets mit dem Geschenkpapier angestellt hatte. Das Einwickelpapier war einfach Scheiße, das mußte man mal festhalten, und dabei hatte es ein Heidengeld gekostet. „Ich will mit dir zusammen sein, du willst mit deiner Familie zusammen sein – Bingo! Was folgert daraus? Du bist doch hier der Gesetzeshüter.“

Sein Lächeln schaffte es fast, die Erinnerung an einen Schädel zu tilgen, dem gerade die Zähne ausfielen. „Wo hast du denn bloß noch all die Sachen hergekriegt?“

„Toronto ist eine große, multikulturelle Stadt, Schatz. Hier feiern nicht alle Weihnachten. Du würdest dich wundern, wer alles heute offen hat.“

„Ich dachte, du hättest aufgehört, Weihnachten zu feiern.“

Sie schnaubte. „Sieht nicht danach aus, oder?“

„Was ist mit dieser ganzen Sache mit dem Vampirsein?“

„Die geht davon nicht weg. Aber die mit dem Menschsein auch nicht.“ Vicki stand auf und zog Celluci an sich. „Du mußt nur achtgeben, daß mir dein Cousin Jeffrey nicht zu nahe kommt.“

„Ich habe gar keinen Cousin Jeffrey.“

Vicki fuhr mit den Lippen an seinem warmen Hals entlang. Sie spürte Mikes Verwirrung. „Das ist gut!“ sagte sie.